DuMont's Kriminal-Bibliothek

S. S. van Dine ist das Pseudonym des amerikanischen Kunst- und Kulturkritikers Willard Huntington Wright (1888–1939). Seine aus profunder Kennerschaft des Genres 1926–1939 geschaffenen Romane um den Gentleman-Detektiv Philo Vance begründeten neben dem Werk von Dorothy L. Sayers die Tradition des Detektivromans für Intellektuelle; Ellery Queen und John Dickson Carr sind ihm ebenso verpflichtet wie Michael Innes und Edmund Crispin. Von S. S. van Dine ist in DuMont's Kriminal-Bibliothek bereits erschienen: »Der Mordfall Bischof« (Band 1006).

Herausgegeben von Volker Neuhaus

S. S. van Dine

Der Mordfall Greene

DuMont Buchverlag Köln

Alle in diesem Buch geschilderten Personen sind frei erfunden;
jede Ähnlichkeit mit lebenden oder toten Personen ist daher rein
zufällig.

CIP-Titelaufnahme der Deutschen Bibliothek
Van Dine, S. S.:
Der Mordfall Greene/S. S. van Dine.
[Aus dem Amerikanischen von Manfred Allié und
Gabriele Kempf-Allié]. – Köln, DuMont, 1991
   (DuMont's Kriminal-Bibliothek; 1029)
   Einheitssacht.: The Greene murder case <dt.>
   ISBN 3-7701-2485-5
NE: GT
Vw: Wright, Willard Huntington [Wirkl. Name] → VanDine, S. S.

Umschlagmotiv von Pellegrino Ritter
Aus dem Amerikanischen von Manfred Allié und Gabriele Kempf-Allié

© 1927, 1928 by Charles Sribner's Sons
© 1928 by Willard Huntington Wright
© renewed 1955 by Mrs. Claire R. Wright
© 1991 der deutschsprachigen Ausgabe by DuMont Buchverlag Köln
Die der Übersetzung zugrundeliegende Originalausgabe erschien 1927 un-
ter dem Titel »The Greene Murder Case« bei Charles Scribner's Sons,
New York, N. Y.
Satz: Froitzheim Satzbetriebe, Bonn
Druck: Rasch, Bramsche
Buchbinderische Verarbeitung: Bramscher Buchbinder Betriebe

Printed in Germany ISBN 3-7701-2485-5

Inhalt

1.	Eine zweifache Tragödie	7
2.	Die ersten Ermittlungen	16
3.	Im Hause Greene	29
4.	Der verschwundene Revolver	43
5.	Potentielle Mörder	55
6.	Eine Beschuldigung	65
7.	Vance erörtert den Fall	77
8.	Die zweite Tragödie	88
9.	Die dritte Kugel	100
10.	Das Geräusch einer Tür	110
11.	Ein quälendes Verhör	121
12.	Eine Spazierfahrt	133
13.	Die dritte Tragödie	145
14.	Fußspuren auf dem Teppich	157
15.	Der Mörder im Haus	169
16.	Die verschwundenen Gifte	181
17.	Zwei Testamente	192
18.	In der verschlossenen Bibliothek	202
19.	Über Sherry und Paralyse	212
20.	Die vierte Tragödie	221
21.	Ein leeres Haus	232
22.	Die dunkle Gestalt	244
23.	Das fehlende Faktum	255
24.	Eine geheimnisvolle Reise	271
25.	Die Verhaftung	282
26.	Die unglaubliche Wahrheit	294

Nachwort 322

Die handelnden Personen

PHILO VANCE
JOHN F.-X. MARKHAM, Bezirksstaatsanwalt des New York County
MRS. TOBIAS GREENE, Herrin im Hause Greene
JULIA GREENE, die älteste Tochter
SIBELLA GREENE, eine weitere Tochter
ADA GREENE, die jüngste Tochter
CHESTER GREENE, der ältere Sohn
REX GREENE, der jüngere Sohn
DR. ARTHUR VON BLON, Hausarzt der Greenes
SPROOT, Butler der Greenes
GERTRUDE MANNHEIM, die Köchin
HEMMING, das erste Dienstmädchen
BARTON, das zweite Dienstmädchen
MISS CRAVEN, Mrs. Greenes Pflegerin
CHEFINSPEKTOR O'BRIEN, von der New Yorker Polizei
WILLIAM M. MORAN, Leiter der Kriminalpolizei
ERNEST HEATH, Sergeant der Mordkommission
SNITKIN, Detective der Mordkommission
BURKE, Detective der Mordkommission
CAPTAIN ANTHONY P. JERYM, Bertillon-Experte
CAPTAIN DUBOIS, Experte für Fingerabdrücke
DR. EMANUEL DOREMUS, Amtsarzt
DR. DRUMM, Gerichtsmediziner
MARIE O'BRIEN, Krankenschwester im Polizeidienst
SWACKER, Sekretär des Bezirksstaatsanwalts
CURRIE, Vance' Kammerdiener

Kapitel 1

Eine zweifache Tragödie

(Dienstag, 9. November, 10 Uhr morgens)

Schon oft habe ich überlegt, warum die führenden Kriminologen – Männer wie Edmund Lester Pearson, H. B. Irving, Filson Young, der Kanonikus Brookes, William Bolitho und Harold Eaton – dem tragischen Mordfall Greene keine größere Aufmerksamkeit gewidmet haben, denn ohne Zweifel haben wir es hier mit einem der bemerkenswertesten Morde der neueren Zeit zu tun – ein Fall, der nahezu einzigartig dasteht in den Annalen des modernen Verbrechens. Und doch erkenne ich, wenn ich meine eigenen umfangreichen Notizen zu diesem Verbrechen durchsehe und die verschiedenen Dokumente, die ich dazu in Händen halte, betrachte, wie wenig von seiner eigentlichen Geschichte jemals ans Licht des Tages kam und wie unmöglich es selbst für den phantasievollsten Chronisten wäre, die Lücken zu füllen.

Die äußeren Umstände sind natürlich aller Welt bekannt. Über einen Monat lang waren die Zeitungen zweier Kontinente voll von Berichten über diese entsetzliche Tragödie, und allein die Schilderung dessen, was den Journalisten mitgeteilt wurde, genügte, das Verlangen zu befriedigen, das die Öffentlichkeit nach dem Abnormen und Spektakulären hat. Doch die eigentliche Geschichte dieser grauenhaften Vorfälle übertraf selbst die wildesten Phantasien des Publikums; und wenn ich mich nun niedersetze, um diese Umstände erstmals mitzuteilen, dann beschleicht mich ein beinahe unwirkliches Gefühl, obwohl ich bei den meisten von ihnen als Augenzeuge zugegen war und Aufzeichnungen in Händen halte, die keinen Zweifel daran lassen, daß alles sich tatsächlich so zugetragen hat.

Von der teuflischen Raffinesse, die hinter diesem schrecklichen Verbrechen steckte, von den krankhaften psychologischen Motiven, die hinter ihm standen, und von den seltsamen, geheimnisvollen Gegebenheiten seiner Durchführung weiß die Welt nicht das Geringste. Und mehr noch, niemals sind die Schlußfolgerungen dargelegt worden, die zur Aufklärung des Falles führten, noch ist über die Begleitumstände dieser Aufklärung – Umstände, die schon für sich genommen höchst ungewöhnlich und dramatisch sind – jemals berichtet worden. Die Öffentlichkeit glaubt, der Abschluß dieses Falles sei den üblichen polizeilichen Ermittlungen zu verdanken; doch dies nur, weil der Öffentlichkeit viele entscheidende Faktoren des eigentlichen Verbrechens unbekannt sind und weil sowohl die Polizei als auch die Bezirksstaatsanwaltschaft sich in einer Art stillschweigender Übereinkunft geweigert haben, die ganze Wahrheit bekannt werden zu lassen – ob es aus Angst geschah, daß man ihnen keinen Glauben schenken könnte, oder auch einfach nur, weil es Dinge gibt, die so entsetzlich sind, daß niemand darüber sprechen möchte, vermag ich nicht zu sagen.

Folglich ist das, was ich nun niederschreiben werde, der erste vollständige und ungekürzte Bericht über die Vorgänge, die die Familie Greene nahezu auslöschten.[1] Ich bin der Meinung, daß es an der Zeit ist, die Wahrheit bekanntzumachen, denn sie ist Geschichte geworden, und vor historischen Tatsachen soll man nicht die Augen verschließen. Außerdem glaube ich, daß man demjenigen für die Lösung dieses Falles Anerkennung zollen sollte, der sie verdient hat.

Der Mann, der das Geheimnis lüftete und dieses Palimpsest des Schreckens entzifferte, hatte, so merkwürdig das ist, offiziell überhaupt nichts mit der Polizei zu tun; und in all den Berichten über den Mordfall wurde sein Name nicht ein einziges Mal genannt. Dennoch, ohne ihn und seine ungewöhnlichen Methoden der Verbrechensaufklärung wäre das abscheuliche Komplott gegen die Familie Greene am Ende erfolgreich gewesen. Die Polizei hielt sich bei ihren Ermittlungen dogmatisch an die vermeintlichen Tatsachen, während die Handlungen des Verbrechers sich auf einer Ebene abspielten, die gänzlich außerhalb des Vorstellungsbereichs eines gewöhnlichen Polizeibeamten lag.

Dieser Mann, der nach Wochen unermüdlicher, aussichtslos scheinender Untersuchungen schließlich die Wurzel des Übels aufspürte, war ein junger Mann aus den besten Kreisen, ein enger Freund des Bezirksstaatsanwalts John F.-X. Markham. Es ist mir nicht gestattet, seinen Namen preiszugeben, aber ich habe beschlossen, ihn im Rahmen dieser Aufzeichnungen Philo Vance zu nennen. Er weilt nicht mehr in diesem Lande, denn er hat vor einigen Jahren seinen Wohnsitz in eine Villa vor den Toren von Florenz verlegt; und da er nicht nach Amerika zurückzukehren gedenkt, hat er meiner Bitte stattgegeben, die Kriminalfälle aufzeichnen zu dürfen, an deren Aufklärung er als eine Art *amicus curiae* mitgewirkt hat. Auch Markham hat sich ins Privatleben zurückgezogen; und Sergeant Ernest Heath, der aufrechte und unerschrockene Beamte der Mordkommission, der die polizeiliche Seite der Ermittlungen im Falle Greene leitete, ist durch eine unverhoffte Erbschaft in die Lage versetzt worden, seinen Lebenstraum zu verwirklichen und auf einer Musterfarm im Tal des Mohawk eine Zucht für seltene Wyandottehühner aufzubauen. Angesichts dieser Umstände ist es mir möglich, meine vertraulichen Aufzeichnungen über die Tragödie im Hause Greene der Öffentlichkeit zu überantworten.

Einige Worte sind wohl erforderlich, meine eigene Mitwirkung bei diesem Fall zu erklären. (Ich spreche von »Mitwirkung«, obwohl meine Rolle in Wirklichkeit nur die eines unbeteiligten Zuschauers war.) Seit einigen Jahren war ich Vance' persönlicher Anwalt. Ich hatte mich aus der Kanzlei meines Vaters – Van Dine, Davis & Van Dine – zurückgezogen, um mich ganz Vance' juristischen und finanziellen Angelegenheiten widmen zu können, eine Arbeit, die – nebenbei bemerkt – nicht allzu umfangreich war. Vance und ich waren befreundet, seit wir zusammen in Harvard studiert hatten, und meine neue Aufgabe als sein Rechtsberater und Vermögensverwalter bot mir eine einträgliche Beschäftigung, verbunden mit zahlreichen gesellschaftlichen und kulturellen Vergünstigungen.

Vance war damals vierunddreißig Jahre alt. Er war gut 1,80 Meter groß, schlank, sehnig und elegant. Die scharfgeschnittenen, regelmäßigen Züge ließen sein Gesicht energisch und wie aus Stein gemeißelt erscheinen; eine zynische Kälte in seiner Miene verhinderte, daß man ihn als gutaussehend bezeichnen konnte. Er hatte abweisende graue Augen, eine gerade, schmale Nase und einen Mund, der sowohl Härte als auch Asketentum erahnen ließ. Doch trotz der Strenge seiner Gesichtszüge, die wie eine undurchdringliche gläserne Wand zwischen ihm und seinen Mitmenschen stand, war er überaus aufmerksam und sensibel; und obwohl sein Auftreten etwas Distanziertes und Hochmütiges hatte, übte er auf alle, die ihn näher kennenlernten, eine unbestreitbare Faszination aus.

Einen beträchtlichen Teil seiner Ausbildung hatte er in Europa genossen, und er sprach noch immer mit leichtem Oxford-Akzent und -Tonfall, jedoch nicht, dessen bin ich mir sicher, aus Affektiertheit; er machte sich viel zu wenig aus dem, was andere über ihn dachten, um sich der Mühe zu unterziehen, sich in irgendeiner Weise zu verstellen. Er wurde nie müde zu lernen. Sein Wissensdurst war unersättlich, und er widmete einen Großteil seiner Zeit dem Studium der Ethnologie und der Psychologie. Seine größte Begeisterung galt der Kunst, und zum Glück verfügte er über ein Einkommen, das es ihm ermöglichte, seiner Sammlerleidenschaft zu frönen. Doch sein Interesse an der Psychologie und seine Art, aus ihren Erkenntnissen Schlüsse auf das Verhalten des einzelnen zu ziehen, waren es, was erstmals seine Aufmerksamkeit auf die Kriminalfälle lenkte, die in Markhams Zuständigkeitsbereich fielen.

Der erste Fall, bei dessen Lösung er mitwirkte, war – wie ich an anderer Stelle berichtet habe – der Mord an Alvin Benson.[2] Das zweite Mal war es die scheinbar unlösbare Frage, wer die berühmte Broadway-Schönheit Margaret Odell erdrosselt hatte.[3] Und im Spätherbst desselben Jahres ereignete sich die Tragödie im Hause Greene. Wie bei den beiden früheren Fällen führte ich auch über diese neuerliche Untersuchung genauestens Buch. Ich verschaffte mir alle verfügbaren Unterlagen und fertigte von denjenigen, die für das Polizeiarchiv bestimmt waren, wörtliche Abschriften an, und ich protokollierte sogar die zahlreichen Unterhaltungen, in denen Vance sich mit den Ermittlungsbeamten beriet. Darüber hinaus führte ich ein Tagebuch, dessen Genauigkeit und Vollständigkeit selbst Samuel Pepys vor Neid erblassen ließen.

Der Mordfall Greene ereignete sich am Ende von Markhams erstem Amtsjahr. Wie man sich vielleicht erinnern wird, hatten wir in diesem Jahr einen sehr frühen Wintereinbruch. Es gab zwei schwere Schneestürme im November, und die Schneemenge in diesem Monat brach alle örtlichen Rekorde der vergangenen achtzehn Jahre. Ich erwähne die frühen Schneefälle, weil sie eine unheilvolle Rolle in der Affäre Greene spielten: Ja, tatsächlich waren sie einer der zentralen Faktoren im Plan des Mörders. Bis heute hat niemand erfaßt oder auch nur erahnt, welche Verbindung zwischen den für die Jahreszeit untypischen Witterungsverhältnissen in jenem Spätherbst und der schrecklichen Tragödie,

die das Haus Greene heimsuchte, bestand; doch das liegt daran, daß die düsteren Geheimnisse des Falles nicht zur Gänze enthüllt wurden.

Daß Vance sich der Benson-Morde annahm, war auf eine unmittelbare Herausforderung durch Markham zurückgegangen; und seine Verwicklungen in den Mordfall Canary rührten von seinem eigenen ausdrücklichen Wunsch her, behilflich zu sein. Doch es war purer Zufall, daß er in die Ermittlungen in Sachen Greene hineingeriet. In den zwei Monaten, die vergangen waren, seit er den Mordfall Canary aufgeklärt hatte, hatte Markham ihn mehrfach zu Rate gezogen, wenn es um Streitpunkte in Routinefragen der staatsanwaltlichen Arbeit ging; und während einer dieser zwanglosen Fachsimpeleien geschah es, daß der Fall Greene zum ersten Mal genannt wurde.

Markham und Vance waren schon seit langem befreundet. Höchst unterschiedlich in ihren Vorlieben und sogar in ihrer Weltanschauung, hatten sie doch großen Respekt voreinander. Ich habe die Freundschaft dieser beiden so grundverschiedenen Männer oft bestaunt, doch im Laufe der Jahre habe ich sie immer besser verstehen gelernt. Es war, als ob sie sich gerade jener Eigenschaften wegen zueinander hingezogen fühlten, von denen jeder der beiden spürte – vielleicht mit einem gewissen unterdrückten Bedauern –, daß sie seiner eigenen Natur mangelten. Markham war gerade heraus, brüsk und bisweilen herrisch, er stellte sich dem Leben mit einem grimmigen, sorgenvollen Ernst und folgte den Geboten seiner Juristennatur gegen alle Widerstände: aufrecht, unbestechlich, unermüdlich. Vance hingegen war impulsiv und leichtlebig, begabt mit dem unerschütterlichen Zynismus eines Juvenal, er lächelte den bittersten Realitäten ironisch ins Gesicht und ging ganz in der Rolle eines exzentrischen, über den Dingen stehenden Zuschauers des Lebens auf. Aber seine Kenntnis der Menschen stand nicht hinter seiner Kunstkennerschaft zurück, und die Art, wie er die Antriebe ihres Handelns bloßlegte und scharfsinnig ihre Charaktere deutete – wie ich es bei vielen Gelegenheiten miterleben durfte –, war geradezu unheimlich in ihrer Treffsicherheit. Markham erkannte diese Qualitäten in Vance und spürte ihren wahren Wert.

Es war kurz vor zehn Uhr am Morgen des 9. November, als Vance und ich mit dem Wagen am alten Gerichtsgebäude an der Ecke Franklin und Centre Street anlangten und uns unmittelbar in das Büro des Bezirksstaatsanwalts im dritten Stock begaben. An jenem denkwürdigen Vormittag sollte Markham zwei Gangster ins Kreuzverhör nehmen, von denen jeder den anderen beschuldigte, er habe in einem kurz zuvor erfolgten Raubüberfall den tödlichen Schuß abgegeben; von diesem Verhör sollte es abhängen, gegen welchen der Männer Anklage wegen Mordes erhoben wurde und welcher als Kronzeuge auftreten sollte. Markham und Vance hatten den Fall am Vorabend im Salon des Stuyvesant-Clubs besprochen, und Vance hatte den Wunsch geäußert, beim Verhör dabei zu sein. Dazu war Markham gern bereit gewesen, und so waren wir früh aufgestanden und in die Stadt gefahren.

Das Verhör der beiden Männer dauerte eine Stunde lang, und zu Markhams Verwirrung kam Vance zu dem Schluß, keiner von beiden sei der Todesschütze.

»Wissen Sie was, Markham«, meinte er in seiner schleppenden Art, als der Sheriff die beiden in ihre Zellen zurückgebracht hatte, »diese beiden Ganoven meinen es ernst: Jeder von beiden glaubt, er sagt die Wahrheit. Ergo – keiner von ihnen hat den Schuß abgegeben. Verdammtes Dilemma das. Es sind Galgenvögel, kein Zweifel – zum Hängen geboren; und es ist eine Schande, daß ihrem Leben der krönende Abschluß vorenthalten bleibt, den es verdient... Aber war da nicht noch ein weiterer Mann am Überfall beteiligt?«

Markham nickte. »Ein dritter ist uns entwischt. Die beiden sagen, es war ein stadtbekannter Gangster namens Eddie Maleppo.«

»Dann ist Eduardo Ihr Mann.«[4]

Markham antwortete nicht, und Vance erhob sich in aller Gemütsruhe und griff nach seinem Ulster.

»Ach übrigens«, sagte er, während er in den Mantel schlüpfte. »Wie ich gesehen habe, zieren die Titelseiten unserer reizenden Morgenblätter Schlagzeilen über ein Pogrom, das sich vergangene Nacht im altehrwürdigen Hause Greene ereignet haben soll. Worum geht's?«

Markham warf einen raschen Blick auf die Wanduhr und runzelte die Stirn.

»Da erinnern Sie mich an etwas. Chester Greene hat heute in aller Frühe angerufen, und er bestand darauf, daß er mich sprechen müsse. Ich habe ihm gesagt, er soll um elf Uhr vorbeikommen.«

»Was haben Sie denn damit zu tun?« Vance hatte die Hand wieder vom Türgriff genommen und zückte sein Zigarettenetui.

»Überhaupt nichts!« schnaubte Markham. »Aber die Leute halten das Büro des Bezirksstaatsanwalts ja für eine Art Kummerkasten für all ihre Sorgen und Nöte. Wie der Zufall so spielt, ist Chester Greene ein alter Bekannter von mir – wir sind beide im Marylebone-Golfclub –, und deshalb muß ich mir sein Klagelied über den Versuch anhören – so scheint es jedenfalls –, sich das berühmte Greenesche Familiensilber unter den Nagel zu reißen.«

»So – Einbruch, was?« Vance zog einige Male an seiner Zigarette. »Und dabei wurden zwei Frauen erschossen?«

»Oh, es war eine höchst unglückliche Geschichte! Ein Amateur, kein Zweifel. Gerät in Panik, schießt wild um sich und macht sich dann aus dem Staub.«

»Scheint mir aber eine verdammt seltsame Art zu sein.« Nachdenklich ließ Vance sich in einem großen Sessel nahe der Tür nieder. »Ist das antike Silber tatsächlich verschwunden?«

»Nichts ist verschwunden. Offensichtlich wurde der Dieb in die Flucht geschlagen, noch ehe er seinen Fischzug einholen konnte.«

»Klingt reichlich unwahrscheinlich, finden Sie nicht? Ein Amateurdieb bricht in das Haus einer prominenten Familie ein, wirft einen begehrlichen Blick auf das Tafelsilber, bekommt es mit der Angst zu tun, geht in den ersten Stock und erschießt zwei Frauen, jede in ihrem Boudoir, und dann ergreift er die Flucht... Wirklich erschütternd et cetera, aber überzeugend ist es nicht. Und wem verdanken wir diese rührende Theorie?«

Markhams Miene verfinsterte sich, doch war er in seiner Antwort sichtlich bemüht, nicht die Beherrschung zu verlieren.

»Feathergill hatte vergangene Nacht Dienst, als der Anruf vom Präsidium kam, und er war mit den Männern am Tatort. Er kommt zu denselben Schlüssen wie die Polizei.«[5]

»Trotzdem wüßte ich zu gerne, warum Chester Greene den Wunsch nach einer freundlichen Plauderei mit Ihnen hegt.«

Markham kniff die Lippen zusammen. Er war an diesem Morgen nicht gut aufgelegt, und Vance' respektlose Neugier ärgerte ihn. Doch einen Augenblick später meinte er widerwillig: »Da der Einbruch Sie so brennend interessiert, können Sie ja, wenn Sie darauf bestehen, warten und hören, was Greene zu sagen hat.«

»Ich bleibe«, stimmte Vance grinsend zu und zog seinen Mantel wieder aus. »Ich bin ein schwacher Mensch; undenkbar, einer so flehentlichen Bitte nicht nachzugeben. Welcher von den Greenes ist Chester? Und in welchem verwandtschaftlichen Verhältnis steht er zu den beiden Verblichenen?«

»Es handelt sich nur um e i n e n Mord«, korrigierte Markham ihn in nachsichtigem Tone. »Die älteste Tochter – eine unverheiratete Frau von Anfang vierzig – war auf der Stelle tot. Eine jüngere Tochter, auf die ebenfalls geschossen wurde, hat, soviel ich weiß, eine Chance, es zu überstehen.«

»Und Chester?«

»Chester ist der ältere Sohn, ein Mann von ungefähr vierzig. Er war der erste am Tatort, nachdem die Schüsse gefallen waren.«

»Und was gibt es sonst noch für Familienmitglieder? Ich weiß, daß der Schöpfer den alten Tobias Greene bereits zu sich gerufen hat.«

»Ja, der alte Tobias ist vor etwa zwölf Jahren gestorben. Aber seine Frau lebt noch, allerdings gelähmt und ganz auf fremde Hilfe angewiesen. Und es gibt – oder, besser gesagt, gab – fünf Kinder: Julia, die älteste; dann Chester; dann eine weitere Tochter, Sibella, knapp dreißig, würde ich schätzen; dann Rex, ein kränklicher, weltfremder Knabe, ein oder zwei Jahre jünger als Sibella; und Ada, die jüngste – eine Adoptivtochter, zweiundzwanzig oder dreiundzwanzig vielleicht.«

»Und Julia war diejenige, die ermordet wurde, hm? Welche von den beiden anderen Mädels hat man angeschossen?«

»Die jüngere – Ada. Offenbar liegt ihr Zimmer demjenigen Julias gegenüber, und wie es scheint, geriet der Dieb aus Versehen hinein, als er die Flucht ergriff. Wenn ich es richtig verstehe, betrat er Adas Zimmer unmittelbar, nachdem er den Schuß auf Julia abgegeben hatte, erkannte seinen Irrtum, schoß ein zweites Mal und floh dann, wobei er schließlich die Treppe hinunterkam und das Haus durch den Haupteingang verließ.«

Vance saß eine Weile lang schweigend und rauchend da.

»Ihr hypothetischer Eindringling muß aber verdammt durcheinander gewesen sein, daß er Adas Zimmertür mit der Treppe verwechselte, was? Und dann ist da noch die Frage: Was tat dieser unbekannte Gentleman, dessen Besuch dem Tafelsilber galt, im ersten Stock?«

»Wahrscheinlich war er auf der Suche nach Schmuck.« Markham verlor nun zusehends die Geduld. »I c h bin ja hier nicht der Allwissende«, fügte er ironisch hinzu.

»Aber, aber, Markham!« besänftigte Vance ihn. »Nun ärgern Sie sich doch nicht. Ihr Einbruch im Hause Greene verspricht manch hübsche kriminologische Spekulation. Gestatten Sie mir doch, daß ich meinen eitlen Launen nachgebe.«

In diesem Augenblick erschien Swacker, Markhams tüchtiger junger Sekretär, an der Schwingtür zu dem kleinen Vorraum, der das Hauptwartezimmer mit dem Büro des Bezirksstaatsanwaltes verband.

»Mr. Chester Greene ist hier«, verkündete er.

Kapitel 2

Die ersten Ermittlungen

(Dienstag, 9. November, 11 Uhr morgens)

Chester Greene war es, als er eintrat, deutlich anzumerken, daß seine Nerven zum Zerreißen gespannt waren; doch erweckte seine Nervosität kein Mitleid in mir. Der Mann war mir unsympathisch, vom ersten Augenblick an. Er war mittelgroß, fast korpulent. Er hatte etwas Weiches, Schwammiges in seinen Konturen; und obwohl er exquisit gekleidet war, wirkte sein Aufzug doch übertrieben. Die Manschetten waren zu eng; der Kragen war zu straff; und das farbige Seidentuch hing zu weit aus der Brusttasche heraus. Sein Haar war ein wenig schütter, und die Lider der eng beieinanderstehenden Augen traten hervor wie bei jemandem, der an der Brightschen Krankheit leidet. Sein Mund, über dem sich ein kurz geschnittener blonder Schnurrbart erhob, war weich; und sein leicht fliehendes Kinn hatte eine tiefe Einbuchtung unterhalb der Unterlippe. Er war der Inbegriff des verweichlichten Müßiggängers.

Als er Markham die Hand geschüttelt hatte und Vance und ich vorgestellt waren, ließ er sich nieder und setzte mit minuziöser Sorgfalt eine braune russische Zigarette in eine Spitze aus Bernstein und Gold ein.

»Ich wäre Ihnen ungeheuer dankbar, Markham«, sagte er und entzündete die Zigarette mit einem elfenbeinernen Taschenfeuerzeug, »wenn Sie sich persönlich um das Durcheinander kümmern könnten, das letzte Nacht in unserer Bude angerichtet worden ist. Die Polizei wird nie etwas herausbekommen, so wie sie die Sache angeht. Prächtige Burschen, verstehen Sie – die Polizei. Aber... nun, irgend etwas ist an dieser Sache – ich weiß nicht, wie ich das sagen soll. Jedenfalls gefällt es mir nicht.«

Markham musterte ihn gründlich, eine ganze Weile lang.

»Was genau meinen Sie damit, Greene?«

Sein Gegenüber drückte die Zigarette aus, obwohl er höchstens ein halbes Dutzend Züge genommen hatte, und trommelte unschlüssig auf die Lehne seines Sessels.

»Wenn ich das nur wüßte. 's eine komische Sache – verdammt komisch. Und da steckt auch was dahinter – irgendwas, und wir werden deswegen in Teufels Küche kommen, wenn wir's nicht zu fassen bekommen. Kann das nicht erklären. Es ist so ein Gefühl, das ich habe.«

»Vielleicht ist Mr. Greene übersinnlich veranlagt«, schlug Vance vor, mit einem vollkommen unschuldigen Blick.

Der Mann schoß herum und musterte Vance wütend und herablassend. »Blödsinn!« Er holte eine zweite russische Zigarette hervor und wandte sich wieder Markham zu. »Ich wünschte, Sie würden ein Auge auf diese Sache werfen.«

Markham zögerte. »Aber Sie haben doch sicher einen Grund, daß Sie anderer Meinung sind als die Polizei und sich an mich wenden.«

»Klingt seltsam, aber ich habe wirklich keinen.« (Mir schien, als ob Greenes Hand ein wenig zitterte, als er die zweite Zigarette entzündete.) »Ich weiß nur, daß sich bei mir einfach von selbst eine Abneigung gegen diese Einbrechertheorie eingestellt hat.«

Es war schwer zu entscheiden, ob er aufrichtig war oder ob er mit Absicht etwas zu verbergen suchte. Ich kam allerdings zu dem Schluß, daß irgendeine Furcht hinter seiner Beklommenheit lauern mußte; und ich hatte den Eindruck, daß ihm die tragischen Ereignisse nicht gerade das Herz brachen.

»Für meine Begriffe«, beharrte Markham, »sprechen sämtliche Indizien für die Einbruchshypothese. Es hat schon oft Fälle gegeben, in denen ein Einbrecher es plötzlich mit der Angst zu tun bekam, den Kopf verlor und grundlos Menschen niederschoß.«

Greene erhob sich abrupt und begann im Zimmer auf und ab zu gehen.

»Ich kann nichts dagegen anführen«, brummte er. »Da steht mehr dahinter, wenn Sie wissen, was ich meine.« Plötzlich fixierte er den Bezirksstaatsanwalt mit einem bohrenden Blick. »Zum Teufel! Mir ist der Angstschweiß ausgebrochen.«

»Das ist alles zu vage und unbestimmt«, entgegnete Markham sanft. »Ich nehme an, die tragischen Ereignisse haben Sie aus dem Gleichgewicht geworfen. In ein oder zwei Tagen sind Sie vielleicht – «

Greene hob abwehrend die Hand.

»Nichts dergleichen. Wenn ich es Ihnen doch sage, Markham, die Polizei wird ihren Einbrecher niemals finden. Ich spüre das – hier.« Theatralisch legte er eine manikürte Hand auf die Brust.

Vance hatte ihn mit einem Anflug von Amüsement beobachtet. Jetzt reckte er die Beine und blickte zur Decke.

»Ach, Mr. Greene – bitte verzeihen Sie mir, wenn ich Ihre esoterischen Eingebungen störe –, aber kennen Sie jemanden, der einen Grund haben könnte, Ihre beiden Schwestern aus dem Weg zu schaffen?«

Einen Augenblick lang schaute der Mann verblüfft drein. »Nein«, antwortete er schließlich, »nicht daß ich wüßte. Wer um alles in der Welt könnte ein Interesse daran haben, zwei harmlose Frauen umzubringen?«

»Ich habe keine blasse Ahnung. Aber da Sie die Einbruchshypothese nicht gelten lassen und da ohne Zweifel auf die beiden Damen geschossen wurde, darf man daraus wohl folgern, daß ihnen jemand nach dem Leben trachtete; und ich dachte, daß Sie als ihr Bruder, der mit den beiden unter einem Dach lebt, vielleicht jemanden kennen, der den Damen gegenüber Mordgedanken gehegt haben könnte.«

Greene war sichtlich verärgert und reckte den Kopf vor. »Ich kenne niemanden«, schnauzte er ihn an. Dann wandte er sich Markham zu und setzte in einschmeichelndem Tone hinzu: »Wenn ich den leisesten Verdacht hätte, glauben Sie nicht, daß ich dann damit herausrücken würde? Die Sache geht mir an die Nerven. Die ganze Nacht habe ich mir den Kopf darüber zerbrochen, und es ist unangenehm – es ist unangenehm, schrecklich unangenehm.«

Markham nickte unverbindlich, stand auf und ging zum Fenster hinüber, wo er mit den Händen auf dem Rücken stehenblieb und das graue Mauerwerk des Gefängnisgebäudes betrachtete.

Vance, auch wenn er scheinbar teilnahmslos dasaß, hatte Greene sehr gründlich gemustert; und während Markham sich nun zum Fenster wandte, richtete er sich ein wenig in seinem Sessel auf.

»Sagen Sie«, begann er im Plauderton, »was genau ist letzte Nacht geschehen? Soviel ich weiß, langten Sie als erster bei den niedergestreckten Damen an.«

»Ich war als erster bei meiner Schwester Julia«, erwiderte Greene mit einem Anflug von Ärger. »Sproot, der Butler, fand Ada bewußtlos auf; sie blutete aus einer schweren Wunde im Rücken.«

»Im Rücken, sagen Sie?« Vance neigte sich vor und hob die Augenbrauen. »Man hat also von hinten auf sie geschossen?«

»Ja.« Greene runzelte die Stirn und betrachtete prüfend seine Fingernägel, so, als ob auch er diesen Umstand verdächtig fand.

»Und Miss Julia Greene – wurde sie ebenfalls von hinten erschossen?«

»Nein – von vorn.«

»Sehr bemerkenswert!« Vance blies einen Rauchkringel zum verstaubten Kronleuchter hin. »Und beide Frauen waren bereits zu Bett gegangen?«

»Eine Stunde zuvor . . . Aber was hat das alles damit zu tun?«

»Man kann nie wissen, nicht wahr? Und es ist immer von Vorteil, über all diese kleinen Einzelheiten Bescheid zu wissen, wenn man versucht, den unergründlichen Ursprung eines Falles von übersinnlicher Wahrnehmung aufzuspüren.«

»Zum Teufel mit Ihrem Übersinnlichen!« knurrte Greene. »Kann denn ein Mensch nicht Ahnungen haben, ohne daß gleich –?«

»Freilich – freilich. Aber Sie haben den Bezirksstaatsanwalt um Hilfe gebeten, und ich bin sicher, er hätte gern ein paar Fakten, bevor er zu einer Entscheidung kommt.«

Markham trat hinzu und setzte sich auf die Tischkante. Seine Neugier war geweckt, und er gab Greene zu verstehen, daß Vance' Fragen in seinem Sinne waren.

Greene verzog den Mund.

»Meinetwegen. Was wollen Sie sonst noch wissen?«

»Sie könnten uns«, sagte Vance sanft, »den genauen Ablauf der Ereignisse schildern, nachdem Sie den ersten Schuß gehört hatten. Ich nehme an, Sie haben den Schuß gehört.«

»Natürlich habe ich ihn gehört – das ließ sich wohl kaum vermeiden. Julias Zimmer liegt direkt neben dem meinen, und ich war noch wach. Ich schlüpfte rasch in meine Hausschuhe und zog meinen Morgenrock an; dann ging ich hinaus auf den Flur. Es war dunkel, und ich tastete mich an der Wand entlang, bis ich Julias Tür erreichte. Ich öffnete sie und schaute hinein – ich wußte ja nicht, wer da vielleicht darauf wartete, mir eins zu verpassen –, und da sah ich sie im Bett liegen, das Nachthemd vorn voller Blut. Es war niemand sonst im Zimmer, und ich ging sofort zu ihr hinüber. Im selben Augenblick hörte ich einen zweiten Schuß; es klang, als käme er aus Adas Zimmer. Mir war mittlerweile etwas mulmig – ich wußte nicht mehr, was ich tun sollte; und während ich mit reichlichem Bammel an Julias Bett stand – oh ja, ich hatte eine Mordsangst . . .«

»Das ist nur zu verständlich«, ermutigte Vance ihn.

Greene nickte. »Eine verdammt kitzlige Situation. Nun ja, während ich also so dastand, hörte ich jemanden von den Dienstbotenzimmern im zweiten Stock die Treppe herunterkommen und erkannte an seinem Gang den alten Sproot. Er tastete sich im Dunkeln vorwärts, und ich hörte, wie er in Adas Zimmer ging. Dann rief er mich, und ich eilte hinüber. Ada lag vor dem Toilettentisch; Sproot und ich hoben sie auf und legten sie aufs Bett. Mir war ziemlich weich in den Knien; ich rechnete jeden Augenblick damit, noch einen Schuß zu hören – weiß auch nicht wieso. Aber es fiel kein Schuß; und dann hörte ich Sproot im Flur mit Doktor von Blon telefonieren.«

»Nichts an Ihrem Bericht, Greene, scheint mir gegen die Einbruchshypothese zu sprechen«, bemerkte Markham. »Und außerdem berichtet mein Assistent Feathergill, es habe im Schnee vor der Haustür zwei sich überkreuzende Fußspuren gegeben.«

Greene zuckte die Schultern, antwortete jedoch nichts.

»Ach übrigens, Mr. Greene« – Vance war in seinem Sessel versunken und starrte ins Leere –, »Sie sagten, als Sie in Miss Julias Zimmer blickten, sahen Sie sie in ihrem Bett. Wie war das möglich? Haben Sie das Licht eingeschaltet?«

»Aber nein!« Die Frage schien den Mann zu verwirren. »Das Licht brannte.«

In Vance' Augen leuchtete Interesse auf.

»Und wie war das mit Miss Adas Zimmer? Brannte das Licht dort auch?«

»Ja.«

Vance langte in seine Tasche, zog sein Zigarettenetui hervor und wählte sorgfältig und bedächtig eine Zigarette. Ich erkannte in dieser Handlung ein Anzeichen unterdrückter innerer Erregung.

»Das Licht brannte also in beiden Zimmern. Hochinteressant.«
Auch Markham spürte die Anspannung hinter dieser vorgeblichen Gleichgültigkeit und sah ihn erwartungsvoll an.

»Und«, nahm Vance den Faden wieder auf, nachdem er nonchalant die Zigarette entzündet hatte, »was meinen Sie, wieviel Zeit verstrich zwischen dem ersten und dem zweiten Schuß?«

Greene war offensichtlich verärgert über dieses Kreuzverhör, doch er antwortete bereitwillig.

»Zwei oder drei Minuten – mehr mit Sicherheit nicht.«

»Und doch«, sinnierte Vance, »haben Sie sich, nachdem Sie den ersten Schuß hörten, aus Ihrem Bett erhoben, Hausschuhe und Morgenmantel angelegt, sind auf den Flur hinausgegangen, haben sich die Wand entlang zum nächsten Zimmer getastet, vorsichtig die Tür geöffnet, einen Blick hineingeworfen und sind dann in das Zimmer hinein und zum Bett gegangen – all das, wenn ich es recht verstehe, bevor der zweite Schuß fiel. Ist das korrekt?«

»So war es, gewiß.«

»Nun gut! Zwei oder drei Minuten, wie Sie sagen. Auf keinen Fall mehr. Bemerkenswert!« Vance wandte sich Markham zu. »Wissen Sie was, alter Junge, ich will Sie ja nicht in Ihrer Entscheidung beeinflussen, aber ich denke mir, Sie sollten Mr. Greene seinen Wunsch erfüllen und sich dieser Ermittlungen annehmen. Auch ich habe in diesem Fall übernatürliche Ahnungen. Irgend etwas sagt mir, daß Ihr eigenwilliger Einbrecher sich als ein *ignis fatuus* erweisen wird.«

Markham betrachtete ihn neugierig und nachdenklich. Nicht nur, daß Vance' Befragung Greenes auch ihn brennend interessiert hatte; er wußte auch aus langjähriger Erfahrung, daß Vance ihm diese Entscheidung nicht nahegelegt hätte, hätte er nicht einen guten Grund dafür gehabt. Deshalb überraschte es mich auch in keiner Weise, als er sich seinem nervösen Besucher zuwandte und sagte: »Also gut, Greene, ich werde sehen, was ich in der Sache tun kann. Wahrscheinlich werde ich heute am frühen Nachmittag zu Ihnen ins Haus kommen. Sorgen Sie bitte dafür, daß alle anwesend sind, denn es wird notwendig sein, sie zu befragen.«

Greene reichte ihm die zitternde Hand. »Die Belegschaft des Hauses – Familie und Bedienstete – wird bei Ihrem Eintreffen vollständig versammelt sein.«

Erhobenen Hauptes stolzierte er hinaus.

Vance seufzte. »Nicht gerade ein angenehmer Zeitgenosse, Markham – ganz und gar kein angenehmer Zeitgenosse. Ich werde es niemals in der Politik zu etwas bringen, wenn man dafür mit Herren wie diesem Umgang pflegen muß.«

Markham ließ sich mit ärgerlicher Miene an seinem Schreibtisch nieder.

»Nicht in der Politik genießt Greene hohes Ansehen, sondern als Zierde der Gesellschaft«, entgegnete er boshaft. »Er fällt in Ihr Metier, nicht in meines.«

»Allein der Gedanke!« Vance streckte sich genüßlich. »Aber Sie sind derjenige, der ihn beeindruckt. Mein Gefühl sagt mir, daß er mich nicht sonderlich ins Herz geschlossen hat.«

»Sie haben ihn ja auch ein wenig herablassend behandelt. Sarkasmus ist nicht gerade das Mittel, jemandes Zuneigung zu gewinnen.«

»Aber Markham, alter Junge, ich verzehre mich ja auch nicht nach Chesters Sympathie.«

»Meinen Sie, er weiß etwas oder hegt einen Verdacht?«

Vance schaute durch das hohe Fenster hinaus auf den trostlosen Himmel.

»Wenn ich das wüßte«, murmelte er. Und dann: »Ist Chester eigentlich ein charakteristisches Exemplar der Familie Greene? In den letzten Jahren habe ich mich so wenig in den besseren Kreisen umgetan, daß ich, so entsetzlich das ist, kaum etwas weiß vom Geldadel der East Side.«

Markham nickte nachdenklich.

»Ich fürchte, das ist er. Ursprünglich waren die Greenes eine robuste Rasse, aber die gegenwärtige Generation ist offenbar ein wenig auf den Hund gekommen. Der alte Tobias der Dritte – Chesters Vater – war ein starker und in mancher Hinsicht bewundernswerter Mann. Aber wie es scheint, sind die Greenes von altem Schrot und Korn mit ihm ausgestorben. Was noch von der Familie übrig ist, zeigt gewisse Spuren des Niedergangs. Es wäre übertrieben zu sagen, daß sie degeneriert sind, aber es zeigen sich die ersten faulen Stellen, wie bei Obst, das zu lange am Boden gelegen hat. Zu viel Geld und zu wenig zu tun, nehme ich an, und nicht genug Disziplin. Andererseits steckt da eine gewisse verborgene Intellektualität in den neuen Greenes. Sie scheinen alle mit einem guten Verstand begabt, auch wenn er brachliegt oder sich mit abwegigen Dingen beschäftigt. Ich glaube übrigens, daß Sie Chester unterschätzen. Bei allem albernen Gerede und allen affektierten Manieren ist er ganz und gar nicht so dumm, wie Sie meinen.«

»Ich und Chester für dumm halten! Mein guter Markham! Da tun Sie mir entsetzlich unrecht. Aber nein. Chester ist ganz und gar kein Einfaltspinsel. Im Gegenteil, er ist raffinierter, als selbst Sie meinen. Diese geschwollenen Lider verhüllen zwei ausgesprochen hinterlistige Augen. Ja, im Grunde war es genau diese einstudiert dümmliche Pose, die mich vorschlagen ließ, daß Sie sich der Sache annehmen.«

Markham lehnte sich zurück und kniff die Augen zusammen.

»Was geht Ihnen durch den Kopf, Vance?«

»Wie schon gesagt: eine übernatürliche Eingebung – genau wie Chesters Botschaft aus dem Unterbewußten.«

Aus dieser ausweichenden Antwort schloß Markham, daß Vance vorerst nicht die Absicht hatte, deutlicher zu werden; und nach einem Augenblick mißmutigen Schweigens wandte er sich dem Telefon zu.

»Wenn ich mich mit diesem Fall befassen soll, dann wäre es wohl ratsam herauszufinden, wer dafür zuständig ist, und vorab so viel Information einzuholen, wie ich kann.«

Er rief Inspektor Moran an, den Leiter der Kriminalpolizei. Nach einer kurzen Unterhaltung wandte er sich lächelnd an Vance.

»Ihr Freund Sergeant Heath leitet die Ermittlungen. Zufällig war er gerade im Büro und kommt sofort vorbei.«[6]

Eine knappe Viertelstunde später stellte Heath sich ein. Obwohl er fast die ganze Nacht aufgewesen war, wirkte er ungewöhnlich munter und tatendurstig. Seine breite, kampflustige Miene war so unerschütterlich wie eh und je, und seine blaßblauen Augen blickten aufmerksam und durchdringend drein wie immer. Er begrüßte Markham mit einem herzlichen, wenn auch nur beiläufigen Händedruck; und als er Vance erblickte, entspannte sich sein Gesicht zu einem freudigen Lächeln.

»Na, wenn das nicht Mr. Vance ist! Was machen Sie denn so inzwischen, Sir?«

Vance erhob sich und schüttelte ihm die Hand.

»Ach, Sergeant, seit wir uns das letzte Mal gesehen haben, stecke ich bis zum Hals in Terrakottaornamenten von Renais-

23

sance-Fassaden und dergleichen Trivialitäten mehr.[7] Aber es freut mich zu sehen, daß das Verbrechen wieder floriert. Wissen Sie, die Welt ist furchtbar fade ohne einen hübsch grausigen Mord von Zeit zu Zeit.«

Heath verdrehte die Augen und warf dem Bezirksstaatsanwalt einen fragenden Blick zu. Er hatte längst gelernt, bei Vance' scherzhaften Bemerkungen zwischen den Zeilen zu lesen.

»Es handelt sich um den Fall Greene, Sergeant«, erklärte Markham.

»Das dachte ich mir schon.« Heath ließ sich auf einen Sessel fallen und schob sich eine schwarze Zigarre zwischen die Lippen. »Aber da haben wir bis jetzt noch nichts herauskriegen können. Wir knöpfen uns sämtliche Stammkunden vor und überprüfen ihre Alibis für letzte Nacht. Aber das wird ein paar Tage dauern, bis die Überprüfung abgeschlossen ist. Wenn dieser Kerl, der das getan hat, es nicht mit der Angst zu tun gekriegt hätte, bevor er sich den Plunder schnappen konnte, dann könnten wir ihm vielleicht über die Pfandleiher und die Hehler auf die Schliche kommen. Aber irgendwie hat er die Nerven verloren, sonst hätte er nicht so wild um sich geknallt. Und deswegen denke ich mir, daß er vielleicht neu im Geschäft ist. Wenn das stimmt, wird's natürlich schwieriger für uns.« Mit den Händen abgeschirmt, führte er ein Streichholz an seine Zigarre und begann zu paffen. »Was wollten Sie über die Ermittlungen wissen, Sir?«

Markham zögerte. Die Tatsache, daß der Sergeant wie selbstverständlich davon ausging, daß es sich bei dem Übeltäter um einen gewöhnlichen Einbrecher handelte, brachte ihn aus dem Konzept.

»Chester Greene war hier«, erklärte er daraufhin, »und er ist anscheinend überzeugt, daß die Schüsse nicht von einem Dieb abgegeben wurden. Er hat mich gebeten, ihm einen persönlichen Gefallen zu tun und mich um die Angelegenheit zu kümmern.«

Heath schnaufte verächtlich. »Wer außer einem Einbrecher in Panik würde zwei Frauen niederschießen?«

»Ganz recht, Sergeant.« Es war Vance, der antwortete. »Aber in beiden Zimmern brannte Licht, obwohl die Frauen eine Stunde zuvor zu Bett gegangen waren; und zwischen den beiden Schüssen vergingen mehrere Minuten.«

»Das weiß ich doch längst.« Aus Heaths Worten klang Ungeduld. »Aber wenn ein Amateur am Werk war, dann können wir nicht mit Sicherheit sagen, was sich letzte Nacht da oben abgespielt hat. Wenn so ein Kerl den Kopf verliert – «

»Genau! Da liegt der Hase im Pfeffer. Sehen Sie, wenn ein Dieb den Kopf verliert, dann ist es nicht sehr wahrscheinlich, daß er von Zimmer zu Zimmer geht und das Licht einschaltet, immer vorausgesetzt, daß er überhaupt weiß, wo und wie man es einschaltet. Und ganz sicher wird er zwischen derart wahnwitzigen Handlungen nicht minutenlang in einem dunklen Flur herumtrödeln, schon gar nicht, nachdem er auf jemanden geschossen und das ganze Haus in Aufruhr versetzt hat, oder? Für mich sieht das nicht nach Panik aus; es sieht merkwürdigerweise nach einem Plan aus. Außerdem, warum sollte Ihr reizender Amateur in den Schlafzimmern herumtanzen, wenn sich die Beute unten im Eßzimmer befindet?«

»Das werden wir alles in Erfahrung bringen, wenn wir unseren Mann geschnappt haben«, erwiderte Heath hartnäckig.

»Die Sache ist so, Sergeant«, warf Markham ein, »ich habe Mr. Greene versprochen, mich um die Angelegenheit zu kümmern, und ich wollte von Ihnen so viele Einzelheiten in Erfahrung bringen wie möglich. Es versteht sich natürlich«, setzte er beschwichtigend hinzu, »daß ich mich in Ihre Arbeit in keiner Weise einmischen werde. Wie auch immer der Fall ausgeht, Ihrer Abteilung wird die alleinige Anerkennung zuteil werden.«

»Das geht schon in Ordnung, Sir.« Heath wußte aus Erfahrung, daß er, wenn er mit Markham zusammenarbeitete, nicht befürchten mußte, daß man ihn um seine wohlverdienten Lorbeeren bringen wollte. »Doch auch wenn Mr. Vance anderer Ansicht ist, glaube ich nicht, daß Sie in der Sache Greene viel finden werden, was Ihre Aufmerksamkeit verdient.«

»Gut möglich«, gab Markham zu. »Aber ich habe mein Wort gegeben, und ich denke, ich werde heute nachmittag hinausfahren und die Lage in Augenschein nehmen; würden Sie mich ins Bild setzen?«

»Da gibt es nicht viel zu erzählen.« Heath kaute nachdenklich auf seiner Zigarre. »Ein Doktor von Blon – der Hausarzt der Greenes – hat gegen Mitternacht im Präsidium angerufen. Ich war gerade von einem Überfalleinsatz im Norden der Stadt zurückgekommen, und ich raste sofort mit zwei von unseren Jungs zum Haus. Sie wissen, wie ich die beiden Frauen vorfand: Die eine war tot, die andere bewußtlos – auf beide war geschossen worden. Ich

25

rief Doc Doremus[8] an und durchsuchte dann das Haus. Mr. Feathergill kam und half mir dabei, aber wir fanden nicht viel. Der Täter muß irgendwie durch die Haustür gekommen sein, denn im Schnee gab es – außer denen von Doktor von Blon – noch weitere Fußspuren, die hin- und wieder wegführten. Aber der Schnee war zu pulvrig, um vernünftige Abdrücke nehmen zu können. Letzte Nacht hat es gegen elf Uhr zu schneien aufgehört; und es gibt keinen Zweifel, daß die Fußspuren von dem Einbrecher stammen, denn außer dem Doktor ist niemand nach dem Schneesturm gekommen oder gegangen.«

»Ein Amateureinbrecher mit einem Hausschlüssel für die Greenesche Villa«, murmelte Vance, »höchst sonderbar!«

»Ich habe nicht behauptet, daß er einen Schlüssel hatte, Sir«, protestierte Heath. »Ich habe Ihnen nur berichtet, was wir gefunden haben. Die Tür war vielleicht versehentlich nicht verschlossen; oder jemand hat sie für ihn aufgemacht.«

»Fahren Sie fort, Sergeant«, drängte Markham und warf Vance einen tadelnden Blick zu.

»Nun, nachdem Doc Doremus eingetroffen war und die Leiche der älteren Frau und die Verletzung der jüngeren untersucht hatte, verhörte ich die gesamte Familie und das Personal – einen Butler, zwei Hausmädchen und eine Köchin. Chester Greene und der Butler hatten als einzige den ersten Schuß gehört, der gegen halb zwölf fiel. Aber der zweite Schuß weckte Mrs. Greene – ihr Zimmer liegt direkt neben dem der jüngeren Tochter. Die übrigen Hausbewohner verschliefen die ganze Aufregung; aber dieser Knabe Chester hatte sie geweckt, bis ich eintraf. Ich habe mit allen gesprochen, aber niemand wußte etwas. Nach ein, zwei Stunden postierte ich einen Beamten im Haus und einen draußen und fuhr weg. Danach startete ich die Routineuntersuchungen; und heute früh hat Captain Dubois das Haus, so gut es ging, auf Fingerabdrücke untersucht. Die Leiche ist bei Doc Doremus zur Autopsie, und heute abend bekommen wir den Bericht. Aber dabei wird nichts herauskommen, was uns weiterhilft. Sie wurde aus der Nähe von vorn erschossen – die Waffe muß sie beinahe berührt haben. Und die andere Frau – die junge – hatte überall Spuren von Schießpulver, und ihr Nachthemd war versengt. Der Schuß auf sie wurde von hinten abgegeben. Ja, das ist so ziemlich alles.«

»Haben Sie irgend etwas von der Jüngeren erfahren können?«

»Bisher nicht. Gestern abend war sie bewußtlos und heute morgen zu schwach zum Sprechen. Doch der Arzt – von Blon – sagte mir, wahrscheinlich könnten wir sie heute nachmittag vernehmen. Von ihr erfahren wir vielleicht etwas, vorausgesetzt, sie konnte einen Blick auf den Vogel werfen, bevor er schoß.«

»Da fällt mir etwas ein, Sergeant.« Bis dahin hatte Vance reglos dem Bericht gelauscht, doch nun veränderte er seine Sitzposition und richtete sich ein wenig auf. »Besaß irgend jemand im Hause Greene eine Pistole?«

Heath hob die Augenbrauen.

»Dieser Chester Greene sagte, er hätte einen alten zweiunddreißiger Revolver, den er immer in einer Schublade in seinem Schlafzimmer hätte.«

»Tatsächlich? Und haben Sie die Waffe gesehen?«

»Ich habe ihn darum gebeten, aber er konnte sie nicht finden. Sagte, er hätte sie seit Jahren nicht mehr gesehen, aber wahrscheinlich sei sie noch irgendwo. Hat mir versprochen, daß er sie bis heute ausgegraben hat.«

»Machen Sie sich keine großen Hoffnungen, daß er sie findet, Sergeant.« Vance warf Markham einen nachdenklichen Blick zu. »Allmählich verstehe ich, was Chester so sehr an die Nerven ging. Ich fürchte, er ist doch nichts weiter als ein kruder Materialist . . . Traurig, traurig.«

»Sie meinen, er stellte fest, daß die Waffe verschwunden ist, und bekam es mit der Angst zu tun.«

»Tja – irgend etwas in dieser Art . . . vielleicht. Man weiß es nicht. Verdammt undurchsichtig.« Er warf dem Sergeant einen müden Blick zu: »Übrigens, mit was für einer Waffe hat Ihr Einbrecher geschossen?«

Heath lachte grimmig auf.

»Ein Punkt für Sie, Mr. Vance. Ich habe beide Kugeln – zweiunddreißiger, aus einem Revolver abgefeuert, nicht aus einer Automatik. Aber Sie wollen doch wohl nicht irgendwie andeuten – «

»Immer mit der Ruhe, Sergeant. Wie Goethe wünsche auch ich mir lediglich größere Erleuchtung, mehr Licht – «

Markham machte dieser gelehrten Abschweifung ein Ende. »Ich werde nach dem Mittagessen zum Hause Greene fahren, Sergeant. Haben Sie Zeit, mich zu begleiten?«

»Klar, Sir. Wollte sowieso hin.«

»Gut.« Markham holte eine Kiste Zigarren hervor. »Seien Sie um zwei wieder hier ... Und bevor Sie gehen, nehmen Sie noch zwei von diesen Perfectos.«

Heath wählte die Zigarren aus und verstaute sie sorgfältig in seiner Brusttasche. An der Tür drehte er sich noch einmal mit einem breiten Grinsen um.

»Kommen Sie auch mit, Mr. Vance – damit wir nicht vom rechten Wege abkommen, wie man so sagt?«

»Es gibt nichts, was mich davon abhalten könnte«, verkündete Vance.

Kapitel 3

Im Hause Greene

(Dienstag, 9. November, halb drei Uhr
nachmittags)

Das Haus Greene – wie die New Yorker es zu nennen pflegten
– war ein Überbleibsel aus der guten alten Zeit der Stadt.
Seit drei Generationen hatte es seinen Platz am äußeren Ende der
53. Straße, und zwei seiner Erker ragten tatsächlich hinaus bis
über die trüben Wasser des East River. Das Grundstück, auf dem
das Haus stand, erstreckte sich einen ganzen Block weit – über
eine Strecke von gut sechzig Metern – und reichte genauso weit in
die Querstraßen hinein. Der Charakter des Viertels hatte sich seit
den alten Tagen sehr verändert; doch der Geist des Wirtschafts-
wachstums hatte dem Greeneschen Domizil nichts anhaben können. Es stellte eine Oase der alten Werte und der Ruhe inmitten
des geschäftigen Treibens dar; und eine der Anordnungen in Tobias Greenes Testament und letztem Willen war es gewesen, daß
das Haus nach seinem Tod mindestens ein Vierteljahrhundert
lang unverändert erhalten bleiben sollte, als Denkmal für ihn und
seine Vorfahren. Eine der letzten Taten seines Lebens war es gewesen, das gesamte Gelände mit einer hohen Natursteinmauer zu
umgeben, die ein großes zweiflügeliges Eisentor zur 53. Straße
hin und einen Hintereingang für Geschäftsleute an der 52. Straße
aufwies.

Das Haus selbst war zweieinhalb Stockwerke hoch, gekrönt
von Spitzgiebeln und einem Gewirr von Schornsteinen. Es war
das, was Architekten nicht ohne einen gewissen Unterton als
»château flamboyant« zu bezeichnen pflegen; aber keine noch so
geringschätzige Bemerkung konnte ihm die stille Würde und die
feudalistische Aura nehmen, die von seinen großen rechteckigen
Blöcken aus grauem Kalkstein ausgingen. Das Haus war im goti-
schen Stil des sechzehnten Jahrhunderts gehalten, doch im Detail
fand sich mehr als nur eine Andeutung späterer italienischer Or-
namentik; und die spitzen Türmchen und Gesimse verrieten by-
zantinischen Einfluß. Doch trotz aller Buntheit der Details war es

nicht überladen, und auf die Bauhütten des Mittelalters hätte es keine große Anziehungskraft ausgeübt. Es wirkte nicht gekünstelt – es atmete den Geist vergangener Zeiten.

Den Vorhof zierten Ahornbäume und gestutzte immergrüne Sträucher, dazwischen standen Hortensien und Fliederbüsche; und an der Rückseite neigte sich eine Reihe von Trauerweiden zum Fluß hinunter. Hohe Weißdornhecken säumten die im Fischgrätmuster belegten Plattenwege; und die Innenseiten der Einfriedungsmauer waren dicht bewachsen mit Spalierbäumen. An der Westseite führte eine asphaltierte Zufahrt zu einer Doppelgarage hinter dem Haus – ein Anbau, den die jüngere Generation der Familie Greene hatte errichten lassen. Doch auch hier verbarg sich die Modernität der Auffahrt hinter Buchsbaumhekken.

Als wir an jenem grauen Novembernachmittag das Grundstück betraten, schien eine Atmosphäre unheilverkündender Trostlosigkeit über dem Anwesen zu liegen. Büsche und Bäume waren allesamt kahl bis auf die immergrünen Sträucher, die sich unter der Last des Schnees beugten. Die kahlen Spaliere klammerten sich wie schwarze Skelette an die Mauern; und abgesehen von dem Weg zur Haustür, der hastig und nicht besonders gut freigeräumt war, bedeckten hohe, ungleichmäßige Schneeverwehungen das gesamte Grundstück. Das Grau des Mauerwerks glich beinahe der Farbe des schweren, wolkenverhangenen Himmels; und unheimliche Vorahnungen ließen mich erschauern, als wir die niedrigen Stufen zur Haustür mit ihrem Spitzgiebel und dem tief gewölbten Torbogen emporstiegen.

Sproot, der Butler – ein gebeugter alter Mann mit weißem Haar und einem von tiefen Falten zerfurchten Bocksgesicht –, gewährte uns schweigend und mit Grabesmiene Einlaß (offensichtlich hatte man ihn von unserem Kommen in Kenntnis gesetzt); wir wurden sogleich in den großen düsteren Salon geführt, durch dessen von schweren Vorhängen umrahmte Fenster man auf den Fluß hinausblickte. Einige Augenblicke später trat Chester Greene ein und begrüßte Markham überschwenglich. Heath und Vance und mich selbst bedachte er mit einem summarischen herablassenden Nicken.

»Verdammt anständig von Ihnen, daß Sie kommen, Markham«, sagte er mit einer nervösen Beflissenheit, setzte sich auf die Kante eines Stuhles und holte seine Zigarettenspitze hervor.

»Ich nehme an, Sie werden zunächst alle verhören wollen. Wen soll ich als ersten kommen lassen?«

»Das können wir für den Augenblick erst einmal lassen«, entgegnete Markham. »Zunächst möchte ich etwas über die Dienstboten erfahren. Erzählen Sie mir alles, was Sie über sie wissen.«

Greene rutschte auf seinem Stuhl hin und her und schien Mühe zu haben, seine Zigarette anzuzünden.

»Wir haben nur vier. Ist ja ein großes Haus, aber mehr Hilfe brauchen wir nicht. Julia hat immer den Haushalt geführt, und Ada kümmerte sich um die alte Dame. Als erstes wäre da der alte Sproot. Er ist seit dreißig Jahren unser Butler, Majordomus und Haushofmeister. Faktotum für die ganze Familie – die Sorte, von der man in englischen Romanen liest – ergeben, treu, bescheiden, aber sehr bestimmend und neugierig. Und eine verdammte Nervensäge, darf ich hinzufügen. Dann gibt es zwei Dienstmädchen – eine, die als Zimmermädchen fungiert, und die andere für die übrigen Arbeiten, obwohl die Frauen sie ganz mit Beschlag belegen, meist mit völlig unsinnigem Kram. Hemming, das ältere Mädchen, ist schon seit zehn Jahren bei uns. Trägt nach wie vor Korsett und Gesundheitsschuhe. Eingefleischte Baptistin, glaube ich – entsetzlich fromm. Barton, das zweite Mädchen, ist jung und flatterhaft: hält sich für unwiderstehlich, kann ein wenig *table d'hôte*-Französisch, eine von denen, die ständig darauf warten, daß die männlichen Mitglieder der Familie sie hinter der Türe küssen. Sibella hat sie ausgesucht – das ist genau die Art von Mädchen, die Sibella aussucht. Seit ungefähr zwei Jahren ziert sie unseren Haushalt und drückt sich vor der harten Arbeit. Die Köchin kommt aus Deutschland, eine stämmige Hausfrau, typisches Exemplar – mächtige Oberweite und Schuhgröße vierundvierzig. Ihre gesamte Freizeit verbringt sie damit, Briefe an entfernte Cousinen und Neffen irgendwo am Oberrhein zu schreiben und brüstet sich damit, daß auch der pingeligste Mensch von ihrem Küchenboden essen könne, so sauber sei es; ich habe es allerdings nie probiert. Der alte Herr hat sie ein Jahr vor seinem Tode engagiert; hat Anordnungen gegeben, daß sie bleiben soll, so lange es ihr gefällt. Das wäre das gesamte Personal. Natürlich gibt es noch einen Gärtner, der im Sommer auf dem Rasen herumsteht. Er überwintert in einer zwielichtigen Kneipe irgendwo draußen in Harlem.«

»Kein Chauffeur?«

»Das ist ein Ärger, den wir uns ersparen. Julia mochte keine Autos, und Rex fürchtet sich, darin zu fahren – zimperlicher Bursche ist das, Rex. Ich fahre meinen Sportwagen selbst, und Sibella ist der reinste Barney Oldfield. Ada fährt ebenfalls selbst, wenn die alte Dame sie nicht braucht und Sibellas Wagen frei ist. Das wäre alles.«

Markham hatte sich Notizen gemacht, während Greene seine Informationen von sich gab. Endlich drückte er die Zigarre aus, die er geraucht hatte. »Nun würde ich, wenn es Ihnen recht ist, mich gern im Haus umsehen.«

Greene sprang von seinem Platz auf und führte uns in die untere Diele – eine Eingangshalle mit Gewölbedecke und eichegetäfelten Wänden, an denen einander gegenüber zwei große, mit Schnitzwerk verzierte flämische Tische der Sambin-Schule standen, dazu einige hohe Stühle im anglo-holländischen Stil. Ein großer Daghestan-Läufer lag auf dem Parkettfußboden, und seine ausgebleichten Farben fanden sich in den schweren Vorhängen zu den Gängen wieder.

»Das Zimmer, aus dem wir gerade kommen, ist natürlich das Wohnzimmer«, erläuterte Greene in wichtigtuerischer Manier. »Dahinter, den Flur hinunter« – er wies über die breite Marmortreppe hinaus – »war die Bibliothek, die Höhle des Hausherrn – was er sein *sanctum sanctorum* zu nennen pflegte. Seit zwölf Jahren ist niemand mehr da drin gewesen. Die Dame des Hauses hält es seit dem Tage verschlossen, an dem der alte Herr starb. Sentimentale Anwandlung, dergleichen; obwohl ich ihr schon oft gesagt habe, sie soll den alten Plunder wegschmeißen und ein Billardzimmer daraus machen. Aber nichts kann die alte Dame umstimmen, wenn sie sich einmal etwas in den Kopf gesetzt hat. Versuchen Sie es irgendwann, wenn Ihnen der Sinn nach anstrengender sportlicher Betätigung steht.«

Er überquerte die Diele und zog den Vorhang zu dem Gang zur Seite, der dem Wohnzimmer gegenüberlag.

»Hier haben wir den Salon, der allerdings dieser Tage selten genutzt wird. Pompöse, steife Sache, und der Kamin zieht nicht für zehn Pfennig. Jedesmal, wenn wir ein Feuer darin gemacht haben, mußten wir hinterher Leute kommen lassen, die die Teppiche vom Ruß befreiten.« Er wies mit der Zigarettenspitze auf zwei prächtige Gobelins. »Dort hinten, hinter der Schiebetür, ist das Eßzimmer, dahinter dann die Anrichtekammer und die Küche, wo man vom Fußboden essen kann. Legen Sie Wert auf eine Inspektion der kulinarischen Gefilde?«

»Nein, ich glaube nicht«, antwortete Markham. »Und was den Fußboden angeht, das glaube ich auch so. Können wir uns nun bitte den ersten Stock ansehen?«

Wir stiegen die Haupttreppe hinauf, in deren Mittelpunkt eine Marmorstatue stand – ein Falguière, glaube ich –, und gelangten auf die obere Diele an der Vorderseite des Hauses, wo drei eng beieinander stehende Fenster auf die kahlen Bäume hinausblickten.

Die Anordnung der Zimmer im ersten Stock war einfach und der weitgehend quadratischen Anlage des Hauses entsprechend; zur weiteren Verdeutlichung füge ich diesem Bericht jedoch einen groben Grundriß bei; denn die Anordnung dieser Zimmer war es, die dem Mörder überhaupt erst die Möglichkeit gab, seinen teuflischen und widernatürlichen Plan ins Werk zu setzen.

Auf der Etage befanden sich sechs Schlafzimmer – drei auf jeder Seite der Diele, für jedes Familienmitglied eines. An der Vorderseite des Hauses, zu unserer Linken, war das Zimmer von Rex Greene, dem jüngeren Bruder. Daneben befand sich das Zimmer, das Ada Greene bewohnte, und Mrs. Greene hatte ihr Domizil nach hinten hinaus. Zwischen ihrem und Adas Zimmer lag ein recht geräumiges Ankleidezimmer, das eine Verbindung zwischen den beiden Räumen herstellte. Wie man dem Plan entnehmen kann, ragte Mrs. Greenes Zimmer an der Westseite über die Hauptfassade des Hauses hinaus; in dem so entstandenen L-förmigen Mauervorsprung befand sich eine kleine Veranda aus Stein mit Balustrade; über eine schmale, am Haus angebaute Treppe gelangte man von dort hinunter in den Garten. Sowohl von Adas als auch von Mrs. Greenes Zimmer aus führten Glastüren hinaus auf diese Veranda.

Auf der gegenüberliegenden Seite des Flurs befanden sich die Zimmer von Julia, Chester und Sibella; Julias Zimmer lag zur Vorderseite des Hauses hin, das von Sibella nach hinten hinaus, und Chester bewohnte das Zimmer in der Mitte. Die drei Zimmer hatten untereinander keine Verbindung. Man könnte noch hinzusetzen, daß sich die Türen zu den Zimmern von Sibella und Mrs. Greene direkt hinter der Haupttreppe befanden, während diejenigen zu den Zimmern von Chester und Ada unmittelbar am Treppenabsatz und die von Julias und Rex' Gemächern weiter zur

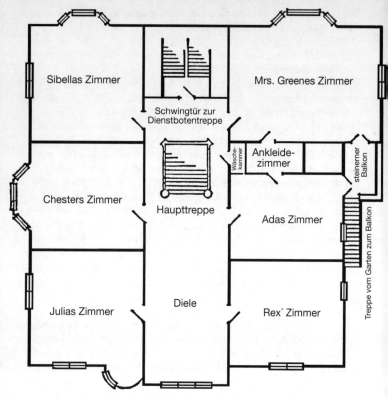

Grundriß des ersten Stockes
(Der Einfachheit halber sind sämtliche Badezimmer,
Wandschränke, Kamine etc. ausgelassen)

Vorderseite des Hauses hin lagen. Zwischen Adas Zimmer und demjenigen Mrs. Greenes gab es eine kleine Wäschekammer; und am hinteren Ende des Flurs befand sich die Dienstbotentreppe.

Chester Greene erläuterte uns diese Raumaufteilung kurz und ging dann den Flur entlang zu Julias Zimmer.

»Ich nehme an, Sie wollen hier hineinschauen«, sagte er und stieß die Tür auf. »Wir haben nichts angerührt – polizeiliche Anordnung.

Auch wenn ich nicht verstehe, wem die blutbefleckte Bettwäsche noch etwas nutzen soll. Eine schreckliche Schweinerei.«

Das Zimmer war groß und luxuriös eingerichtet; die Polstermöbel aus der Zeit Marie Antoinettes waren mit graugrünem Satin bezogen, und gegenüber der Tür stand etwas erhöht ein Himmelbett. Mehrere dunkle Flecke auf der bestickten Bettwäsche legten stummes Zeugnis von der Tragödie ab, die sich dort in der Nacht zuvor ereignet hatte.

Nachdem Vance sich die Anordnung der Möbel angesehen hatte, schweifte sein Blick zu dem altmodischen Kristalleuchter.

»War das die Lampe, die brannte, als Sie Ihre Schwester letzte Nacht fanden, Mr. Greene?« fragte er beiläufig.

Der Angesprochene nickte mürrisch.

»Und wo, wenn Sie mir die Frage gestatten, befindet sich der Schalter?«

»Hinter dem Schrank da.« Greene zeigte mit gleichgültiger Miene auf ein kunstvoll gearbeitetes Möbelstück in der Nähe der Tür.

»Versteckt, was?« Vance schlenderte zu dem Schrank und schaute dahinter. »Bemerkenswerter Mann, Ihr Einbrecher!« Dann trat er zu Markham und flüsterte ihm etwas zu.

Kurz darauf nickte Markham. »Greene«, sagte er, »könnten Sie bitte in Ihr Zimmer gehen und sich aufs Bett legen, genau wie letzte Nacht, als Sie den Schuß hörten? Wenn ich an die Wand klopfe, stehen Sie auf und tun all das, was Sie vergangene Nacht auch getan haben – auf ganz genau dieselbe Weise. Ich möchte sehen, wie lange es dauert.«

Der Mann erstarrte und warf Markham einen empörten Blick zu.

»Also, hören Sie –!« hob er an. Doch schon im nächsten Moment gab er mit einem Achselzucken zu verstehen, daß er einverstanden war, und stolzierte aus dem Zimmer. Die Tür machte er hinter sich zu.

Vance zog seine Uhr hervor, und nachdem er Greene genügend Zeit gelassen hatte, um sein Zimmer zu erreichen, klopfte Markham an die Wand. Die Wartezeit kam uns schier endlos vor. Dann öffnete sich die Tür einen Spaltbreit, und Greene spähte um die Ecke. Langsam glitt sein Blick durch das Zimmer; er öffnete die Tür ein Stück weiter, trat zögernd ein und näherte sich dem Bett.

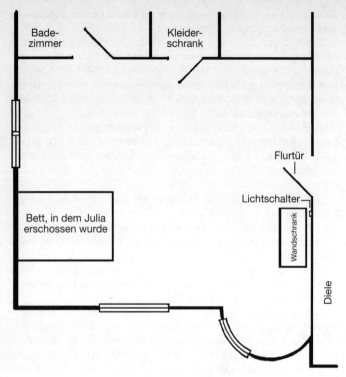

Grundriß von Julias Schlafzimmer

»Drei Minuten und zwanzig Sekunden«, verkündete Vance. »Höchst beunruhigend... Was glauben Sie, Sergeant, was der Eindringling in der Zeit zwischen den beiden Schüssen getan hat?«

»Woher soll ich das denn wissen«, brummte Heath. »Wahrscheinlich ist er draußen durch den Flur getappt und hat die Treppe gesucht.«

»Wenn er so lange im Dunkeln getappt wäre, dann wäre er sie hinuntergefallen.«

Markham unterbrach diese Auseinandersetzung mit dem Vorschlag, die Dienstbotentreppe in Augenschein zu nehmen, über die der Butler hinuntergekommen war, nachdem er den ersten Schuß gehört hatte.

»Die anderen Zimmer brauchen wir im Augenblick noch nicht zu inspizieren«, setzte er hinzu, »obwohl wir Miss Adas Zimmer sehen wollen, sobald der Doktor es für möglich hält. Wann erwarten Sie übrigens seine Entscheidung, Greene?«

»Er hat gesagt, daß er um drei Uhr hier sein wird. Und pünktlich ist er – geradezu teuflisch in seiner Tüchtigkeit. Er hat heute in aller Frühe eine Pflegerin geschickt, die sich jetzt um Ada und die alte Dame kümmert.«

»Ach, sagen Sie, Mr. Greene«, unterbrach Vance, »hatte Ihre Schwester Julia die Angewohnheit, ihre Tür nachts unverschlossen zu lassen?«

Offenen Mundes, mit großen Augen stand Greene da.

»Donnerwetter – nein! Jetzt, wo Sie das sagen . . . sie hat sich immer eingeschlossen.«

Vance nickte geistesabwesend, und wir traten hinaus auf die Diele.

Hinter einer dünnen, mit grünem Stoff bespannten Schwingtür, die Markham nun aufstieß, verbarg sich die Dienstbotentreppe an der Rückseite des Hauses.

»Hier gibt es nicht viel, was den Schall hätte dämpfen können«, bemerkte er.

»Nein«, pflichtete Greene bei. »Und das Zimmer vom alten Sproot ist gleich oben neben dem Treppenabsatz. Er hat gute Ohren – viel zu gut manchmal.«

Wir waren eben im Begriff umzukehren, als eine hohe, klagende Stimme aus der halboffenen Tür zu unserer Rechten herausdrang.

»Chester, bist du das? Was ist denn das für ein Aufruhr? Als ob ich nicht schon genug Unruhe und Sorgen hätte – «

Greene war an die Tür zum Zimmer seiner Mutter getreten und steckte den Kopf hinein.

»Schon gut, Mutter«, antwortete er ärgerlich. »Nur die Polizei, die hier etwas herumschnüffelt.«

»Die Polizei?« fragte sie verächtlich. »Was wollen die denn? Haben sie mich nicht letzte Nacht schon genug aufgeregt? Die sollen lieber nach dem Ganoven suchen, anstatt vor meiner Tür Versammlungen abzuhalten und mir auf die Nerven zu gehen. So, die Polizei.« Nun schwang etwas Hinterhältiges in ihrer Stimme mit. »Bringe sie auf der Stelle hinein, und lasse mich mit ihnen reden. Die Polizei, ha!«

Greene warf Markham einen hilflosen Blick zu. Der nickte bloß, und daraufhin betraten wir das Krankenzimmer. Es war ein großer Raum mit Fenstern nach drei Seiten. Das Zimmer war vollgestopft mit einer Vielzahl verschiedenartigster Gegenstände. Mein erster Blick fiel auf einen indischen Läufer, ein Intarsien-schränkchen, einen gewaltigen vergoldeten Buddha, mehrere massive, mit Schnitzwerk verzierte Teakholzstühle aus China, einen verblaßten persischen Wandteppich, zwei schmiedeeiserne Stehlampen und eine hochbeinige, rotgoldene Lackkommode. Ich schaute rasch zu Vance hinüber und ertappte ihn, wie er ver-blüfft und sehr interessiert dreinschaute.

In einem riesigen Bett, das weder über ein Kopfbrett noch über Pfosten am Fußende verfügte, ruhte die Hausherrin in halb lie-gender Haltung, hingestreckt auf einem wirren Haufen verschie-denfarbiger Seidenkissen. Sie mußte zwischen fünfundsechzig und siebzig Jahren alt sein, doch ihr Haar war noch fast schwarz. Ihr langgestrecktes Pferdegesicht war zwar vergilbt und zerknit-tert wie altes Pergament, doch es strahlte noch immer eine er-staunliche Energie aus: Es erinnerte mich an Porträts von George Eliot, die ich früher einmal gesehen hatte. Um die Schultern hatte sie einen bestickten orientalischen Schal gelegt; und der Anblick, den sie vor dem Hintergrund dieses ungewöhnlichen, bunten Zimmers bot, war überaus exotisch. An ihrer Seite saß eine rot-wangige, unerschütterliche Pflegerin in gestärkter weißer Uni-form; der Kontrast zwischen ihr und der Frau im Bett hätte nicht größer sein können.

Chester Greene stellte Markham vor und gab seiner Mutter so zu verstehen, daß sie sich um uns andere nicht zu kümmern brauchte. Anfangs reagierte sie nicht auf die Vorstellung, aber nachdem sie Markham einen Augenblick lang abschätzend gemu-stert hatte, nickte sie ihm mürrisch und dennoch gnädig zu und streckte ihm ihre lange, knochige Hand entgegen.

»Ich nehme an, es läßt sich nicht vermeiden, daß man auf sol-che Weise in mein Haus einfällt«, sagte sie in großmütig-verzei-hendem Ton. »Ich habe nur versucht, ein wenig Ruhe zu finden. Mein Rücken plagt mich heute so sehr, nach all der Aufregung letzte Nacht. Aber was spielt das schon für eine Rolle – eine ge-lähmte alte Frau wie ich? Um mich kümmert sich ohnehin niemand, Mr. Markham. Aber sie haben ja ganz recht. Eine Invalide wie ich, die ist auf der Welt zu nichts mehr nütze, nicht wahr?«

Markham beteuerte höflich das Gegenteil, doch Mrs. Greene nahm es gar nicht zur Kenntnis. Sie hatte sich, wie es schien, unter großen Qualen, zur Pflegerin umgewandt.

»Richten Sie meine Kissen, Miss Craven«, kommandierte sie unwirsch und fügte dann in klagendem Tonfall hinzu: »Nicht einmal Ihnen liegt mein Wohlergehen am Herzen.« Die Pflegerin gehorchte schweigend. »Nun können Sie hinübergehen und Ada Gesellschaft leisten, bis Doktor von Blon eintrifft. Wie geht es dem lieben Kind?« Plötzlich hatte ihr Ton etwas aufgesetzt Sorgenvolles.

»Es geht ihr viel besser, Mrs. Greene«, antwortete die Pflegerin sachlich, ohne eine Gefühlsregung zu zeigen, und verließ das Zimmer dann ohne ein weiteres Wort durch den Ankleideraum.

Die Frau auf dem Bett sah Markham klagend an.

»Es ist eine grauenvolle Sache, wenn man ein Krüppel ist, wenn man keinen Schritt gehen, nicht einmal ohne Hilfe stehen kann. Meine beiden Beine sind völlig gelähmt, seit zehn Jahren. Stellen Sie sich das vor, Mr. Markham: Ich habe zehn Jahre in diesem Bett zugebracht und in dem Stuhl dort« – sie wies auf einen Rollstuhl, der am Erkerfenster stand –, »und ich kann nicht einmal vom einen zum anderen gelangen, ohne daß man mich buchstäblich dorthin trägt. Aber ich tröste mich mit dem Gedanken, daß ich nicht mehr lange auf dieser Welt sein werde; und ich bemühe mich, Geduld aufzubringen. Natürlich wäre es weniger schlimm, wenn meine Kinder rücksichtsvoller wären. Aber das wäre wohl zu viel erwartet. Die Jungen und Gesunden, die kümmern sich nicht um die Alten und Schwachen – so ist das nun einmal auf der Welt. Deshalb sehe ich zu, daß ich zurechtkomme, so gut es geht. Es ist mein Schicksal, daß ich jedermann zur Last falle.«

Sie seufzte und wickelte sich den Schal fester um die Schultern.

»Sie werden mir vielleicht einige Fragen stellen wollen? Ich weiß nicht, was ich sagen könnte, was Ihnen nützlich wäre, aber ich bin glücklich, wenn ich helfen kann. Ich habe kein Auge zugetan, und mein Rücken schmerzt mich fürchterlich, eine Folge all dieser Aufregung. Aber ich will mich nicht beklagen.«

Markham hatte dagestanden und die alte Dame mitleidsvoll betrachtet. Sie war in der Tat eine bedauernswerte Gestalt. Ihre lange Krankheit und Einsamkeit hatten eine Persönlichkeit gebrochen, die wahrscheinlich einmal geistreich und großzügig gewesen war; nun war sie zu einer Märtyrerin geworden, die an sich selbst litt und für die sich alles um ihr eigenes Gebrechen drehte. Ich konnte sehen, daß Markhams erster Gedanke war, sie nach einigen tröstenden Worten zu verlassen; doch sein Pflichtgefühl hielt ihn an, zu bleiben und so viel wie möglich in Erfahrung zu bringen.

»Ich will Ihnen nicht mehr zur Last fallen als unbedingt erforderlich, Madam«, begann er freundlich. »Aber es wäre eine große Hilfe für uns, wenn Sie mir erlaubten, ein oder zwei Fragen zu stellen.«

»Was macht das schon aus, eine Last mehr oder weniger?« entgegnete sie. »Daran bin ich doch längst gewöhnt. Fragen Sie mich, soviel Sie wollen.«

Markham verbeugte sich formvollendet. »Sehr freundlich von Ihnen, Madam.« Dann, nach einem kurzen Zögern, fuhr er fort: »Wie ich von Mr. Greene erfahre, haben Sie den Schuß nicht gehört, der im Zimmer Ihrer ältesten Tochter fiel, doch von dem Schuß in Miss Adas Zimmer erwachten Sie.«

»So ist es.« Sie nickte nachdenklich. »Julias Zimmer liegt ein ganzes Stück entfernt – auf der anderen Seite der Diele. Doch Ada läßt stets die Türen zwischen ihrem Zimmer und meinem offenstehen, für den Fall, daß ich in der Nacht etwas brauche. Selbstverständlich erwachte ich, als in ihrem Zimmer der Schuß fiel... Lassen Sie mich nachdenken. Ich muß eben erst eingeschlafen gewesen sein. Mein Rücken bereitete mir letzte Nacht große Schmerzen; ich hatte den ganzen Tag über gelitten, obwohl ich den Kindern natürlich nichts gesagt habe. Was kümmern die sich schon darum, ob ihre gelähmte alte Mutter zu leiden hat... Und dann, als es mir gerade gelungen war einzudämmern, hörte ich den Knall, und ich war wieder hellwach – hilflos lag ich hier, unfähig mich zu regen, und überlegte, was mir wohl Schreckliches geschehen würde. Und niemand kam, um nachzusehen, ob mir etwas fehlte; niemand dachte an mich, wie allein und schutzlos ich war. Aber an mich denkt ja nie jemand.«

»Ich bin überzeugt, es hat sich dabei nicht um Rücksichtslosigkeit gehandelt, Mrs. Greene«, versicherte Markham ihr, und er meinte es ernst. »Angesichts dessen, was vorgefallen war, vergaß man für den Augenblick wahrscheinlich alles außer den beiden Opfern der Schüsse. Sagen Sie: Haben Sie noch irgend etwas anderes in Miss Adas Zimmer gehört, nachdem der Schuß Sie geweckt hatte?«

»Ich hörte, wie das arme Mädchen niederstürzte – zumindest hörte es sich so an.«

»Aber sonst keinerlei Geräusche? Keine Schritte zum Beispiel?«

»Schritte?« Sie schien die Szene im Geiste durchzugehen. »Nein. Keine Schritte.«

»Haben Sie gehört, wie sich die Tür zum Flur öffnete oder schloß, Madam?« Es war Vance, der diese Frage stellte.

Die Augen der Frau schossen zu ihm hinüber und funkelten ihn an.

»Nein, ich habe nicht gehört, wie sich eine Tür öffnete oder schloß.«

»Das ist doch reichlich merkwürdig, finden Sie nicht?« beharrte Vance. »Der Eindringling muß das Zimmer doch irgendwie verlassen haben.«

»Das muß er wohl, sofern er nicht noch da ist«, antwortete sie bissig und wandte sich dann wieder an den Bezirksstaatsanwalt. »Gibt es sonst noch etwas, was Sie wissen möchten?«

Markham hatte offenbar inzwischen eingesehen, daß es unmöglich war, ihr irgend etwas von Bedeutung zu entlocken.

»Ich glaube nicht«, antwortete er; dann fügte er hinzu: »Als der Butler und Ihr Sohn Miss Adas Zimmer betraten, das haben Sie natürlich gehört?«

»Oh ja. Die beiden haben ja Lärm genug gemacht – nicht ein Gedanke daran, was ich wohl empfinde. Dieser Umstandskrämer Sproot hat ja nach Chester gebrüllt wie ein hysterisches Weib; und ins Telefon schrie er, daß man hätte denken können, Doktor von Blon sei taub. Und dann mußte Chester noch das ganze Haus aufwecken, was weiß ich, weswegen. Oh, da gab es keine Ruhe für mich letzte Nacht, das kann ich Ihnen versichern! Und die Polizei trampelte stundenlang durchs Haus wie eine wildgewordene Viehherde. Ein regelrechter Skandal war das. Und ich lag da – eine hilflose alte Frau –, gänzlich vernachlässigt und vergessen, mit höllischen Schmerzen in meinem Rücken.«

Nach einigen belanglosen Worten des Mitleids bedankte Markham sich für ihre Unterstützung und verabschiedete sich dann. Als wir das Zimmer verließen und zur Treppe gingen, konnten wir sie wütend brüllen hören: »Schwester! Schwester! Sind Sie taub? Kommen Sie auf der Stelle herüber und richten Sie meine Kissen. Was fällt Ihnen ein, mich so zu vernachlässigen?«

Zum Glück hörte man die Stimme nicht mehr so laut, als wir wieder im unteren Flur anlangten.

Kapitel 4

Der verschwundene Revolver

(Dienstag, 9. November, 3 Uhr nachmittags)

Die alte Dame kann manchmal ganz schön griesgrämig sein«, lautete Greenes beiläufige Entschuldigung, als wir wieder im Wohnzimmer waren. »Nichts als Klagen über ihre sie innig liebenden Sprößlinge. Nun gut, und was machen wir als nächstes?«

Markham schien in Gedanken versunken, und es war Vance, der antwortete.

»Wir sollten einen Blick auf die Dienstboten werfen und uns anhören, was sie zu sagen haben; Sproot macht den Anfang.«

Markham gab sich einen Ruck und nickte. Daraufhin erhob sich Greene und zog an einer seidenen Klingelschnur in der Nähe des Türbogens. Eine Minute später erschien der Butler und blieb in serviler Haltung an der Schwelle stehen. Markham hatte während der Nachforschungen einen etwas ratlosen, wenn nicht gar gleichgültigen Eindruck gemacht, und so übernahm Vance nun das Kommando.

»Nehmen Sie Platz, Sproot, und berichten Sie uns so knapp wie möglich, was sich vergangene Nacht zugetragen hat.«

Sproot trat zögernd vor, die Augen niedergeschlagen, doch er blieb vor dem Tisch in der Mitte des Raumes stehen.

»Ich las im Martial, Sir, in meinem Zimmer«, begann er mit einem unterwürfigen Augenaufschlag, »als mir war, als hätte ich einen gedämpften Schuß gehört. Ich war mir nicht ganz sicher, denn die Automobile auf der Straße haben mitunter recht laute Fehlzündungen. Doch schließlich sagte ich mir, daß ich lieber einmal nach dem Rechten sehen sollte. Ich trug mein Nachtgewand, wenn Sie verstehen, was ich meine, Sir; also schlüpfte ich in meinen Morgenmantel und ging hinunter. Ich wußte nicht, von wo genau das Geräusch gekommen war; doch als ich noch auf der Treppe war, hörte ich einen weiteren Schuß, und diesmal klang es, als komme er aus Miss Adas Zimmer. Also ging ich unmittel-

43

bar dorthin und sah nach, ob die Tür abgeschlossen war. Sie war unverschlossen, und als ich hineinblickte, entdeckte ich Miss Ada auf dem Fußboden – ein überaus schmerzlicher Anblick, Sir. Ich rief Mr. Chester, und wir trugen die arme junge Dame ins Bett. Danach telefonierte ich mit Doktor von Blon.«

Vance musterte ihn prüfend.

»Es zeugt von großem Mut, Sproot, daß Sie sich mitten in der Nacht in einen dunklen Flur gewagt haben, um herauszufinden, von wo der Schuß gekommen war.«

»Ich danke Ihnen, Sir«, antwortete der Mann bescheiden. »Ich bemühe mich stets, gegenüber der Familie Greene meine Pflicht zu erfüllen. Schließlich bin ich seit –«

»Das ist uns bereits bekannt, Sproot«, unterbrach ihn Vance. »Soviel ich weiß, brannte in Miss Adas Zimmer das Licht, als Sie die Tür öffneten.«

»Jawohl, Sir.«

»Und Sie haben niemanden gesehen und auch kein Geräusch gehört? Das Klappen einer Tür zum Beispiel?«

»Nein, Sir.«

»Trotz alledem muß derjenige, der den Schuß abgefeuert hat, zur selben Zeit wie Sie irgendwo im Flur gewesen sein.«

»Das ist zu vermuten, Sir.«

»Und er hätte leicht auch auf Sie einen Schuß abgeben können.«

»Das ist richtig, Sir.« Die Gefahr, der er entronnen war, schien Sproot völlig kalt zu lassen. »Aber was geschehen soll, geschieht, Sir – wenn Sie mir die Bemerkung gestatten. Und ich bin ein alter Mann – «

»Na, na! Sie werden vermutlich noch eine ganze Weile leben – wie lange, kann ich Ihnen natürlich nicht genau sagen.«

»Nein, Sir.« Sproots Augen starrten ins Leere. »Niemand kennt die Geheimnisse von Leben und Tod.«

»Wie ich sehe, sind Sie ein richtiger Philosoph«, bemerkte Vance trocken. Dann fuhr er fort: »Als Sie Doktor von Blon anriefen, war er da zu Hause?«

»Nein, Sir, aber die Nachtschwester sagte mir, er werde jeden Augenblick zurück sein, und sie werde ihn vorbeischicken. Eine knappe halbe Stunde später war er da.«

Vance nickte. »Das wäre alles, danke sehr, Sproot. Und nun schicken Sie mir bitte die Frau Köchin.«

»Wie Sie wünschen, Sir.« Und der alte Butler schlurfte aus dem Zimmer.

Vance blickte ihm nachdenklich hinterher. »Charmanter Bursche«, murmelte er.

Greene schnaubte. »Sie müssen ja auch nicht mit ihm unter einem Dach leben. Der hätte auch ›Wie Sie wünschen, Sir‹ gesagt, wenn Sie ihn auf Wallonisch oder in Volapük angeredet hätten. Ein entzückender kleiner Spielgefährte, wenn er seine vierundzwanzig Stunden am Tag im Haus herumschnüffelt!«

Die Köchin, eine etwa fünfundvierzigjährige umfängliche, behäbige Deutsche namens Gertrude Mannheim, trat ein und ließ sich auf der Kante eines Stuhls in der Nähe der Tür nieder. Nachdem er sie einen Augenblick lang eingehend gemustert hatte, fragte Vance: »Sind Sie in diesem Land geboren, Frau Mannheim?«

»Ich bin in Baden geboren«, antwortete sie mit klangloser, recht kehliger Stimme. »Mit zwölf Jahren bin ich nach Amerika gekommen.«

»Wenn ich recht informiert bin, haben Sie nicht immer als Köchin gearbeitet.« Vance' Stimme hatte eine leicht andere Färbung angenommen als in der Unterhaltung mit Sproot.

Die Frau antwortete nicht sofort. Schließlich sagte sie: »Nein, Sir, erst, seit mein Mann tot ist.«

»Und wie sind Sie gerade zu den Greenes gekommen?«

Wieder zögerte sie. »Ich kannte Mr. Tobias Greene; er war ein Bekannter meines Mannes. Als mein Mann starb, hatte ich kein Geld. Und ich erinnerte mich an Mr. Greene und dachte – «

»Verstehe.« Vance hielt inne, den Blick in die Ferne gerichtet. »Sie haben nichts von dem mitbekommen, was sich vergangene Nacht hier zugetragen hat?«

»Nein, Sir. Das erste, was ich gehört habe, war, als Mr. Chester die Treppe hinaufrief und uns sagte, wir sollten uns anziehen und alle hinunterkommen.«

Vance stand auf und trat an das Fenster, von dem aus man auf den East River blickte.

»Das wäre alles, Frau Mannheim. Bitte seien Sie so freundlich und bitten Sie das erste Hausmädchen – Hemming, nicht wahr? – herzukommen.«

Die Köchin ging ohne ein weiteres Wort, und kurz darauf nahm ihren Platz eine große, unordentlich aussehende Frau mit einem spitzen, verklemmten Gesicht und streng zurückgekämmtem Haar ein. Sie trug ein schwarzes einteiliges Kleid und Gesundheitsschuhe mit Keilsohlen; die Strenge ihres Ausdrucks wurde noch betont durch die dicken Gläser der Brille, die sie trug.

»Soviel ich weiß, Hemming«, hob Vance an, während er sich erneut vor dem Kamin niedersetzte, »hörten Sie keinen der beiden Schüsse der vergangenen Nacht und erfuhren von der Tragödie erst, als Mr. Greene Sie rief.«

Die Frau antwortete mit einem ruckartigen, emphatischen Nikken.

»Ich wurde verschont«, verkündete sie mit krächzender Stimme. »Doch die Tragödie, wie Sie das nennen, mußte kommen, früher oder später. Es war ein Akt Gottes, wenn Sie mich fragen.«

»Na, wir fragen Sie zwar nicht, Hemming, aber wir sind hocherfreut, Ihre Meinung zu hören. Gott hatte also, als diese Schüsse fielen, seine Hand im Spiel, was?«

»Allerdings!« bestätigte die Frau voll religiösen Eifers. »Die Greenes sind eine gottlose, verderbte Familie.« Sie warf Chester Greene, der unsicher lachte, einen herausfordernden Blick zu. »›Und ich will über sie kommen, spricht der Herr Zebaoth, und von Babel ausrotten Name und Rest, Kind und Kindeskind‹ – nur daß es hier keine Kindeskinder gibt –, ›spricht der Herr, und will es mit dem Besen des Verderbens wegfegen, spricht der Herr Zebaoth.‹«

Vance betrachtete sie nachdenklich. »Soweit ich sehe, mißdeuten Sie Jesaja. Sind Ihnen denn auch himmlische Erleuchtungen zuteil geworden, wen der Herr zum Besen erwählte?«

Die Frau preßte die Lippen zusammen. »Wer weiß?«

»Tja, in der Tat, wer weiß das wohl? Doch wenn wir uns nun wieder weltlichen Dingen zuwenden wollen – wenn ich es recht verstehe, waren Sie also nicht überrascht angesichts der Vorfälle der letzten Nacht?«

»Nichts kann mich überraschen, denn ich weiß, der Herr geht seltsame Wege.«

Vance seufzte. »Kehren Sie zurück zu Ihrer Bibellektüre, Hemming. Mein einziger Wunsch ist, daß Sie unterwegs bei Barton innehalten und ihr mitteilen, daß wir sie sehnlichst erwarten.«

Die Frau erhob sich und begab sich hinaus, steif, als hätte sie einen Besen verschluckt.

Als Barton eintrat, war nicht zu übersehen, daß sie ängstlich war. Doch reichte diese Furcht nicht aus, ihre natürliche Koketterie ganz zu verbannen. Etwas Neckisches lag in dem ängstlichen Blick, mit dem sie uns musterte, und mit einer Hand strich sie unbewußt das kastanienbraune Haar glatt. Vance rückte sein Monokel zurecht.

»Sie sollten Taubengrau tragen, Barton«, riet er ihr mit ernster Stimme, »wirklich. Das bringt Ihren dunklen Teint so viel vorteilhafter zur Geltung als Kirschrot.«

Ihre Anspannung ließ nach, und sie warf Vance einen verblüfften, koketten Blick zu.

»Aber eigentlich habe ich Sie kommen lassen«, fuhr er fort, »um Sie zu fragen, ob Mr. Greene Sie jemals geküßt hat.«

»Welcher – Mr. Greene?« stammelte sie, völlig aus der Fassung gebracht.

Chester hatte sich bei Vance' Frage schlagartig in seinem Sessel aufgesetzt und schnaufte wütend. Doch die Stimme versagte ihm, und er blickte zu Markham hinüber in sprachloser Empörung.

Vance' Mundwinkel zuckten. »Eigentlich hat es weiter keine Bedeutung, Barton«, fügte er rasch hinzu.

»Wollen Sie mir denn gar keine Fragen stellen, über das, was – letzte Nacht passiert ist?« fragte das Mädchen, und die Enttäuschung war nicht zu übersehen.

»Oh! Wissen Sie irgend etwas darüber, was passiert ist?«

»Nein, das nicht«, gab sie zu. »Ich habe geschlafen – «

»Genau. Und deshalb werde ich Sie auch nicht mit Fragen belästigen.« Er entließ sie gutgelaunt.

»Zum Teufel, Markham, ich protestiere!« brüllte Greene, als Barton gegangen war. »Also, die Leichtfertigkeit dieses – dieses Herrn hier, verdammt geschmacklos ist das – verflucht nochmal!«

Auch Markham war die frivole Richtung peinlich, die Vance' Befragung genommen hatte.

»Ich weiß nicht, wozu solche abwegigen Fragen nützlich sein sollen«, sagte er, bemüht, seinen Ärger unter Kontrolle zu halten.

»Das liegt daran, daß Sie noch immer an die Einbruchshypothese glauben«, entgegnete Vance. »Wenn es jedoch, wie Mr. Greene annimmt, eine andere Erklärung für das Verbrechen der vergangenen Nacht gibt, dann ist es von entscheidender Bedeutung, daß wir uns mit den Verhältnissen vertraut machen, die in diesem Hause herrschen. Und ebenso wichtig ist es, nicht das

Mißtrauen der Dienstboten zu erregen. Deshalb meine scheinbar belanglosen Fragen. Ich versuche mir ein Bild der verschiedenen menschlichen Faktoren zu machen, mit denen wir es hier zu tun haben, und ich finde, es ist mir außerordentlich gut gelungen. Eine Reihe recht interessanter Möglichkeiten hat sich eröffnet.«

Bevor Markham noch antworten konnte, erschien Sproot im Hausflur und öffnete jemandem die Tür, den er ehrerbietig begrüßte. Greene begab sich sofort hinaus.

»Hallo, Doc«, hörten wir ihn sagen. »Dachte mir schon, daß Sie bald hier sein würden. Der Bezirksstaatsanwalt und seine Leute sind hier, und sie würden gern mit Ada sprechen. Ich habe ihnen gesagt, Sie glauben, es werde heute nachmittag möglich sein.«

»Das werde ich wissen, wenn ich Ada gesehen habe«, entgegnete der Doktor. Er schritt eilig voran, und wir hörten ihn die Treppe hinaufsteigen.

»Es ist von Blon«, verkündete Greene, als er ins Wohnzimmer zurückkehrte. »Er wird uns gleich wissen lassen, wie es Ada geht.« Er sagte das in einem gleichgültigen Ton, der mich damals verwunderte.

»Wie lange kennen Sie Doktor von Blon eigentlich schon?« fragte Vance.

»Wie lang?« Greene blickte überrascht. »Aber ich kenne ihn schon mein ganzes Leben lang. Bin mit ihm zusammen auf die gute alte Beekman Public School gegangen. Sein Vater – der alte Doktor Veranus von Blon – hat sämtliche jüngeren Greenes zur Welt gebracht; Hausarzt, geistiger Beistand und all das seit urdenklichen Zeiten. Als von Blon senior starb, war es selbstverständlich, daß wir den Junior an seiner Stelle annahmen. Und der junge Arthur ist ein gewitztes Bürschchen. Kennt sein Arzneibuch in- und auswendig. Vom alten Herrn angelernt, medizinische Studien in Deutschland abgeschlossen.«

Vance quittierte Chesters Zusammenfassung mit einem leichten Nicken.

»Ich würde vorschlagen, daß wir, während wir auf Doktor von Blon warten, ein wenig mit Miss Sibella und Mr. Rex plaudern. Sagen wir, zuerst mit Ihrem Bruder.«

Greene warf Markham einen fragenden Blick zu, und auf dessen Bestätigung hin läutete er nach Sproot.

Rex Greene ließ uns nicht lange warten.

»Und womit kann ich Ihnen diesmal dienen?« fragte er und ließ seinen nervösen Blick forschend über unsere Gesichter gleiten. Seine Stimme klang mürrisch, beinahe quengelig, und es gab Augenblicke, da fühlte man sich an den verdrießlichen, klagenden Tonfall von Mrs. Greene erinnert.

»Wir wollen Ihnen nur einige Fragen zu den Vorfällen der vergangenen Nacht stellen«, antwortete Vance beschwichtigend. »Wir dachten, Sie könnten uns vielleicht weiterhelfen.«

»Wie soll ich Ihnen weiterhelfen können?« fragte Rex unfreundlich und ließ sich in einen Sessel fallen. Er warf seinem Bruder einen spöttischen Blick zu. »Außer Chester war anscheinend keiner von uns wach.«

Rex Greene war ein kleiner, blasser junger Mann mit schmalen, hängenden Schultern. Sein ungewöhnlich großer Kopf saß auf einem geradezu ausgemergelt wirkenden Hals. Eine glatte Haarsträhne fiel ihm in die stark gewölbte Stirn, und er hatte die Angewohnheit, sie mit einer ruckartigen Kopfbewegung zurückzuwerfen. Seine winzigen, unsteten Augen schienen hinter der gewaltigen Hornbrille niemals zur Ruhe zu kommen; und seine schmalen Lippen zuckten ständig, als litte er an einem *tic douloureux*. Sein Kinn war klein und spitz, und indem er es zurückzog, betonte er noch, wie wenig ausgeprägt es war. Er bot keinen erfreulichen Anblick, und doch hatte der Mann etwas an sich – vielleicht, weil er übermäßig angespannt wirkte –, was auf außergewöhnliche Anlagen schließen ließ. Ich habe einmal ein Wunderkind gesehen – einen Schachspieler –, das die gleiche Schädelform und den gleichen Gesichtsschnitt besaß.

Vance wirkte in sich gekehrt, doch ich wußte, daß ihm keine Einzelheit am äußeren Erscheinungsbild des Mannes entging. Schließlich legte er seine Zigarette beiseite und visierte mit gelangweiltem Blick die Schreibtischlampe an.

»Sie sagen, Sie haben die Tragödie der vergangenen Nacht verschlafen. Wie erklären Sie sich diese bemerkenswerte Tatsache, wo doch einer der Schüsse im Zimmer unmittelbar neben dem Ihren abgefeuert wurde?«

Rex rutschte nach vorne, so daß er auf der Kante des Sessels saß, und wandte den Kopf von einer Seite zur anderen, wobei er sorgsam vermied, einem von uns in die Augen zu blicken.

»Ich habe überhaupt nicht versucht, eine Erklärung zu finden«, erwiderte er verärgert; doch dabei wirkte er nervös, so, als müsse er sich gegen einen Vorwurf verteidigen. Dann fuhr er eilig fort: »Die Wände in diesem Haus sind ja ziemlich dick, und außerdem gibt es immer Geräusche von der Straße ... Vielleicht hatte ich mir die Bettdecke über den Kopf gezogen.«

»Wenn du den Schuß gehört hättest, dann hättest du dir ganz sicher die Bettdecke über den Kopf gezogen«, bemerkte Chester. Er unternahm nicht einmal den Versuch, die Verachtung, die er für seinen Bruder empfand, zu verbergen.

Rex schoß herum und hätte auf diese Anschuldigung scharf reagiert, wenn nicht Vance sofort zur nächsten Frage übergegangen wäre.

»Welche Theorie haben Sie denn zu diesem Verbrechen, Mr. Greene? Sie haben alle Einzelheiten gehört, und Sie kennen die Umstände.«

»Ich dachte, die Polizei sei zu dem Ergebnis gekommen, daß es ein Einbrecher war.« Der junge Mann sah Heath durchdringend an. »War das nicht Ihre Schlußfolgerung?«

»Das war sie, und das ist sie«, erklärte der Sergeant, der bislang in gelangweiltem Schweigen verharrt hatte. »Aber Ihr Bruder hier scheint anderer Ansicht zu sein.«

»So so, Chester ist anderer Ansicht.« Rex wandte sich mit einem Ausdruck hinterhältiger Abneigung an seinen Bruder. »Vielleicht weiß Chester ja alles über die Sache.« Man mußte kein Hellseher sein, um zu verstehen, was er damit andeuten wollte.

Und wieder sprang Vance in die Bresche.

»Ihr Bruder hat uns alles gesagt, was er weiß. Im Augenblick interessiert uns mehr, was Sie wissen.« Die Schärfe seines Tonfalls ließ Rex tiefer in seinem Sessel versinken. Seine Lippe zuckte heftiger, und er begann am Kordelverschluß seiner Hausjacke zu zupfen. In diesem Augenblick fiel mir zum ersten Mal auf, daß er kurze, rachitische Hände mit verkrümmten, geschwollenen Fingergliedern hatte.

»Sind Sie ganz sicher, daß Sie keinen Schuß gehört haben?« fuhr Vance drohend fort.

»Ich habe Ihnen doch schon ein dutzendmal gesagt, daß ich nichts gehört habe!« Seine Stimme überschlug sich, und er hielt mit beiden Händen die Armlehnen seines Sessels umklammert.

»Bleib ruhig, Rex«, mahnte Chester. »Sonst bekommst du noch wieder einen deiner Anfälle.«

»Scher dich zum Teufel!« schrie der junge Mann. »Wie oft soll ich denen denn noch sagen, daß ich nichts weiß?«

»Wir wollten nur in allen Punkten ganz sichergehen«, sagte Vance beschwichtigend. »Und es wäre sicher nicht in Ihrem Sinne, wenn der Tod Ihrer Schwester ungesühnt bliebe, nur weil wir zu rasch aufgegeben hätten.«

Rex' Anspannung ließ ein wenig nach, und er holte tief Luft.

»Oh, wenn ich etwas wüßte, würde ich es Ihnen schon sagen«, beteuerte er und fuhr sich mit der Zunge über die trockenen Lippen. »Aber für alles, was in diesem Hause passiert, schiebt man mir die Schuld zu – Ada und mir, genauer gesagt. Und ob Julias Tod gesühnt wird – das interessiert mich sehr viel weniger als die Frage, ob das Schwein, das auf Ada geschossen hat, seine gerechte Strafe bekommt. Schon unter normalen Umständen geht es ihr hier schlecht genug. Mutter hält sie im Haus fest und läßt sich von ihr bedienen wie von einem Dienstmädchen.«

Vance nickte verständnisvoll. Dann erhob er sich und legte Rex mitfühlend die Hand auf die Schulter. Diese Geste war so ungewöhnlich für ihn, daß ich völlig verblüfft war; denn trotz seiner tiefverwurzelten Menschlichkeit schienen öffentliche Gefühlsbezeugungen Vance stets peinlich zu berühren, und er war immer bemüht, seine Empfindungen unter Kontrolle zu halten.

»Nehmen Sie sich diese Tragödie nicht zu sehr zu Herzen, Mr. Greene«, sagte er aufmunternd. »Und ich versichere Ihnen, daß wir alles in unserer Macht Stehende tun werden, um die Person, die auf Miss Ada geschossen hat, ausfindig zu machen und zu bestrafen. Doch nun wollen wir Sie nicht länger belästigen.«

Rex erhob sich überhastet und versuchte, seine Beherrschung wiederzufinden.

»Ach, schon gut.« Und mit einem verstohlen triumphierenden Blick auf seinen Bruder verließ er den Raum.

»Rex ist ein komischer Vogel«, bemerkte Chester nach einer kurzen Pause. »Er verbringt den größten Teil seiner Zeit mit seinen Büchern und mit dem Lösen abstruser mathematischer und astronomischer Fragen. Wollte im Mansardendach ein Teleskop installieren, aber das war der alten Dame dann doch zu viel. Probleme mit seiner Gesundheit hat er auch, der arme Junge. Ich sage ihm immer, es liegt daran, daß er nicht genug an die frische Luft geht, aber Sie haben ja gesehen, was er von mir hält. Hält mich für schwachsinnig, weil ich Golf spiele.«

»Was sind das für Anfälle, von denen Sie sprachen?« erkundigte sich Vance. »So wie Ihr Bruder aussieht, könnte er durchaus Epileptiker sein.«

»Nein, nein, nichts dergleichen; obwohl ich schon erlebt habe, daß er Krämpfe bekam, wenn er einen besonders schlimmen Koller hatte. Er ist leicht erregbar, und dann dreht er durch. Von Blon sagt, es ist Hyperneurasthenie – was immer das ist. Wenn er sich aufregt, wird er leichenblaß und bekommt so eine Art Schüttelfrost. Sagt Sachen, die ihm hinterher leid tun. Aber es ist nichts Ernstes. Was ihm fehlt, ist körperliche Bewegung – ein Jahr auf einer Ranch, das einfache Leben, ohne seine verdammten Bücher, ohne Zirkel und Reißschiene.«

»Ich nehme an, er ist mehr oder weniger ein Liebling Ihrer Mutter?« (Als Vance das sagte, fiel mir wieder ein, daß ich bei Rex' Worten ein vages Gefühl einer merkwürdigen Wesensverwandtschaft zwischen Mutter und Sohn gehabt hatte.)

»Mehr oder weniger.« Chester nickte gewichtig. »Soweit die alte Dame überhaupt jemanden außer sich selbst lieben kann, ist er ihr Liebling. Zumindest hat sie Rex nie so sehr schikaniert wie uns andere.«

Wieder trat Vance an das große Fenster und blickte hinaus auf den East River. Plötzlich wandte er sich um.

»Übrigens, Mr. Greene, haben Sie eigentlich Ihren Revolver wiedergefunden?« Sein Ton hatte sich gewandelt; die nachdenkliche Stimmung war verflogen.

Chester zuckte zusammen und warf einen raschen Blick auf Heath, der nun die Ohren spitzte.

»Nein, potztausend, habe ich nicht«, gab er zu und suchte in seiner Tasche nach der Zigarettenspitze. »Das ist eine seltsame Sache mit diesem Revolver. Habe ihn immer in meiner Schreibtischschublade gehabt – obwohl ich ja diesem Herrn schon, als er darauf zu sprechen kam, gesagt habe« – er wies mit der Zigarettenspitze auf Heath, als ob es sich um einen unbelebten Gegenstand handelte –, »daß ich, wenn ich es recht überlege, ihn schon seit Jahren nicht mehr gesehen habe. Aber trotzdem, wo zum Teufel kann er geblieben sein? Verdammt geheimnisvoll. Niemand hier im Haus würde ihn anrühren. Aber er ist nirgends zu finden ... Wahrscheinlich beim jährlichen Hausputz versehentlich weggeworfen worden.«

»Das wäre eine Erklärung«, stimmte Vance ihm zu. »Was für ein Revolver war es?«

»Ein alter Smith & Wesson, Kaliber zweiunddreißig.« Es schien, daß Chester versuchte, ihn sich wieder ins Gedächtnis zu rufen. »Perlmuttgriff, einige gravierte Schnörkel auf dem Lauf – genau weiß ich es nicht mehr. Ich habe ihn vor fünfzehn Jahren gekauft – vielleicht ist es noch länger her –, als ich einmal im Sommer in den Adirondacks zum Zelten war. Habe Schießübungen damit gemacht. Dann war ich es leid und steckte das Ding in eine Schublade, hinter einen Stapel alter Schecks.«

»Zu der Zeit funktionierte er noch gut?«

»Soviel ich weiß, schon. Genaugenommen war er schwergängig, als ich ihn bekam, und ich habe den Abzugsstollen verkleinern lassen, so daß er dann praktisch bei der geringsten Berührung losging. Für Schießübungen war das gut so.«

»Erinnern Sie sich noch, ob er geladen war, als Sie ihn wegleg-ten?«

»Kann ich nicht mehr sagen. Durchaus denkbar. Da ist so lange her – «

»Hatten Sie Patronen dafür in Ihrem Schreibtisch?«

»Das kann ich Ihnen genau beantworten. Es war nicht eine einzige Patrone da.«

Vance setzte sich wieder. »Nun, Mr. Greene, wenn Ihnen der Revolver über den Weg läuft, werden Sie es natürlich Mr. Markham oder Sergeant Heath wissen lassen.«

»Aber gewiß. Es wird mir ein Vergnügen sein«, versicherte Chester ihm großmütig.

Vance warf einen Blick auf seine Uhr. »Und nun, da Doktor von Blon noch bei der Patientin ist, hätte ich gern, wenn es möglich ist, Miss Sibella kurz gesprochen.«

Chester erhob sich, offenbar erleichtert, daß das Thema Revolver vom Tisch war, und ging hinüber zum Glockenstrang an der Tür.

Doch dort hielt er inne, die Hand schon danach ausge-streckt.

»Ich werde sie selbst holen«, sagte er und eilte aus dem Zimmer.

Markham bedachte Vance mit einem Lächeln. »Wie ich sehe, hat Ihre Prophezeiung, daß die Waffe nicht auftauchen würde, sich einstweilen erfüllt.«

»Und ich fürchte, das edle Stück mit dem empfindlichen Abzug wird sich niemals wiederfinden – zumindest nicht, bis diese ganze elende Geschichte aufgeklärt ist.« Vance war ungewöhnlich nüchtern; seine übliche sorglose Art war für den Augenblick verschwunden. Doch es dauerte nicht lange, bis er spöttisch die Augenbrauen hob und zu Heath hinübergrinste.

»Vielleicht hat Ihr räuberischer Novize sich mit dem Revolver davongemacht, Sergeant – fasziniert von den Ornamenten des Laufs, hingerissen von dem Perlmuttgriff.«

»Es ist nicht undenkbar, daß der Revolver tatsächlich so abhanden gekommen ist, wie Greene sagte«, wandte Markham ein. »Jedenfalls finde ich, daß Sie zu sehr auf dieser Sache herumreiten.«

»Das kann man wohl sagen, Mr. Markham«, brummte Heath. »Und außerdem habe ich nicht das Gefühl, daß dieses ganze Geplänkel mit der Familie uns im geringsten weiterhilft. Ich habe sie mir allesamt schon letzte Nacht vorgenommen, als die Schüsse gerade erst gefallen waren; und ich kann Ihnen versichern, die wissen absolut nichts darüber. Diese Ada Greene, das ist die einzige hier im Haus, mit der ich noch sprechen will. Vielleicht kann die uns einen Tip geben. Wenn das Licht in ihrem Zimmer brannte, als der Einbrecher hereinkam, hat sie ihm vielleicht ins Gesicht geblickt.«

»Sergeant«, sagte Vance und schüttelte traurig den Kopf, »Ihr Glaube an diesen sagenhaften Einbrecher bekommt allmählich etwas Pathologisches.«

Markham inspizierte sorgfältig die Spitze seiner Zigarre.

»Nein, Vance, ich neige dazu, dem Sergeant zuzustimmen. Ich glaube, in diesem Fall sind Sie derjenige mit der krankhaften Phantasie. Ich habe mich zu leichtfertig von Ihnen zu dieser Untersuchung verlocken lassen. Deshalb habe ich mich zurückgehalten und Ihnen das Spielfeld überlassen. Ada Greene ist die einzige hier, auf deren Hilfe wir hoffen können.«

»Was sind Sie doch für ein aufrechter, vertrauensseliger Mensch!« Vance seufzte und rutschte nervös im Sessel auf und ab. »Unser übersinnlicher Chester braucht aber verdammt lange, Sibella hierher zu geleiten.«

Im selben Augenblick hörte man Schritte auf der Marmortreppe, und einige Sekunden später erschien Sibella Greene, von Chester begleitet, auf der Schwelle.

Kapitel 5

Potentielle Mörder

(Dienstag, 9. November, 3.30 Uhr nachmittags)

Sibella trat mit festen, federnden Schritten ein, den Kopf hoch erhoben. Ihre Augen musterten die Versammlung mit unverhohlener Neugier. Sie war hochgewachsen, von schlanker, athletischer Statur, und obwohl sie nicht hübsch war, hatten ihre scharf geschnittenen Züge einen kühlen Reiz, der den Betrachter in seinen Bann zog. Ihr Gesicht wirkte lebhaft und konzentriert zugleich; und aus ihrer Miene sprach ein Hochmut, der fast an Arroganz grenzte. Ihr krauses dunkles Haar war kurz geschnitten, aber nicht in Wellen gelegt, und die Strenge der Frisur unterstrich den allzu markanten Schnitt ihres Gesichts. Die haselnußbraunen Augen standen weit auseinander unter starken, beinahe waagerechten Augenbrauen; die Nase war gerade und leicht vorspringend, der Mund groß und fest, eine Spur von Grausamkeit umspielte die schmalen Lippen. Ihre Kleidung war schlicht; sie trug ein dunkles, sehr kurzes, sportliches Kostüm, Strümpfe in verschiedenen Erikatönen sowie flache Halbschuhe, die fast wie Herrenschuhe wirkten.

Chester präsentierte ihr den Bezirksstaatsanwalt als einen alten Bekannten und überließ es Markham, die anderen vorzustellen.

»Ich nehme an, Sie wissen, warum Chet Sie mag, Mr. Markham«, sagte sie mit eigenartig getragener Stimme. »Sie sind eines der wenigen Mitglieder des Marylebone-Clubs, die er beim Golf schlagen kann.«

Sie setzte sich an den Tisch in der Mitte des Raumes und schlug die Beine bequem übereinander.

»Könntest du mir eine Zigarette holen, Chet?« Ihr Tonfall ließ den Wunsch zum Befehl werden.

Vance erhob sich sofort und bot ihr sein Zigarettenetui an.

»Versuchen Sie doch eine von diesen Régies, Miss Greene«, drängte er, ganz Salonlöwe. »Wenn Sie sagen, Sie mögen sie nicht, werde ich auf der Stelle die Marke wechseln.«

55

»Reichlich voreilig!« Sibella nahm eine Zigarette und gestattete Vance, ihr Feuer zu geben. Dann lehnte sie sich in ihrem Sessel zurück und warf Markham einen spöttischen Blick zu. »Ganz schön wilde Vorstellung, die wir da letzte Nacht gegeben haben, was? Dieses alte Gemäuer hat noch nie einen solchen Aufstand erlebt. Mein Pech, daß ich die ganze Zeit fest geschlafen habe.« Sie machte einen Schmollmund. »Chet hat mich erst gerufen, als alles vorbei war. Das sieht ihm ähnlich – ein mieser Charakter.«

Aus irgendeinem Grund schockierte mich ihr lockerer Ton nicht so sehr, wie das bei einer anderen Art von Person der Fall gewesen wäre. Aber Sibella schien mir eine junge Frau zu sein, die trotz tiefer Empfindungen nicht zuließ, daß irgendein Unglück die Oberhand über sie gewann; und ihre scheinbare Herzlosigkeit führte ich auf eine entschiedene, wenn auch hier unpassende Couragiertheit zurück.

Anders Markham, der Anstoß an ihrer Einstellung nahm.

»Man kann Mr. Greene keinen Vorwurf daraus machen, daß er die Angelegenheit nicht auf die leichte Schulter nimmt«, wies er sie zurecht. »Der brutale Mord an einer wehrlosen Frau und der Versuch, ein junges Mädchen zu erschießen, fallen wohl kaum in die Sparte Unterhaltung.«

Sibella warf ihm einen tadelnden Blick zu. »Wissen Sie, Mr. Markham, Sie klingen genau wie die Mutter Oberin in der verknöcherten Klosterschule, in der ich zwei Jahre lang eingesperrt war.« Sie wurde plötzlich ernst. »Warum soll ich ein langes Gesicht machen wegen einer Sache, die nun einmal geschehen und nicht mehr zu ändern ist? Und überhaupt, Julia hat ihr Leben nicht eben in vollen Zügen genossen. Sie war eine griesgrämige und besserwisserische Frau, und mit der Liste ihrer guten Taten könnte man nicht viele Seiten füllen. Was ich da sage, mag nicht gerade das sein, was man von einer Schwester erwartet – aber wir werden sie nicht allzu schmerzlich vermissen. Chet und ich werden uns mit Sicherheit nicht vor Kummer verzehren.«

»Und was ist mit dem brutalen Anschlag auf Ihre andere Schwester?« Markham hielt nur mit Mühe seine Entrüstung im Zaum.

Sibellas Augen verengten sich sichtbar, und ihre Züge erstarrten. Aber dieser Ausdruck verschwand fast auf der Stelle wieder.

»Nun, Ada wird wieder gesund, oder?« Trotz aller Anstrengung gelang es ihr nicht, einen Anflug von Härte aus ihrer Stimme zu verbannen. »Sie wird sich gründlich ausruhen, und eine Pflegerin wird sich um sie kümmern. Soll ich eine Flut von Tränen vergießen, weil meine kleine Schwester noch einmal davongekommen ist?«

Vance, der diesen Zusammenprall von Markham und Sibella genau beobachtet hatte, griff nun in das Gespräch ein.

»Mein lieber Markham, ich verstehe nicht, was Miss Greenes Gefühle mit der Sache zu tun haben. Ihr Verhalten mag nicht ganz dem entsprechen, was man gemeinhin in solchen Situationen von einer jungen Dame erwartet, aber ich bin sicher, sie hat gute Gründe für ihre Sicht der Dinge. Lassen Sie uns aufhören zu moralisieren und statt dessen sehen, ob Miss Greene uns weiterhelfen kann.«

Die junge Frau warf ihm einen amüsierten, anerkennenden Blick zu; und Markham signalisierte mit einer gleichgültigen Geste, daß er einverstanden war. Es war offensichtlich, daß er die Befragung für bedeutungslos hielt.

Vance bedachte die junge Frau mit einem gewinnenden Lächeln.

»Es ist wirklich meine Schuld, Miss Greene, daß wir hier eingedrungen sind«, entschuldigte er sich. »Sehen Sie, ich war es, der Mr. Markham gedrängt hat, sich des Falles anzunehmen, nachdem Ihr Bruder zu verstehen gegeben hatte, daß er der Einbruchshypothese keinen Glauben schenkte.«

Sie nickte verständnisvoll. »Oh, Chet hat manchmal eine ausgezeichnete Spürnase. Einer seiner wenigen Vorzüge.«

»Ich vermute, Sie sind ebenfalls skeptisch, was den Einbrecher angeht?«

»Skeptisch?« sie lachte einmal kurz auf. »Ich bin geradezu argwöhnisch. Ich habe keine Einbrecher in meinem Bekanntenkreis, obwohl ich schrecklich gerne mal einen kennenlernen würde; aber ich kann mir beim besten Willen auch mit meiner wilden Phantasie keinen Einbrecher vorstellen, der seiner faszinierenden Beschäftigung auf eine Art und Weise nachgeht, wie unser kleiner Unterhaltungskünstler das letzte Nacht getan hat.«

»Sie versetzen mich in wahrhaft freudige Erregung«, verkündete Vance. »Wir sind nämlich zwei Vertreter einer Minderheit, deren Vorstellungen genau übereinstimmen.«

»Hat Chet Ihnen irgendeine logische Erklärung für seine Vermutung geliefert?« erkundigte sie sich.

»Ich fürchte, nein. Er schien geneigt, seine Ahnungen auf übernatürliche Ursachen zurückzuführen. Seine Überzeugung entsprang, wenn ich es recht verstanden habe, einer Art übersinnlicher Eingebung. Er wußte etwas, konnte es aber nicht erklären;
er war sich sicher, hatte aber keine Beweise. Es war höchst vage –
ein bißchen esoterisch, wenn man so will.«

»Ich hätte nie vermutet, daß Chet einen Hang zum Spiritismus
hat.« Sie warf ihrem Bruder einen herausfordernden Blick zu.
»Er ist wirklich stinknormal, wenn man ihn näher kennt.«

»Ach, hör doch auf, Sib«, warf Chester gereizt ein. »Du hast
heute morgen selbst fast einen Anfall bekommen, als ich dir berichtete, daß die Polizei auf einen Einbrecher tippt.«

Sibella ging nicht darauf ein. Mit einer leichten Kopfbewegung
beugte sie sich vor und warf ihre Zigarette in den Kamin.

»Übrigens, Miss Greene«, bemerkte Vance beiläufig, »es hat
da einiges Rätselraten gegeben, weil der Revolver Ihres Bruders
nicht aufzufinden ist. Er ist spurlos aus seiner Schreibtischschublade verschwunden. Haben Sie ihn vielleicht irgendwo im Haus
gesehen?«

Als er die Waffe erwähnte, verhärteten sich Sibellas Züge ein
wenig. Ein entschlossener Ausdruck trat in ihre Augen, und die
Mundwinkel hoben sich zum Anflug eines ironischen Lächelns.

»Chets Revolver ist also verschwunden?« fragte sie ausdruckslos, so als sei sie in Gedanken bei etwas anderem. »Nein ... ich
habe ihn nicht gesehen.« Dann, nach kurzem Zögern: »Aber vergangene Woche war er noch in Chets Schreibtisch.«

Chester richtete sich ärgerlich auf. »Was hattest du letzte Woche an meinem Schreibtisch zu schaffen?« fragte er scharf.

»Jetzt bekomm bloß keinen Schlaganfall«, konterte die junge
Dame unbekümmert. »Nach heimlichen Liebesbotschaften habe
ich nicht gesucht. Unvorstellbar, daß du dich verliebst, Chet ...«
Die Idee schien sie zu amüsieren. »Ich habe nur die alte Smaragdnadel gesucht, die du dir geborgt und nie zurückgegeben
hast.«

»Sie ist im Club«, erklärte er beleidigt.

»Ach wirklich! Na, jedenfalls habe ich sie nicht gefunden; aber
den Revolver habe ich gesehen. Bist du ganz sicher, daß er weg
ist?«

»Sei nicht albern«, knurrte Chester. »Ich habe überall gesucht ... Auch in deinem Zimmer«, fügte er rachsüchtig hinzu.

»Das kann ich mir denken! Aber wieso hast du überhaupt zugegeben, daß du einen Revolver hast?« fragte sie voller Verachtung. »Wieso läßt du dich unnötig da hineinziehen?«

Chester wand sich vor Unbehagen.

»Der Herr dort« – wieder zeigte er auf Heath, als sei er ein lebloser Gegenstand – »fragte mich, ob ich einen Revolver besitze, und ich sagte ja. Wenn ich es nicht getan hätte, dann hätte ihm jemand vom Personal oder eins meiner treuliebenden Familienmitglieder von der Waffe erzählt. Und ich hielt es für das Beste, die Wahrheit zu sagen.«

Sibella grinste. »Wie Sie sehen, ist mein großer Bruder ein Muster sämtlicher altväterischen Tugenden«, kommentierte sie, an Vance gerichtet. Aber sie war offensichtlich in Gedanken bei etwas anderem. Die Revolverepisode hatte ihre Unerschütterlichkeit ein wenig ins Wanken gebracht.

»Sie sagen, die Hypothese vom Einbrecher überzeugt Sie nicht, Miss Greene.« Vance rauchte genüßlich, mit halbgeschlossenen Augen. »Haben Sie eine andere Erklärung für die Tragödie?«

Sibella hob den Kopf und musterte ihn abschätzend.

»Nur weil ich zufällig nicht an Einbrecher glaube, die auf Frauen schießen und sich dann davonschleichen, ohne etwas zu stehlen, heißt das noch lange nicht, daß ich einen besseren Vorschlag machen kann. Ich bin keine Polizistin – obwohl ich mir schon oft gedacht habe, daß das einen Mordsspaß machen könnte –, und irgendwie habe ich immer gedacht, daß es Aufgabe der Polizei ist, Verbrecher zu fangen. Sie glauben ja selbst auch nicht, daß es ein Einbrecher war, Mr. Vance, sonst hätten Sie sich nicht von Chets Ahnungen leiten lassen. Was glauben Sie denn, wer hier vergangene Nacht Amok gelaufen ist?«

»Meine Liebe!« protestierte Vance mit einer Handbewegung. »Wenn ich auch nur die blasseste Ahnung hätte, dann würde ich Sie doch nicht mit unverschämten Fragen belästigen. Ich stapfe mit bleiernen Füßen durch einen wahren Sumpf der Unwissenheit.«

Er sagte das lässig, aber Sibellas Augen wurden dunkel vor Argwohn. Gleich darauf lachte sie jedoch fröhlich und streckte ihre Hand aus.

»Noch eine Régie, Monsieur. Beinahe wäre ich ernsthaft geworden; und ich darf einfach nicht ernsthaft sein. Das ist so entsetzlich langweilig. Außerdem bekommt man Falten. Und ich bin viel zu jung für Falten.«

»Wie Ninon de L'Enclos werden Sie immer zu jung für Falten sein«, erwiderte Vance, während er ihr Feuer gab. »Aber vielleicht könnten Sie mir, ohne allzu ernsthaft zu werden, sagen, wer Ihrer Meinung nach einen Grund gehabt haben könnte, Ihre beiden Schwestern umzubringen.«

»Oh, was das angeht, würde ich sagen, daß wir allesamt verdächtig sind. Wir sind nicht gerade eine harmonische Familie, ganz und gar nicht. Die Greenes sind ein merkwürdiger Verein. Wir lieben uns einfach nicht so, wie eine nette und anständige Familie das sollte. Dauernd gehen wir uns gegenseitig an die Kehle, befehden und bekriegen uns wegen diesem oder jenem. Ein ziemliches Chaos, dieser Haushalt. Ich wundere mich, daß nicht schon viel früher ein Mord geschehen ist. Und wir müssen alle noch bis 1932 hier wohnen bleiben oder sehen, wie wir uns auf eigene Faust durchschlagen; und natürlich könnte sich keiner von uns standesgemäß ernähren. Ein hübsches Abschiedsgeschenk unseres alten Herrn.«[9]

Ein paar Augenblicke lang sog sie versonnen an ihrer Zigarette.

»So ist es, jeder von uns hatte reichlich Grund, Mordgedanken gegen alle anderen zu hegen. Chet dort drüben würde mich auf der Stelle erdrosseln, wenn er nicht Angst hätte, die nervenaufreibenden Nachwirkungen der Tat könnten sein Golfspiel beeinträchtigen – stimmt's nicht, mein lieber Chester? Rex fühlt sich uns allen überlegen und hält sich wahrscheinlich für einen außerordentlich rücksichtsvollen und nachsichtigen Menschen, weil er uns nicht alle schon vor langem ermordet hat. Und der einzige Grund, warum Mutter uns bisher nicht umgebracht hat, ist, daß sie gelähmt ist und es einfach nicht zustandebringt. Und Julia, wo wir schon bei diesen Dingen sind, die hätte ohne mit der Wimper zu zucken zusehen können, wie wir alle in siedendes Öl getaucht werden. Und Ada« – ihre Brauen zogen sich zusammen, und ihre Augen funkelten böse –, »der wäre es ein Vergnügen, uns alle ausgerottet zu sehen. Sie gehört nicht wirklich zu uns, und sie haßt uns. Und ich selbst, ich hätte auch nicht die geringsten Skrupel, den Rest meiner lieben Familie um die Ecke zu bringen. Ich habe schon oft daran gedacht, aber ich habe mich nie für eine hübsche, gründliche Methode entscheiden können.« Sie schnippte ihre Zigarettenasche auf den Boden. »Da sehen Sie es also. Wenn Sie nach potentiellen Mördern suchen, hier haben Sie sie in Hülle und Fülle. Es gibt niemanden unter diesem altehrwürdigen Dach, der nicht in Frage käme.«

Auch wenn ihre Worte ironisch gemeint waren, konnte ich mich doch des Gefühls nicht erwehren, daß ihnen eine düstere, grimmige Wahrheit zugrunde lag. Ich wußte, daß Vance, auch wenn er scheinbar amüsiert zuhörte, selbst die kleinste Nuance ihrer Worte und ihres Mienenspiels aufmerksam registriert hatte, bemüht, die einzelnen Aspekte ihrer summarischen Anklage zu dem Fall, um den es uns ging, in Beziehung zu setzen.

»Jedenfalls«, meinte er lakonisch, »sind Sie eine verblüffend aufrichtige junge Dame. Für den Augenblick werde ich jedoch noch nicht zu Ihrer Verhaftung raten. Wissen Sie, ich habe nämlich nicht den geringsten Beweis gegen Sie in der Hand. Ärgerlich, was?«

»Ach«, seufzte das Mädchen in gespielter Enttäuschung, »vielleicht finden Sie ja noch einen Anhaltspunkt. Wahrscheinlich wird es nicht lange dauern, bis hier noch ein oder zwei Morde geschehen. Ich will doch nicht hoffen, daß der Mörder die Sache aufgibt, wo er bisher so wenig erreicht hat.«

An dieser Stelle betrat Doktor von Blon das Wohnzimmer. Chester erhob sich, um ihn zu begrüßen, und bald hatten wir die Formalitäten der Vorstellung hinter uns gebracht. Von Blon verbeugte sich mit reservierter Freundlichkeit; doch es fiel mir auf, daß er sich gegenüber Sibella zwar freundlich, aber außerordentlich vertraut benahm. Ich wunderte mich ein wenig darüber, doch dann erinnerte ich mich, daß er ein alter Freund der Familie war und vielleicht auf manche konventionellen Höflichkeiten verzichten konnte.

»Was haben Sie uns zu berichten, Doktor?« erkundigte sich Markham. »Wird es heute nachmittag möglich sein, der jungen Dame einige Fragen zu stellen?«

»Ich glaube kaum, daß es schaden wird«, entgegnete von Blon und ließ sich neben Chester nieder. »Ada hat nur ein wenig Wundfieber; allerdings steht sie noch unter Schockeinfluß und ist recht schwach durch den Blutverlust.«

Doktor von Blon war ein sanfter, verbindlicher Mann um die vierzig mit feinen, beinahe femininen Zügen, und sein Auftreten war von einer unerschütterlichen Liebenswürdigkeit. Seine gewandte Manier erschien mir als ein wenig aufgesetzt – professionell ist vielleicht der richtige Ausdruck –, und er hatte etwas von einem ehrgeizigen Egoisten. Aber alles in allem fand ich ihn eher anziehend als unsympathisch.

Vance beobachtete ihn aufmerksam, als er sprach. Ich glaube, er wartete noch ungeduldiger als Heath darauf, das Mädchen zu befragen.

»Es war also keine allzu schwere Wunde?« fragte Markham interessiert.

»Nein, nichts Gefährliches«, versicherte der Doktor ihm, »obwohl sie nur knapp dem Tode entging. Wäre das Geschoß nur wenige Zentimeter tiefer eingedrungen, hätte es die Lunge durchschlagen. Sie ist gerade noch einmal davongekommen.«

»Wenn ich es recht verstehe«, schaltete Vance sich ein, »ging die Kugel diagonal durch das linke Schulterblatt.«

Von Blon neigte zustimmend den Kopf. »Der Schuß, der von hinten abgegeben wurde, sollte offensichtlich das Herz treffen«, erläuterte er in seiner sanften, wohlmodulierten Stimme. »Doch Ada muß sich ein wenig nach rechts gedreht haben, just in dem Moment, in dem der Täter feuerte; so wurde die Kugel, statt direkt einzudringen, auf der Höhe des dritten Rückenwirbels durch das Schulterblatt abgelenkt, durchschlug die Gelenkkapsel und blieb im Deltamuskel stecken.« Er deutete die Lage des Deltamuskels an seinem eigenen linken Arm an.

»Sie hatte also«, folgerte Vance, »dem Angreifer den Rücken zugewandt und wollte fliehen; und er kam ihr nach und setzte ihr den Revolver fast direkt auf den Rücken. Wäre das Ihre Deutung, Doktor?«

»Ja, so stelle ich es mir vor. Und wie ich schon sagte, im entscheidenden Moment drehte sie sich ein klein wenig, und das rettete ihr das Leben.«

»Wäre sie sofort zu Boden gestürzt, auch wenn es im Grunde nur eine oberflächliche Wunde war?«

»Das ist nicht unwahrscheinlich. Nicht nur, daß sie einen erheblichen Schmerz verspürt haben muß; auch der Schock ist dabei zu bedenken. Ada ist – wie jede andere Frau an ihrer Stelle – wohl sofort in Ohnmacht gefallen.«

»Und man darf annehmen«, verfolgte Vance den Gedanken weiter, »daß der Täter im Glauben war, er habe sie tödlich getroffen.«

»Davon dürfen wir ausgehen.«

Vance sog kurz an seiner Zigarette, die Augen abgewandt. »Ja«, stimmte er zu, »davon dürfen wir wohl ausgehen. Und noch eine Schlußfolgerung drängt sich auf. Da Miss Ada vor dem Toilettentisch gefunden wurde, ein erhebliches Stück vom Bett entfernt, und da die Waffe sie beinahe berührte, dürfte es sich also eher um einen gezielten Angriff als um einen willkürlichen Schuß handeln, den ein Mann in Panik abfeuerte.«

Von Blon warf Vance einen aufmerksamen Blick zu, bevor seine Augen dann fragend zu Heath wanderten. Einen Augenblick lang schwieg er, als ob er seine Antwort überdächte, und als er sprach, wählte er seine Worte vorsichtig und zurückhaltend.

»Natürlich, man könnte die Situation so interpretieren. Ja, die Fakten scheinen sogar einen solchen Schluß nahezulegen. Andererseits könnte der Eindringling in Adas unmittelbare Nähe gelangt sein; und es ist nicht auszuschließen, daß die Tatsache, daß die Kugel in einem lebensgefährlichen Winkel in ihre linke Schulter eindrang, nichts als ein purer Zufall war.«

»Das ist wahr«, gab Vance zu. »Doch wenn wir eine vorsätzliche Tat ausschließen wollen, müssen wir noch eine Erklärung für den Umstand finden, daß das Licht im Zimmer eingeschaltet war, als der Butler eintrat, unmittelbar nachdem der Schuß abgegeben wurde.«

Von Blon zeigte sich über diese Neuigkeit verblüfft.

»Das Licht brannte? Das ist ja höchst bemerkenswert!« Er legte die Stirn nachdenklich in Falten und schien damit beschäftigt, Vance' Information zu verarbeiten. »Aber«, wandte er ein, »vielleicht war genau das der Grund, warum er geschossen hat. Wenn der Eindringling in ein beleuchtetes Zimmer trat, hat er vielleicht auf denjenigen, den er dort traf, geschossen, damit er später nicht der Polizei seine Beschreibung geben konnte.«

»Das ist wahr«, murmelte Vance. »Nun, wir wollen hoffen, daß wir alles erfahren, wenn wir Miss Ada besuchen und mit ihr sprechen.«

»Worauf warten wir denn dann noch?« knurrte Heath, dessen sonst grenzenlose Geduld nun allmählich erschöpft war.

»Nicht so hastig, Sergeant«, tadelte Vance ihn. »Wie Doktor von Blon uns eben gesagt hat, ist Miss Ada sehr schwach; und alles, was wir vorher in Erfahrung bringen können, wird ihr Fragen ersparen.«

»Ich will doch nichts weiter als herausfinden«, protestierte Heath, »ob sie den Burschen, der auf sie geschossen hat, zu Gesicht bekommen hat und mir eine Beschreibung geben kann.«

»Wenn das Ihre Absicht ist, Sergeant, so befürchte ich, daß Ihre hochfliegenden Hoffnungen bald am Boden zerschmettert sein werden.«

Heath kaute heftig an seiner Zigarre; und Vance wandte sich wieder von Blon zu.

»Noch eine Frage würde ich gern stellen, Doktor. Wieviel Zeit verging zwischen dem Zeitpunkt, an dem Miss Ada verwundet wurde, und dem Zeitpunkt, zu dem Sie sie untersuchten?«

»Das hat uns der Butler doch schon gesagt, Mr. Vance«, fuhr Heath ärgerlich dazwischen. »Der Doktor war eine halbe Stunde später hier.«

»Ja, das kommt ungefähr hin.« Von Blons Ton war ruhig und sachlich. »Ich war leider gerade auf Patientenbesuch, als Sproot anrief, doch etwa eine Viertelstunde später war ich zurück und eilte dann gleich hierher. Zum Glück wohne ich nicht weit von hier – in der 48. East.«

»Und war Miss Ada noch ohne Bewußtsein, als Sie eintrafen?«

»Ja. Sie hatte sehr viel Blut verloren. Allerdings hatte die Köchin die Wunde mit einem Tuch verbunden, was natürlich etwas half.«

Vance dankte ihm und erhob sich. »Und wenn Sie nun bitte so freundlich sein wollen, uns zu Ihrer Patientin zu führen, wären wir Ihnen sehr dankbar.«

»Denken Sie daran, so wenig Aufregungen wie möglich«, ermahnte von Blon uns noch einmal, als er sich erhob, um uns nach oben zu geleiten.

Sibella und Chester schienen nicht recht zu wissen, ob sie uns begleiten sollten oder nicht; doch als ich mich zum Flur wandte, sah ich, wie die beiden einen fragenden Blick tauschten, und kurz darauf stießen sie im oberen Flur wieder zu uns.

Kapitel 6

Eine Beschuldigung
(Dienstag, 9. November, 4 Uhr nachmittags)

Ada Greenes Zimmer war streng, beinahe spartanisch eingerichtet; doch es hatte etwas Ordentliches, das zusammen mit
einigem wenigen typisch weiblichen Zierat die Sorgfalt zum Ausdruck brachte, die seine Bewohnerin auf es verwandte. Links, neben der Tür zu dem Ankleidezimmer, das die Verbindung zu Mrs.
Greenes Gemach herstellte, stand ein einzelnes, schlichtes Maha-
gonibett; auf der anderen Seite war die Tür, die auf den steiner-
nen Balkon hinausführte. Rechts neben dem Fenster stand der
Toilettentisch; und auf dem bernsteinfarbenen chinesischen Teppich davor zeigte ein großer unregelmäßiger brauner Fleck, wo
das verwundete Mädchen gelegen hatte. An der Mauer zur Rechten befand sich ein alter Kamin im Tudor-Stil mit einem hohen,
eichengetäfelten Sims.

Als wir eintraten, warf die junge Frau im Bett uns einen fragenden Blick zu, und ein leichtes Erröten färbte ihre bleichen Wangen. Sie lag auf der rechten Seite, den Blick zur Tür gewandt, die
bandagierte Schulter auf Kissen gestützt, und ihre linke Hand,
schlank und weiß, ruhte auf der blaugemusterten Bettdecke. Ein
wenig vom Schrecken des Vorabends schien noch immer in ihren
blauen Augen zu liegen.

Doktor von Blon ging zu ihr hinüber, setzte sich auf den Rand
des Bettes und nahm ihre Hand. Es war eine schützende und doch
unpersönliche Geste.

»Diese Herren möchten Ihnen einige Fragen stellen, Ada«, erklärte er mit einem ermutigenden Lächeln, »und da Sie sich heute
nachmittag so viel besser fühlten, habe ich mir erlaubt, sie herauf-
zubringen. Fühlen Sie sich der Sache gewachsen?«

Sie nickte matt, den Blick auf den Doktor geheftet.

Vance, der am Kamin innegehalten hatte, um die handge-
schnitzte Täfelung zu inspizieren, wandte sich nun ab und ging
hinüber zum Bett.

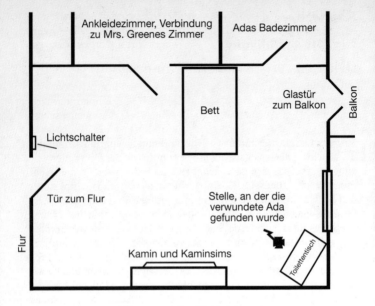

Plan von Adas Schlafzimmer

»Sergeant«, sagte er, »wenn es Ihnen nichts ausmacht, würde ich gern als erster mit Miss Greene reden.«

Heath war sich wohl dessen bewußt, daß in dieser Situation Takt und Feingefühl erforderlich waren; und es war bezeichnend für die innere Größe dieses Mannes, daß er sofort zurückstand.

»Miss Greene«, begann Vance mit ruhiger, freundlicher Stimme, während er sich einen Schemel an das Bett holte, »uns ist sehr daran gelegen, das Geheimnis der tragischen Vorfälle aufzuklären, die sich letzte Nacht ereigneten; und da Sie die einzige sind, die uns dabei weiterhelfen kann, möchten wir, daß Sie sich so genau wie nur irgend möglich alles ins Gedächtnis rufen, was vorgefallen ist.«

Ada holte tief Luft.

»Es – es war entsetzlich«, sagte sie matt und blickte starr vor sich hin. »Nachdem ich schlafen gegangen war – ich weiß nicht mehr, wann genau es war –, weckte mich irgend etwas auf. Ich kann Ihnen nicht sagen, was, aber plötzlich war ich hellwach, und ein merkwürdiges Gefühl überkam mich.« Sie schloß die Augen, und unwillkürlich überlief ein Schaudern ihren Körper. »Es war, als ob jemand im Zimmer sei, der mich bedrohte...« Sie verstummte, von Furcht übermannt.

»War es dunkel im Zimmer?« erkundigte Vance sich sanft.

»Stockdunkel.« Langsam wanderte ihr Blick zu ihm hin. »Deshalb hatte ich ja solche Angst. Ich konnte überhaupt nichts sehen, und mir war, als ob ein Gespenst – ein böser Geist – neben mir stand. Ich wollte schreien, aber ich konnte keinen Ton herausbringen. Meine Kehle war trocken, und –«

»Eine typische Verkrampfung, Ada, hervorgerufen durch die Furcht«, erläuterte von Blon. »Vielen Menschen versagt die Stimme, wenn sie sich fürchten. Was geschah dann?«

»Ein paar Minuten lang lag ich da, zitternd vor Angst, aber nicht der kleinste Laut war im Zimmer zu hören. Und doch wußte ich, ich wußte es, daß jemand – oder etwas – da war und mir Böses wollte... Schließlich zwang ich mich dazu aufzustehen – sehr vorsichtig richtete ich mich auf. Ich wollte das Licht einschalten – die Dunkelheit ängstigte mich so sehr. Nach einer Weile stand ich dann hier neben dem Bett. Da spürte ich zum ersten Mal den schwachen Lichtschein, der durch die Fenster drang; irgendwie wurde alles wirklicher dadurch. Ich tastete mich vor, auf den Lichtschalter dort bei der Türe zu. Ich war erst ein kleines Stück gegangen, als... eine Hand... mich berührte...«

Ihre Lippen zitterten, und das Entsetzen stand in ihren weit aufgerissenen Augen geschrieben.

»Ich – ich war wie gelähmt«, fuhr sie stockend fort, »ich wußte gar nicht mehr, was geschah. Noch einmal wollte ich schreien, doch ich konnte nicht einmal mehr den Mund öffnen. Und dann drehte ich mich um und rannte fort von dem – dem Ding –, in Richtung Fenster. Ich hatte es fast erreicht, da hörte ich, daß mir jemand folgte – ein seltsames, schlurfendes Geräusch –, und ich wußte, das war das Ende... Es gab einen fürchterlichen Knall, etwas Heißes traf mich von hinten an der Schulter. Mir wurde plötzlich übel; ich konnte den Lichtschein vom Fenster nicht mehr erkennen, und ich spürte, wie ich in einen Abgrund stürzte – in einen tiefen Abgrund...«

Als sie mit dem Bericht zu Ende war, herrschte im ganzen Zimmer gespanntes Schweigen. Ihre Erzählung war trotz der Schlicht-

heit ungeheuer anschaulich gewesen. Wie einer großen Schau-
spielerin war es ihr gelungen, ihre Zuhörer so in Bann zu schlagen, daß ihnen war, als hätten sie die Geschichte selbst erlebt.

Vance wartete einige Augenblicke, bevor er zu sprechen begann.

»Ein schreckliches Erlebnis!« murmelte er voller Mitgefühl.
»Ich wünschte, wir könnten Ihnen ersparen, Sie mit Details zu
belästigen, aber da sind einige Punkte, die ich gerne noch einmal
mit Ihnen durchgehen würde.«

Sie lächelte schwach, dankbar für seine Rücksichtnahme, und
wartete.

»Wenn Sie es mit aller Kraft versuchen, glauben Sie, daß Sie
sich erinnern könnten, was es war, was Sie geweckt hat?« fragte
er.

»Nein – ich kann mich nicht an irgendein spezielles Geräusch
erinnern.«

»Haben Sie Ihre Zimmertür vergangene Nacht unverschlossen
gelassen?«

»Ich glaube, ja. Ich schließe für gewöhnlich nicht ab.«

»Und Sie haben nirgendwo eine Tür auf- oder zugehen hören?«

»Nein. Das ganze Haus war vollkommen ruhig.«

»Und trotzdem wußten Sie, daß sich jemand in Ihrem Zimmer
befand. Woher wußten Sie das?« Vance' Stimme klang zwar
sanft, aber er ließ nicht locker.

»Ich – ich weiß nicht . . . aber es muß da etwas gegeben haben,
das mir sagte . . .«

»Genau! Nun denken Sie einmal scharf nach.« Vance neigte
sich etwas tiefer zu dem verängstigten jungen Mädchen hinunter.
»Ein leises Atmen vielleicht – ein sanfter Luftzug, als die Person
an Ihrem Bett vorbeiging – ein Hauch von Parfüm?«

Sie runzelte angestrengt die Stirn, als versuche sie, sich an die
verdrängte Ursache ihrer Furcht zu erinnern.

»Ich kann nicht denken – ich kann mich nicht erinnern.« Ihre
Stimme war kaum vernehmlich. »Ich hatte so entsetzliche
Angst.«

»Wenn wir nur herausfinden könnten, wovor!«

Vance blickte zu dem Doktor hinüber, der wissend nickte und
sagte: »Offenbar eine Assoziation, deren Auslöser ihr nicht bewußt geworden ist.«

»Miss Greene, hatten Sie das Gefühl, die Person zu kennen, die hier im Zimmer war?« fuhr Vance fort. »Was ich sagen will, war Ihnen das Wesen irgendwie vertraut?«

»Ich bin mir nicht sicher. Alles, was ich weiß, ist, daß ich mich davor gefürchtet habe.«

»Aber Sie haben gehört, wie es auf Sie zukam, nachdem Sie aufgestanden und zum Fenster geflohen waren. Kam Ihnen das Geräusch irgendwie bekannt vor?«

»Nein!« Zum ersten Mal sprach sie mit Bestimmtheit. »Es waren einfach bloß Schritte – leise, schlurfende Schritte.«

»Natürlich, im Dunkeln wäre wahrscheinlich jeder so gegangen; vielleicht war es auch jemand in Pantoffeln . . .«

»Es waren nur ein paar Schritte – dann kam der fürchterliche Knall, das Brennen im Rücken.«

Vance hielt einen Moment inne.

»Versuchen Sie sich ganz genau an diese Schritte zu erinnern – oder besser an den Eindruck, den Sie hatten. Würden Sie sagen, es waren die Schritte eines Mannes oder einer Frau?«

Das Gesicht Adas wurde noch bleicher als zuvor; und ihr angstvoller Blick glitt über alle, die im Zimmer zugegen waren. Ich merkte, daß ihr Atem schneller ging; zweimal öffnete sie die Lippen, als wolle sie etwas sagen, doch jedesmal konnte sie sich gerade noch rechtzeitig beherrschen. Schließlich flüsterte sie mit einem Zittern in der Stimme. »Ich weiß es nicht – ich habe nicht die leiseste Ahnung.«

Plötzlich lachte Sibella kurz und hysterisch auf; ihr Lachen klang bitter und höhnisch, so daß sich die erstaunten Blicke aller Anwesenden auf sie richteten. Sie stand wie erstarrt am Fuß des Bettes, mit hochrotem Gesicht, die geballten Fäuste in die Seiten gestemmt.

»Warum sagst du ihnen nicht, daß du mich am Gang erkannt hast?« fragte sie ihre Schwester bissig. »Genau das hattest du doch vor. Hast du nicht mehr Mumm genug zum Lügen – du hinterhältige kleine Heulsuse?«

Ada rang nach Luft und schien näher an Doktor von Blon heranzurücken, der Sibella einen strengen, ermahnenden Blick zuwarf.

»Also wirklich, Sib! Das ist zuviel.« Es war Chester, der das allgemeine bestürzte Schweigen brach, das auf Sibellas Ausbruch gefolgt war.

Sibella zuckte die Schultern und ging zum Fenster; und Vance wandte seine Aufmerksamkeit wieder dem jungen Mädchen im Bett zu. Er setzte seine Befragung fort, als sei nichts geschehen. »Es gibt da einen weiteren Punkt, Miss Greene.« Sein Tonfall war noch sanfter als zuvor. »Als Sie sich durch das Zimmer zum Lichtschalter vortasteten, wo genau sind Sie da auf die unsichtbare Person getroffen?«

»Etwa auf halbem Wege zur Tür – direkt hinter dem Tisch in der Mitte.«

»Sie sagen, eine Hand hat Sie berührt. Aber wie hat sie Sie berührt? Hat sie Sie gestoßen, oder hat sie versucht, Sie festzuhalten?«

Sie schüttelte unsicher den Kopf. »Eigentlich nicht. Ich weiß nicht, wie ich es erklären soll, aber es war, als ob ich gegen die Hand lief, als ob sie ausgestreckt war – um nach mir zu greifen.«

»Was würden Sie sagen: War es eine große Hand oder eine kleine?«

Wieder herrschte Schweigen. Wieder atmete Ada schneller, und sie warf Sibella einen verängstigten Blick zu. Die stand da und starrte hinaus auf die schwarzen, schaukelnden Äste der Bäume an der Seite des Hauses.

»Ich weiß nicht – ach, ich weiß nicht!« Ihre Worte waren wie ein erstickter Schmerzensschrei. »Ich habe es nicht bemerkt. Es war alles so plötzlich – so entsetzlich.«

»Aber versuchen Sie doch nachzudenken«, drängte Vance' leise, beharrliche Stimme. »Bestimmt hatten Sie irgendeinen Eindruck. War es eine Männer- oder eine Frauenhand?«

Sibella trat nun rasch an das Bett, die Wangen sehr bleich, mit flammenden Augen. Einen Moment starrte sie das leidgeprüfte Mädchen an; dann wandte sie sich entschlossen an Vance.

»Sie haben mich unten gefragt, ob ich irgendeine Idee hätte, wer die Schüsse abgegeben haben könnte. Ich habe Ihnen nicht geantwortet, aber jetzt werde ich es tun. Ich sage Ihnen, wer die Schuldige ist!« Sie wies mit einer ruckartigen Kopfbewegung auf das Bett und zeigte mit zitterndem Finger auf die schweigende Gestalt, die dort lag. »Das ist die Schuldige – die verheulte kleine Außenseiterin, das süße kleine Engelchen, diese Schlange, die im Grase kriecht!«

Diese Anschuldigung war so unerhört, so unerwartet, daß eine Zeitlang niemand im Zimmer ein Wort sagte. Ein Stöhnen kam von Adas Lippen, und sie klammerte sich in ihrer Verzweiflung krampfhaft an die Hand des Doktors.

»Oh, Sibella – wie konntest du nur!« hauchte sie.

Von Blon war wie erstarrt; ein zorniges Leuchten trat in seine Augen. Doch bevor er noch sprechen konnte, fuhr Sibella schon fort mit ihrer absurden, wahnwitzigen Anklage.

»Oh ja, sie hat es getan! Und sie führt Sie hinters Licht, genau wie sie uns alle immer hinters Licht führen wollte. Sie haßt uns – sie hat uns immer gehaßt, von dem Augenblick an, als Vater sie in dieses Haus brachte. Sie mißgönnt uns alles – die Dinge, die wir besitzen, selbst das Blut in unseren Adern. Weiß der Himmel, was für Blut in ihren Adern fließt. Sie haßt uns, weil sie nicht auf einer Stufe mit uns steht. Sie würde uns nur zu gern alle tot sehen. Julia hat sie als erste umgebracht, weil Julia der Haushaltsvorstand war und dafür sorgte, daß sie arbeiten mußte für ihren Lebensunterhalt. Sie verachtet uns; und sie hatte vor, uns aus dem Weg zu schaffen.«

Die junge Frau im Bett schaute mitleiderregend von einem zum anderen. Nichts Böses stand in ihren Augen; sie wirkte erschrokken und ungläubig, als ob sie nicht begreifen konnte, was sie da gerade gehört hatte.

»Das ist ja hochinteressant«, sagte Vance gedehnt und zog – mehr durch seinen ironischen Tonfall als durch die Worte selbst – alle Blicke auf sich. Er hatte Sibella während ihrer Tirade beobachtet und ließ sie auch jetzt nicht aus den Augen.

»Sie behaupten also allen Ernstes, Ihre Schwester habe die Schüsse abgegeben?« Seine Stimme klang jetzt freundlich, ja geradezu liebenswürdig.

»Jawohl!« erklärte sie unbeirrt. »Sie haßt uns alle.«

»Nun, was das angeht«, lächelte Vance, »so habe ich bei keinem Mitglied der Familie Greene ein Übermaß an Liebe und Zuneigung feststellen können.« Er sagte das ohne jeden Vorwurf. »Haben Sie irgendwelche konkreten Anhaltspunkte für Ihre Anschuldigung, Miss Greene?«

»Ist es Ihnen nicht konkret genug, daß sie uns alle aus dem Weg haben möchte, daß sie glaubt, sie könne alles haben – Bequemlichkeit, Luxus, Freiheit –, wenn sie die Alleinerbin des Greeneschen Vermögens wäre?«

»Wohl kaum konkret genug, um jemanden daraufhin einer so abscheulichen Tat zu beschuldigen. Ach übrigens, Miss Greene, gesetzt den Fall, Sie würden vor Gericht in den Zeugenstand gerufen, wie würden Sie dann den Ablauf des Verbrechens erklären? Sie könnten die Tatsache nicht völlig leugnen, daß Miss Ada selbst in den Rücken geschossen wurde, oder?«

Zum ersten Mal schien Sibella zu erkennen, wie absurd ihre Anschuldigung war. Ihre Miene verfinsterte sich; der Mund erstarrte in einem Ausdruck zorniger Verwirrung.

»Wie ich Ihnen bereits sagte, bin ich keine Polizistin«, erwiderte sie scharf. »Ich habe mich nicht auf Verbrechen spezialisiert.«

»Und offenbar ebensowenig auf logisches Denken.« Eine ironische Note hatte sich in Vance' Stimme eingeschlichen. »Aber vielleicht verstehe ich Ihre Anschuldigung ja falsch. Wollten Sie andeuten, daß Miss Ada Ihre Schwester Julia erschossen hat und daß jemand anders – ein unbekannter Täter oder eine Tätergruppe, sagt man wohl – unmittelbar danach auf Miss Ada geschossen hat – vielleicht aus Rache? Ein Verbrechen *à quatre mains* sozusagen?«

Sibellas Verwirrung war nicht zu übersehen, aber ihr unnachgiebiger Zorn hatte sich in keiner Weise gelegt.

»Nun, wenn es so war«, konterte sie giftig, »dann ist es eine verdammte Schande, daß sie ihre Sache nicht besser gemacht haben.«

»Zumindest für einen dürfte sich dieser Mangel an Gründlichkeit allerdings als unvorteilhaft erweisen«, schoß Vance zurück. »Aber ich glaube kaum, daß wir die Zwei-Täter-Theorie ernsthaft aufrechterhalten können. Die Schüsse auf Ihre beiden Schwestern kamen nämlich aus derselben Waffe – einem Revolver Kaliber zweiunddreißig –, und das binnen weniger Minuten. Ich fürchte, wir müssen uns leider Gottes mit einem einzigen Schuldigen begnügen.«

Plötzlich hatte Sibellas Verhalten etwas Klug-Berechnendes.

»Was war eigentlich deine Waffe für eine, Chet?« fragte sie ihren Bruder.

»Ach, eine Zweiunddreißiger eben, ein alter Smith & Wesson-Revolver.« Chester war sichtlich unbehaglich zumute.

»Ach wirklich? Na, da haben wir's doch.« Sie wandte uns den Rücken zu und trat wieder ans Fenster.

Die Spannung im Raum ließ nach. Von Blon beugte sich schützend zu seiner Patientin hinab und rückte ihre Kissen zurecht.

72

»Wir sind alle völlig durcheinander, Ada«, sagte er beschwichtigend. »Grämen Sie sich nicht über das, was vorgefallen ist. Morgen wird Sibella die ganze Sache leid tun, und dann wird sie alles wieder gutmachen. Diese Angelegenheit hat unser aller Nerven arg strapaziert.«

Das Mädchen warf ihm einen dankbaren Blick zu, und unter seiner Fürsorge schien sie sich zu beruhigen.

Wenig später richtete er sich auf und sah Markham an.

»Ich hoffe, die Herren sind fertig – zumindest für heute.«

Vance und Markham hatten sich beide erhoben, und Heath und ich waren ihrem Beispiel gefolgt; doch im selben Moment kam Sibella wieder auf uns zu.

»Warten Sie!« befahl sie herrisch. »Mir ist gerade etwas eingefallen. Chets Revolver! Ich weiß, wie er weggekommen ist. Sie hat ihn genommen.« Wieder zeigte sie anklagend auf Ada. »Ich habe sie neulich in Chets Zimmer gesehen, und ich habe mich gefragt, was sie dort herumzuschnüffeln hatte.« Sie warf Vance einen triumphierenden Seitenblick zu. »Ist das etwa kein konkreter Anhaltspunkt?«

»An welchem Tag war das, Miss Greene?« Wie schon zuvor schien seine Ruhe auch diesmal ihrer Gehässigkeit die Spitze zu nehmen.

»An welchem Tag? Ich kann mich nicht genau erinnern. Irgendwann in der vergangenen Woche.«

»Könnte es vielleicht an dem Tag gewesen sein, an dem Sie nach Ihrer Smaragdnadel gesucht haben?«

Sibella zögerte, dann sagte sie zornig: »Ich kann mich nicht erinnern. Warum sollte ich mich an den genauen Zeitpunkt erinnern? Alles, was ich weiß, ist, daß ich den Flur entlangging und in Chets Zimmer blickte – die Tür stand halb offen –, und da sah ich sie . . . am Schreibtisch.«

»War es denn so ungewöhnlich, daß Sie Miss Ada im Zimmer Ihres Bruders sahen?« fragte Vance ohne sonderliches Interesse.

»Sie betritt unsere Zimmer nie«, erklärte Sibella. »Außer gelegentlich das von Rex. Julia hat ihr vor langer Zeit verboten, in unsere Zimmer zu gehen.«

Ada warf ihrer Schwester einen flehenden Blick zu. »Oh, Sibella«, stöhnte sie, »was habe ich dir getan, daß du mich so haßt?«

»Was du getan hast!« Sibellas Stimme klang hart und durchdringend, und ein geradezu dämonischer Blick schwelte unter ih-

73

ren gesenkten Augenlidern. »Alles! Nichts! Oh, du bist schlau –
auf deine leise, heimtückische Weise, du mit deinem geduldigen
Armesünderblick, du Tugendlamm! Aber mir machst du nichts
vor. Du haßt uns alle, seit du hierher gekommen bist. Und seit
der Zeit wartest du auf eine Gelegenheit, uns zu töten, heckst
Pläne aus und spinnst deine Ränke – du gemeines kleines – «

»Sibella!« Wie ein Peitschenhieb unterbrach von Blons Stimme
diese maßlose Tirade. »Es ist genug!« Er trat vor und sah der
jungen Frau drohend in die Augen. Sein Verhalten überraschte
mich fast ebensosehr wie ihre heftigen Worte. Es lag eine merkwürdige Vertrautheit in seinem Auftreten – eine stillschweigende
Vertrautheit, die mir selbst bei einem Hausarzt, der schon so
lange auf so freundschaftlichem Fuße mit seinen Patienten stand,
noch ungewöhnlich erschien. Auch Vance bemerkte es, denn
seine Augenbrauen hoben sich leicht, und er beobachtete die
Szene höchst interessiert.

»Sie sind hysterisch«, sagte von Blon, ohne seinen drohenden
Blick zu senken. »Sie wissen nicht mehr, was Sie sagen.«

Ich hatte das Gefühl, daß er sich weitaus heftiger ausgedrückt
hätte, wären keine Fremden zugegen gewesen. Doch seine Worte
verfehlten auch so ihre Wirkung nicht. Sibella senkte den Blick,
und mit einem Male war sie wie verwandelt. Sie schlug die Hände
vors Gesicht, und Schluchzer erschütterten ihre ganze Gestalt.

»Es – tut mir leid. Es war wahnsinnig – und dumm – von mir,
solche Sachen zu sagen.«

»Sie sollten Sibella besser auf ihr Zimmer bringen, Chester.«
Von Blons Stimme hatte wieder ihren üblichen berufsmäßigen
Ton angenommen. »Diese Geschichte ist zu viel für sie.«

Das Mädchen wandte sich um, ohne ein weiteres Wort zu sagen, und ging hinaus, von Chester gefolgt.

»Die jungen Frauen heutzutage – alles Nervenbündel«,
kommentierte von Blon lakonisch. Dann legte er Ada die Hand
auf die Stirn. »Und nun, junge Dame, werde ich Ihnen etwas geben, damit Sie nach all dieser Aufregung schlafen können.«

Er hatte kaum sein Medizintäschchen geöffnet, um ihr einen
Trank zu mischen, als eine schrille, vorwurfsvolle Stimme deutlich vernehmbar aus dem angrenzenden Zimmer zu uns herüber-
klang; und erst jetzt fiel mir auf, daß die Tür zu dem kleinen Ankleidezimmer, das die Verbindung zu den Gemächern Mrs.
Greenes herstellte, nur angelehnt war.

»Was ist denn nun schon wieder los? Hat es denn nicht schon genug Aufruhr gegeben ohne diesen Krawall direkt vor meinen Ohren? Aber das kümmert natürlich niemanden, wieviel ich zu leiden habe . . . Schwester! Schließen Sie die Türen dort zu Adas Zimmer. Wie kommen Sie dazu, sie offenzulassen, wo Sie wissen, daß ich versuche, ein wenig Ruhe zu finden? Sie haben es absichtlich getan, um mich zu ärgern . . . Und, Schwester! Sagen Sie dem Doktor Bescheid, daß er nach mir sehen soll, bevor er geht. Ich habe wieder diesen stechenden Schmerz in meinem Rückgrat. Aber wer denkt schon an mich, wie ich hier liege, gelähmt, hilflos – «

Die Türen schlossen sich sanft, und die mürrische Stimme verklang.

»Sie hätte die Türen schon vor langem schließen lassen können, wenn sie es wirklich gewollt hätte«, sagte Ada matt, einen gequälten Ausdruck in ihrem spitzen, weißen Gesicht. »Warum, Doktor, tut sie denn nur immer so, als ob jeder es darauf anlegte, sie zu ärgern?«

Von Blon seufzte. »Das habe ich Ihnen doch schon gesagt, Ada; Sie dürfen die Launen Ihrer Mutter nicht allzu ernst nehmen. Ihre Wehleidigkeit und Gereiztheit sind Teil ihrer Krankheit.«

Wir verabschiedeten uns von dem Mädchen, und der Doktor kam mit uns hinaus auf den Flur.

»Sie haben nicht viel erfahren, fürchte ich«, meinte er beinahe entschuldigend. »Sehr bedauerlich, daß Ada den Täter nicht zu Gesicht bekommen hat. Übrigens«, wandte er sich an Heath, »haben Sie eigentlich im Wandsafe des Speisezimmers nachgesehen, ob etwas fehlt? Der Safe ist hinter der großen Nielloplatte über dem Kaminsims.«

»Eine der ersten Stellen, die wir überprüft haben.« Die Stimme des Sergeants klang ein wenig verächtlich. »Da fällt mir ein, Doc – morgen früh möchte ich einen Mann herschicken, der Miss Adas Zimmer auf Fingerabdrücke untersucht.«

Von Blon gab bereitwillig die Erlaubnis und reichte dann Markham die Hand.

»Und wenn ich Ihnen oder der Polizei irgendwie behilflich sein kann«, fügte er freundlich hinzu, »dann sagen Sie es bitte. Es wird mir ein Vergnügen sein. Ich sehe zwar nicht, wozu ich nützlich sein könnte, aber man kann nie wissen.«

Markham dankte ihm, und wir gingen wieder hinunter in die Diele. Sproot stand schon bereit, um uns in den Mantel zu helfen, und eine Minute später saßen wir im Wagen des Bezirksstaatsanwalts und bahnten uns unseren Weg durch die Berge von Schnee.

Kapitel 7

Vance erörtert den Fall

(Dienstag, 9. November, 5 Uhr nachmittags)

Es war beinahe fünf Uhr, als wir wieder am Gerichtsgebäude eintrafen. Swacker hatte in Markhams Büro den alten Kronleuchter aus Bronze und Porzellan entzündet; eine unheimliche, düstere Stimmung beherrschte das Zimmer.

»Markham, mein Junge, das ist keine nette Familie«, seufzte Vance und lehnte sich in einem der dick gepolsterten Ledersessel zurück. »Ganz entschieden keine nette Familie. Eine Familie, die auf den Hund gekommen ist, nichts mehr übrig vom alten Schrot und Korn. Wenn die Altvorderen der heutigen Greenes sich aus ihren Gräbern erheben und einen Blick auf ihre gegenwärtigen Nachkommen werfen könnten, meine Güte! Was würden die für einen Schrecken bekommen... Schon eine seltsame Sache, wie Reichtum und Müßiggang diese alten Familien degenerieren lassen. Man denke an die Wittelsbacher, die Romanows, das julisch-claudische Geschlecht und die Abbassiden-Dynastie – alles Beispiele phylogenetischen Verfalls... Und wenn man sich's recht überlegt, geschieht dasselbe mit Nationen. Luxus und ungezügeltes Wohlleben sind ein korrumpierender Einfluß. Man schaue sich nur Rom unter den Soldatenkaisern an oder Ägypten unter den jüngeren Ramessiden oder das Vandalenreich in Afrika unter König Gelimer. Ein bedrückender Gedanke.«

»Ihre gelehrten Betrachtungen mögen ja hochinteressant für den Sozialgeschichtler sein«, brummte Markham, der aus seiner schlechten Stimmung keinen Hehl machte, »aber ich muß schon sagen, besonders aufschlußreich oder auch nur ein Beitrag zur Sache sind sie in unserem Fall nicht.«

»Da wäre ich mir nicht so sicher«, erwiderte Vance leichthin. »Ich empfehle Ihnen dringend, die verschiedenen Charaktere und die persönlichen Beziehungen innerhalb der Greeneschen Sippe eingehend und gewissenhaft unter die Lupe zu nehmen; sie sind die Wegweiser auf dem finsteren Weg unserer Ermittlungen...

Also wirklich« – er schlug einen launigen Ton an –, »es ist schon ein Unglück, daß Sie und der Sergeant so besessen von der Idee der sozialen Gerechtigkeit und all diesen Dingen sind; die Gesellschaft wäre nämlich weitaus besser dran, wenn Familien wie die Greenes ausgerottet würden. Aber auch so ist es ein faszinierender Fall – wirklich faszinierend.«

»Tut mir leid, daß ich Ihre Begeisterung nicht zu teilen vermag.« Markham sprach mit schneidendem Ernst. »Mir erscheint es wie ein gewöhnliches schmutziges Verbrechen. Und wenn Sie sich nicht eingemischt hätten, dann hätte ich Chester Greene heute vormittag mit ein paar taktvollen Platitüden abgespeist. Aber Sie mußten mir ja einen Strich durch die Rechnung machen, Sie mit Ihren rätselhaften Andeutungen und Ihrem geheimnisvollen Kopfnicken; und ich bin so dumm und lasse mich da hineinziehen. Nun, zweifellos hatten Sie einen unterhaltsamen Nachmittag. Was mich betrifft, so habe ich drei Stunden versäumter Arbeit nachzuholen.«

Sein Ton legte uns recht unmißverständlich nahe, uns zu verabschieden; aber Vance machte keinerlei Anstalten zu gehen.

»Oh, so schnell werden Sie mich nicht los«, verkündete er mit einem ironischen Lächeln. »Es wäre unverantwortlich von mir, Sie in Ihrem derzeitigen Zustand, in einem schwerwiegenden Irrtum zu belassen. Sie brauchen jemanden, der Ihnen den Weg weist, Markham; und ich habe mich nun einmal entschlossen, Ihnen und dem Sergeant mein gequältes Herz auszuschütten.«

Markham blickte finster drein. Er kannte Vance gut genug, um zu wissen, daß diese Leichtfertigkeit nur gespielt war – daß sie in Wirklichkeit nur eine sehr ernsthafte Absicht verdeckte. Und die Erfahrung einer langen, engen Freundschaft hatte ihn gelehrt, daß Vance' Handlungen – wie unvernünftig sie auch immer scheinen mochten – niemals die Folge einer augenblicklichen Laune waren.

»Also gut«, gab er nach. »Aber ich wäre Ihnen sehr verbunden, wenn Sie sich kurz fassen könnten.«

Vance seufzte tief auf. »Ihre Einstellung ist so typisch für den Geist atemloser Eile, der diese rastlose Zeit beherrscht.« Er sah Heath durchdringend an. »Sagen Sie, Sergeant, Sie haben doch die Leiche von Julia Greene gesehen, nicht wahr?«

»Freilich habe ich sie gesehen.«

»Befand sie sich in ihrem Bett in einer natürlichen Lage?«

»Woher soll ich wissen, wie sie normalerweise im Bett gelegen hat?« Heath wirkte ungeduldig und schlecht gelaunt. »Sie saß halb aufrecht, die Schultern auf Kissen gestützt; die Bettdecke war hochgezogen.«

»Nichts Ungewöhnliches in ihrer Haltung?«

»Nichts, was ich gesehen hätte. Es hatte kein Kampf stattgefunden, falls Sie das meinen.«

»Und ihre Hände – lagen die auf oder unter der Decke?«

Heath blickte ein wenig erstaunt auf. »Sie lagen auf der Decke. Und jetzt, wo Sie es erwähnen, fällt mir ein, daß sie die Bettdecke festhielten.«

»Sie hielten sie umklammert, stimmt's?«

»Ja, so könnte man sagen.«

Vance beugte sich rasch vor.

»Und das Gesicht, Sergeant? War sie im Schlaf erschossen worden?«

»Es sah nicht so aus. Die Augen waren weit offen und starrten geradeaus.«

»Die Augen waren offen und starrten geradeaus«, wiederholte Vance, dessen Stimme nun einen gewissen Eifer bemerken ließ. »Was meinen Sie, was für ein Ausdruck lag in ihnen? Angst? Entsetzen? Überraschung?«

Heath warf Vance einen verstehenden Blick zu. »Tja, hätte jedes von den dreien sein können. Ihr Mund war geöffnet, als ob irgend etwas sie überrascht hätte.«

»Und mit beiden Händen hielt sie die Bettdecke fest.« Vance' Augen waren in die Ferne gerichtet. Dann erhob er sich langsam und ging gesenkten Hauptes im Büro auf und ab. Vor dem Tisch des Bezirksstaatsanwaltes kam er zum Stehen und beugte sich zu diesem hinunter, beide Hände auf eine Stuhllehne gestützt.

»Hören Sie, Markham. Etwas Schreckliches, Unvorstellbares geht in diesem Hause vor. Was letzte Nacht dort durch die Türe kam, das war kein gewöhnlicher, x-beliebiger Einbrecher. Dieses Verbrechen war geplant – sorgfältig geplant. Jemand lag auf der Lauer – jemand, der sich auskannte, der wußte, wo der Lichtschalter ist, wußte, wann alle zu Bett gehen, wußte, zu welcher Zeit sich die Dienstboten zurückziehen – der genau wußte, wann und wie er zuschlagen mußte. Ein ungeheuerliches, abscheuliches Motiv steckt hinter diesem Verbrechen. Abgründe tun sich auf hinter den Vorfällen der letzten Nacht – geheime, grausige Tiefen der menschlichen Seele. Blanker Haß, krankhafte Gelüste, entsetzliche Triebe, widerliche Begierden liegen dem Verbrechen zugrunde; und Sie arbeiten nur dem Mörder in die Hände, wenn Sie dasitzen und nicht einsehen wollen, womit Sie es zu tun haben.«

Er sagte das mit merkwürdig gedämpfter Stimme, und man konnte kaum glauben, daß es der sonst so heitere und ironische Vance war, der da sprach.

»Das Haus ist verseucht, Markham. Es ist vermodert durch und durch – kein materieller Verfall vielleicht, aber eine Zersetzung, die bei weitem schrecklicher ist. In seinem Kern, in seiner Substanz ist dieses alte Haus verfault. Und alle, die darin wohnen, verfaulen mit ihm, sie zersetzen sich in Seele und Geist und Charakter. Sie sind verseucht worden von der Atmosphäre, die sie selbst geschaffen haben. Dieses Verbrechen, das Ihnen so belanglos erscheint, war unvermeidbar an einem solchen Ort. Ich bin verwundert, daß es nichts Grauenhafteres war, nichts Blutrünstigeres. Es ist eines der Symptome des fortgeschrittenen Stadiums jener allesdurchdringenden Zersetzung, die dieses abscheuliche Haus zerfrißt.«

Er hielt inne, und in einer hilflosen Bewegung hob er die Hand.

»Stellen Sie sich das doch einmal vor. Das riesige, alte, einsame Haus, das die modrigen Gerüche von Generationen von Toten ausdünstet, innerlich und äußerlich renovierungsbedürftig, verfallen, heruntergekommen, voll von den Gespenstern vergangener Zeiten, wie es da steht auf dem ungepflegten Grundstück, vom schmutzigen Wasser des Flusses umspült . . . Und dann stellen Sie sich vor, daß diese sechs gegensätzlichen, ruhelosen Menschen, von denen keiner es mit den anderen aushält, ein Vierteljahrhundert lang gezwungen sind, Tag für Tag miteinander zu leben – so wollte es der krankhafte Idealismus des alten Tobias Greene. Und gemeinsam haben sie dort gelebt, tagein, tagaus, in den modrigen Miasmen der Vergangenheit, unfähig, irgendeinen Ausweg zu ergreifen, zu schwach oder zu feige, sich auf eigene Faust durchzuschlagen; zusammengehalten von einer Sicherheit, die alles untergräbt, und einer Bequemlichkeit, die korrumpiert; so lange, bis schon der Anblick der anderen sie mit Haß erfüllt, bis sie bitter werden, gehässig, gemein; jeder geht jedem auf die Nerven, bis diese zum Zerreißen gespannt sind; sie verzehren sich vor Mißgunst, sie brennen vor Haß, überall wittern sie Unrat – sie jammern, streiten sich, knurren sich an . . . Und dann, endlich, kommt der Punkt, an dem alles zum Ausbruch kommt – die logische, unausweichliche Tat, zu der dieser sich immer wieder selbst erneuernde, immer nach innen gewandte Haß sie führen muß.«

»Das klingt alles sehr einleuchtend«, räumte Markham ein. »Aber trotzdem ist Ihre Schlußfolgerung rein theoretischer, um nicht zu sagen literarischer Natur. Wo sind die handfesten Beweise für Ihre Vermutung, daß die Schüsse der vergangenen Nacht im Zusammenhang mit der, wie ich zugeben muß, tatsächlich anomalen Situation im Hause Greene stehen?«

»Es gibt keine handfesten Beweise – das ist ja das Schlimme. Aber es gibt Hinweise, auch wenn sie noch so verborgen sind. Das habe ich vom ersten Moment an gespürt, als ich das Haus betrat; den ganzen Nachmittag über habe ich versucht, sie aufs Geratewohl zu finden. Doch so oft ich sie fassen wollte, sind sie meinem Zugriff entglitten. Ich kam mir vor wie in einem Haus aus lauter Irrgärten und blinden Gängen, mit Falltüren und stinkenden Verliesen: Nichts war normal, nichts von Vernunft geprägt – ein Haus in einem Alptraum, bewohnt von merkwürdigen, abnormen Wesen, jeder einzelne von ihnen ein Abbild des hinterhältigen, grausigen Schreckens, der letzte Nacht zum Ausbruch kam und in den alten Fluren sein Unwesen trieb. Haben Sie es nicht gespürt? Haben Sie nicht die Umrisse dieses Scheusals immer wieder auftauchen und neu verschwinden sehen, während wir mit den Leuten sprachen und zusahen, wie sie mit ihren eigenen schrecklichen Ahnungen und Verdächtigungen rangen?«

Mit sichtlichem Unbehagen rückte Markham einen Stapel Papier auf seinem Schreibtisch zurecht. Vance' ungewohnter Ernst hatte ihn betroffen gemacht.

»Ich weiß genau, was Sie meinen«, sagte er. »Aber ich glaube nicht, daß Ihre Eindrücke uns wirklich dazu verhelfen, dieses Verbrechen in einem neuen Licht zu sehen. Zugegeben, das Haus der Familie Greene ist ein verderbter Ort, und verderbt sind zweifellos auch seine Bewohner. Aber ich fürchte, Sie haben sich zu sehr von seiner Atmosphäre gefangennehmen lassen. Wenn man Sie so reden hört, könnte man glauben, das Verbrechen der vergangenen Nacht stehe auf einer Stufe mit den Giftorgien der Borgias oder der Affäre um die Marquise de Brinvilliers, mit dem Mord an Drusus und Germanicus oder mit der Ermordung der Prinzen des Hauses York im Tower. Ich gebe ja zu, hier ist die ideale Kulisse für solche heimtückischen, romantischen Verbrechen; aber Sie dürfen nicht vergessen, daß Woche für Woche überall im ganzen Land Einbrecher und Banditen grundlos auf Menschen schießen, und zwar genau so, wie auf die beiden Greene-Schwestern geschossen wurde.«

»Sie verschließen Ihre Augen vor den Tatsachen, Markham«, verkündete Vance feierlich. »Sie lassen einige merkwürdige Züge des gestrigen Verbrechens außer acht – Julias entsetzter, erstaunter Ausdruck im Augenblick ihres Todes; der unerklärliche Zeitabstand zwischen den beiden Schüssen; die Tatsache, daß in beiden Zimmern Licht brannte; Adas Geschichte von der Hand, die nach ihr griff; das Fehlen jeglicher Anzeichen, daß sich jemand gewaltsam Zutritt verschafft hat –«

»Und was ist mit den Fußspuren im Schnee?« unterbrach Heath mit nüchterner Stimme.

»Ja genau, was ist mit den Fußspuren?« Vance drehte sich um. »Sie sind genauso unerklärlich wie alles andere in dieser scheußlichen Sache. Jemand ist zum Haus und wieder fortgegangen, und zwar innerhalb einer halben Stunde vor oder nach dem Verbrechen, aber es war jemand, der wußte, wie er lautlos hineingelangen konnte, ohne jemanden zu stören.«

»Daran ist nichts Geheimnisvolles«, versicherte der praktisch denkende Sergeant. »Im Haus gibt es vier Dienstboten, und jeder davon könnte mit dem Einbrecher unter einer Decke stecken.«

Vance lächelte spöttisch.

»Und dieser Komplize im Haus, der so freundlich war, die Haustür zur verabredeten Stunde zu öffnen, vergaß, dem Eindringling mitzuteilen, wo sich die Beute befand, und er versäumte es, ihn mit dem Grundriß des Hauses vertraut zu machen; mit dem Erfolg, daß der Einbrecher, kaum daß er drinnen war, in die Irre ging, das Eßzimmer übersah, nach oben spazierte, im dunklen Flur herumtappte, bis er sich in die diversen Schlafzimmer verirrte, einen Anfall von Panik bekam, auf zwei Frauen schoß, die Lichter anschaltete, und zwar an Schaltern, die hinter den Möbeln verborgen waren und sich schließlich, obwohl Sproot nur wenige Meter von ihm entfernt war, lautlos nach unten schlich, wo er durch die Haustür das Weite suchte! Ein merkwürdiger Einbrecher, Sergeant. Und ein noch merkwürdigerer Komplize im Haus. Nein, Ihre Erklärung befriedigt mich nicht – sie befriedigt mich ganz und gar nicht.« Er wandte sich erneut Markham zu. »Und Sie werden die richtige Erklärung für die Schüsse erst dann finden, wenn Sie den unnatürlichen Verhältnissen, die im Hause selbst herrschen, auf den Grund gehen.«

»Aber wir kennen die Verhältnisse, Vance«, wandte Markham geduldig ein. »Ich gebe zu, sie sind ungewöhnlich. Aber deswegen muß noch kein Verbrechen geschehen. Es kommt oft vor, daß gegensätzliche menschliche Charaktere zusammengesperrt sind; und das Ergebnis ist gegenseitiger Haß. Aber bloßer Haß ist selten ein Mordmotiv; und sicher kein hinreichender Beweis für ein Verbrechen.«

»Vielleicht nicht. Aber Haß und erzwungene Nähe sind ein guter Nährboden für Abnormitäten aller Art – unerhörte Leidenschaften, abscheuliche Verderbtheit, teuflische Intrigen. Und im vorliegenden Fall gibt es jede Menge seltsamer und unheimlicher Tatsachen, die einer Erklärung bedürfen – «

»Ah! Nun werden Sie konkreter. Was genau sind das für Tatsachen, die der Erklärung bedürfen?«

Vance zündete sich eine Zigarette an und setzte sich auf der Tischkante nieder.

»Zum Beispiel: Warum ist Chester Greene überhaupt hierhergekommen, um Sie um Ihre Hilfe zu bitten? Weil die Waffe verschwunden war? Vielleicht, aber ich bezweifle, daß das die ganze Erklärung ist. Und was ist mit der Waffe selbst? Ist sie wirklich verschwunden? Oder hat Chester sie beiseite geschafft? Verdammt komische Sache mit diesem Revolver. Und Sibella sagt, sie habe ihn letzte Woche gesehen. Aber hat sie ihn wirklich gesehen? Wir werden in diesem Fall sehr viel klüger sein, wenn wir erst einmal den Wanderungen dieses Revolvers auf die Spur kommen. Und warum hat Chester den ersten Schuß so deutlich gehört, wohingegen Rex, der sich im Zimmer neben demjenigen Adas aufhielt, behauptete, er habe vom zweiten Schuß nichts gehört? Und für die lange Zeit, die zwischen den beiden Schüssen verstrich, muß erst noch jemand eine Erklärung finden. Und dann haben wir Sproot, den sprachbegabten Butler, der gerade in seinem Martial las – Martial, bei allen Göttern! –, als die üble Geschichte passierte, und sich sofort an den Schauplatz begab, ohne irgend jemanden zu sehen oder zu hören. Und was genau hat man von den Orakelsprüchen der frommen Miss Hemming zu halten, daß der Herr der Heerscharen die Greenes zerschmettern werde, wie er es mit den Kindern Babylons tat? Irgendwelche obskuren religiösen Vorstellungen hat sie im Kopf, und wer weiß, womöglich sind sie am Ende gar nicht so obskur? Und die deutsche Köchin – hier haben wir eine Frau mit, wie man es schmeichelhaft auszudrücken pflegt, Vergangenheit. Auch wenn sie noch so phlegmatisch erscheint, gehört sie nicht zur Klasse der Dienstboten; und doch hat sie den Greenes mehr als ein Dutzend Jahre lang treu ergeben ihr Essen gekocht. Erinnern Sie sich an ihre Erklärung, wie sie zu den Greenes gekommen sei? Ihr Mann sei ein Freund des alten Tobias gewesen; und Tobias hat angeordnet, daß sie als Köchin bleiben soll, solange es ihr gefällt. Dafür brauchen Sie eine Erklärung, Markham – und zwar eine verdammt gute. Und Rex mit seinem überdimensionierten Kopf und seinen Krankheiten und seinen Wutanfällen. Warum war er so aufgeregt, als wir ihn befragten? Er hat sich wahrlich nicht benommen wie ein unschuldiger und ahnungsloser Zeuge bei einem versuchten Einbruch. Und noch einmal möchte ich die Lampen erwähnen. Wer hat sie eingeschaltet, und warum? Und das in beiden Zimmern! In Julias Zimmer, bevor der Schuß fiel, denn offenbar sah sie ihren Mörder und verstand, was er vorhatte; und in Adas Zimmer, nachdem der Schuß fiel! Das sind Tatsachen, die geradezu nach Erklärungen schreien; denn ohne Erklärung sind sie verrückt, irrational, völlig unglaublich. Und warum war von Blon mitten in der Nacht nicht zu Hause, als Sproot anrief? Und wie kam es, daß er dann trotzdem so rasch am Tatort war? Zufall? Was ich noch fragen wollte, Sergeant, waren eigentlich die zwei Fußspuren im Schnee von der gleichen Art wie die des Doktors?«

»Das ließ sich nicht sagen. Der Schnee war zu pulvrig.«

»Na, wahrscheinlich ist es nicht besonders wichtig.« Vance wandte sich wieder Markham zu und fuhr in seiner Bestandsaufnahme fort. »Dann die Unterschiede zwischen den beiden Anschlägen. Julia wurde im Bett von vorn erschossen, während der Schuß Ada in den Rücken traf, nachdem sie aufgestanden war, obwohl der Mörder reichlich Zeit gehabt hätte, zu ihr hinzugehen und sie zu erschießen, während sie noch im Bett lag. Warum stand er lautlos da, bis das Mädchen aufstand und zu ihm hinkam? Wie konnte er es überhaupt wagen zu warten, nachdem er Julia ermordet und das Haus aufgeweckt hatte? Kommt Ihnen das wie Panik vor? Oder wie Kaltblütigkeit? Und wie kam es, daß ausgerechnet zu jenem Zeitpunkt Julias Tür nicht verschlossen war? Das ist etwas, das ich besonders gern aufgeklärt hätte. Und vielleicht ist es Ihnen aufgefallen, Markham, daß Chester Sibella zu der Befragung im Wohnzimmer persönlich holen ging und daß er geraume Zeit bei ihr verbrachte? Nun, warum hat er Sproot nach Rex geschickt und Sibella selbst geholt? Und warum die Verzögerung? Ich möchte zu gern wissen, was zwischen den beiden vorging, bevor sie dann endlich erschienen. Und warum war Sibella sich ihrer Sache so sicher, daß es sich nicht um einen Einbrecher handelte, und doch so ausweichend, als wir sie nach ihrer eigenen Hypothese fragten? Was steckte hinter der ironischen Unbekümmertheit, mit der sie sämtliche Mitglieder des Greeneschen Haushalts als potentielle Mörder präsentierte, sich selbst eingeschlossen? Und dann sind da noch die Einzelheiten von Adas Erzählung. Einige davon sind verblüffend, unverständlich, geradezu märchenhaft. Offenbar war keinerlei Geräusch im Zimmer zu hören; und doch spürte sie, daß etwas Böses anwesend war. Und diese ausgestreckte Hand und die schlurfenden Schritte – wir müssen einfach eine Erklärung für diese Dinge finden, die Art, wie sie zögerte, als es darum ging, ob es ein Mann oder eine Frau war; Sibella war ja offenbar überzeugt, daß das Mädchen glaubte, sie sei es gewesen. Auch das will erklärt sein, Markham. Und Sibellas hysterische Anschuldigungen gegen Ada. Was steckte dahinter? Und vergessen Sie nicht die seltsame Szene zwischen Sibella und von Blon, als er sie wegen ihres Ausbruchs zurechtwies. Das war doch verdammt merkwürdig. Es gibt eine Vertrautheit zwischen den beiden – *ça saute aux yeux*. Sie haben gesehen, wie sie ihm gehorchte. Und zweifellos ist Ihnen auch aufgefallen, daß Ada den Doktor ziemlich gern zu haben scheint: Hat sich ja beinahe an ihn gekuschelt bei ihrem großen Auftritt, warf ihm schmachtende Blicke zu, erwartete von ihm, daß er sie beschützte. Oh ja, unsere kleine Ada hat ein Auge auf ihn geworfen. Und doch benimmt er sich ihr gegenüber ganz als der väterlich sorgende, kompetente, hochbezahlte Onkel Doktor, während er mit Sibella in einer Art umspringt, wie Chester es tun würde, wenn er den Mut dazu hätte.«

Vance nahm einen tiefen Zug von seiner Zigarette.

»Jawohl, Markham, da gibt es noch vieles, wofür erst einmal eine zufriedenstellende Erklärung gefunden werden muß, bevor ich an Ihren hypothetischen Einbrecher glauben kann.«

Markham saß eine Weile lang da, ganz in Gedanken versunken.

»Ich habe mir Ihren homerischen Katalog angehört, Vance«, sagte er schließlich, »aber ich kann nicht sagen, daß er mich überzeugt. Sie haben eine Reihe interessanter Möglichkeiten aufgezeigt und mehrere Punkte angesprochen, die es wert wären, daß man sie weiterverfolgt. Doch das, was Ihrer Argumentation Gewicht verleihen könnte, ist ausschließlich die Quantität der aufgezählten Fragen, die, jede einzelne für sich genommen, nicht allzu eindrucksvoll sind. Für jede von ihnen ließe sich wahrscheinlich eine plausible Antwort finden. Das Problem ist, daß es keinen roten Faden gibt, der die einzelnen Punkte Ihrer Bestandsaufnahme verbindet, und deshalb muß jeder für sich betrachtet werden.«

»Sie mit Ihrem Juristenverstand!« Vance stand auf und begann auf- und abzugehen. »Eine Anhäufung merkwürdiger und unerklärlicher Umstände im Zusammenhang eines Verbrechens macht auf Sie keinen größeren Eindruck als jeder einzelne Punkt für sich genommen! Gut, gut! Ich gebe auf. Ich sage mich los von der Vernunft. Wie die Araber breche ich meine Zelte ab und stehle mich leise davon.« Er nahm seinen Mantel. »Ich überlasse Sie Ihrem wahnwitzigen, irren Einbrecher, der ohne Schlüssel in ein Haus eindringt und nichts stiehlt, der weiß, wo die Lichtschalter verborgen sind, aber die Treppe nicht finden kann, der auf Frauen schießt und dann das Licht anmacht. Wenn Sie ihn finden, mein lieber Lykurg, dann sollten Sie Mitleid mit ihm haben und ihn in die Klapsmühle schicken. Er ist vollkommen unzurechnungsfähig, das kann ich Ihnen versichern.«

Trotz seiner Gegenargumente war Markham doch nicht unbeeindruckt geblieben. Zweifellos hatte Vance seinen Glauben an den Einbrecher bis zu einem gewissen Grade erschüttert. Aber ich konnte nur zu gut verstehen, warum er sich sträubte, diese Theorie aufzugeben, ehe sie ganz überprüft war; und seine nächsten Worte erklärten seine Einstellung.

»Ich bestreite nicht eine gewisse Wahrscheinlichkeit, daß die Gründe für diesen Vorfall tiefer liegen, als es den Anschein hat. Aber im Augenblick gibt es zu wenige Anhaltspunkte, die eine Untersuchung abseits der üblichen Wege rechtfertigten. Wir können doch nicht einen Riesenskandal heraufbeschwören und die Mitglieder einer prominenten Familie in die Mangel nehmen, wenn gegen keinen von ihnen auch nur die Spur eines Indizes vorliegt. Das wäre ungerecht und unverantwortlich. Wir müssen zumindest abwarten, bis die Polizei ihre Ermittlungen abgeschlossen hat. Wenn dabei nichts herauskommt, können wir noch einmal eine Bestandsaufnahme machen und entscheiden, wie wir weiter vorgehen wollen ... Was glauben Sie, wie lange Sie brauchen werden, Sergeant?«

Heath nahm die Zigarre aus dem Mund und betrachtete sie nachdenklich. »Schwer zu sagen, Sir. Dubois wird morgen mit den Fingerabdrücken fertig sein, und wir überprüfen unsere Stammkunden, so schnell wir können. Außerdem habe ich zwei Mann auf die Dienstboten angesetzt. Das kann eine ganze Weile dauern, kann aber auch sehr schnell gehen. Alles reine Glückssache.«

Vance seufzte. »Und es war so ein hübsches, faszinierendes Verbrechen! Ich hatte mich wirklich darauf gefreut, und nun wollen Sie tatsächlich Ihre Nase in die Jugendlieben des Zimmermädchens stecken und all das. Da kann man wirklich den Mut verlieren.«

Er wickelte sich in seinen Ulster und ging zur Tür.

»Nun gut, für mich gibt es hier nichts zu tun, so lange Sie zwei Jasons auf Ihrer hoffnungslosen Suche sind. Ich glaube, ich werde mich zurückziehen und mich wieder meiner Übersetzung von Delacroix' JOURNAL widmen.«

Doch zu jener Zeit war es Vance nicht beschieden, den Plan zu Ende zu führen, mit dem er sich schon so lange trug. Drei Tage darauf konnte man im ganzen Land auf den Titelseiten der Zeitungen die schreienden Schlagzeilen lesen, die von einem zweiten grausigen und unerklärlichen Verbrechen im alten Hause Greene berichteten; das gab dem ganzen Fall eine völlig neue Wendung und erhob ihn auf der Stelle in die Sphäre der bedeutendsten *causes célèbres* unserer Zeit. Nachdem der Mörder ein zweites Mal zugeschlagen hatte, konnte von einem zufälligen Einbrecher nicht mehr die Rede sein. Es gab keinen Zweifel mehr, daß ein unbekannter todbringender Schrecken in den düsteren Gängen des verwunschenen Hauses sein Unwesen trieb.

Kapitel 8

Die zweite Tragödie

(Freitag, 12. November, 8 Uhr morgens)

Am Tag, nachdem wir uns von Markham in seinem Büro verabschiedet hatten, wurde das Wetter plötzlich milder. Die Sonne kam hervor, und das Thermometer stieg auf beinahe null Grad. Gegen Abend des zweiten Tages begann jedoch ein feiner, feuchter Schnee zu fallen, der die ganze Stadt wie mit einem dünnen weißen Tuch bedeckte; aber gegen elf Uhr hatten sich die Wolken wieder verzogen.

Ich erwähne diese Fakten, weil sie im Zusammenhang mit dem zweiten Verbrechen im Hause Greene eine merkwürdige Bedeutung erlangen sollten. Wieder waren auf dem Weg zur Haustür Fußspuren zu sehen; und der pappigen Konsistenz des Schnees war es zu verdanken, daß die Polizei diesmal auch in der unteren Diele und auf der Marmortreppe Fußspuren fand.

Den Mittwoch und Donnerstag hatte Vance in seiner Bibliothek verbracht, er hatte planlos gelesen und war den Vollardschen Katalog der Aquarelle Cézannes durchgegangen. Die dreibändige Ausgabe des Journal de Eugène Delacroix[10] lag auf seinem Schreibtisch; doch ich bemerkte, daß er es noch nicht einmal aufgeschlagen hatte. Er war unkonzentriert und nervös, und sein Schweigen während des Abendessens (das wir gemeinsam im Wohnzimmer vor dem großen Holzfeuer einnahmen), verriet mir nur zu deutlich, daß ihn etwas beunruhigte. Außerdem hatte er Briefe geschrieben, in denen er eine Reihe gesellschaftlicher Verpflichtungen absagte, und Currie, seinen Kammerdiener, das Faktotum im Haushalt, angewiesen, daß er für Besucher nicht zu sprechen sei.

Als er am Donnerstagabend nach dem Abendessen dasaß, an seinem Cognac nippte und sein Blick gedankenverloren die Formen der Baigneuse von Renoir nachzeichnete, die über dem Kamin hing, brachte er zur Sprache, was ihn beschäftigte.

»Glauben Sie mir, Van, ich werde einfach nicht den Gedanken an die Atmosphäre dieses verfluchten Hauses los. Wahrscheinlich hat Markham recht, daß er die Sache nicht weiter ernst nimmt; man kann ja schlecht zur Jagd auf eine gramgebeugte Familie blasen, nur weil ich so übermäßig empfindlich bin. Und doch« – ein leichtes Schütteln überlief ihn – »macht mir die Geschichte sehr zu schaffen. Vielleicht werde ich allmählich weichherzig und gefühlsduselig. Fehlt nur noch, daß ich plötzlich eine Vorliebe für Whistler und Böcklin entwickle! Könnten Sie das ertragen? *Miserere nostri*... Nein, so weit wird es dann doch nicht kommen. Aber – verdammt nochmal! – dieser Mord bei den Greenes verfolgt mich im Schlaf wie ein Vampir. Und die Sache ist noch nicht vorüber. Was bisher geschehen ist, deutet darauf hin, daß noch etwas Grauenvolleres passieren wird...«

Es war noch nicht acht Uhr, als Markham uns am nächsten Morgen die Nachricht von der zweiten Tragödie im Hause Greene überbrachte. Ich war früh aufgestanden und trank gerade meinen Kaffee in der Bibliothek, als Markham mit einem kurzen Nicken an dem erstaunten Currie vorbeistürmte.

»Wecken Sie sofort Vance – seien Sie so gut, van Dine!« begann er unvermittelt, ohne ein Wort des Grußes. »Es ist etwas Schlimmes geschehen.«

Ich beeilte mich, Vance zu holen, der brummend in einen Kamelhaarmorgenmantel schlüpfte und dann nonchalant die Bibliothek betrat.

»Mein lieber Markham!« wandte er sich tadelnd an den Bezirksstaatsanwalt. »Wie kommen Sie dazu, mir mitten in der Nacht einen Höflichkeitsbesuch abzustatten?«

»Das ist kein Höflichkeitsbesuch«, entgegnete Markham scharf. »Chester Greene ist ermordet worden.«

»Ah!« Vance klingelte nach Currie und steckte sich eine Zigarette an. »Kaffee für zwei und Kleidung für einen«, bestellte er, als der Diener erschien. Dann ließ er sich in einen Sessel am Kamin sinken und warf Markham einen spöttischen Blick zu. »Derselbe grandiose Einbrecher, vermute ich. Ein sturer Bursche. Ist das Familiensilber diesmal verschwunden?«

Markham lachte freudlos. »Nein, das Silber wurde nicht angetastet, und ich denke, wir können die Einbrechertheorie jetzt zu den Akten legen. Ich fürchte, Ihre Vorahnungen waren richtig – zum Teufel mit Ihren unheimlichen Fähigkeiten!«

»Lassen Sie Ihre herzzerreißende Geschichte hören.« Trotz aller Leichtfertigkeit war Vance sehr interessiert. Die Niedergeschlagenheit der letzten beiden Tage war einer Aufmerksamkeit gewichen, die man beinahe ungeduldig nennen konnte.

»Es war Sproot, der den Vorfall kurz vor Mitternacht telefonisch beim Polizeipräsidium meldete. Der Mann, der bei der Mordkommission Dienst hatte, erreichte Heath zu Hause, und binnen einer halben Stunde war der Sergeant bei den Greenes. Im Augenblick ist er dort – hat mich heute früh um sieben angerufen. Ich habe ihm gesagt, ich käme sofort hinaus, deswegen habe ich am Telefon nicht viele Einzelheiten erfahren. Alles, was ich weiß, ist, daß Chester Greene vergangene Nacht erschossen wurde, fast um die gleiche Zeit, zu der die Schüsse beim letzten Mal gefallen sind – kurz nach halb zwölf.«

»War er zu jenem Zeitpunkt in seinem Zimmer?« Vance schenkte den Kaffee ein, den Currie gebracht hatte.

»Ich glaube, Heath sagte, er sei in seinem Schlafzimmer gefunden worden.«

»Von vorn erschossen?«

»Ja, mitten durchs Herz, aus sehr geringem Abstand.«

»Hochinteressant. Eine Neuauflage von Julius Tod also.« Vance versank in Gedanken. »Das alte Haus hat demnach ein neues Opfer gefordert. Aber warum Chester? Übrigens, wer hat ihn gefunden?«

»Sibella, wenn ich Heath richtig verstanden habe. Ihr Zimmer liegt, wie Sie sich erinnern werden, neben demjenigen Chesters, und wahrscheinlich hat der Schuß sie aufgeschreckt. Aber wir sollten sehen, daß wir losfahren.«

»Bin ich mit von der Partie?«

»Es wäre mir lieb, wenn Sie mitkämen.« Markham versuchte gar nicht erst, seinen Wunsch nach Vance' Unterstützung zu verbergen.

»Wissen Sie, ich hätte mich ohnehin nicht abschütteln lassen.« Mit diesen Worten stürmte Vance aus dem Zimmer, um sich anzukleiden.

Der Wagen des Bezirksstaatsanwalts brauchte nur wenige Minuten von Vance' Haus in der 38. Straße West bis zur Villa Greene. Ein Streifenpolizist hielt vor dem großen Eisentor Wache, und ein Zivilbeamter lungerte auf der Eingangstreppe unter dem gewölbten Vordach herum.

90

Heath fanden wir im Wohnzimmer, ins Gespräch mit Inspektor Moran vertieft, der eben eingetroffen war; und am Fenster standen zwei Männer von der Mordkommission und warteten auf ihre Befehle. Das Haus war merkwürdig still: Niemand von der Familie war zu sehen.

Der Sergeant kam gleich auf uns zu. Sein sonst so frisches Gesicht war bleich, und er sah beunruhigt aus. Er schüttelte Markham die Hand und begrüßte Vance mit einem freundlichen Blick.

»Ihre Spürnase hatte doch recht, Mr. Vance. Hier geht jemand aufs Ganze, und zwar nicht, weil er das Silber klauen will.«

Inspektor Moran trat hinzu, und wieder begann ein allgemeines Händeschütteln.

»Diese Sache wird einigen Staub aufwirbeln«, sagte er. »Und wir werden ganz schön unter Beschuß geraten, wenn wir das hier nicht binnen kurzem aufgeklärt haben.«

Markhams düsterer Blick verfinsterte sich noch mehr.

»Dann sollten wir keine Zeit verlieren. Je eher die Arbeit beginnt, desto besser. Helfen Sie uns, Inspektor?«

»Ich glaube, das wird nicht notwendig sein«, antwortete Moran ruhig. »Die polizeiliche Seite der Ermittlungen überlasse ich ganz Sergeant Heath; und nun, wo Sie hier sind – und Mr. Vance –, wäre ich zu nichts mehr nütze.« Er lächelte Vance freundlich zu und verabschiedete sich dann. »Halten Sie mich auf dem laufenden, Sergeant, und fordern Sie so viele Männer an, wie Sie brauchen.«[11]

Als er gegangen war, schilderte Heath uns die Einzelheiten des Verbrechens.

Gegen halb zwölf, nachdem die Familie und die Dienstboten sich zurückgezogen hatten, war der Schuß gefallen. Sibella, die zu jenem Zeitpunkt im Bett gelegen und gelesen hatte, hatte ihn deutlich gehört. Sie war sofort aufgestanden, und nachdem sie einen Augenblick lang gelauscht hatte, war sie die Dienstboten-treppe hinaufgeschlichen – der Aufgang lag nur wenige Schritte von ihrer Zimmertür entfernt. Sie hatte den Butler geweckt, und die beiden hatten sich zu Chesters Zimmer begeben. Die Tür war unverschlossen gewesen, und im Zimmer hatte Licht gebrannt. Chester Greene saß, leicht vorgebeugt, auf einem Sessel in der Nähe des Schreibtisches. Sproot trat zu ihm hin, sah jedoch, daß er tot war, und verließ das Zimmer auf der Stelle; die Tür schloß er ab. Dann benachrichtigte er die Polizei und Doktor von Blon.

»Ich war vor Doktor von Blon hier«, erläuterte Heath. »Der Doktor war wieder unterwegs, als der Butler anrief, und bekam die Nachricht erst gegen ein Uhr. Ich war verdammt froh, denn dadurch hatte ich Gelegenheit, die Fußspuren vor dem Haus zu untersuchen. Sobald ich durch das Tor trat, konnte ich sehen, daß jemand gekommen und gegangen war, wie beim letzten Mal. Ich pfiff nach dem Streifenpolizisten; er sollte bis zum Eintreffen Snitkins den Eingang bewachen. Dann ging ich ins Haus, hielt mich aber ganz am Rand des Weges; und das erste, was ich bemerkte, als der Butler die Tür öffnete, war eine kleine Wasserlache auf dem Flurteppich. Jemand hatte vor kurzem den weichen Schnee ins Haus getragen. Ich fand noch ein paar andere Pfützen im Flur, und es gab einige feuchte Abdrücke auf der Treppe nach oben. Fünf Minuten später gab mir Snitkin von der Straße her ein Zeichen, und ich sagte ihm, daß er sich um die Fußspuren draußen kümmern solle. Die Spuren waren deutlich, und Snitkin konnte sie ziemlich genau ausmessen.«

Nachdem er Snitkin auf die Fußspuren angesetzt hatte, war der Sergeant offenbar nach oben in Chesters Zimmer gegangen und hatte es durchsucht, aber nichts Ungewöhnliches gefunden, abgesehen von dem Ermordeten in seinem Sessel. Nach einer halben Stunde war er wieder hinunter ins Eßzimmer gegangen, wo Sibella und Sproot auf ihn warteten. Er hatte gerade mit der Befragung begonnen, als Doktor von Blon eintraf.

»Ich brachte ihn hinauf«, sagte Heath, »und er sah sich die Leiche an. Ich hatte das Gefühl, daß er gern dageblieben wäre, aber ich sagte ihm, er würde uns nur im Weg sein. Also unterhielt er sich fünf oder zehn Minuten lang draußen im Flur mit Miss Greene und ging dann.«

Kurz nachdem Doktor von Blon gegangen war, waren zwei weitere Beamte von der Mordkommission eingetroffen, und die nächsten beiden Stunden hatten sie mit der Befragung der Hausbewohner zugebracht. Aber niemand außer Sibella hatte zugegeben, den Schuß auch nur gehört zu haben. Mrs. Greene war nicht vernommen worden. Als sie Miss Craven, die Krankenschwester, die im zweiten Stock schlief, zu ihr geschickt hatten, hatte sie berichtet, die alte Dame schlafe fest; und der Sergeant hatte beschlossen, sie nicht zu stören. Ada hatten sie ebenfalls nicht geweckt. Laut Aussage der Krankenschwester schlief das junge Mädchen seit neun Uhr.

92

Rex Greene jedoch hatte bei der Befragung etwas ausgesagt, was in bezug auf den Tathergang verwirrend und widersprüchlich klang. Er sei noch wach gewesen, sagte er, als es aufgehört habe zu schneien, das hieß kurz nach elf Uhr. Dann, etwa zehn Minuten später, sei es ihm gewesen, als habe er im unteren Flur ein schwaches, schlurfendes Geräusch gehört, auch den Klang einer Tür, die sich leise geschlossen habe. Er habe sich nichts dabei gedacht, und es sei ihm erst wieder eingefallen, als Heath ihn gefragt habe. Eine Viertelstunde später habe er auf die Uhr geschaut. Das sei um fünf vor halb zwölf gewesen, und unmittelbar darauf sei er eingeschlafen.

»Was mir nur komisch vorkommt an dieser Geschichte«, kommentierte Heath, »ist die Uhrzeit. Wenn er die Wahrheit sagt, dann hat er dieses Geräusch und das Schließen der Tür ungefähr zwanzig Minuten, bevor der Schuß fiel, gehört. Und zu der Zeit war niemand im Haus mehr auf. Ich habe Zweifel angemeldet, was den genauen Zeitpunkt angeht, doch er bestand auf Teufel komm raus auf der von ihm genannten Zeit. Ich habe seine Uhr mit meiner verglichen, aber sie geht richtig. Na, viel kann man mit der Geschichte sowieso nicht anfangen. Die Tür hat vielleicht im Wind geklappert, oder er hat draußen auf der Straße etwas gehört und gedacht, es sei im Flur.«

»Trotzdem, Sergeant«, schaltete Vance sich ein, »ich an Ihrer Stelle würde Rex' Erzählung hübsch ordentlich zu den Akten nehmen, damit Sie später noch einmal darüber nachdenken können. Irgend etwas gefällt mir daran.«

Heath warf ihm einen aufmerksamen Blick zu und schien kurz davor, ihm eine Frage zu stellen; doch dann überlegte er es sich anders und sagte lediglich: »Ich habe es vermerkt.« Dann wandte er sich wieder an Markham und brachte seinen Bericht zu Ende.

Nach der Befragung der Hausbewohner war er ins Präsidium zurückgekehrt, um die Maschinerie der Ermittlungen in Gang zu setzen; seine Männer hatte er an Ort und Stelle gelassen. Er selbst war am frühen Morgen ins Haus Greene zurückgekehrt und wartete nun, daß der Amtsarzt, der Fingerabdruckexperte und der Polizeifotograf eintrafen. Er hatte angeordnet, daß die Dienstboten auf ihren Zimmern blieben, und Sproot hatte Weisung, allen Familienmitgliedern das Frühstück in ihren Gemächern zu servieren.

»Das wird noch harte Arbeit hier, Sir«, schloß er seinen Bericht. »Und es ist eine heikle Sache.«

Markham bestätigte das mit einem grimmigen Nicken und sah dann zu Vance hinüber, der versonnen ein altes Ölporträt Tobias Greenes betrachtete.

»Helfen Ihnen diese neuen Entwicklungen, einige Ihrer früheren Eindrücke zusammenzufügen?« fragte er.

»Jedenfalls bestätigen sie noch mein Gefühl, daß in diesem alten Haus ein mörderisches Gift zum Himmel stinkt«, erwiderte Vance. »Das alles hier ist wie ein Hexensabbat.« Er bedachte Markham mit einem Grinsen. »Ich glaube allmählich, die Rolle, die Sie hier zu spielen haben, wird die eines Teufelsaustreibers sein.«

Markham schnaufte.

»Die Zaubertränke überlasse ich Ihnen... Sergeant, ich denke, wir sollten einen Blick auf die Leiche werfen, bevor der Amtsarzt eintrifft.«

Heath ging wortlos voraus. Als wir den Treppenabsatz erreichten, zog er einen Schlüssel aus der Tasche und schloß die Tür zu Chesters Zimmer auf. Das elektrische Licht brannte noch – blaßgelbe runde Flecken im grauen Tageslicht, das durch die Fenster auf der Flußseite einfiel.

Das schmale, langgestreckte Zimmer enthielt ein buntes Sammelsurium von Möbeln. Es hatte etwas typisch Männliches in seiner gemütlichen Unordnung. Tisch und Schreibtisch waren mit Zeitungen und Sportillustrierten übersät; überall standen Aschenbecher; in einer Ecke befand sich ein offenes Barschränkchen; ein Sortiment von Golfschlägern lag auf dem mit Gobelinstoff bezogenen Polstersofa. Ich bemerkte, daß das Bett unbenutzt war.

In der Mitte des Raums, unter einem altmodischen Kristallleuchter, stand ein Chippendale-Schreibtisch, daneben ein bequemer Polstersessel. In diesem Sessel lag die Leiche Chester Greenes, gekleidet in Morgenrock und Pantoffeln. Sie war ein wenig nach vorn gesunken, und der Kopf lehnte, leicht zurückgeneigt, an der mit Quasten verzierten Polsterung. Der Kronleuchter warf sein geisterhaftes Licht auf das Antlitz, bei dessen Anblick ich von blankem Entsetzen gepackt wurde. In Chesters ohnehin schon vorstehenden Augen lag nun ein Ausdruck so unsäglichen Erstaunens, daß sie aus ihren Höhlen hervorzuquellen schienen;

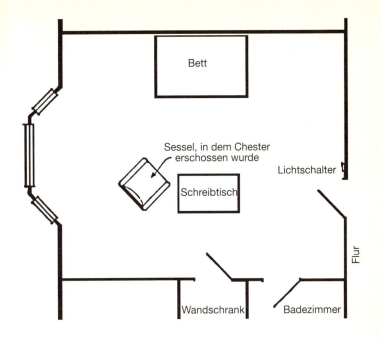

Chesters Zimmer

das herabhängende Kinn und der schlaffe offenstehende Mund unterstrichen diesen Ausdruck verblüfften Entsetzens noch.

Vance musterte die Züge des Toten eingehend.

»Sagen Sie, Sergeant«, fragte er, ohne aufzublicken, »glauben Sie, daß Chester und Julia das gleiche gesehen haben, als sie aus dieser Welt schieden?«

Heath hustete verlegen. »Nun«, gab er zu, »irgend etwas hat sie überrascht, soviel ist sicher.«

»Überrascht! Sergeant, Sie sollten Ihrem Schöpfer danken, daß Sie nicht mit der Gabe der Phantasie geschlagen sind. Die ganze Wahrheit dieser teuflischen Geschichte steht hier in diesen vorquellenden Augen und dem aufgerissenen Mund geschrieben. Anders als Ada haben sowohl Julia als auch Chester dasjenige gesehen, was sie bedrohte; und sie waren vor Schrecken starr.«

»Nun, von denen kriegen wir keine Aussage mehr.« Wie gewöhnlich beurteilte Heath die Sache in erster Linie vom praktischen Standpunkt aus.

»Nicht mit Worten, da haben Sie recht. Aber, wie sagt Hamlet so treffend: ›Denn Mord, hat er schon keine Zunge, spricht mit wundervollen Stimmen.‹«

»Ach hören Sie, Vance, werden Sie nicht poetisch.« Markhams Stimme klang barsch. »Was geht Ihnen durch den Kopf?«

»Auf mein Wort, ich weiß es nicht. Es ist zu unbestimmt.« Er beugte sich vor und hob ein kleines Buch vom Boden auf; es lag genau an der Stelle, wo die Hand des Toten über die Sessellehne hing. »Chester war im Moment seines Ablebens offenbar in Lektüre vertieft.« Er schlug das Buch beiläufig auf. »HYDROTHERAPIE UND VERSTOPFUNG. Ja, Chester war genau der Typ, der sich Sorgen um seine Verdauung macht. Wahrscheinlich hat ihm jemand eingeredet, daß Darmträgheit den Abschlag beim Golf beeinträchtigt. Nun ist er zweifellos gerade dabei, die elysischen Gefilde von Butterblumen zu befreien, damit er darauf einen Golfplatz anlegen kann.«

Plötzlich wurde er ernst.

»Verstehen Sie, was dieses Buch uns sagt, Markham? Chester saß hier und las, als der Mörder eintrat. Und doch hat er sich nicht etwa erhoben oder um Hilfe gerufen. Ja, er gestattete dem Eindringling, sich unmittelbar neben ihn zu stellen. Er legte nicht einmal das Buch beiseite, sondern saß entspannt in seinem Sessel. Warum? Weil der Mörder jemand war, den Chester kannte – und dem er vertraute! Und als dann die Waffe zum Vorschein kam und auf sein Herz gerichtet wurde, da war er zu verblüfft, um sich noch zu regen. Und in dieser Sekunde der ungläubigen Bestürzung drückte der Mörder ab, und die Kugel drang ihm ins Herz.«

Markham nickte langsam, völlig konsterniert, und Heath studierte die Haltung des Toten mit neuer Aufmerksamkeit.

»Das ist eine gute Theorie«, räumte der Sergeant schließlich ein. »Ja, er muß den Kerl bis direkt an sich rangelassen haben, ohne daß er irgendwas Schlimmes vermutet hat. Genau wie Julia.«

»Haargenau, Sergeant. Zwischen den beiden Morden besteht eine höchst aufschlußreiche Parallele.«

»Aber eine Sache gibt es da immer noch, die Sie übersehen.« Unglücklich runzelte Heath die Stirn. »Chesters Tür gestern

abend, die mag ja offen gewesen sein; schließlich war er noch
nicht zu Bett gegangen; und so konnte der Täter ohne weiteres
hereinspazieren. Aber Julia war ja schon ausgezogen und im Bett,
und sie hat immer nachts ihre Tür abgeschlossen. Wie soll denn
diese Person mit dem Revolver in Julias Zimmer gekommen sein,
Mr. Vance?«

»Das ist doch nicht weiter schwierig. Angenommen, nur als Arbeitshypothese, daß Julia sich entkleidet und das Licht gelöscht
hatte und in ihr fürstliches Bett gestiegen war. Dann klopfte jemand an die Tür – vielleicht jemand, den sie an seinem Klopfen
erkannte. Sie erhob sich, schaltete das Licht wieder ein, schloß
die Tür auf und begab sich dann, der Wärme wegen, wieder zu
Bette, wo sie ihrem Besucher Audienz gewährte. Vielleicht – wer
kann das sagen? – saß der Besucher auf der Kante ihres Bettes
und plauderte mit ihr. Dann plötzlich zog er den Revolver hervor
und schoß, und anschließend machte er sich eilig davon, wobei er
vergaß, das Licht wieder auszuschalten. Eine solche Theorie –
ohne daß ich auf Einzelheiten beharren wollte – würde sich wunderbar mit dem Bild vertragen, das ich mir von Chesters Besucher
mache.«

»Es mag so gewesen sein, wie Sie sagen, Sir«, gab Heath zu,
doch er klang nicht überzeugt. »Aber warum dann der ganze Ho-
kuspokus, als Ada an der Reihe war? Da hat er's doch im Dunkeln getan.«

»Die rationalistischen Philosophen versichern uns, Sergeant« –
Vance wurde nun mutwillig pedantisch –, »daß es für alles eine
Erklärung gibt, daß aber unser endlicher Verstand ein jämmerlich
beschränkter ist. Warum unser rätselhafter Bösewicht seine Taktik änderte, als er sich Adas annahm, gehört zu den Dingen, bei
denen wir im dunkeln tappen. Aber Sie haben einen entscheidenden Punkt angesprochen. Wenn wir herausfinden könnten,
warum unser großer Unbekannter in diesem Falle zu einer anderen Mordmethode griff, dann wären wir, glaube ich, ein gutes
Stück weiter in unseren Untersuchungen.«

Heath schwieg. Er stand mitten im Zimmer und ließ seinen
Blick über die verschiedenen Gegenstände und Möbelstücke wandern. Dann trat er zum Wandschrank, zog die Tür auf und schaltete eine Hängelampe im Innern an. Während er noch mit düsterer Miene den Inhalt des Schrankes musterte, hörte man im Flur
schwere Schritte, und Snitkin erschien in der Tür. Heath wandte

sich um; ohne seinem Assistenten Zeit zu lassen, etwas zu sagen, fragte er barsch: »Wie weit sind Sie mit den Fußspuren?«

»Ich hab' den ganzen Kram dabei.« Snitkin ging auf den Sergeant zu und hielt ihm einen langen braunen Umschlag hin. »War kein Problem, sie auszumessen und die Schablonen zu schneiden. Aber viel nützen werden sie uns nicht, glaube ich. In diesem Land gibt's ungefähr zehn Millionen Burschen, von denen sie stammen könnten.«

Heath hatte den Umschlag geöffnet und eine dünne weiße Pappschablone hervorgezogen, die aussah wie die Innensohle eines Schuhs.

»Von einem Pygmäen stammt der Abdruck nicht«, bemerkte er.

»Das ist der Haken bei der Sache«, erklärte Snitkin. »Die Größe sagt nicht viel aus, denn die Spur stammt nicht von einem Schuh. Es sind Abdrücke von Galoschen, und da kann man nicht sagen, wie viel größer sie waren als der Fuß, der drinsteckte. Sie könnten über einem Schuh irgendwo zwischen Größe acht und zehn und mit einer Weite zwischen A und D getragen worden sein.«

Heath nickte, offensichtlich enttäuscht. »Sind Sie ganz sicher mit den Galoschen?« Er gab nur ungern etwas auf, das wie ein vielversprechender Anhaltspunkt ausgesehen hatte.

»Es führt kein Weg dran vorbei. Der Abdruck der Gummisohle war an einigen Stellen deutlich sichtbar, und der flache, ausgehöhlte Absatz war nicht zu übersehen. Auf jeden Fall habe ich Jerym[12] gebeten, meine Ergebnisse zu überprüfen.«

Snitkins Blick wanderte zufällig zum Boden des Wandschranks.

»Da, von solchen Dingern stammen die Abdrücke.« Er zeigte auf ein Paar hohe, gefütterte Überschuhe, die jemand achtlos unter eine Schuhablage geschleudert hatte. Dann beugte er sich vor und hob einen davon auf. Während er ihn betrachtete, brummte er: »Scheint sogar die richtige Größe zu sein.« Er nahm dem Sergeant die Schablone aus der Hand und legte sie auf die Sohle des Überschuhs. Sie paßte haargenau.

Heath wurde jäh aus seiner Niedergeschlagenheit gerissen.

»Was zum Teufel hat das denn nun zu bedeuten?«

Markham war hinzugetreten.

»Es könnte natürlich darauf hindeuten, daß Chester gestern irgendwann am späten Abend ausgegangen ist.«

»Aber warum sollte er so etwas tun, Sir?« wandte Heath ein.

»Wenn er so spät abends noch etwas hätte haben wollen, dann

hätte er doch den Butler geschickt. Und außerdem waren die Läden in diesem Viertel zu der Zeit längst alle geschlossen; die Spuren sind ja erst entstanden, als es um elf zu schneien aufgehört hatte.«

»Und«, fügte Snitkin hinzu, »es läßt sich aus den Spuren nicht ablesen, ob der Knabe, von dem sie stammen, aus dem Haus wegging und wieder zurückkam, oder ob er kam und dann wieder ging, denn nirgends überschneiden sich zwei von den Abdrücken.«

Vance stand am Fenster und blickte hinaus.

»Das ist eine hochinteressante Beobachtung, Sergeant, wirklich«, merkte er an. »Ich würde es zu dem Protokoll von Rex' Aussage legen, damit Sie es haben, wenn Sie im stillen Kämmerlein darüber nachdenken.« Er schlenderte zurück zum Schreibtisch und betrachtete den Toten versonnen. »Nein, Sergeant«, fuhr er fort, »das kann ich mir nicht vorstellen, daß Chester sich Gummischuhe überstreift und sich zu einer geheimnisvollen Besorgung hinausbegibt. Ich fürchte, wir müssen uns für diese Fußspuren eine andere Erklärung einfallen lassen.«

»Ist aber doch trotzdem verdammt merkwürdig, daß sie genau die gleiche Größe haben wie diese Galoschen hier.«

»Wenn«, meldete sich Markham zu Wort, »diese Fußspuren nicht von Chester stammen, dann liegt doch die Vermutung nahe, daß es die Spuren des Mörders sind.«

Bedächtig holte Vance sein Zigarettenetui hervor. »Ja«, stimmte er zu, »ich glaube, wir können wohl davon ausgehen, daß die Spuren vom Mörder stammen.«

Kapitel 9

Die dritte Kugel

(Freitag, 12. November, 9 Uhr morgens)

In diesem Augenblick trat der Amtsarzt, Doktor Doremus, ein, ein energischer, lebhafter Mensch mit herzlichem Umgangston, geführt von einem der Kriminalbeamten, die ich im Wohnzimmer gesehen hatte. Er zwinkerte in die Runde, warf Hut und Mantel auf einen Stuhl und schüttelte dann jedem die Hand.

»Was haben Ihre Freunde eigentlich vor, Sergeant?« fragte er und betrachtete den leblosen Körper im Sessel. »Wollen sie die ganze Familie auslöschen?« Ohne eine Antwort auf diesen grimmigen Scherz zu erwarten, ging er ans Fenster und stieß geräuschvoll die Läden auf. »Haben die Herren sich sattgesehen an den sterblichen Überresten? Wenn ja, dann begebe ich mich jetzt an die Arbeit.«

»Nur zu«, sagte Heath. Sie trugen Chester Greenes Leichnam zum Bett hinüber und streckten ihn dort aus. »Wie steht's mit der Kugel, Doktor? Wäre es vielleicht möglich, sie schon vor der Autopsie zu bekommen?«

»Wie soll ich die finden, ohne Sonde und Pinzette? Das möchte ich wissen!« Doktor Doremus zog den blutverkrusteten Morgenmantel zurück und inspizierte die Wunde. »Aber ich will sehen, was ich tun kann.« Dann richtete er sich auf und warf dem Sergeant einen ironischen Blick zu. »Nun, wo bleibt denn Ihre übliche Frage nach der Todeszeit?«

»Die wissen wir schon.«

»Ha! Wünschte, ihr wäret immer so klug. Sowieso alles dummes Zeug, nach einem einzigen Blick auf einen Leichnam die Todeszeit bestimmen zu wollen. Bestenfalls kann unsereiner einen groben Richtwert liefern. Der *rigor mortis* kann ganz unterschiedlich sein, hängt von der Person ab. Sie sollten mich niemals allzu ernst nehmen, Sergeant, wenn ich Ihnen eine genaue Todeszeit nenne. Aber nun wollen wir einmal sehen . . .«

Er fuhr mit der Hand über den Leichnam auf dem Bett, bog die Finger auf, ruckte am Kopf und beugte sich hinunter zu dem geronnenen Blut rund um die Wunde. Dann wippte er auf den Zehen auf und ab und blinzelte zur Decke.

»Sagen wir, ungefähr zehn Stunden? Zwischen halb zwölf und Mitternacht. Kommt das hin?«

Heath lachte herzlich.

»Volltreffer, Doc – stimmt genau.«

»Na ja! Im Raten war ich schon immer gut.« Doktor Doremus schien gänzlich unbeeindruckt.

Vance war Markham hinaus auf den Flur gefolgt.

»Netter Bursche, der Leibarzt, den Sie da haben. Wenn man sich vorstellt, daß er in Diensten unserer wohltätigen Regierung steht!«

»Es gibt durchaus auch anständige Männer, die öffentliche Ämter bekleiden«, tadelte Markham ihn.

»Ich weiß«, seufzte Vance. »Unsere Demokratie ist noch jung. Geben Sie ihr Zeit.«

Heath stieß zu uns, und im selben Augenblick erschien die Pflegerin an Mrs. Greenes Tür. Eine mürrische, gebieterische Stimme drang aus den Tiefen des Raumes hinter ihr zu uns herüber.

». . . und sagen Sie dem Zuständigen, daß ich ihn zu sprechen wünsche – auf der Stelle, verstanden! Es ist ein Skandal, das ganze Durcheinander und die Aufregung; und das alles, wo ich hier mit Schmerzen liege und versuche, ein wenig Ruhe zu finden. Kein Mensch nimmt auch nur die geringste Rücksicht auf mich.«

Heath verzog das Gesicht zu einer Grimasse und blickte zur Treppe, doch Vance ergriff Markhams Arm.

»Kommen Sie, heitern wir die alte Dame auf.«

Als wir das Zimmer betraten, hüllte sich Mrs. Greene, die wie üblich, gestützt von einem Sortiment Kissen in allen Farben des Regenbogens, auf ihrem Lager ruhte, sittsam in ihren Schal.

»Ach, Sie sind es?« begrüßte sie uns, und ihre Miene wurde zusehends gnädiger. »Ich dachte, es seien wieder diese entsetzlichen Polizisten, die sich benehmen, als ob dies ihr Haus sei und nicht meines . . . Was bedeutet dieser ganze Aufruhr, Mr. Markham? Die Pflegerin sagt, daß Chester erschossen wurde. Ja du meine Güte! Wenn die Leute unbedingt etwas derartiges tun müssen, warum müssen sie dann ausgerechnet in mein Haus kommen und eine arme, hilflose alte Frau wie mich belästigen? Es gibt

101

viele andere Orte, wo sie nach Herzenslust schießen könnten.« Sie schien es dem Mörder zutiefst zu verübeln, daß er die Unverfrorenheit besessen hatte, das Greenesche Haus als Schauplatz für seine Schandtat zu wählen. »Aber ich habe ja nichts anderes erwartet. Meine Gefühle interessieren schließlich niemanden. Und wenn meine eigenen Kinder es für richtig halten, mich nach Kräften zu ärgern, wie könnte ich dann von einem Wildfremden erwarten, daß er in irgendeiner Weise Rücksicht auf mich nimmt?«

»Wenn einem der Sinn nach Mord steht, Mrs. Greene«, erwiderte Markham, empört über ihre Herzlosigkeit, »dann überlegt man nicht, ob man mit dem Verbrechen jemand anderem womöglich Unannehmlichkeiten bereitet.«

»Wahrscheinlich nicht«, jammerte sie selbstmitleidig. »Aber an all dem sind meine Kinder schuld. Wenn sie so wären, wie Kinder sein sollen, dann würde niemand hier einbrechen und versuchen, sie zu ermorden.«

»Und zu allem Überfluß auch noch mit Erfolg«, setzte Markham kühl hinzu.

»Nun, da kann man nichts machen.« Sie klang plötzlich verbittert. »Es ist die Strafe für die Art und Weise, wie sie ihre arme alte Mutter behandelt haben, die hier seit zehn langen Jahren liegt, hilflos und gelähmt. Glauben Sie etwa, daß sie versuchen, mir mein Los zu erleichtern? Oh nein! Ich liege in meinem Zimmer, tagein, tagaus; mein Rücken bereitet mir Höllenqualen, und ich bin ihnen nicht einen einzigen Gedanken wert.« Ein verschlagener Blick trat in ihre bösen alten Augen. »Aber manchmal, da denken sie doch an mich. Oh, ja! Sie denken daran, wie schön es wäre, wenn sie mich los wären. Dann bekämen sie mein ganzes Geld . . .«

»Wenn ich es recht verstehe, gnädige Frau«, sagte Markham unvermittelt, »dann haben Sie zu der Zeit, als Ihr Sohn vergangene Nacht ums Leben kam, geschlafen.«

»Tatsächlich? Na, vielleicht habe ich das wirklich. Aber es ist ein Wunder, daß nicht jemand die Tür offengelassen hat, um mich daran zu hindern.«

»Und Sie kennen niemanden, der einen Grund hätte, Ihren Sohn umzubringen?«

»Woher soll ich das wissen? Mir sagt ja niemand etwas. Ich bin ein armer vernachlässigter, einsamer alter Krüppel . . .«

»Nun, wir wollen Sie nicht länger belästigen, Mrs. Greene.« In Markhams Ton schwang sowohl Mitleid als auch Entrüstung mit.

102

Als wir die Treppe hinuntergingen, öffnete die Pflegerin die Tür wieder, die wir geschlossen hatten, und ließ sie angelehnt, zweifellos auf Anweisung ihrer Patientin.

»Ganz und gar keine nette alte Dame«, kicherte Vance, als wir wieder das Wohnzimmer betraten. »Einen Augenblick lang dachte ich, Sie würden ihr eine Ohrfeige versetzen, Markham.«

»Ich hätte es gern getan, das muß ich zugeben. Und trotzdem konnte ich nicht verhindern, daß ich Mitleid mit ihr empfand. Aber wer so unglaublich egozentrisch ist wie sie, der erspart sich natürlich viele Seelenqualen. Für sie ist diese ganze verfluchte Geschichte offenbar nicht mehr als eine Verschwörung, ihr Unannehmlichkeiten zu bereiten.«

Diensteifrig erschien Sproot an der Tür.

»Darf ich den Herren einen Kaffee bringen?« Nicht die Spur einer Emotion war in seinen starren, faltigen Zügen zu erkennen. Die Ereignisse der letzten Tage schienen ihn nicht im geringsten verändert zu haben.

»Nein, wir wollen keinen Kaffee, Sproot«, fertigte Markham ihn schroff ab. »Aber seien Sie bitte so freundlich, und bitten Sie Miss Sibella herunter.«

»Sehr wohl, Sir.«

Der alte Mann schlurfte davon, und einige Minuten später kam Sibella hereinspaziert, rauchend, eine Hand in der Tasche ihrer leuchtendgrünen Strickjacke. Doch auch wenn sie sich lässig gab, waren ihre Züge doch bleich, eine Blässe, die einen starken Kontrast zum Karminrot ihres Lippenstiftes abgab. Auch ihre Augen schienen ein wenig verstört, und als sie sprach, wirkte ihre Stimme forciert, als ob sie im inneren Zwiestreit mit der Rolle läge, die sie spielte. Ihre Begrüßung hätte allerdings trotzdem kaum munterer sein können.

»Guten Morgen, alle miteinander. Ein schrecklicher Tag für einen Anstandsbesuch.« Sie ließ sich auf einem Sessel nieder und wippte nervös mit dem Fuß. »Da muß wohl wirklich jemand etwas gegen uns Greenes haben. Der arme Chet! Und er ist nicht einmal in Stiefeln gestorben. Stirbt in Filzpantoffeln! Was für ein Tod für einen Sportsmann. Nun, ich nehme an, Sie haben mich holen lassen, damit ich Ihnen meine Geschichte erzähle. Wo soll ich anfangen?« Sie erhob sich, warf die halb aufgerauchte Zigarette in den Kamin, setzte sich Markham gegenüber auf einen Lehnstuhl und verschränkte die schlanken Hände vor sich auf dem Tisch.

Markham musterte sie einige Augenblicke lang.

»Wenn ich recht informiert bin, waren Sie vergangene Nacht wach, als der Schuß im Zimmer Ihres Bruders fiel; Sie waren im Bett und haben gelesen.«

»Zolas NANA, um genau zu sein. Mutter sagte, ich solle es nicht lesen, also habe ich es mir sofort besorgt. Aber es war eine ziemliche Enttäuschung.«

»Und was genau haben Sie getan, nachdem Sie den Schuß gehört hatten?« fuhr Markham fort, bemüht, seinen Ärger über den leichtfertigen Ton der jungen Frau zu zügeln.

»Ich habe mein Buch beiseite gelegt, bin aufgestanden und in einen Morgenmantel geschlüpft und habe einige Minuten lang an der Tür gelauscht. Als ich keine weiteren Geräusche hörte, warf ich einen Blick vor die Tür. Der Flur war dunkel, und die Stille kam mir reichlich unheimlich vor. Mir war klar, daß es eigentlich meine schwesterliche Pflicht gewesen wäre, in Chesters Zimmer zu gehen und zu sehen, was es mit der Explosion auf sich gehabt hatte; aber um Ihnen die Wahrheit zu sagen, Mr. Markham, ich war ziemlich feige. Also ging ich – nun ja, um ganz ehrlich zu sein: ich r a n n t e die Dienstbotentreppe hinauf und scheuchte unseren Musterknaben von einem Butler aus dem Bett. Zusammen machten wir uns daran, der Sache auf den Grund zu gehen. Chets Tür war unverschlossen, und der furchtlose Sproot öffnete sie. Da saß Chet und blickte drein, als hätte er ein Gespenst gesehen; irgendwie wußte ich sofort, daß er tot war. Sproot trat ein und faßte ihn an, während ich wartete; dann gingen wir hinunter ins Eßzimmer. Sproot führte einige Telefongespräche und braute mir dann einen abscheulichen Kaffee. Etwa eine halbe Stunde später kam dieser Herr da« – sie neigte ihren Kopf leicht in Heaths Richtung – »und machte ein beunruhigend grimmiges Gesicht; und er war so klug, Sproots Kaffee abzulehnen.«

»Und vor dem Schuß haben Sie keinerlei Geräusche gehört?«

»Keinen Mucks. Alle waren früh zu Bett gegangen. Das letzte, was ich in diesem Haus gehört hatte, war Mutters sanfte, liebevolle Stimme; sie ließ die Pflegerin wissen, daß sie ebenso nachlässig sei wie wir anderen und daß sie ihr den Morgentee um Punkt neun Uhr bringen solle und daß sie die Tür nicht immer so zuschlagen solle. Danach herrschte Ruhe und Frieden, bis ich um halb zwölf den Schuß in Chets Zimmer hörte.«

»Und wie lange dauerte dieses Interregnum der Stille?« wollte Vance wissen.

»Nun, für gewöhnlich beschließt Mutter ihr tägliches Zetern über die Familie gegen halb elf; ich würde also sagen, die Stille dauerte etwa eine Stunde.«

»Und Sie erinnern sich nicht, in dieser Zeit ein leichtes Schlurfen im Flur gehört zu haben? Oder eine Tür, die leise zuging?«

Das Mädchen schüttelte gleichgültig den Kopf und zog eine weitere Zigarette aus einem kleinen Bernsteinetui, das sie in der Tasche ihrer Strickjacke trug.

»Tut mir leid, habe ich nicht. Das heißt allerdings nicht, daß nicht überall durchs Haus Leute geschlurft sind und Türen geschlossen haben. Mein Zimmer liegt nach hinten heraus, und die Geräusche auf dem Fluß und in der 52. Straße übertönen fast alles, was im vorderen Teil des Hauses vor sich geht.«

Vance war zu ihr hinübergegangen und gab ihr Feuer.

»Sie scheinen ja überhaupt nicht beunruhigt zu sein.«

»Warum sollte ich beunruhigt sein?« Sie machte eine resignierte Handbewegung. »Wenn mir etwas geschehen soll, dann geschieht es, ganz gleich, was ich tue. Aber ich rechne nicht damit, in nächster Zukunft das Zeitliche zu segnen. Niemand hätte den geringsten Grund, mich umzubringen – höchstens meine alten Bridgepartner vielleicht. Aber das sind alles harmlose Menschen, die niemals zu so extremen Mitteln greifen würden.«

»Aber«, meinte Vance, weiterhin im Plauderton, »wie es scheint, hatte ja auch niemand Gründe, Ihren beiden Schwestern oder Ihrem Bruder ein Leid zuzufügen.«

»Das könnte ich nicht mit Bestimmtheit sagen. Wir Greenes vertrauen uns niemals gegenseitig etwas an. Ein furchtbares Mißtrauen herrscht in diesem altehrwürdigen Haus. Es ist hier die Regel, daß wir uns alle gegenseitig belügen. Und dann erst die Geheimnisse! Jedes einzelne Mitglied der Familie ist so eine Art Freimaurerloge für sich. Sicher gibt es einen Grund dafür, daß diese Schüsse fielen. Ich kann mir nicht vorstellen, daß sich jemand dieses Vergnügen nur macht, um in der Übung zu bleiben.«

Nachdenklich zog sie an ihrer Zigarette und fuhr dann fort: »Ja, irgendwo muß es schon ein Motiv geben – aber Sie können mich umbringen, ich wüßte nicht, was es sein könnte. Natürlich war Julia eine unverträgliche, unsympathische Person, aber sie ging nur selten aus, und ihre zahlreichen Komplexe reagierte sie an der

105

Familie ab. Aber wer weiß, vielleicht hat sie ein Doppelleben geführt – ich könnte das nicht sagen. Es heißt ja, wenn diese verstockten alten Jungfern erst einmal ihre Hemmungen verlieren, tun sie die unglaublichsten Dinge. Ich kann es mir nur einfach nicht vorstellen, Julia mit einer ganzen Schar eifersüchtiger Romeos.« Bei dem Gedanken verzog sie amüsiert das Gesicht. »Ada hingegen ist, wie es im Mathematikunterricht immer hieß, eine unbekannte Größe. Niemand außer Vater wußte, woher sie stammt, und er wollte es niemals erzählen. Jedenfalls hat sie nicht viel Zeit, sich herumzutreiben – Mutter sorgt dafür, daß sie beschäftigt ist. Aber sie ist jung, und sie sieht gut aus, auf eine gewöhnliche Art« – ein Anflug von Gehässigkeit lag in ihrer Stimme –, »und man weiß nicht, welche Beziehungen sie vielleicht außerhalb der Pforten des ehrwürdigen Hauses Greene eingegangen ist. Und was Chet angeht, da gab es wohl niemanden, der ihn innig geliebt hätte. Ich habe niemals von irgend jemandem ein gutes Wort über ihn gehört, höchstens von dem Golftrainer im Club, und auch das nur, weil Chet ihm Trinkgelder gab wie ein Parvenü. Er hatte ein Talent, sich Feinde zu machen. Wahrscheinlich lassen sich in seiner Vergangenheit zahlreiche Motive für seine Ermordung finden.«

»Ich stelle fest, daß Sie, was Miss Ada als Täterin betrifft, Ihre Ansichten gründlich revidiert haben«, bemerkte Vance lakonisch.

Sibella schaute ein wenig beschämt drein.

»Da habe ich mich ziemlich dumm benommen, was?« Doch schon klang ihre Stimme wieder aufsässig: »Aber sie gehört trotzdem nicht hierher. Und sie ist ein raffiniertes kleines Luder. Sie sähe es nur zu gern, wenn wir alle hübsch um die Ecke gebracht würden. Der einzige Mensch, der sie zu mögen scheint, ist die Köchin; aber Gertrude ist eben eine sentimentale Deutsche, die jeden mag. Sie füttert die Hälfte aller streunenden Hunde und Katzen des Viertels. Im Sommer ist unser Hinterhof das reinste Tierasyl.«

Vance schwieg eine Zeitlang. Plötzlich blickte er auf.

»Aus Ihren Bemerkungen schließe ich, Miss Greene, daß Sie die Schüsse nun für die Tat eines Außenstehenden halten.«

»Ist denn jemand anderer Meinung?« fragte sie verblüfft und beunruhigt. »Soviel ich weiß, hat unser Besucher beide Male Fußspuren im Schnee hinterlassen. Das deutet doch gewiß auf einen Außenstehenden hin.«

»Ganz recht«, versicherte Vance etwas zu nachdrücklich, offenkundig bestrebt, alle Ängste, die seine Fragen bei ihr geweckt haben mochten, zu zerstreuen. »Die Fußspuren deuten unbestreitbar darauf hin, daß der Eindringling jedesmal durch die Haustür kam.«

»Und für die Zukunft brauchen Sie sich keine Sorgen zu machen, Miss Greene«, setzte Markham hinzu. »Ich werde noch heute anordnen, daß Vorder- und Rückseite des Hauses streng bewacht werden, so lange, bis keinerlei Gefahr mehr besteht, daß sich die Vorfälle der letzten Tage wiederholen.«

Heath bekundete seine Zustimmung mit heftigem Nicken.

»Ich werde mich darum kümmern, Sir. Von jetzt an werden hier Tag und Nacht zwei Mann Wache schieben.«

»Ach, wie aufregend!« rief Sibella aus; aber ich bemerkte eine seltsam besorgte Reserviertheit in ihren Augen.

»Wir wollen Sie nicht länger aufhalten, Miss Greene«, sagte Markham und erhob sich. »Aber ich wäre Ihnen sehr dankbar, wenn Sie in Ihrem Zimmer bleiben könnten, bis unsere Ermittlungen hier abgeschlossen sind. Selbstverständlich können Sie Ihrer Mutter einen Besuch abstatten.«

»Verbindlichsten Dank, aber ich denke, ich hole lieber ein wenig von meinem versäumten Schönheitsschlaf nach.« Und sie verließ uns mit einem freundlichen Winken.

»Wen möchten Sie als nächsten sehen, Mr. Markham?« Heath war schon auf den Beinen, energisch damit beschäftigt, seine Zigarre wieder zum Brennen zu bringen.

Doch noch ehe Markham antworten konnte, hob Vance die Hand zum Zeichen, daß er schweigen sollte; er beugte sich aufmerksam lauschend vor.

»Ach, Sproot!« rief er. »Kommen Sie doch einmal einen Augenblick herein.«

Der alte Butler erschien sofort, ruhig und beflissen, mit ausdrucksloser Miene stand er da.

»Also wissen Sie«, sagte Vance, »es besteht wirklich kein Grund, daß Sie hier so eifrig zwischen den Vorhängen der Diele lauern, so lange wir hier zu tun haben. Sehr aufmerksam und loyal von Ihnen, aber wenn wir Sie für irgend etwas brauchen, dann läuten wir nach Ihnen.«

»Wie Sie wünschen, Sir.«

Sproot wandte sich zum Gehen, doch Vance gebot ihm Einhalt.

»Wo Sie nun schon einmal hier sind, können Sie uns noch ein oder zwei Fragen beantworten.«

»Sehr wohl, Sir.«

»Als erstes möchte ich, daß Sie noch einmal genau nachdenken und mir dann sagen, ob Ihnen irgend etwas Außergewöhnliches aufgefallen ist, als Sie gestern abend die Türen des Hauses abschlossen.«

»Nichts, Sir«, antwortete der Mann ohne Zögern. »Wenn mir etwas aufgefallen wäre, dann hätte ich es schon heute morgen der Polizei gemeldet.«

»Haben Sie irgendein Geräusch gehört, hat sich irgend etwas geregt, nachdem Sie auf Ihr Zimmer gegangen waren? Zum Beispiel eine Tür, die sich schloß?«

»Nein, Sir. Alles war gänzlich still.«

»Und um welche Zeit sind Sie dann schlafen gegangen?«

»Ich könnte es nicht genau sagen, Sir. Vielleicht gegen zwanzig Minuten nach elf, wenn ich mir erlauben darf zu schätzen.«

»Und waren Sie sehr überrascht, als Miss Sibella Sie aufweckte und Ihnen mitteilte, in Mr. Chesters Zimmer sei ein Schuß gefallen?«

»Nun ja, Sir«, gab Sproot zu, »ich war etwas überrascht, obwohl ich mich bemühte, meine Gefühle zu verbergen.«

»Was Ihnen zweifellos voll und ganz gelang«, bemerkte Vance trocken. »Aber das meinte ich nicht; hatten Sie nicht damit gerechnet, daß sich – nach den anderen Schüssen – in diesem Haus erneut etwas Derartiges ereignen würde?«

Er beobachtete den alten Butler scharf, doch der Gesichtsausdruck des Mannes war so öde wie die Wüste und so unergründlich wie die tiefe See.

»Wenn Sie mir die Bemerkung gestatten, Sir, ich verstehe nicht ganz, was Sie meinen«, antwortete er unbeteiligt. »Wenn ich damit gerechnet hätte, daß Mr. Chester, wenn ich so sagen darf, um die Ecke gebracht werden sollte, dann hätte ich ihn selbstverständlich gewarnt. Es wäre meine Pflicht gewesen, Sir.«

»Weichen Sie meiner Frage nicht aus, Sproot«, ermahnte Vance ihn streng. »Ich habe Sie gefragt, ob Sie eine Art Vorahnung hatten, daß auf die erste Tragödie eine weitere folgen würde.«

»Tragödien kommen nur selten allein, Sir, wenn ich mir die Bemerkung erlauben darf. Man weiß nie, was die Zukunft bereithält. Ich versuche, dem Lauf des Schicksals nicht vorzugreifen, aber ich bemühe mich, jederzeit bereit zu sein –«

»Oh, gehen Sie, Sproot – gehen Sie mir aus den Augen«, stieß Vance hervor. »Wenn mir nach hohler Rhetorik zumute ist, dann kann ich Thomas von Aquin lesen.«

»Sehr wohl, Sir.« Der Mann verbeugte sich mit steifer Höflichkeit und ging davon.

Kaum waren seine Schritte verklungen, da kam Doktor Doremus munter hereinspaziert.

»Da haben Sie Ihre Kugel, Sergeant.« Er warf einen winzigen bleiernen Zylinder von unbestimmter Farbe auf den Wohnzimmertisch. »Natürlich ein purer Glücksfall. Sie ist an der fünften Rippe vorbei diagonal durchs Herz gedrungen; ausgetreten ist sie in der postaxialen Falte am hinteren Rand des Trapezmuskels, und da konnte ich sie unter der Haut ertasten. Habe sie mit dem Taschenmesser rausgeholt.«

»Ihre ganzen gelehrten Wörter können Sie für sich behalten«, grinste Heath. »Hauptsache, ich habe die Kugel.«

Er hob sie auf und hielt sie in der Handfläche, seine Augen verengten sich, seine Lippen wurden schmal. Dann griff er in die Westentasche, holte zwei weitere Kugeln hervor und legte sie neben die erste. Bedächtig nickend hielt er Markham die grausigen Indizien hin.

»Das sind die Kugeln der drei Schüsse, die in diesem Haus gefallen sind«, sagte er. »Alle drei stammen aus einem Revolver Kaliber zweiunddreißig – sie sind völlig identisch. Keine Frage, Sir – es war in allen drei Fällen dieselbe Waffe.«

Kapitel 10

Das Geräusch einer Tür

(Freitag, 12. November, 9.30 Uhr vormittags)

Während Heath sprach, durchquerte Sproot die Diele und öffnete die Haustür, und herein trat Doktor von Blon.

»Guten Morgen, Sproot«, hörten wir ihn in seiner üblichen freundlichen Stimme sagen. »Irgendwelche Neuigkeiten?«

»Ich glaube nicht, Sir«, antwortete dieser unbewegt. »Der Bezirksstaatsanwalt und die Polizei sind hier. Darf ich um Ihren Mantel bitten, Sir?«

Von Blon warf einen Blick ins Wohnzimmer, und als er uns sah, hielt er inne und verbeugte sich. Dann bemerkte er Doktor Doremus, den er bereits in der Nacht des ersten Mordes kennengelernt hatte.

»Ah, guten Morgen, Doktor«, sagte er und trat näher. »Ich fürchte, ich habe mich noch gar nicht für Ihre Hilfe bei der Versorgung der jungen Dame neulich nachts bedankt. Gestatten Sie, daß ich das nun nachhole.«

»Nichts zu danken«, versicherte Doremus ihm. »Wie geht es der Patientin?«

»Die Wunde verheilt gut. Keine Sepsis. Ich bin gerade auf dem Weg nach oben, um nach ihr zu schauen.« Er warf dem Staatsanwalt einen fragenden Blick zu. »Spricht doch nichts dagegen, oder?«

»Nicht das geringste, Doktor«, antwortete Markham. Dann erhob er sich rasch. »Wir werden Sie begleiten, wenn es Ihnen recht ist. Es gibt da einige Fragen, die ich Miss Ada stellen möchte, und es ist vielleicht gut, das zu tun, so lange Sie dabei sind.«

Von Blon willigte ohne Zögern ein.

»Na, ich werde mich mal wieder auf den Weg machen«, verkündete Doremus gutgelaunt. »Viel zu tun.« Er blieb allerdings noch lange genug, um uns allen die Hand zu schütteln; dann schloß sich die Haustür hinter ihm.

»Wir sollten uns lieber vergewissern, ob Miss Ada bereits vom Tod ihres Bruders erfahren hat«, meinte Vance, als wir die Treppe hinaufstiegen. »Falls nicht, fällt diese Aufgabe, glaube ich, Ihnen zu, Doktor.«

Die Pflegerin, die Sproot zweifellos von Doktor von Blons Eintreffen in Kenntnis gesetzt hatte, erwartete uns auf dem oberen Flur und sagte uns, daß Ada, wenn sie recht informiert sei, noch nichts von Chesters Tod wisse.

Wir fanden das Mädchen im Bett sitzend, eine Zeitschrift auf den Knien. Ihr Gesicht war noch bleich, aber ihre Augen strahlten mit einer jugendlichen Vitalität, ein Zeichen, daß sie sich gut erholt hatte. Daß wir so unvermittelt eintraten, schien sie zu erschrecken, doch der Anblick des Doktors beruhigte sie wieder.

»Nun, Ada, wie fühlen wir uns denn heute morgen?« fragte er mit der Jovialität seines Berufsstandes. »Sie erinnern sich noch an diese Herren, nicht wahr?«

Sie warf uns einen verängstigten Blick zu, dann huschte ein Lächeln über ihr Gesicht, und sie neigte den Kopf.

»Ja, ich erinnere mich an sie . . . Haben sie etwas herausgefunden über – Julias Tod?«

»Ich fürchte, nein.« Von Blon setzte sich zu ihr und ergriff ihre Hand. »Es ist etwas anderes vorgefallen, etwas, das Sie wissen müssen, Ada.« Sein anteilnehmender Ton war der des besorgten Arztes. »Vergangene Nacht ist Chester etwas zugestoßen –«

»Etwas zugestoßen – oh!« Ihre Augen waren weit aufgerissen, und ein leichter Schauer durchzuckte sie. »Sie meinen . . .« Ihre Stimme zitterte und brach. »Ich weiß, was Sie meinen! Chester ist tot!«

Von Blon räusperte sich und wandte den Blick ab.

»Ja, Ada. Sie müssen tapfer sein und dürfen sich nicht – ähm – allzusehr aufregen. Sehen Sie –«

»Jemand hat auf ihn geschossen!« stieß sie hervor, und das Entsetzen stand ihr im Gesicht geschrieben. »Genau wie auf Julia und mich.« Ihre Augen waren wie gebannt auf einen imaginären Punkt in der Ferne gerichtet, als gebe es da etwas Schreckliches, das nur sie allein sehen konnte.

Von Blon schwieg, und Vance trat an ihr Bett.

»Wir wollen Sie nicht belügen, Miss Greene«, sagte er sanft. »Sie haben die Wahrheit erraten.«

»Und was ist mit Rex – und mit Sibella?«

»Es geht ihnen gut«, beruhigte Vance sie. »Aber wie kamen Sie darauf, daß Ihren Bruder das gleiche Schicksal ereilt haben könnte wie Miss Julia und Sie selbst?«

Langsam wandte sie ihm ihren Blick zu.

»Ich weiß nicht – ich hatte es einfach im Gefühl. Seit ich ein kleines Mädchen war, habe ich mir vorgestellt, daß in diesem Haus schreckliche Dinge vor sich gehen. Und neulich nachts spürte ich, daß die Zeit gekommen war – oh, ich weiß nicht, wie ich es erklären soll; es war, als ob etwas geschieht, das man erwartet hat.«

Vance nickte verständnisvoll.

»Es ist ein ungesundes altes Haus; es bringt einen auf alle möglichen seltsamen Gedanken«, bemerkte er leichthin, »das ist vollkommen natürlich. Purer Zufall, daß Sie so ein Gefühl hatten und daß dann tatsächlich diese Verbrechen geschahen. Die Polizei glaubt übrigens, daß es sich um einen Einbrecher gehandelt hat.«

Das Mädchen schwieg, und Markham beugte sich mit einem aufmunternden Lächeln vor.

»Und von jetzt an werden wir zwei Männer hier postieren, die das Haus rund um die Uhr bewachen«, sagte er, »so daß niemand hereinkommen kann, der hier nichts zu suchen hat.«

»Sie sehen, Ada«, warf von Blon ein, »Sie haben nichts mehr zu befürchten. Jetzt müssen Sie nur noch gesund werden.«

Aber sie schaute Markham unverwandt an.

»Woher wissen Sie«, fragte sie mit angespannt ängstlicher Stimme, »daß die Person von außen gekommen ist?«

»Wir haben beide Male Fußspuren auf dem Zugang zum Haus gefunden.«

»Fußspuren – sind Sie sicher?« fragte sie interessiert.

»Es besteht kein Zweifel. Sie waren klar zu erkennen, und sie stammten von der Person, die hierher gekommen ist und versucht hat, Sie zu erschießen. Ach, Sergeant« – er winkte Heath herbei –, »zeigen Sie der jungen Dame doch einmal den Fußabdruck.«

Heath zog den braunen Umschlag aus der Tasche und holte die Pappschablone hervor, die Snitkin angefertigt hatte. Ada nahm sie in die Hand und betrachtete sie; ein kleiner Seufzer der Erleichterung kam über ihre Lippen.

»Wie Sie sehen«, lächelte Vance, »wandelte er nicht gerade auf zarten Füßchen einher.«

112

Das Mädchen gab dem Sergeant die Pappschablone zurück. Ihre Angst war verflogen, und sie schien nicht mehr die Vision von Augen zu haben, die sie so erschreckt hatte.

»Und jetzt, Miss Greene«, fuhr Vance in sachlichem Tone fort, »möchten wir Ihnen ein paar Fragen stellen. Zunächst einmal folgendes – die Pflegerin hat ausgesagt, daß Sie gestern abend um neun Uhr eingeschlafen sind. Stimmt das?«

»Ich tat so, als ob ich schlief, weil die Pflegerin müde war und Mutter ständig lamentierte. Wirklich eingeschlafen bin ich erst Stunden später.«

»Aber den Schuß im Zimmer Ihres Bruders haben Sie nicht gehört?«

»Nein, zu dem Zeitpunkt muß ich schon geschlafen haben.«

»Haben Sie vorher irgend etwas gehört?«

»Nicht, nachdem alle zu Bett gegangen waren und Sproot die Türen abgeschlossen hatte.«

»Waren Sie noch lange wach, nachdem Sproot sich zurückgezogen hatte?«

Das Mädchen überlegte eine Weile mit gerunzelter Stirn.

»Eine Stunde vielleicht«, meinte sie schließlich. »Aber ich weiß es nicht genau.«

»Viel länger als eine Stunde kann es nicht gewesen sein«, wandte Vance ein, »der Schuß fiel nämlich kurz nach halb zwölf. Und Sie haben nichts gehört – keinerlei Geräusch unten im Flur?«

»Nein.« Der furchtsame Ausdruck kehrte nun wieder in ihre Augen zurück. »Warum fragen Sie?«

»Ihr Bruder Rex«, erklärte Vance, »sagt, er habe kurz nach elf ein leises schlurfendes Geräusch gehört, und eine Tür sei geschlossen worden.«

Sie schlug die Augen nieder, und die Hand über der Bettdecke umklammerte die Zeitschrift, die sie hielt.

»Eine Tür, die sich schloß...« Mit kaum vernehmlicher Stimme sprach sie die Worte nach. »Oh! Und Rex hat es gehört?« Plötzlich schlug sie die Augen auf und öffnete den Mund. Sie war verblüfft, die Erinnerung war ihr wieder gekommen – eine Erinnerung, die sie so sehr bestürzte, daß sie heftig zu atmen begann. »Auch ich habe das Schließen dieser Tür gehört. Nun fällt es mir wieder ein...«

»Welche Tür war es?« fragte Vance mit gedämpfter Erregung. »Konnten Sie erkennen, von wo das Geräusch kam?«

Das Mädchen schüttelte den Kopf. »Nein – es war zu leise. Bis eben hatte ich es ja sogar vergessen. Aber ich habe es gehört! Ach, was mag das zu bedeuten haben?«

»Wahrscheinlich gar nichts.« Vance tat, als ob es nicht weiter wichtig sei, um ihre Furcht zu zerstreuen. »Sicher nur der Wind.«

Doch als wir uns nach einigen wenigen weiteren Fragen verabschiedeten, fiel mir auf, daß ihr Gesichtsausdruck immer noch sehr beunruhigt war.

Vance war ungewöhnlich nachdenklich, als wir ins Wohnzimmer zurückkehrten. »Ich würde einiges dafür geben zu erfahren, was dieses Kind weiß oder vermutet«, murmelte er.

»Sie hat Schlimmes durchmachen müssen«, erwiderte Markham. »Sie hat Angst, und überall wittert sie neue Gefahren. Aber irgendeinen Verdacht hegt sie nicht, sonst wäre sie nur zu gern bereit gewesen, ihn uns mitzuteilen.«

»Ich wünschte, ich wäre mir da so sicher.«

Als nächstes verbrachten wir eine gute Stunde mit der Befragung der beiden Dienstmädchen und der Köchin. Markham nahm sie gründlich ins Kreuzverhör; er befragte sie nicht nur zu den Vorgängen, die in unmittelbarem Zusammenhang mit den beiden Morden standen, sondern auch zu den Verhältnissen im Hause Greene im allgemeinen. Zahlreiche Episoden aus der Vergangenheit der Familie kamen zur Sprache; und als er mit der Befragung fertig war, hatte er sich einen recht guten Eindruck von der häuslichen Atmosphäre verschafft. Aber es kam nichts ans Tageslicht, was auch nur in einem entfernten Zusammenhang mit den Morden hätte stehen können. Wie sich herausstellte, hatte es im Hause Greene schon seit jeher ein Unmaß an Haß, bösem Blut und Hinterhältigkeit gegeben. Was die Dienstboten zu erzählen wußten, war alles andere als erfreulich; es war eine Geschichte – bruchstückhaft und unzusammenhängend, aber trotz alledem erschreckend – von täglichen Streitereien, Beschwerden, bitteren Worten, verstocktem Schweigen, von Eifersucht und Drohungen.

Die meisten Informationen über diese anomalen häuslichen Umstände steuerte Hemming bei, das ältere der beiden Dienstmädchen. Sie war nicht mehr ganz so theatralisch wie beim ersten Gespräch, das wir mit ihr geführt hatten, aber nach wie vor war ihre Aussage gespickt mit Bibelworten und mit Hinweisen darauf, welch furchtbares Schicksal nach des Allmächtigen Ratschluß über ihre sündige Herrschaft gekommen war. Trotzdem entwarf

114

sie ein eindrucksvolles, wenn auch grell überzeichnetes und von Vorurteilen gefärbtes Bild des Lebens, das sich während der vergangenen zehn Jahre in ihrer Umgebung abgespielt hatte. Als es aber darum ging herauszufinden, wie der Allmächtige es genau angestellt hatte, Vergeltung an den frevlerischen Greenes zu üben, da wurden ihre Ausführungen unbestimmt und vage. Schließlich entließ Markham sie, nachdem sie ihm versichert hatte, daß sie pflichtschuldigst auf ihrem Posten zu bleiben gedenke – um, wie sie sich ausdrückte, »des Herrn Zeugin zu sein«, wenn sein gerechtes Zerstörungswerk vollendet würde.

Barton, das jüngere Hausmädchen, verkündete hingegen mit aller Bestimmtheit, daß sie mit den Greenes ein für allemal fertig sei. Das Mädchen fürchtete sich wirklich, und nachdem Sibella und Sproot konsultiert worden waren, erhielt sie ihren Lohn und durfte ihre Sachen packen. Eine knappe halbe Stunde später hatte sie den Schlüssel abgegeben und war samt Gepäck auf und davon. Was sie an Informationen zurückließ, bestätigte im wesentlichen Hemmings Jeremiaden. Nur daß sie in den beiden Morden nicht die zürnende Hand Gottes sah. Ihre Sicht der Dinge war praktischer und profaner.

»Hier geht etwas Schreckliches vor«, sagte sie, und für den Augenblick hatte sie ihre Koketterie ganz vergessen. »Die Greenes, das sind komische Leute. Und die Dienerschaft genauso – Mr. Sproot, der ausländische Bücher liest, und Hemming, die von Feuer und Schwefel predigt, und die Köchin, die den ganzen Tag in so einer Art Trance ist und vor sich hin murmelt und einem nie eine Antwort gibt, wenn man sie auch noch so höflich fragt. Und was für eine Familie!« Sie rollte mit den Augen. »Mrs. Greene, die hat überhaupt kein Herz. Eine richtige alte Hexe ist das, und sie wirft einem manchmal Blicke zu, als ob sie einen am liebsten erwürgen würde. Wenn ich Miss Ada wäre, ich hätte schon lange den Verstand verloren. Aber Miss Ada ist auch nicht besser als die anderen. Sie tut immer so freundlich und sanft, aber ich habe sie schon in ihrem Zimmer auf- und abstampfen sehen mit einem Blick in den Augen wie der leibhaftige Teufel; und einmal hat sie mich mit solchen Worten beschimpft, daß ich mir die Ohren zuhalten mußte. Und Miss Sibella, die ist ein richtiger Eisklotz – außer wenn sie wütend wird, da würde sie einen umbringen, wenn sie sich trauen würde, und noch drüber lachen. Und irgend etwas Seltsames ging zwischen ihr und Mr. Chester vor. Seit den Schüs-

115

sen auf Miss Julia und Miss Ada haben sie dauernd miteinander getuschelt, wenn sie dachten, niemand sieht sie. Und dieser Doktor von Blon, der so oft hierherkommt, der hat's faustdick hinter den Ohren. Der war schon oft bei geschlossener Tür in Miss Sibellas Zimmer, da war sie nicht kränker als Sie oder ich. Und Mr. Rex erst. Das ist ein komischer Mensch. Ich kriege Gänsehaut, wenn er mir auch nur nahekommt.« Sie schüttelte sich, um ihre Gefühle zu unterstreichen. »Miss Julia war nicht ganz so schlimm wie die anderen. Die haßte nur einfach jeden und war gemein.«

Barton schüttete ihr ganzes Herz aus; dabei hatte sie ihren Klatsch so farbig ausgeschmückt, wie jemand es tut, der aufgebracht ist und nicht viel darüber nachdenkt, was er sagt, und Markham hatte sie reden lassen. Er hoffte ein Goldkörnchen aus all diesem akustischen Schlick herauszusieben; doch als er am Ende alles ausgespült hatte, blieb nichts übrig außer ein paar glimmernden Krümeln Skandalgeschichten.

Die Aussage der Köchin war sogar noch weniger aufschlußreich. Von Natur aus eine schweigsame Frau, verstummte sie fast ganz, als wir sie auf das Verbrechen ansprachen. Ihre phlegmatische Art schien ein Unbehagen darüber zu verbergen, daß sie überhaupt mit hineingezogen wurde. Ja, je länger Markham geduldig sein Verhör führte, desto mehr hatte ich den Eindruck, daß ihre mangelnde Bereitschaft zur Mitarbeit eine bewußte Schutzhaltung war, als ob sie sich eiserne Verschwiegenheit geschworen habe. Auch Vance blieb diese Einstellung nicht verborgen, denn als im Verhör eine Pause eintrat, rückte er seinen Stuhl so zurecht, daß er ihr unmittelbar ins Gesicht blickte.

»Frau Mannheim«, sagte er, »bei unserem letzten Gespräch erwähnten Sie, daß Mr. Tobias Greene ein Bekannter Ihres Mannes gewesen sei und daß diese Tatsache Sie nach dem Tod Ihres Gatten dazu veranlaßt habe, sich hier um eine Stelle zu bewerben.«

»Warum auch nicht?« fragte sie halsstarrig. »Ich war arm und hatte sonst keine Freunde.«

»Ah ja, Freunde!« wiederholte Vance. »Und da Sie früher einmal auf freundschaftlichem Fuße mit Mr. Greene standen, wissen Sie zweifellos Dinge über seine Vergangenheit, die in der derzeitigen Situation von Bedeutung sein könnten; denn, sehen Sie, es ist keineswegs unmöglich, daß die Verbrechen, die im Laufe der letzten Tage hier begangen wurden, in einem Zusammenhang stehen zu Dingen, die sich vor Jahren ereignet haben. Wir wissen das natürlich nicht, aber wir wären Ihnen sehr dankbar, wenn Sie uns in dieser Hinsicht behilflich sein könnten.«

Während er sprach, hatte die Frau sich aufgerichtet. Ihre Hände, die sie im Schoß gefaltet hielt, hatten sich verkrampft, und ihr Mund war wie versteinert.

»Ich weiß gar nichts«, war ihre einzige Antwort.

»Und wie«, fragte Vance gelassen, »erklären Sie sich Mr. Greenes recht ungewöhnliche Verfügung, daß Sie so lange hier bleiben sollen, wie Sie es wünschen?«

»Mr. Greene war ein sehr gütiger und großzügiger Mann«, antwortete sie unbewegt, mit aggressivem Unterton. »Es gab Leute, die hielten ihn für hart und behaupteten, er sei ungerecht; aber er war immer gut zu mir und den Meinen.«

»Wie gut kannte er Mr. Mannheim?«

Die Frau schwieg für einen Moment, und ihre Augen starrten ins Leere.

»Er hat meinem Mann einmal aus einer Verlegenheit geholfen.«

»Wie das?«

Wieder entstand eine Pause, schließlich antwortete sie mit finsterer Miene und sichtlichem Unbehagen: »Sie hatten geschäftlich miteinander zu tun – in der alten Heimat.«

»Wann war das?«

»Das weiß ich nicht mehr. Es war vor unserer Heirat.«

»Und wo haben Sie Mr. Greene zum ersten Mal getroffen?«

»Bei mir zu Hause in New Orleans. Er hatte geschäftlich da zu tun – mit meinem Mann.«

»Und wenn ich Sie recht verstehe, freundete er sich auch mit Ihnen an.«

Die Frau schwieg verbissen.

»Eben haben Sie von ›mir und den Meinen‹ gesprochen. Haben Sie Kinder, Mrs. Mannheim?«

Zum ersten Mal bei diesem Gespräch veränderte sich ihr Gesichtsausdruck von Grund auf. Ein zorniges Funkeln trat in ihre Augen.

»Nein!« Ihre Antwort klang wie ein Aufschrei.

Einige Augenblicke lang zog Vance in aller Ruhe an seiner Zigarette.

Schließlich fragte er: »Sie haben in New Orleans gelebt, ehe Sie die Stelle in diesem Hause antraten?«

»Ja.«

»Und Ihr Mann ist dort gestorben?«

»Ja.«

»Das war vor dreizehn Jahren, richtig? Wieviel Zeit war da vergangen, seit Sie Mr. Greene zuletzt gesehen hatten?«

»Ungefähr ein Jahr.«

»Das wäre also vor vierzehn Jahren gewesen.«

Eine Anspannung, die fast schon an Furcht grenzte, wurde hinter der mürrischen Gleichgültigkeit der Frau erkennbar.

»Und Sie sind bis nach New York gefahren, um Mr. Greene um Hilfe zu bitten«, sinnierte Vance. »Wieso waren Sie so sicher, daß er Ihnen nach dem Tod Ihres Mannes Arbeit geben würde?«

»Mr. Greene war ein sehr guter Mensch«, war alles, was sie dazu zu sagen bereit war.

»Hatte er Ihnen möglicherweise einmal eine andere Gefälligkeit erwiesen«, suggerierte Vance, »die Ihnen Grund zu der Annahme gab, Sie könnten auf seine Großzügigkeit bauen – hm?«

»Dazu werde ich nichts sagen.« Sie preßte die Lippen fest zusammen.

Vance wechselte das Thema: »Wie denken Sie über die Verbrechen, die in diesem Haus verübt worden sind?«

»Ich denke überhaupt nicht darüber nach«, murmelte sie; aber die Angst in ihrer Stimme strafte die Behauptung Lügen.

»Sie müssen doch irgendeine Meinung dazu haben, Mrs. Mannheim, so lange, wie Sie schon hier arbeiten.« Vance ließ die Frau nicht aus den Augen. »Was glauben Sie, wer einen Grund haben könnte, diesen Leuten ein Leid zuzufügen?«

Plötzlich verlor sie die Beherrschung. »Du lieber Herr Jesus! Ich weiß es nicht – ich weiß es nicht!« Es klang wie ein gequälter Aufschrei. »Bei Miss Julia und Mr. Chester vielleicht – gewiß, das könnte man verstehen. Die haben jeden gehaßt; sie waren hart und lieblos. Aber die kleine Ada – der süße Engel! Warum sollte jemand ihr ein Leid zufügen wollen!« Ihre Züge verhärteten sich wieder, und langsam kehrte ihr gleichgültiger Ausdruck zurück.

»Ja, warum?« In Vance' Stimme schwang unüberhörbar ein Hauch von Mitgefühl mit. Nach einer kurzen Pause erhob er sich und ging zum Fenster. »Sie können jetzt wieder auf Ihr Zimmer gehen, Frau Mannheim«, sagte er, ohne sich umzudre-

118

hen. »Wir werden darauf achten, daß der kleinen Ada nichts Weiteres zustößt.«

Die Frau erhob sich schwerfällig und verließ den Raum mit einem mißtrauischen Blick auf Vance.

Sobald sie außer Hörweite war, drehte Markham sich zu Vance um.

»Wozu zerren Sie die ganzen alten Geschichten ans Licht?« fragte er gereizt. »Wir haben es mit Dingen zu tun, die während der letzten Tage vorgefallen sind; und Sie vergeuden wertvolle Zeit, indem Sie herausfinden wollen, warum Tobias Greene vor dreizehn Jahren eine Köchin eingestellt hat.«

»Es gibt da etwas, das nennt man Ursache und Wirkung«, erinnerte Vance ihn nachsichtig. »Und es kommt oft genug vor, daß eine verdammt lange Zeit vergeht zwischen dem einen und dem anderen.«

»Das gebe ich zu. Aber was um alles in der Welt soll denn diese deutsche Köchin mit unseren Morden zu tun haben?«

»Vielleicht gar nichts.« Vance kehrte vom anderen Ende des Zimmers zurück, den Blick auf den Boden geheftet. »Aber Markham, alter Junge, scheinbar hat nichts mit der Katastrophe hier irgendwie zu tun. Und andererseits scheint alles damit in irgendeiner Beziehung zu stehen. Das ganze Haus ist erfüllt von dunklen Andeutungen. Hundert geheimnisvolle Finger zeigen auf den Schuldigen, und in dem Augenblick, in dem wir die Richtung bestimmen wollen, sind sie verschwunden. Es ist ein Alptraum. Nichts bedeutet etwas; und deshalb kann alles eine Bedeutung haben.«

»Mein lieber Vance! Sie wissen ja gar nicht, was Sie reden.« Ärger und Tadel lagen in Markhams Stimme. »Schlimmer als die Orakelsprüche der Sibyllen. Was geht uns das an, ob Tobias Greene früher einmal mit einem Mann namens Mannheim Geschäfte gemacht hat? Der alte Tobias hat bei mancherlei trüben Transaktionen seine Finger im Spiel gehabt, wenn man den Gerüchten Glauben schenken darf, die vor fünfundzwanzig oder dreißig Jahren im Umlauf waren.[13] Ständig hetzte er mit geheimnisvollen Plänen in die entlegensten Erdteile, und mit gefüllten Taschen kehrte er zurück. Und jeder weiß, daß er lange in Deutschland tätig war. Wenn Sie vorhaben, in der Vergangenheit nach einem Schlüssel für die gegenwärtigen Vorfälle zu suchen, dann werden Sie alle Hände voll zu tun haben.«

»Sie mißdeuten meine genialen Gedanken«, erwiderte Vance und hielt vor dem alten Ölporträt Tobias Greenes über dem Kamin inne. »Ich hatte nicht die geringste Absicht, mich zum Historiker des Stammes Greene aufzuschwingen... Sieht gar nicht schlecht aus, der Tobias«, kommentierte er, rückte sein Monokel zurecht und besah sich das Porträt genauer. »Interessanter Charakterkopf. Dynamische Stirn, mehr als nur ein Anflug eines Gelehrten. Kräftige Nase, die er in alles hineingesteckt hat. Kein Zweifel, Tobias hat sich auf manche abenteuerliche Reise begeben. Grausamer Mund allerdings – regelrecht bösartig sogar. Ich wünschte, der Bart würde nicht das Kinn verdecken. Rund, mit einer tiefen Furche, würde ich sagen – die Form, deren schwacher Abglanz das Kinn Chesters war.«

»Äußerst lehrreich«, spottete Markham. »Aber gerade heute morgen läßt die Phrenologie mich kalt. Sagen Sie, Vance, tragen Sie sich etwa mit melodramatischen Vorstellungen, der alte Mannheim sei wiederauferstanden und zurückgekehrt, um grausame Rache am Geschlecht der Greenes zu nehmen, für Böses, das Tobias ihm in grauer Vorzeit angetan hat? Das ist die einzige Erklärung, die mir für Ihre Fragen an Mrs. Mannheim einfällt. Vergessen Sie aber nicht den Umstand, daß Mannheim tot ist.«

»Ich war nicht auf seiner Beerdigung.« Träge ließ sich Vance wieder in seinen Sessel fallen.

»Reden Sie doch keinen solchen Blödsinn«, fuhr Markham ihn an. »Was geht Ihnen durch den Kopf?«

»Eine ausgezeichnete Formulierung! Sie trifft meine Geistesverfassung aufs Haar genau. Zahllose Dinge ›gehen mir durch den Kopf‹. Aber nichts bleibt dort. Mein Kopf ist das reinste Sieb.«

Heath meldete sich zu Wort. »Meiner Meinung nach, Sir, ist es ein Schlag ins Wasser, wenn wir die Sache vom Blickwinkel Mannheim aus ansehen. Wir haben's mit der Gegenwart zu tun, und der Bursche, der die Schüsse abgegeben hat, der ist in diesem Augenblick irgendwo ganz in der Nähe.«

»Wahrscheinlich haben Sie recht, Sergeant«, gab Vance zu. »Aber – meine Güte! – mir scheint, bei jedem Blickwinkel dieser Geschichte – und übrigens ebenso bei jedem Scheitelpunkt, jedem Segment, jeder Tangente, jeder Parabel, jedem Sinus, jedem Radius, jeder Hyperbel – plätschert es, daß man verzweifeln könnte.«

Kapitel 11

Ein quälendes Verhör
(Freitag, 12. November, 11 Uhr vormittags)

Markham warf einen ungeduldigen Blick auf seine Uhr. »Es wird allmählich spät«, klagte er, »und ich habe um zwölf eine wichtige Verabredung. Ich glaube, ich höre mir noch an, was Rex Greene zu sagen hat, und überlasse die Arbeit dann vorerst Ihnen, Sergeant. Viel mehr kann man im Augenblick hier nicht mehr tun, und Sie müssen sehen, daß Sie mit Ihrer Routine-arbeit weiterkommen.«

Heath erhob sich mit finsterem Blick.

»Stimmt; und so ziemlich das erste, was wir hier tun werden, ist das Haus von oben bis unten nach diesem Revolver durchkäm-men. Wenn wir diese Waffe finden könnten, dann kämen wir auch weiter.«

»Nicht, daß ich Ihren Eifer bremsen wollte, Sergeant«, unkte Vance, »aber ich habe so ein Gefühl, daß sich die Waffe, nach der Ihnen so sehr das Herz steht, als ein verdammt flüchtiger Geselle erweisen wird.«

Heath blickte unglücklich drein; offenbar teilte er Vance' Mei-nung.

»Das ist vielleicht ein Fall hier! Nicht ein einziger Anhaltspunkt – nichts Konkretes.«

Er ging zur Tür und riß wütend an der Klingelschnur. Als Sproot erschien, schrie er ihn beinahe an, Mr. Rex Greene solle auf der Stelle herunterkommen; und streitsüchtig blickte er dem Butler, der sich auf den Weg machte, nach, als ob er nur auf eine Gelegenheit warte, seinem Kommando mit den Fäusten Nach-druck zu verleihen.

Nervös betrat Rex das Zimmer, eine halb aufgerauchte Ziga-rette im Mundwinkel. Er hatte dunkle Ränder unter den Augen, die Wangen wirkten schlaff, und mit seinen rachitischen Fingern strich er am Saum seiner Hausjacke auf und ab wie jemand, der unter Beruhigungsmitteln steht. Er warf uns einen halb verächtlichen, halb ängstlichen Blick zu und baute sich herausfordernd vor uns auf, statt Platz zu nehmen, wie Markham es ihm angeboten hatte. Plötzlich stieß er heftig hervor:

»Haben Sie schon herausgefunden, wer Julia und Chester umgebracht hat?«

»Nein«, gab Markham zu; »aber wir haben alle Vorsichtsmaßnahmen getroffen, damit nicht noch ein weiteres Mal –«

»Vorsichtsmaßnahmen? Was haben Sie veranlaßt?«

»Wir haben zwei Männer postiert, auf der Vorder- und der Rück...«

Ein schallendes Lachen schnitt ihm das Wort ab.

»Das wird uns ja eine große Hilfe sein! Derjenige, der es auf uns Greenes abgesehen hat, hat einen Schlüssel. Er hat einen Schlüssel, das können Sie mir glauben! Und er kann ins Haus, wann immer ihm danach zumute ist, und niemand kann ihn aufhalten.«

»Ich glaube, da übertreiben Sie ein wenig«, antwortete Markham nachsichtig. »Wie dem auch sei, wir hoffen, daß wir ihn schon bald zu fassen bekommen werden. Und deshalb habe ich Sie noch einmal hierher gebeten – es ist gut möglich, daß Sie uns behilflich sein können.«

»Was weiß ich denn schon?« Sein Ton war trotzig, und er nahm mehrere tiefe Züge aus seiner Zigarette, deren Asche ihm auf die Jacke fiel, ohne daß er es bemerkte.

»Wie ich höre, schliefen Sie, als letzte Nacht der Schuß fiel«, fuhr Markham mit ruhiger Stimme fort; »aber Sergeant Heath sagt mir, Sie seien nach elf Uhr wach gewesen und hätten Geräusche im Flur gehört. Vielleicht können Sie uns noch einmal erzählen, was geschah.«

»Überhaupt nichts geschah!« brüllte Rex. »Ich bin um halb elf zu Bett gegangen, aber ich war zu nervös und konnte nicht schlafen. Dann, einige Zeit später, kam der Mond hervor, und das Mondlicht fiel auf das Fußende des Bettes; ich stand noch einmal auf und zog die Jalousie herunter. Etwa zehn Minuten später hörte ich ein scharrendes Geräusch im Flur, und unmittelbar darauf wurde sanft eine Tür geschlossen –«

»Einen Augenblick, Mr. Greene«, unterbrach Vance. »Könnten Sie das Geräusch etwas genauer beschreiben? Wie klang es?«

»Ich habe nicht darauf geachtet«, war die weinerliche Antwort. »Es hätte praktisch alles sein können. Es klang, wie wenn jemand ein Bündel ablegt oder etwas über den Fußboden schleift; vielleicht war es ja auch der alte Sproot in seinen Pantoffeln, obwohl es nicht nach ihm klang – das heißt, ich habe nicht an ihn gedacht, als ich das Geräusch hörte.«

»Und was geschah danach?«

»Danach? Ich lag noch etwa zehn bis fünfzehn Minuten lang wach im Bett. Ich war unruhig – hatte so ein Gefühl, als ob irgend etwas geschehen würde; also schaltete ich das Licht an, um nachzusehen, wie spät es war, und rauchte eine halbe Zigarette –«

»Das war, wenn ich mich recht erinnere, um fünf vor halb zwölf.«

»Genau. Ein paar Minuten später machte ich das Licht aus und muß dann sofort eingeschlafen sein.«

Einen Augenblick lang herrschte Schweigen, dann ging Heath zum Angriff über.

»Sagen Sie, Greene, kennen Sie sich mit Schußwaffen aus?« Brutal feuerte er diese Frage ab.

Rex erstarrte. Sein Kinn sackte herunter, und die Zigarette fiel zu Boden. Die Muskeln in seinen hageren Wangen zuckten, und er funkelte den Sergeant drohend an.

»Was soll das heißen?« fauchte er; und ich bemerkte, daß er am ganzen Leibe zitterte.

»Wissen Sie, wo der Revolver Ihres Bruders geblieben ist?« fuhr Heath erbarmungslos fort, das Kinn vorgereckt.

Rex Greenes Lippen bewegten sich in ohnmächtiger Wut und Angst, aber er brachte offenbar kein Wort heraus.

»Wo haben Sie ihn versteckt?« bohrte Heath weiter.

»Revolver? . . . Versteckt? . . .« Endlich fand Rex die Sprache wieder. »Sie – Dreckskerl! Wenn Sie glauben, ich hätte den Revolver, dann gehen Sie doch nach oben, und durchwühlen Sie mein Zimmer; suchen Sie ruhig danach – und der Teufel soll Sie holen!« Seine Augen blitzten, und hinter der hochgezogenen Oberlippe kamen die gebleckten Zähne zum Vorschein. Aber aus seiner Haltung sprach nicht nur Wut, sondern auch Furcht.

Heath hatte sich vorgebeugt und wollte eben weitersprechen, als Vance sich rasch erhob und dem Sergeant die Hand auf den Arm legte, um ihm Einhalt zu gebieten. Es war jedoch zu spät, um dem zuvorzukommen, was er zu verhindern hoffte. Heaths Worte hatten bereits genügt, bei seinem Opfer die heftigste Reaktion auszulösen.

»Was kümmert mich denn, was dieses unsägliche Schwein hier glaubt?« brüllte er, den zitternden Finger auf den Sergeant gerichtet. Ein Strom von schrillen Flüchen und Schimpfworten ergoß sich aus seinen bebenden Lippen. Er raste vor Wut, er verlor jedes Maß. Den riesigen Kopf hatte er vorgestreckt wie eine Python; und sein Gesicht war blau angelaufen und verzerrt.

Vance stand gelassen dabei und beobachtete ihn aufmerksam; und Markham hatte sich instinktiv tiefer in seinen Sessel zurückgezogen. Selbst Heath war überrascht von Rex' zügelloser Wut.

Ich weiß nicht, was noch geschehen wäre, wäre nicht in diesem Augenblick von Blon raschen Schrittes ins Zimmer gekommen und hätte er nicht dem jungen Mann einhaltgebietend die Hand auf die Schulter gelegt.

»Rex!« sprach er mit ruhiger, gebieterischer Stimme. »Nehmen Sie sich zusammen. Sie stören Ada.«

Der Angesprochene schwieg auf der Stelle; doch ganz beruhigt hatte er sich noch nicht. Ärgerlich schüttelte er die Hand des Arztes ab, fuhr herum und blickte ihm in die Augen.

»Was geht Sie das denn an?« brüllte er. »In alles, was in diesem Hause geschieht, mischen Sie sich ein, Sie erscheinen hier, ohne daß man Sie gerufen hat, und stecken Ihre Nase in unsere Angelegenheiten. Mutters Lähmung ist für Sie doch nur ein Vorwand. Sie haben selbst gesagt, daß sie niemals gesund werden wird, und trotzdem sind Sie dauernd hier und bringen Arzneien und schikken Ihre Rechnungen.« Höhnisch und verschlagen blickte er ihn an. »Oh ja, mich führen Sie nicht hinters Licht. Ich weiß, weshalb Sie hierher kommen! Wegen Sibella!« Wieder schob er seinen Kopf vor und grinste bösartig. »Wäre doch auch eine gute Partie für einen Arzt – nicht wahr? Massenhaft Geld –«

Plötzlich hielt er inne. Er ließ von Blon nicht aus den Augen, aber er wich zurück, und sein Gesicht begann von neuem zu zukken. Er erhob den zitternden Finger; und als er sprach, war seine Stimme erregt und schrill.

»Aber Sibellas Geld reicht Ihnen nicht. Sie wollen unseres noch dazu. Deshalb sorgen Sie dafür, daß sie alles erbt. Das ist es – das ist die Lösung! Sie sind es, der hinter all dem steckt... Mein Gott! Sie haben Chesters Revolver – Sie haben ihn gestohlen! Und Sie haben einen Schlüssel zum Haus – wäre ja für Sie kein Problem, sich einen Nachschlüssel machen zu lassen. So sind Sie ins Haus gekommen.«

Von Blon schüttelte mit einem mitleidigen, verständnisvollen Lächeln traurig den Kopf. Die Situation war unangenehm, aber er wurde gut mit ihr fertig.

»Nun kommen Sie, Rex«, sagte er ruhig, wie jemand, der auf ein störrisches Kind einredet. »Jetzt ist es genug –«

»Ach wirklich!« schrie der junge Mann, ein wahnsinniges Leuchten in den Augen. »Sie wußten, daß Chester einen Revolver besaß. In dem Sommer, als er ihn neu gekauft hatte, sind Sie mit ihm zelten gewesen – das hat er mir neulich noch erzählt, nachdem Julia ermordet wurde.« Seine kleinen, glänzenden Augen schienen ihm fast aus dem Kopf zu springen; ein Krampf schüttelte den ausgemergelten Körper, und er begann wieder am Saum seiner Jacke zu zupfen.

Von Blon trat rasch vor, packte ihn bei den Schultern und schüttelte ihn.

»Schluß jetzt, Rex!« fuhr er ihn in barschem Befehlston an. »Wenn Sie so weitermachen, müssen wir Sie in eine Anstalt stecken.«

Er sprach diese Drohung in einem – für meine Ohren – unnötig harten Ton aus; aber sie zeigte den gewünschten Erfolg. Ein Ausdruck panischer Angst trat in Rex Greenes Augen. Er schien plötzlich zu erschlaffen und ließ es widerstandslos geschehen, daß von Blon ihn aus dem Zimmer geleitete.

»Ein entzückendes Kerlchen, dieser Rex«, kommentierte Vance. »Nicht unbedingt jemand, den man ins Herz schließt. Schwerer Fall von Makrozephalie – kortikale Irritation. Aber hören Sie, Sergeant: Sie hätten den Jungen wirklich nicht so piesacken dürfen.«

Heath schnaubte.

»Sagen Sie, was Sie wollen – der Knabe weiß etwas. Und ich werde sein Zimmer verdammt gründlich nach diesem Revolver durchsuchen, darauf können Sie Gift nehmen.«

»Ich finde, er ist zu impulsiv, als daß er das Blutbad in diesem Hause geplant haben könnte«, gab Vance zu bedenken. »Gut möglich, daß er die Beherrschung verliert, wenn er sich bedrängt fühlt, und jemandem den erstbesten Gegenstand an den Kopf wirft; aber ich bezweifle, daß er der Typ ist, der ausgeklügelte Pläne schmiedet und auf den richtigen Zeitpunkt wartet.«

»Vor irgendwas hat er eine Heidenangst«, beharrte Heath mißmutig.

»Dazu hat er ja auch allen Grund, oder? Vielleicht glaubt er, daß der große Unbekannte ihn als sein nächstes Opfer auserkoren hat.«

»Falls es überhaupt einen anderen Schützen gibt, dann hat er verflucht schlechten Geschmack bewiesen, als er Rex nicht als ersten aufs Korn genommen hat.« Es war offenkundig, daß dem Sergeant die Schimpfnamen noch in den Knochen steckten, mit denen Rex ihn vor kurzem bedacht hatte.

Schon kehrte von Blon in den Salon zurück. Er wirkte besorgt. »Ich habe Rex ruhiggestellt«, sagte er. »Habe ihm fünf Gran Luminal verabreicht. Er wird ein paar Stunden schlafen, und wenn er aufwacht, wird er alles bereuen. Ich habe ihn selten so erregt gesehen wie heute. Er ist übersensibel – zerebrale Neurasthenie – und gerät leicht aus dem Häuschen. Aber gefährlich ist er nie.« Er musterte unsere Gesichter rasch. »Einer von Ihnen muß ihn ziemlich aufgeregt haben.«

Heath blickte betreten drein. »Ich habe ihn gefragt, wo er den Revolver versteckt hat.«

»Aha!« Der Doktor warf dem Sergeant einen vorwurfsvoll-fragenden Blick zu. »Das war nicht gut! Wir müssen mit Rex behutsam umgehen. Es gibt keine Probleme mit ihm, solange er nicht zu hart angefaßt wird. Aber ich verstehe wirklich nicht, Sir, was es für einen Zweck haben sollte, ihn nach dem Revolver zu fragen. Sie glauben doch wohl nicht, daß er bei den schrecklichen Anschlägen seine Hand im Spiel hatte.«

»Wenn Sie mir sagen, wer der Schütze ist, Doc«, erwiderte Heath herausfordernd, »dann sage ich Ihnen, wen ich nicht im Verdacht habe.«

»Ich bedaure, daß ich Ihnen da nicht mit Aufklärung dienen kann.« Von Blon sprach wieder in seinem gewohnt liebenswürdigen Ton. »Aber ich kann Ihnen versichern, daß Rex damit nichts zu tun hatte. Das wäre völlig unvereinbar mit seinem Krankheitsbild.«

»Die Entschuldigung kenne ich von der Hälfte aller Killer aus besseren Kreisen, die wir schnappen«, konterte Heath.

»Wie ich sehe, kann man sich mit Ihnen nicht vernünftig unterhalten.« Von Blon seufzte und schenkte Markham ein gewinnendes Lächeln. »Die absurden Anschuldigungen, die Rex vorgebracht hat, konnte ich mir anfangs nicht erklären, aber seit dieser Beamte zugegeben hat, daß er den jungen Mann praktisch beschuldigt hat, im Besitz des Revolvers zu sein, ist mir alles völlig klar. Eine weitverbreitete Form des instinktiven Selbstschutzes, dieser Versuch, Schuld auf andere abzuwälzen. Ich brauche Ihnen wohl nicht zu sagen, daß Rex nur versucht hat, Verdacht auf mich zu lenken, um sich selbst davon reinzuwaschen. Es ist schade, denn wir beide waren immer gute Freunde. Der arme Rex!«

»Ach übrigens, Doktor«, fragte Vance beiläufig; »stimmt es, daß Sie mit Mr. Chester Greene zum Zelten gefahren sind, kurz nachdem er sich den Revolver verschafft hatte? Oder war das auch nur ein phantastischer Auswuchs von Rex Greenes Selbstschutzinstinkt?«

Von Blons Lächeln war durch und durch höflich; er neigte den Kopf etwas zur Seite und schien sich die Vergangenheit ins Gedächtnis zurückzurufen.

»Es könnte durchaus stimmen«, gab er zu. »Ich habe einmal zusammen mit Chester gezeltet. Ja, es ist sogar ziemlich wahrscheinlich – obwohl ich es nicht mit Bestimmtheit sagen könnte. Es ist schon so lange her.«

»Ich glaube, Mr. Greene sprach von fünfzehn Jahren. Ah ja – vor langer, langer Zeit. *Eheu! fugaces, Postume, Postume, labuntur anni.* Wirklich deprimierend. Können Sie sich entsinnen, Doktor, ob Mr. Greene bei besagtem Ausflug einen Revolver dabeihatte?«

»Wo Sie es jetzt erwähnen – ja, ich glaube, ich erinnere mich, daß er einen dabeihatte, obwohl ich auch dies nicht mit Bestimmtheit sagen könnte.«

»Vielleicht können Sie sich erinnern, ob er Schießübungen damit gemacht hat«, erkundigte sich Vance mit sanfter, zurückhaltender Stimme. »Sie wissen schon, auf Baumstämme und Blechbüchsen geballert.«

Von Blon nickte, in Erinnerungen versunken.

»Ja. Das ist gut möglich . . .«

»Und Sie selbst haben womöglich auch dann und wann ein wenig geballert, was?«

»Das könnte tatsächlich sein.« Von Blon sprach versonnen, wie jemand, der sich an Jugendstreiche erinnert. »Ja, das ist durchaus möglich.«

Vance verfiel in ein teilnahmsloses Schweigen, und nach kurzem Zögern erhob sich der Doktor.

»Und nun muß ich leider gehen.« Mit einer höflichen Verbeugung begab er sich in Richtung Tür. »Ach übrigens«, sagte er und hielt noch einmal inne, »beinahe hätte ich es vergessen – Mrs. Greene möchte die Herren noch einmal sehen, bevor sie gehen. Verzeihen Sie, wenn ich mir gestatte, Ihnen zu empfehlen, daß Sie ihren Launen nachgeben sollten. Sie betrachtet sich als Witwe des letzten regierenden Herrschers hier und ist durch ihre Krankheit reizbar und schwierig geworden.«

»Ich bin froh, daß Sie auf Mrs. Greene zu sprechen kommen, Doktor.« Vance meldete sich wieder zu Wort. »Ich wollte mich ohnehin nach ihr erkundigen. Was für eine Art Lähmung ist das, an der sie leidet?«

Von Blon schien überrascht.

»Nun, es ist eine Art *paraplegia dolorosa* – das heißt, eine Lähmung der Beine und der unteren Körperhälfte, begleitet von starken Schmerzen, die durch Druck des verhärteten Gewebes auf Rückenmark und Nerven verursacht werden. Es handelt sich jedoch nicht um eine spastische Lähmung der Gliedmaßen. Stellte sich schlagartig ohne jedes vorausdeutende Symptom ein, vor etwa zehn Jahren – vermutlich die Folge einer transversalen Myelitis. Das einzige, was man tun kann, ist, durch Behandlung der Symptome ihre Schmerzen zu lindern und die Herzfunktion zu unterstützen. Ein Sechzigstel Strychnin dreimal täglich hält ihren Kreislauf in Gang.«

»Es kann sich nicht zufällig um eine hysterische Bewegungshemmung handeln?«

»Nein, um Himmels willen! Hysterie ist da nicht im Spiel.« Dann hob er plötzlich die Augenbrauen. »Ah, ich verstehe! Undenkbar, daß sich ihr Zustand bessert, nicht einmal partiell. Es ist eine organische Paralyse.«

»Mit Atrophie?«

»Oh ja. Der Muskelschwund ist bereits sehr weit fortgeschritten.«

»Haben Sie vielen Dank.« Vance lehnte sich zurück, die Augen halb geschlossen.

»Oh, keine Ursache. Und denken Sie daran, Mr. Markham, ich bin Ihnen stets gern behilflich, wo immer ich kann. Zögern Sie nicht, sich zu melden.« Er verbeugte sich ein weiteres Mal und ging dann hinaus.

Markham erhob sich und streckte die Beine.

»Kommen Sie, wir sind zur Audienz gebeten.« Sein scherzhafter Ton war offensichtlich ein Versuch, die deprimierend düstere Stimmung abzuschütteln, die dieser Fall verbreitete.

Mrs. Greene empfing uns mit geradezu überschwenglicher Herzlichkeit. »Ich wußte, daß Sie die Bitte einer armen, alten verkrüppelten Frau, die zu nichts mehr nütze ist, nicht abschlagen würden«, sagte sie mit einem gewinnenden Lächeln; »obwohl ich daran gewöhnt bin, daß man mich nicht beachtet. Kein Mensch kümmert sich um meine Wünsche.«

Die Pflegerin stand am Kopfende des Bettes und machte sich an den Kopfkissen zu schaffen, die die Schultern der alten Dame stützten.

»Ist es so bequem?« fragte sie.

Mrs. Greene machte eine ärgerliche Handbewegung. »Als ob es Sie interessiert, ob ich es bequem habe oder nicht! Warum können Sie mich nicht in Ruhe lassen, Schwester? Immer müssen Sie mich stören. Die Kopfkissen waren völlig in Ordnung. Und außerdem kann ich Sie jetzt hier nicht brauchen. Gehen Sie, und kümmern Sie sich um Ada.«

Die Pflegerin ließ sich nicht aus der Ruhe bringen, holte tief Luft und verließ schweigend das Zimmer; die Tür machte sie hinter sich zu.

Mrs. Greene verfiel wieder in ihren anfänglichen einschmeichelnden Tonfall. »Niemand kennt meine Bedürfnisse so gut wie Ada, Mr. Markham. Wie froh werde ich sein, wenn das liebe Kind wieder gesund genug ist, um mich zu pflegen! Aber ich darf nicht klagen. Die Schwester tut, was sie kann, vermute ich. Aber bitte nehmen Sie doch Platz, meine Herren... Was gäbe ich darum, wenn auch ich so dastehen könnte wie Sie. Niemand weiß, was es bedeutet, gelähmt und hilflos zu sein.«

Markham machte von dem Angebot keinen Gebrauch; er ließ sie ausreden und sagte dann: »Bitte glauben Sie mir, daß Sie mein tiefstes Mitgefühl haben, gnädige Frau... Doktor von Blon ließ mich wissen, Sie wollten mich sehen.«

»Ja!« Sie warf ihm einen berechnenden Blick zu. »Ich möchte Sie um einen Gefallen bitten.«

Sie hielt inne, und Markham verbeugte sich wortlos.

»Ich möchte Sie ersuchen, Ihre Ermittlungen einzustellen. Ich habe schon genug Kummer und Aufregung gehabt. Aber es geht ja nicht um mich. Es ist die Familie, an die ich denke – an den

129

guten Namen der Greenes.« Ein Anflug von Stolz schwang in ihrer Stimme mit. »Was hat es für einen Sinn, wenn man unseren Namen durch den Schmutz zieht und wir zum Gegenstand von Skandalgeschichten für die klatschsüchtige *canaille* werden. Ich will Ruhe und Frieden, Mr. Markham. Ich werde nicht mehr lange leben; und warum soll mein Haus von Polizisten wimmeln, und das nur, weil Julia und Chester ihre gerechte Strafe dafür erhalten haben, daß sie mich vernachlässigt haben und mich hier allein haben leiden lassen? Ich bin eine alte Frau und ein Krüppel, und ich verdiene ein wenig Rücksicht.«

Ihre Züge umwölkten sich, und ihre Stimme wurde hart.

»Sie haben nicht das geringste Recht, hierherzukommen und mein Haus in Unordnung zu bringen und mich auf diese empörende Weise zu belästigen! Ich habe nicht eine Minute lang Ruhe gehabt, seit dieses ganze Durcheinander begann, und mein Rücken schmerzt mich dermaßen, daß ich kaum noch atmen kann.« Sie röchelte mehrere Male, und Entrüstung blitzte aus ihren Augen. »Von meinen Kindern erwarte ich natürlich nichts Besseres – sie sind grausam und rücksichtslos. Aber Sie, Mr. Markham – ein Außenstehender, ein Fremder: Warum wollen Sie mich denn mit diesem Aufruhr quälen? Es ist empörend – unmenschlich!«

»Ich bedaure es, wenn die Gegenwart von Ordnungshütern in Ihrem Hause Ihnen lästig ist«, entgegnete Markham ernst, »aber ich habe keine andere Wahl. Es ist meine Pflicht, Nachforschungen anzustellen, wenn ein Verbrechen geschieht, und jedes mir zur Verfügung stehende Mittel einzusetzen, um den Schuldigen seiner gerechten Strafe zuzuführen.«

»Seiner gerechten Strafe!« Wütend wiederholte die alte Dame seine Worte. »Der Gerechtigkeit ist bereits Genüge getan. Es war die Strafe dafür, wie sie mich behandelt haben, die zehn Jahre lang, die ich hilflos hier gelegen habe.«

Es war etwas Angsteinflößendes an dem grausamen und unerbittlichen Haß, den diese Frau für ihre Kinder empfand, und an der gleichmütigen Genugtuung, die es ihr offenbar bereitete, daß zwei davon mit dem Tode bestraft worden waren. Markham, von Natur aus ein mitleidsvoller Mensch, war entrüstet über diese Einstellung.

»Auch wenn Sie noch so große Befriedigung empfinden, daß man Ihren Sohn und Ihre Tochter ermordet hat, gnädige Frau«, sagte er kühl, »so entbindet mich das nicht von der Pflicht, den

Mörder zu finden. Gab es sonst noch etwas, weswegen Sie mich sprechen wollten?«

Eine Zeitlang saß sie schweigend da, ihr Gesicht gezeichnet von ohnmächtiger Wut. Der Blick, mit dem sie Markham unverwandt anstarrte, hatte etwas geradezu Wildes. Doch wenig später verschwand das rachsüchtige Lodern aus ihren Augen, und sie seufzte tief.

»Nein, Sie können gehen. Ich habe nichts weiter zu sagen. Und überhaupt, wer kümmert sich schon um eine hilflose alte Frau wie mich? Ich hätte längst wissen müssen, daß niemandem an meinem Wohlergehen gelegen ist – so, wie ich hier ganz allein liege und mir nicht selbst helfen kann – jedermann eine Last . . .«

Ihre weinerliche, selbstmitleidige Stimme verfolgte uns noch, als wir die Flucht antraten.

»Wissen Sie, Markham«, sagte Vance, als wir den unteren Flur erreichten, »die Kaiserinwitwe ist gar nicht so dumm. Sie sollten ihren Vorschlag ernsthaft in Erwägung ziehen. Ihr Pflichtgefühl mag Sie mit Posaunenstimmen zu dieser ritterlichen Fahrt ermahnen, aber – mal ehrlich! – wohin soll die Reise denn gehen? In diesem Haus ist nichts, wie es sein soll – nichts läßt sich mit dem gewöhnlichen gesunden Menschenverstand erklären. Warum befolgen wir nicht ihren Rat und schmeißen die ganze Sache einfach hin? Auch wenn Sie die Wahrheit herausfinden, wird es sich wahrscheinlich als Pyrrhussieg erweisen. Ich fürchte, die Wahrheit wird grauenvoller sein als die Verbrechen selbst.«

Markham ließ sich nicht zu einer Antwort herab; er kannte diese ketzerischen Ansichten von Vance, und außerdem wußte er, daß dieser der letzte war, der die Arbeit an einem ungelösten Rätsel aufgegeben hätte.

»Etwas haben wir doch, womit wir weiterarbeiten können, Mr. Vance«, wandte Heath ernst, wenn auch ohne viel Überzeugung, ein. »Da sind zum Beispiel diese Fußspuren, und es gibt einen Revolver, den wir finden müssen. Dubois ist oben schon an der Arbeit und sucht nach Fingerabdrücken. Und die Berichte über die Dienstboten werden bald da sein. Wer weiß, was in ein paar Tagen alles ans Tageslicht kommt. Schon heute abend wird ein Dutzend Leute mit diesem Fall beschäftigt sein.«

»Tüchtig, tüchtig, Sergeant! Aber die Wahrheit liegt in der Atmosphäre dieses alten Hauses verborgen und nicht in greifbaren Indizien. Sie steckt irgendwo in diesen alten, mit Trödel vollgestopften Räumen; sie lugt aus dunklen Ecken hervor, hinter den Türen. Sie liegt hier – womöglich sogar direkt in diesem Wohnzimmer.«

Sein Ton war voller Betroffenheit und Sorge, und Markham beobachtete ihn aufmerksam.

»Ich glaube, Sie haben recht, Vance«, murmelte er. »Aber wie soll man da herankommen?«

»Zum Teufel, das weiß ich eben nicht. Wie bekommt man denn normalerweise Gespenster zu fassen? Ich habe nämlich nie nennenswerten Umgang mit Geistern gepflegt, muß ich zugeben.«

»Was reden Sie denn da für Unsinn!« Mit einer ruckartigen Bewegung zog Markham seinen Mantel an und wandte sich an Heath. »Sie machen weiter, Sergeant, und halten Sie mich auf dem laufenden. Wenn bei Ihren Nachforschungen nichts herauskommt, werden wir überlegen, was wir als nächstes tun.«

Und dann gingen er und Vance und ich hinaus zum Wagen, der auf uns wartete.

Kapitel 12

Eine Spazierfahrt
(12.–25. November)

Die Ermittlungen wurden mit größtem Arbeitseinsatz von seiten der Polizei vorangetrieben. Captain Carl Hagedorn, der Schußwaffenexperte[14], untersuchte minutiös die Geschosse mit allen wissenschaftlichen Methoden. Alle drei Schüsse, stellte er fest, stammten aus demselben Revolver; dies ließ sich aus den charakteristischen Spuren, die der Lauf hinterläßt, ermitteln; und er konnte feststellen, daß es sich um einen alten Smith & Wesson handelte, ein Modell, das nicht mehr hergestellt wurde. Doch auch wenn diese Erkenntnisse die Theorie erhärteten, daß es sich bei Chester Greenes verlorenem Revolver um die Tatwaffe handelte, fügten sie doch den Fakten, die bereits bekannt waren, nichts Erhellendes hinzu. Deputy Inspector Conrad Brenner, der Experte für Einbruchswerkzeuge[15], hatte den Tatort einer umfassenden Untersuchung unterzogen, jedoch keinerlei Spuren eines gewaltsamen Eindringens gefunden, die auf einen Einbrecher hätten schließen lassen.

Dubois und sein Assistent Bellamy – die beiden führenden Fingerabdruckspezialisten der New Yorker Polizei – nahmen Abdrücke von sämtlichen Mitgliedern des Greeneschen Haushalts, eingeschlossen Doktor von Blon; und diese verglichen sie mit den Abdrücken, die sie auf den Fluren und in den Mordzimmern gefunden hatten. Doch als die langwierige Arbeit abgeschlossen war, blieb nicht ein einziger Fingerabdruck übrig, den sie nicht identifizieren konnten; und für jeden, den sie gefunden und fotografiert hatten, gab es eine logische Erklärung.

Chester Greenes Galoschen wurden ins Präsidium gebracht und Captain Jerym übergeben, der sie sorgfältig mit Snitkins Messungen und den Schablonen, die er angefertigt hatte, verglich. Doch nichts Neues ließ sich über sie herausfinden. Die Spuren im Schnee, lautete Captain Jeryms Bericht, stammten entweder von den Galoschen, die man ihm geliefert hatte, oder von einem Paar derselben Größe und desselben Fabrikats. Mehr als das könne er, teilte er mit, nicht guten Gewissens sagen.

Man stellte fest, daß im Hause Greene niemand außer Chester und Rex Galoschen besaß; und Rex trug Größe sieben – drei Nummern kleiner als diejenigen, die man in Chesters Kleiderschrank gefunden hatte. Sproot benutzte nur Gummischuhe, Größe acht; und Doktor von Blon, der im Winter Gamaschen bevorzugte, trug bei schlechtem Wetter Überschuhe aus Gummi.

Die Suche nach dem vermißten Revolver zog sich über mehrere Tage hin. Mit der Aufgabe betraute Heath Männer, die speziell für diese Art von Arbeit ausgebildet waren, und für den Fall, daß sie auf irgendwelchen Widerstand stoßen sollten, verschaffte er ihnen einen Durchsuchungsbefehl. Sie durchstöberten das Haus systematisch vom Keller bis zum Dachboden. Sogar Mrs. Greenes Zimmer wurde durchsucht. Die alte Dame hatte sich anfangs dagegen gewehrt, aber schließlich erteilte sie ihre Genehmigung und schien fast ein wenig enttäuscht, als die Männer fertig waren. Das einzige Zimmer, das verschont blieb, war Tobias Greenes Bibliothek. Da Mrs. Greene den Schlüssel nie aus der Hand gegeben und nach dem Tode ihres Mannes niemandem gestattet hatte, das Zimmer zu betreten, beschloß Heath, die Angelegenheit nicht zu forcieren, als sie sich strikt weigerte, den Schlüssel herauszugeben. Ansonsten nahmen Sergeant Heaths Männer jeden Winkel und jede Ecke des Hauses unter die Lupe. Aber es fand sich keine Spur von dem Revolver, nichts, was sie für ihre Mühe belohnt hätte.

Die Autopsien förderten nichts zutage, was den Ergebnissen von Doktor Doremus' vorangegangenen Untersuchungen widersprochen hätte. Julia und Chester waren beide auf der Stelle tot gewesen; sie waren an den Folgen einer Schußverletzung gestorben: Eine aus nächster Nähe abgefeuerte Revolverkugel war ins Herz gedrungen. In beiden Fällen konnten andere Todesursachen ausgeschlossen werden; und es gab keinerlei Hinweise auf einen Kampf.

In den beiden Mordnächten waren keine unbekannten oder verdächtigen Personen in der Nähe des Greeneschen Hauses beobachtet worden, obwohl es gelang, einige Leute ausfindig zu machen, die sich zu der fraglichen Zeit dort aufgehalten hatten. Ein Schuhmacher, der – dem Haus gegenüber – im ersten Stock der Narcoss-Apartments in der 53. Straße wohnte, sagte aus, daß er in beiden Nächten zu der Zeit, als die Schüsse fielen, am Fenster gesessen habe, um vor dem Schlafengehen sein Pfeifchen zu rauchen; und er konnte beschwören, daß niemand diesen Teil der Straße passiert hatte.

Aber die Bewachung des Greeneschen Hauses wurde nicht gelockert. An beiden Zugängen zum Grundstück befanden sich Tag und Nacht Männer im Einsatz, und jeder, der das Anwesen betrat oder verließ, wurde genauestens überprüft. Die Bewachung war so streng, daß fremde Lieferanten es unangenehm, ja bisweilen sogar schwierig fanden, ganz normal ihre Waren abzuliefern.

Die Berichte über die Dienstboten waren unzureichend, was die Details anbetraf; aber was man an Fakten ausgegraben hatte, trug eher dazu bei, jeden von ihnen vom Verdacht einer möglichen Verbindung mit dem Verbrechen reinzuwaschen. So erwies sich Barton, das jüngere Hausmädchen, welches das Haus der Greenes am Morgen nach der zweiten Tragödie verlassen hatte, als Tochter rechtschaffener, anständiger Leute aus Jersey City. Sie hatte einen tadellosen Ruf, und ihre Bekannten stammten, wie es schien, allesamt aus ihren Kreisen.

Hemming war, wie sich herausstellte, Witwe; bis zu dem Zeitpunkt, als sie die Stelle bei den Greenes antrat, hatte sie ihrem Ehemann, einem Stahlarbeiter aus Altoona, Pennsylvania, den Haushalt geführt. Ihre früheren Nachbarn dort erinnerten sich noch gut an sie: Sie war eine religiöse Fanatikerin gewesen, die ihren Mann triumphierend und mit strenger Hand auf dem schmalen Pfad erzwungener Tugend geführt hatte. Als er bei einer Hochofenexplosion ums Leben kam, erklärte sie, die Hand Gottes habe ihn für eine heimliche Sünde bestraft. Ihr Bekanntenkreis war klein; in der Hauptsache handelte es sich um die Mitglieder einer kleinen Anabaptisten-Gemeinde an der East Side.

Den Gärtner, der im Sommer für die Greenes arbeitete – einen Polen mittleren Alters mit Namen Krimski –, entdeckte man in einer illegalen Kneipe in Harlem; er stand unter dem betäubenden Einfluß synthetischen Whiskys – ein Zustand seliger Benommenheit, in dem er sich mit wechselnder Intensität seit dem Ende des Sommers befunden hatte. Die Polizei strich ihn auf der Stelle von der Liste der möglichen Verdächtigen.

Die Untersuchung der Lebensgewohnheiten und des Bekanntenkreises von Mrs. Mannheim und Sproot verlief völlig ergebnislos. Die beiden führten ein durch und durch mustergültiges Leben, und ihre Kontakte zur Außenwelt waren so spärlich, daß man sie beinahe als nichtexistent bezeichnen konnte. Sproot hatte offenbar keine Freunde, und sein Bekanntenkreis beschränkte sich auf einen englischen Kammerdiener aus der Park Avenue und die Geschäftsleute der Nachbarschaft. Er war von Natur aus ein Einzelgänger, und die wenigen Zerstreuungen, die er sich gönnte, genoß er allein. Mrs. Mannheim hatte, seit sie nach dem Tode ihres Mannes ihre Stelle angetreten hatte, nur selten das Grundstück des Greeneschen Hauses verlassen, und außer den Mitgliedern des Haushaltes kannte sie offenbar niemanden in New York.

Diese Berichte machten alle Hoffnungen zunichte, die Sergeant Heath vielleicht gehegt hatte, die Lösung des Falles Greene über einen möglichen Komplizen im Haus selbst zu finden.

»Ich schätze, wir müssen den Gedanken aufgeben, daß es jemand aus dem Haus war«, klagte er eines Morgens in Markhams Büro; der Mord an Chester Greene lag bereits einige Tage zurück.

Vance, der ebenfalls zugegen war, betrachtete ihn träge.

»Wissen Sie, Sergeant, das würde ich nicht so sagen. Im Gegenteil, es war ganz sicher jemand aus dem Haus, nur nicht so, wie Sie das meinen.«

»Wollen Sie damit sagen, Sie glauben, es war ein Familienmitglied?«

»Nun ja – vielleicht. Etwas in dieser Richtung.« Vance zog nachdenklich an seiner Zigarette. »Aber ich wollte eigentlich etwas anderes sagen. Die Schuld liegt bei den Verhältnissen dort, den Gegebenheiten – sagen wir, der Atmosphäre. Ein heimtückisches und tödliches Gift ist verantwortlich für die Verbrechen. Und dieses Gift entsteht im Hause Greene.«

»Wird gar nicht so leicht sein, 'ne Atmosphäre festzunehmen – und ein Gift ist auch nicht besser, genaugenommen«, schnaufte Heath.

»Aber nein, es gibt schon irgendwo jemanden in Fleisch und Blut, der auf Ihre Handschellen wartet – sozusagen das Werkzeug dieser Atmosphäre.«

Markham, der die verschiedenen Berichte über den Fall durchgesehen hatte, seufzte tief und lehnte sich in seinem Sessel zurück.

»Bei Gott, ich wünschte«, rief er bitter, »der Täter gäbe uns nur einen winzigen Fingerzeig auf seine Identität. Die Zeitungen schlagen auf uns ein, daß die Fetzen fliegen. Heute morgen war schon wieder eine Abordnung von Reportern hier.«

Es war nicht zu leugnen, daß es selten in der Geschichte der New Yorker Presse einen Fall gegeben hatte, der so beharrlich die Aufmerksamkeit des Publikums gefangenhielt. Die Berichte über die Schüsse auf Julia und Ada Greene waren Sensationsmeldungen gewesen, die rasch vergessen waren; doch nach dem Mord an Chester Greene beseelte ein gänzlich anderer Geist die Zeitungsmeldungen. Hier war etwas geschehen, das finster und romantisch war – etwas, das vergessene Seiten aus dem Buch der Kriminalgeschichte wieder ins Gedächtnis rief.[16] Ganze Spalten widmete man der Familiengeschichte der Greenes. Genealogische Archive wurden durchstöbert, um die entlegensten Pikanterien ans Tageslicht zu befördern. Man ging die Akten des alten Tobias Greene durch, und Geschichten aus seiner frühen Jugend waren in aller Munde. Diese spektakulären Reportagen waren mit Bildern sämtlicher Mitglieder der Greene-Familie illustriert; und das Haus Greene selbst, aus allen nur erdenklichen Winkeln fotografiert, war regelmäßig im Zusammenhang mit den grellen Berichten über die Verbrechen abgebildet, die vor so kurzer Zeit dort geschehen waren.

Die Geschichte der Greene-Morde verbreitete sich über das ganze Land, und selbst in europäischen Zeitungen erschienen Artikel. Die tragischen Vorfälle im Verein mit dem gesellschaftlichen Ansehen der Familie und der romantischen Geschichte ihrer Vorväter hatten eine unfehlbare Wirkung auf die morbiden und snobistischen Neigungen des Publikums.

So konnte es nicht ausbleiben, daß die Polizei und die Bezirksstaatsanwaltschaft von den Vertretern der Presse gehetzt wurden; und ebenso unvermeidlich war es, daß sowohl Heath als auch Markham schwer darunter zu leiden hatten, daß all ihre Mühen, den Täter zu fassen zu bekommen, zu nichts geführt hatten. Mehrfach hatten Versammlungen in Markhams Büro stattgefunden, bei denen sie mit größter Sorgfalt alles noch einmal durchgegangen waren; aber nicht ein einziger hilfreicher Vorschlag war zutage gekommen. Zwei Wochen nach dem grauenvollen Mord an Chester Greene waren die Ermittlungen offenbar in eine Sackgasse geraten.

In diesen zwei Wochen war Vance jedoch nicht untätig gewesen. Die Angelegenheit hatte sein Interesse geweckt und wachgehalten, und seit jenem ersten Morgen, als Chester Greene Markham um Hilfe bat, hatte er sich in Gedanken ständig damit beschäftigt. Er sprach kaum über den Fall, aber er hatte allen Besprechungen beigewohnt; und aus seinen gelegentlichen Kommentaren konnte ich ersehen, daß ihn das Problem zugleich faszinierte und verblüffte. Er war so fest davon überzeugt, daß der Schlüssel zu den Verbrechen, die sich dort ereignet hatten, im Hause Greene selbst zu suchen war, daß er darauf bestanden hatte, das Haus mehrere Male allein, ohne Markham, aufzusuchen. Tatsächlich war Markham nach dem zweiten Verbrechen nur ein einziges Mal dort gewesen. Nicht, daß er sich um seine Aufgabe hätte drücken wollen: Es gab dort einfach sehr wenig für ihn zu tun, und seine routinemäßigen Amtspflichten nahmen ihn damals gerade besonders stark in Anspruch.[17]

Sibella hatte darauf bestanden, daß für Julia und Chester eine gemeinsame Trauerfeier in der Privatkapelle des Beerdigungsinstituts Malcomb abgehalten wurde. Dazu wurden nur wenige Trauergäste aus dem engsten Bekanntenkreis geladen (trotzdem lockte die Veranstaltung eine sensationslüsterne Menge an, die sich neugierig vor dem Gebäude versammelte). Die Beisetzung auf dem Woodlawn-Friedhof fand im engsten Familienkreis statt. Doktor von Blon begleitete Sibella und Rex zur Kapelle und stand ihnen während der Trauerfeierlichkeiten zur Seite. Obwohl sich Adas Gesundheitszustand rasch besserte, durfte sie das Haus noch nicht verlassen; und Mrs. Greenes Lähmung machte es ihr natürlich unmöglich, der Beerdigung beizuwohnen, obwohl ich stark bezweifle, daß sie überhaupt gegangen wäre; denn als man ihr den Vorschlag machte, die Trauerfeier im Hause abzuhalten, hatte sie sich das mit allem Nachdruck verbeten.

Am Tag nach der Beisetzung stattete Vance dem Haus der Greenes seinen ersten inoffiziellen Besuch ab. Sibella empfing ihn ohne ein Zeichen der Überraschung.

»Bin ich froh, daß Sie gekommen sind!« begrüßte sie ihn beinahe fröhlich. »Schon bei unserer ersten Begegnung wußte ich, daß Sie kein Polizist sind. Stellen Sie sich nur mal einen Polizisten vor, der Régie-Zigaretten raucht! Und ich brauche unbedingt jemanden, mit dem ich reden kann. Natürlich meiden mich meine sämtlichen Bekannten jetzt wie eine Aussätzige. Seit Julia aus diesem langweiligen Leben geschieden ist, hat mich niemand mehr eingeladen. Pietät nennt man das wohl. Und ausgerechnet jetzt, wo ich so dringend etwas Abwechslung brauchen könnte!«

Sie läutete nach dem Butler und bestellte Tee.

»Sproots Tee ist zum Glück sehr viel besser als sein Kaffee!« plauderte sie weiter, in einem nervösen, aber unbeteiligten Ton. »Was für ein schöner Tag das doch gestern war! Beerdigungen sind grausige Komödien. Ich konnte kaum ernst bleiben, als der Herr Pfarrer mit seiner Lobeshymne auf die Verblichenen los-legte. Und die ganze Zeit über brannte der arme Mann innerlich vor Sensationslust und Neugierde. Ich bin sicher, er hat es so sehr genossen, daß er nicht einmal jammern würde, wenn ich völlig vergäße, ihm einen Scheck für seine warmen Worte zu schik-ken...«

Der Tee wurde serviert, und bevor Sproot sich wieder zurück-ziehen konnte, verkündete Sibella launisch:

»Ich kann diesen Tee einfach nicht mehr sehen. Ich will einen Highball mit Scotch.« Sie warf Vance einen fragenden Blick zu, doch dieser versicherte, daß er Tee vorziehe; und sie trank ihren Highball allein.

»Dieser Tage brauche ich etwas Aufmunterndes«, erklärte sie leichthin. »Dies alte Gemäuer, wenn Sie mir den Ausdruck erlau-ben, geht mir an meine jungen und reizbaren Nerven. Und eine Berühmtheit zu sein ist eine Last, die mich beinahe erdrückt. Ich bin nämlich wirklich eine Berühmtheit geworden. Genauer ge-sagt, sämtliche Greenes sind mittlerweile hochberühmt. Ich hätte niemals gedacht, daß ein Mord oder zwei genügen würden, einer Familie eine solche geradezu wahnsinnige Prominenz zu verlei-hen. Womöglich schaffe ich es noch bis nach Hollywood.«

Die Art, wie sie darüber lachte, kam mir ein wenig angestrengt vor. »All das ist einfach völlig absurd! Selbst Mutter genießt es. Sie läßt sich sämtliche Zeitungen bringen und liest jedes Wort, das dort über uns geschrieben steht – und das ist ein Segen, kann ich Ihnen versichern. Sie denkt kaum noch daran zu nörgeln; und schon seit zwei Tagen habe ich kein einziges Wort mehr über ih-ren Rücken gehört. Der Herr stillt die Winde – oder war es etwas über einen widrigen Wind, das ich zitieren wollte? Ich bringe im-mer alle klassischen Zitate durcheinander...«

In dieser respektlosen Manier redete sie noch eine halbe Stunde weiter. Doch ob ihre Gefühllosigkeit echt war oder ob es lediglich ein tapferer Versuch war, gegen die tragische Stimmung, die sie umgab, anzukämpfen, das vermochte ich nicht zu sagen. Vance hörte ihr zu, aufmerksam und gutgelaunt. Er spürte offenbar ein gewisses emotionales Bedürfnis des Mädchens, sich etwas von der Seele zu reden; doch lange, bevor wir uns verabschiedeten, hatte er das Gespräch auf belanglose Themen gebracht. Als wir uns zum Gehen erhoben, bestand Sibella darauf, daß wir wiederkommen sollten.

»Sie sind mir ein solcher Trost, Mr. Vance«, sagte sie. »Ich bin sicher, Sie sind kein Moralapostel; und Sie haben mir nicht ein einziges Mal Ihr Beileid zu den tragischen Verlusten ausgesprochen, die ich erlitten habe. Gott sei Dank haben wir Greenes keine Verwandten, die sich auf uns stürzen und uns mit ihren Tränen überschütten könnten. Ich glaube, dann würde ich mich umbringen.«

Vance und ich statteten den Greenes in derselben Woche zwei weitere Besuche ab und wurden freundlich empfangen. Sibella war gleichbleibend lebhaft. Wenn sie etwas von dem Grauen spürte, das so plötzlich und unerwartet über ihr Zuhause hereingebrochen war, dann verbarg sie es gut. Nur in ihrem Redeschwall und in ihren übertriebenen Anstrengungen, jedes Zeichen von Trauer zu vermeiden, erkannte ich, daß das Schreckliche, das sie hatte durchmachen müssen, nicht ganz spurlos an ihr vorübergegangen waren.

Bei keinem seiner Besuche kam Vance direkt auf die Verbrechen zu sprechen, und sein Verhalten war mir ein Rätsel. Er versuchte, etwas herauszufinden – dessen war ich mir sicher. Aber ich verstand nicht, wie er mit der saloppen Art, in der er vorging, irgendwelche Fortschritte machen wollte. Wenn ich ihn nicht besser gekannt hätte, hätte ich auf die Idee kommen können, er habe ein persönliches Interesse an Sibella; aber diesen Gedanken verwarf ich sofort wieder, kaum daß ich ihn gefaßt hatte. Mir fiel jedoch auf, daß er nach jedem Besuch seltsam nachdenklich war; und eines Abends, nachdem wir mit Sibella Tee getrunken hatten, saß er eine Stunde lang in seinem Wohnzimmer am Kamin, ohne auch nur eine einzige Seite in Leonardos TRATTATO DELLA PITTURA umzublättern, das er aufgeschlagen vor sich liegen hatte.

Bei einem seiner Besuche im Hause Greene hatte er Rex getroffen und sich mit ihm unterhalten. Anfangs war der junge Mann ablehnend gewesen und hatte sich wenig erfreut über unseren Besuch gezeigt; doch ehe wir uns wieder verabschiedeten, sprach Vance mit ihm über Themen wie Einsteins allgemeine Relativitätstheorie, die Moulton-Chamberlinsche Planetesimalhypothese und Poincarés Zahlenlehre, und das auf einem derart hohen Niveau, daß ihnen ein blutiger Laie wie ich nicht mehr zu folgen vermochte. Rex war im Laufe der Diskussion warm geworden und zeigte sich beinahe freundlich, und beim Abschied hatte er Vance gar die Hand gedrückt.

Bei anderer Gelegenheit hatte Vance Sibella um die Erlaubnis gebeten, Mrs. Greene seine Aufwartung machen zu dürfen. Er bat sie um Verzeihung – wobei er seiner Entschuldigung einen halboffiziellen Charakter verlieh – für all die Unannehmlichkeiten, die die Polizei verursacht hatte, und stieg dadurch sofort in der Gunst der alten Dame. Er äußerte sich sehr besorgt über ihren Gesundheitszustand und stellte ihr zahlreiche Fragen zu ihrer Lähmung – über die Art ihrer Rückenschmerzen und über die Symptome ihrer Schlaflosigkeit. Angesichts eines solchen Maßes an mitfühlender Anteilnahme ließ sie sich zu einem umfassenden und detaillierten Klagelied hinreißen.

Zweimal unterhielt sich Vance mit Ada, die inzwischen wieder auf den Beinen war, wenn sie auch den Arm noch in einer Schlinge trug. Aus irgendeinem Grund gebärdete sich das junge Mädchen jedoch geradezu *farouche,* wenn er in ihre Nähe kam. Eines Tages, als wir gerade wieder bei den Greenes waren, kam von Blon, und Vance gab sich sichtlich große Mühe, ihn in ein Gespräch zu verwickeln.

Wie gesagt, konnte ich mir keinen Reim darauf machen, welche Absichten er mit all diesen scheinbar planlosen geselligen Kontakten verfolgte. Auf die Morde kam er stets nur auf äußerst indirekte Weise zu sprechen; man hatte fast den Eindruck, er vermied dieses Thema absichtlich. Was mir jedoch auffiel, war, daß er, so lässig er sich auch gab, jeden im Haus aufmerksam beobachtete. Nicht die kleinste Nuance im Tonfall, nicht das kleinste Detail ihrer Reaktionen entging ihm. Ich wußte, er sammelte Eindrücke, er analysierte auch die kleinsten Aspekte ihres Verhaltens und sondierte feinfühlig die psychologische Grundverfassung jedes einzelnen, mit dem er sprach.

Wir waren vielleicht vier- oder fünfmal bei den Greenes gewesen, als sich ein Vorfall ereignete, über den ich hier berichten muß, weil sonst eine Wendung, die der Fall später nahm, unver-

ständlich bleibt. Ich fand den Vorfall seinerzeit wenig bemerkenswert, doch so trivial er auch schien, sollte er sich doch bereits
wenige Tage darauf als von höchst ernster Bedeutung erweisen. Ja,
wäre dieser Vorfall nicht gewesen, wer weiß, welch grauenhafte
Ausmaße die Tragödie der Familie Greene noch angenommen
hätte; denn im entscheidenden Augenblick erinnerte sich Vance
daran – einer seiner merkwürdigen Geistesblitze, die immer gänzlich intuitiv erschienen und die doch in Wirklichkeit das Ergebnis
langer, scharfsinniger Überlegungen waren – und setzte ihn blitz-
schnell mit anderen Begebenheiten in Beziehung, die für sich genommen unwichtig schienen, die jedoch, als man sie erst einmal im
Zusammenhang sah, eine ungeheure und entsetzliche Bedeutung
gewannen.

In der zweiten Woche nach Chester Greenes Tod wurde das
Wetter merklich milder. Wir hatten einige wunderbar klare Tage,
frisch, sonnig und belebend. Der Schnee war fast ganz verschwunden, und der Boden war fest, ohne den Matsch, der fast immer bei
winterlichem Tauwetter zurückbleibt. Am Donnerstag langten
Vance und ich früher als je zuvor am Hause Greene an, und wir
sahen, daß Doktor von Blons Wagen direkt vor dem Tor geparkt
stand.

»Ah!« bemerkte Vance. »Ich hoffe, der Paracelsus des Hauses
bleibt noch ein wenig. Der Mann fasziniert mich; und ich wüßte zu
gern mehr über das Verhältnis, in dem er zum Hause Greene steht.«

Es stellte sich, als wir eintraten, heraus, daß von Blon eben im
Begriff war zu gehen. Sibella und Ada, in ihre Pelzmäntel gehüllt,
standen hinter ihm; offensichtlich wollten sie ihn begleiten.

»Es ist so ein schöner Tag«, erklärte von Blon, etwas aus der
Fassung geraten, »daß ich dachte, ich fahre mit den Mädels ein
wenig spazieren.«

»Und Sie und Mr. van Dine müssen uns begleiten«, flötete Sibella und lächelte Vance einladend zu. »Ich verspreche Ihnen, falls
der temperamentvolle Fahrstil des Doktors Ihnen Herzklopfen
verursacht, werde ich mich selbst ans Steuer setzen. Ich bin eine
sehr routinierte Fahrerin.«

Ich ertappte von Blon, wie er ein ärgerliches Gesicht machte;
aber Vance nahm die Einladung ohne sich zu zieren an, und wenige
Augenblicke später fuhren wir durch die Stadt, bestens untergebracht in von Blons großem Daimler; Sibella saß vorne neben dem
Fahrer, Ada zwischen Vance und mir auf dem Rücksitz.

Wir nahmen die Fifth Avenue nach Norden, durchquerten den Central Park, den wir an der 72. Straße verließen, und fuhren in Richtung Riverside Drive. Unter uns lag der Hudson River wie eine weite, grasbewachsene Fläche, und die Konturen des Steilufers von New Jersey zeichneten sich in der stillen klaren Luft des frühen Nachmittags so präzise ab wie in einer Zeichnung von Degas. An der Dyckman Street bogen wir in den Broadway ein und fuhren dann auf der Spuyten Duyvil Road nach Westen zur Palisade Avenue, von wo aus man auf die alten baumbestandenen Anwesen am Ufer blickt. Weiter ging es durch eine heckengesäumte Privatstraße, dann bogen wir wieder landeinwärts in die Sycamore Avenue ein und gelangten auf die Riverdale Road. Wir fuhren durch Yonkers, den North Broadway entlang bis nach Hastings und dann am Longue Vue Hill vorbei. Hinter Dobbs Ferry kamen wir auf die Hudson Road, und in Ardsley ging es wieder nach Westen, vorbei am Golfplatz des Country Club, bis wir an den Fluß gelangten. Hinter dem Bahnhof von Ardsley führte eine schmale, unbefestigte Straße am Wasser entlang bergauf; und anstatt die Hauptstraße in östlicher Richtung zu nehmen, fuhren wir auf dieser wenig befahrenen Straße weiter, bis wir eine Art Hochebene mit unkultiviertem Grasland erreichten.

Nach etwa einer Meile – ungefähr auf halber Strecke zwischen Ardsley und Tarrytown – ragte unmittelbar vor uns ein kleiner dunkler Hügel auf. Als wir an seinem Fuß anlangten, machte die Straße eine scharfe Biegung nach Westen, einen geschwungenen Felsvorsprung entlang. Die Kurve war eng und gefährlich, auf der einen Seite der steil ansteigende Hügel, auf der anderen Seite der jähe, felsige Abhang zum Fluß hinunter. Am Rand des Abgrundes hatte man einen wackligen Holzzaun errichtet, wobei mir unklar war, wie ein solcher Zaun einen leichtsinnigen und unvorsichtigen Fahrer schützen sollte. Als wir zum äußersten Punkt der Kurve kamen, brachte von Blon den Wagen zum Stehen; die Vorderräder waren direkt auf den Abgrund gerichtet. Eine großartige Aussicht eröffnete sich vor uns. Wir konnten meilenweit den Hudson entlang flußauf- und flußabwärts sehen. Und die Stelle wirkte einsam, denn der Hügel in unserem Rücken versperrte uns völlig den Blick auf die Landschaft dahinter.

Wir saßen einige Augenblicke da und ließen das Panorama auf uns wirken. Dann ergriff Sibella das Wort. Ihre Stimme war scherzhaft, doch es schwang ein seltsam trotziger Ton darin mit.

143

»Das ist doch eine großartige Stelle für einen Mord!« rief sie und lehnte sich hinaus, um den Steilhang hinunter in die Tiefe zu schauen. »Warum soll man da das Risiko eingehen, Leute zu erschießen, wenn man nur einen Ausflug mit ihnen zu diesem schnuckeligen kleinen Felsen zu machen braucht, wo man dann aus dem Auto hüpft und sie – mitsamt dem fahrbaren Untersatz – über die Klippe fallen läßt? Nichts weiter als wieder einmal ein tragischer Autounfall – und niemand denkt sich etwas dabei! Wirklich, ich glaube, ich werde ernsthaft ins Mordgeschäft einsteigen.«

Ich spürte, wie ein Schaudern Adas Körper durchlief, und ich sah, daß ihr Gesicht bleich geworden war. Mir erschien Sibellas Bemerkung ausgesprochen herzlos und rücksichtslos in Anbetracht der schrecklichen Erlebnisse, die ihre Schwester vor so kurzer Zeit hatte durchmachen müssen. Die Grausamkeit ihrer Worte blieb offenbar auch dem Doktor nicht verborgen, denn aus dem Blick, den er ihr zuwarf, sprach Bestürzung.

Ein eisiges Schweigen trat ein, dessen Peinlichkeit Vance nach einem kurzen Blick auf Ada mit der Bemerkung zu vertreiben suchte: »Damit können Sie uns keine Angst einjagen, Miss Greene; denn niemand würde an einem so wunderschönen Tag wie diesem ernsthaft an eine Verbrecherkarriere denken. Taines Theorie von den Klimaeinflüssen ist einem in solchen Augenblicken ein großer Trost.«

Von Blon sagte nichts, doch sein tadelnder Blick war nach wie vor auf Sibella geheftet.

»Oh, lassen Sie uns zurückfahren«, rief Ada jämmerlich und verbarg sich tiefer in der Decke, in die sie gehüllt war – als ob es plötzlich kühler geworden sei.

Ohne ein Wort legte von Blon den Rückwärtsgang ein, und einen Augenblick später waren wir unterwegs zurück in die Stadt.

Kapitel 13

Die dritte Tragödie
(28. und 30. November)

Am folgenden Sonntagabend, dem 28. November, lud Markham Inspektor Moran und Heath zu einer zwanglosen Konferenz in den Stuyvesant-Club ein. Vance und ich hatten mit ihm zu Abend gegessen und waren bereits zugegen, als die beiden Beamten eintrafen. Wir zogen uns in Markhams Lieblingsecke des Salons zurück, und bald wurde heftig über die Morde im Hause Greene debattiert.

»Ich kann es gar nicht glauben«, sagte der Inspektor; seine Stimme war noch ruhiger als sonst, »daß man wirklich nichts gefunden hat, was die Ermittlungen in eine bestimmte Richtung lenkt. Normalerweise hat man bei einem Mordfall zahlreiche Spuren, denen man nachgehen kann, auch wenn man vielleicht nicht auf Anhieb die richtige findet. Aber bei dieser Geschichte scheint es wirklich keinen Punkt zu geben, bei dem man ansetzen könnte.«

»Wissen Sie«, erwiderte Vance, »ich finde, schon dieser Umstand ist ein charakteristisches Merkmal unseres Falles, das man nicht übersehen sollte. Es ist ein entscheidender Anhaltspunkt, und ich glaube, wenn wir herausfinden könnten, was es damit auf sich hat, dann wären wir auf dem richtigen Weg zur Aufklärung.«

»Ein schöner Anhaltspunkt ist das!« brummte Heath. »›Welche Anhaltspunkte haben Sie, Sergeant?‹ fragt der Inspektor. ›Oh, ich habe einen erstklassigen Anhaltspunkt‹, antworte ich. ›Und was ist das?‹ erkundigt sich der Inspektor. Und ich antworte: ›Die Tatsache, daß wir nichts haben, wo wir ansetzen können!‹«

Vance lächelte.

»Nehmen Sie doch nicht alles so wörtlich, Sergeant! Was ich in meiner laienhaften Art zum Ausdruck bringen wollte, war folgendes: Wenn es in einem Fall keine Anhaltspunkte gibt – keine *points de départ,* keine offenkundigen Indizien –, dann darf man in allem ein Indiz sehen oder besser gesagt, ein Steinchen zu einem Puzzle. Zugegeben, die große Schwierigkeit besteht darin, die scheinbar beziehungslosen Steine zusammenzufügen. Ich würde sagen, wir haben sicher hundert Anhaltspunkte zu unserer Verfügung; aber keiner davon sagt uns etwas, solange er nicht mit den anderen verbunden ist. Die Sache ist wie eins dieser albernen Silbenrätsel, bei dem die Bestandteile des Wortes in einem sinnlosen Durcheinander stehen. Wer das Rätsel lösen will, muß sie zu einem sinnvollen Wort zusammenfügen.«

»Können Sie mir vielleicht acht oder zehn von diesen hundert Anhaltspunkten aufzählen?« erkundigte Heath sich ironisch. »Ich möchte nämlich gern mit der Arbeit beginnen, und zwar mit etwas Greifbarem.«

»Sie kennen sie alle, Sergeant.« Vance weigerte sich, auf den scherzhaften Ton seines Gegenübers einzugehen. »Ich würde sagen, daß praktisch alles, was geschah, seit Sie zum ersten Mal zum Tatort gerufen wurden, ein Indiz darstellt.«

»Sicher!« Der Sergeant war wieder in sein dumpfes Brüten verfallen. »Die Fußspuren, der verschwundene Revolver, das Geräusch, das Rex im Flur gehört hat. Aber bei jedem davon sind wir in eine Sackgasse geraten.«

»Ach ja, diese Dinge!« Vance ließ eine blaue Rauchwolke zur Decke steigen. »Ja, das sind auch Anhaltspunkte, gewissermaßen. Aber ich dachte mehr an die Bedingungen, die im Greeneschen Hause herrschen – das Gefüge des Milieus dort –, das psychologische Element der Situation.«

»Nun fangen Sie doch nicht wieder mit Ihren metaphysischen Theorien und esoterischen Spekulationen an«, fuhr Markham ärgerlich dazwischen. »Entweder finden wir einen praktischen Modus operandi, oder wir geben uns geschlagen.«

»Aber Markham, alter Junge, Sie werden zwangsläufig geschlagen werden, solange Sie Ihre chaotischen Fakten nicht in irgendeine Ordnung bringen können. Und die einzige Art, wie Ihnen das gelingen kann, ist durch unablässige Analyse.«

»Nennen Sie mir ein paar Fakten, die man verstehen kann«, forderte Heath ihn heraus, »und ich werde Ihnen die schon zusammenfügen.«

»Der Sergeant hat recht«, meinte auch Markham. »Sie werden zugeben müssen, daß wir bisher keinerlei sinnvolle Fakten haben, mit denen wir arbeiten können.«

»Oh, es werden schon noch mehr.«

Inspektor Moran richtete sich auf und kniff die Augen zusammen.

»Was wollen Sie damit sagen, Mr. Vance?« Es war nicht zu übersehen, daß die Bemerkung auf ihn Eindruck machte.

»Wir sind noch nicht fertig mit dieser Geschichte.« Einen so düsteren Ton kannte man sonst nicht an Vance. »Etwas fehlt noch an unserem Bild. Noch mehr Entsetzliches wird geschehen, bevor das monströse Gemälde vollendet ist. Und das Schlimme daran ist, daß es nichts gibt, womit wir es aufhalten können. Nichts, was den Nachtmahr aufhalten könnte, der hier am Werke ist. Alles kommt, wie es kommen muß.«

»So sehen Sie es also auch!« Die Stimme des Inspektors hatte sich verändert. »Mein Gott! Das ist das erste Mal, daß mir ein Fall wirklich Angst einjagt.«

»Vergessen Sie nicht, Sir«, wandte Heath ein, doch ohne rechte Überzeugung, »daß unsere Männer das Haus Tag und Nacht bewachen.«

»Das ist keinerlei Garantie, Sergeant«, beharrte Vance. »Der Mörder ist bereits im Haus. Er ist Teil der tödlichen Aura, die dort herrscht. Er ist schon seit Jahren dort, er nährt sich von den Miasmen, die selbst die Steine dieses Hauses ausströmen.«

Heath blickte auf.

»Ein Mitglied der Familie? Das haben Sie schon einmal gesagt.«

»Nicht unbedingt. Aber jemand, der vergiftet ist durch die widernatürliche Situation, die der alte Tobias mit seinen patriarchalischen Ideen geschaffen hat.«

»Vielleicht könnten wir jemanden ins Haus schmuggeln, der alles im Auge behält«, schlug der Inspektor vor. »Oder man könnte die Mitglieder der Familie dazu bringen, sich von den anderen zu trennen und woanders hinzuziehen.«

Vance schüttelte bedächtig den Kopf.

»Ein Spion im Haus wäre nutzlos. Ist nicht schon das ganze Haus voller Spione, beobachtet nicht jeder jeden, und das voller Angst und Argwohn? Und was die Idee angeht, die Familie auseinanderzureißen, so würden Sie nicht nur bei Mrs. Greene, die den Daumen auf den Geldbeutel hält, auf hartnäckigen Widerstand stoßen; es gäbe auch noch allerlei rechtliche Komplikationen wegen Tobias' Testament. Soviel ich weiß, bekommt keiner auch nur einen Dollar, wenn er nicht so lange im Haus wohnen

147

bleibt, bis sich die Würmer ein Vierteljahrhundert lang am Kadaver des alten Tobias gütlich getan haben. Und auch wenn es Ihnen gelingen sollte, die letzten Reste des Geschlechtes Greene in alle Winde zu zerstreuen und das Haus zu versiegeln, so hätten Sie den Mörder damit nicht unschädlich gemacht. Dieser Jemand findet nicht eher Ruhe, als bis man ihm einen Pfahl durchs Herz getrieben hat.«

»Verlegen Sie sich jetzt auf den Vampirismus, Vance?« Der Fall hatte Markhams Nerven schwer zugesetzt. »Sollen wir vielleicht einen magischen Zirkel um das Haus ziehen und Knoblauch an die Tür hängen?«

Markhams sarkastische Bemerkung schien uns allen aus der Seele zu sprechen, denn wir fühlten uns genauso erschöpft und mutlos wie er, und es folgte ein langes Schweigen. Es war Heath, der sich als erster wieder auf die praktische Seite der anstehenden Arbeit besann.

»Sie haben vorhin das Testament des alten Greene erwähnt, Mr. Vance. Und ich habe mir überlegt, wenn wir alle Bestimmungen dieses Testaments kennen würden, dann könnten wir vielleicht etwas finden, was uns weiterhilft. Der Besitz ist Millionen wert, und soviel ich weiß, hat die alte Dame alles geerbt. Ich wüßte gern, ob sie die alleinige Verfügungsgewalt hat, ob sie darüber verfügen kann, wie sie will. Und ich wüßte auch gern, was für ein Testament die alte Dame selbst gemacht hat. Bei dem ganzen Geld, um das es da geht, könnten wir vielleicht auf ein Motiv stoßen.«

»Genau – genau!« Vance sah Heath mit unverhohlener Bewunderung an. »Das ist der vernünftigste Vorschlag, den ich bislang gehört habe. Alle Achtung, Sergeant. Ja, das Geld vom alten Tobias könnte etwas mit dem Fall zu tun haben. Vielleicht nicht direkt; aber der Einfluß dieses Geldes – seine unterschwellige Macht – ist zweifellos an diesem Verbrechen beteiligt. Wie sieht es aus, Markham? Wie stellt man es an, wenn man wissen will, was in anderer Leute Testament steht?«

Markham überlegte.

»Ich glaube nicht, daß es in diesem Fall große Schwierigkeiten geben dürfte. Der Inhalt von Tobias Greenes Testament ist natürlich aktenkundig, auch wenn es vielleicht ein wenig Zeit kosten wird, es aus den Unterlagen des Nachlaßrichters herauszusuchen; und zufällig kenne ich den alten Buckway, den Seniorchef von

Buckway und Aldine, der Anwaltsfirma, die die Greenes betreut. Ich treffe ihn gelegentlich hier im Club, und ich habe ihm ein oder zwei kleine Gefälligkeiten erwiesen. Ich glaube, ich könnte ihn überreden, mir ganz im Vertrauen zu verraten, was in Mrs. Greenes Testament steht. Mal sehen, was ich morgen ausrichten kann.«

Eine halbe Stunde später war die Besprechung zu Ende, und wir machten uns auf den Heimweg.

»Ich fürchte, diese Testamente werden uns nicht viel weiterhelfen«, bemerkte Vance, als er später am Abend vor dem Kamin saß und an seinem Highball nippte. »Genau wie alles andere in diesem schrecklichen Fall werden wir ihre Bedeutung erst erfassen, wenn wir die Bruchstücke in das Gesamtbild eingefügt haben.«

Er erhob sich, trat an das Bücherregal und zog ein schmales Bändchen hervor. »Und jetzt gedenke ich, die Greenes *pro tempore* aus meinem Gedächtnis zu verbannen und mich dem SATYRICON zu widmen. Da reden sich die verstaubten Historiker die Köpfe heiß über die Frage, warum Rom untergegangen ist, und dabei könnten sie die ewig gültige Antwort ganz einfach im unvergänglichen Meisterwerk des Petronius über die Dekadenz dieser Stadt nachlesen.«

Er machte es sich bequem und schlug das Büchlein auf. Doch seine ganze Haltung strahlte Unruhe aus, und sein Blick wanderte immer wieder in die Ferne.

Zwei Tage darauf – am Dienstag, dem 30. November – meldete sich Markham kurz nach zehn Uhr vormittags telefonisch bei Vance und bat ihn, sofort in sein Büro zu kommen. Vance war eben im Begriff gewesen, zu einem Besuch der Modern Gallery[18] aufzubrechen, wo er sich eine Ausstellung afrikanischer Skulpturen ansehen wollte, doch diese Vergnügung wurde verschoben, denn der Anruf des Staatsanwaltes hatte dringend geklungen; und in noch nicht einmal einer halben Stunde waren wir im Gerichtsgebäude.

»Ada Greene rief heute morgen hier an, sie müsse mich dringend sprechen«, klärte Markham auf. »Ich bot ihr an, Heath zu ihr hinauszuschicken und, falls notwendig, später nachzukommen. Aber sie drängte darauf, statt dessen hierher zu kommen: Es handele sich um eine Angelegenheit, über die sie außerhalb des Hauses freier sprechen könne. Sie schien ein wenig erregt, und ich sagte ihr, sie solle gleich kommen. Dann rief ich Sie an und informierte Heath.«

Vance ließ sich nieder und entzündete eine Zigarette.

»Das würde mich nicht wundern, wenn sie jede Gelegenheit ergriffe, der Atmosphäre ihrer Umgebung zu entkommen. Und, Markham, ich bin zu dem Schluß gekommen, daß dieses Mädchen etwas weiß, was uns ausgesprochen hilfreich für unsere Ermittlungen sein könnte. Wissen Sie, es ist gut möglich, daß sie mittlerweile den Punkt erreicht hat, an dem sie uns verrät, was sie bedrückt.«

Noch während er sprach, traf der Sergeant ein, und Markham erläuterte ihm kurz die Lage.

»Sieht ganz so aus«, bemerkte Heath finster, aber durchaus interessiert, »als ob das unsere einzige Chance wäre, an einen Anhaltspunkt zu kommen. Was wir selbst herausgefunden haben, ist keinen Pfifferling wert, und wenn nicht bald jemand mit ein paar Hinweisen überkommt, dann können wir einpacken.«

Zehn Minuten später wurde Ada Greene in das Büro geführt. Obwohl sie nicht mehr so bleich war und den Arm nicht mehr in der Schlinge trug, wirkte sie doch noch immer sehr geschwächt. Aber es war nichts mehr von der zaghaften und ängstlichen Art zu spüren, die sie bisher an den Tag gelegt hatte.

Sie nahm vor Markhams Schreibtisch Platz und starrte eine Zeitlang mit düsterer Miene in die Sonne, als wisse sie nicht, wie sie anfangen solle.

»Es geht um Rex, Mr. Markham«, sagte sie schließlich. »Ich weiß wirklich nicht, ob es richtig war, hierher zu kommen – vielleicht ist es sehr illoyal von mir . . .« Sie warf ihm einen hilfeflehenden, unentschlossenen Blick zu. »Ach, sagen Sie mir doch: Wenn jemand etwas weiß – etwas Schlimmes und Gefährliches – über jemanden, der ihm sehr nahesteht, und den er sehr gern hat, sollte er es dann sagen, auch wenn es den anderen in fürchterliche Schwierigkeiten bringen könnte?«

»Das kommt immer darauf an«, antwortete Markham ernst. »Wenn Sie unter den gegenwärtigen Umständen etwas wissen, was zur Aufklärung der Morde an Ihrem Bruder und Ihrer Schwester beitragen könnte, dann ist es Ihre Pflicht, es zu sagen.«

»Auch wenn man es mir unter dem Siegel der Verschwiegenheit anvertraut hat?« Sie schien noch nicht überzeugt. »Und wenn es sich um ein Mitglied der Familie handelt?«

»Ich würde sagen, auch dann«, meinte Markham väterlich. »Es sind zwei schreckliche Verbrechen geschehen, und man sollte keine Informationen zurückhalten, die dazu beitragen könnten, daß der Mörder – wer immer es auch sein mag – seine gerechte Strafe bekommt.«

Einen Augenblick lang wandte das Mädchen sein bekümmertes Gesicht ab. Dann hob sie plötzlich entschlossen den Kopf.

»Ich werde es Ihnen sagen... Sie haben Rex doch nach dem Schuß in meinem Zimmer gefragt, und er hat Ihnen geantwortet, daß er ihn nicht gehört habe. Nun, er hat sich mir anvertraut, Mr. Markham; er hat den Schuß doch gehört. Aber er hatte Angst, es zuzugeben, weil er dachte, Sie würden es merkwürdig finden, daß er nicht aufgestanden ist und Alarm geschlagen hat.«

»Was glauben Sie, warum er still im Bett geblieben ist und vor jedermann so getan hat, als schliefe er?« Markham versuchte, das lebhafte Interesse, das die Aussage des Mädchens in ihm geweckt hatte, zu unterdrücken.

»Ja, das verstehe ich eben auch nicht. Er wollte es mir nicht verraten. Aber er hatte seine Gründe – ich weiß, daß er die hatte! –, irgend etwas muß ihm angst gemacht haben. Ich habe ihn angefleht, es mir zu sagen, aber die einzige Erklärung, die er mir gab, war, daß der Schuß nicht das einzige gewesen sei, was zu hören war...«

»Nicht das einzige!« stieß Markham mit kaum verhohlener Erregung hervor. »Er hörte also etwas anderes, das ihm, wie Sie sagen, angst machte? Aber welchen Grund sollte er haben, uns das zu verschweigen?«

»Das ist das Seltsame daran. Er wurde wütend, als ich ihn fragte. Aber er weiß irgend etwas – er kennt ein entsetzliches Geheimnis; da bin ich mir ganz sicher... Ach, vielleicht hätte ich es Ihnen doch nicht sagen sollen. Vielleicht wird Rex Schwierigkeiten bekommen deswegen. Aber ich dachte, Sie sollten es wissen, wegen der schrecklichen Dinge, die geschehen sind. Ich dachte, Sie könnten vielleicht mit Rex sprechen und ihn dazu bringen, Ihnen anzuvertrauen, was ihn quält.«

Wiederum warf sie Markham einen flehenden Blick zu, und Besorgnis, eine unbestimmte Furcht, sprach aus ihren Augen.

»Ach, ich wünschte, Sie würden ihn darum bitten – und versuchen, es herauszubekommen«, flehte sie. »Ich würde mich – sicherer fühlen – wenn – wenn...«

Markham nickte und tätschelte ihr die Hand. »Wir werden versuchen, ihn zum Reden zu bringen.«

»Aber versuchen Sie es nicht im Haus«, fügte sie rasch hinzu. »Es gibt Leute dort – Dinge; und Rex würde sich zu sehr fürchten. Bitten Sie ihn hierher zu kommen, Mr. Markham. Holen Sie ihn aus diesem schrecklichen Haus, hierher, wo er sprechen kann, ohne daß er Angst haben muß, daß jemand zuhört. Rex ist zu Hause. Bitten Sie ihn jetzt gleich hierher. Sagen Sie ihm, daß ich auch hier bin. Vielleicht kann ich behilflich sein, daß Sie vernünftig mit ihm reden können . . . Oh, bitte, Mr. Markham, tun Sie das für mich!«

Markham warf einen Blick auf die Uhr und sah sich seinen Terminkalender an. Ihm lag, das wußte ich, ebenso viel wie Ada daran, auf der Stelle mit Rex zu reden; und nach einem kurzen Zögern griff er zum Telefonhörer und ließ sich von Swacker zum Hause Greene durchstellen. Aus dem, was ich vom anschließenden Telefonat zu hören bekam, war zu entnehmen, daß er große Mühe hatte, Rex zu überreden, daß er in sein Büro kommen solle, denn er mußte sogar zu dem Mittel greifen, ihm implizit mit einer Zwangsvorführung zu drohen, bevor er Erfolg hatte.

»Er befürchtet offenbar, es sei eine Falle«, erläuterte Markham nachdenklich, als er auflegte. »Aber er hat versprochen, sich sofort umzuziehen und dann zu kommen.«

Erleichterung zeichnete sich in den Zügen des Mädchens ab.

»Da ist noch etwas, was ich Ihnen sagen sollte«, fügte sie hastig hinzu; »obwohl es vielleicht nicht von Bedeutung ist. Neulich nachts habe ich im hinteren Teil des unteren Flurs, in der Nähe der Treppe, ein Stück Papier gefunden – es sah aus wie ein herausgerissenes Blatt aus einem Notizbuch. Und darauf war eine Zeichnung von unseren Schlafzimmern im Obergeschoß, mit vier kleinen Tintenkreuzen – eines in Julias Zimmer, eines im Zimmer Chesters, eines in dem von Rex und eines in meinem. Und unten in der Ecke waren ein paar ganz seltsame Zeichen oder Bildchen. Eines war ein Herz mit drei Nägeln darin; eines sah aus wie ein Papagei. Und dann war da noch etwas, das sah aus wie drei kleine Steine mit einer Linie darunter . . .«

Heath beugte sich jäh vor, die Zigarre auf halbem Wege zum Munde.

»Ein Papagei und drei Steine! Sagen Sie, Miss Greene, war auf dem Zettel auch ein Pfeil mit Zahlen darauf?«

»Ja!« antwortete sie aufgeregt. »So etwas war auch dabei.«

Heath schob die Zigarre zwischen die Zähne und kaute mit grimmiger Genugtuung darauf.

»Das hat etwas zu bedeuten, Mr. Markham«, verkündete er, bemüht, sich seine Erregung nicht anmerken zu lassen. »Das sind alles Symbole – graphische Zeichen, sagt man – von europäischen Gaunern, hauptsächlich von Deutschen oder Österreichern.«

»Wie ich zufällig weiß«, warf Vance ein, »stehen die Steine für das Martyrium des heiligen Stephan; er wurde gesteinigt. Im Kalender der bäuerlichen Bevölkerung der Steiermark sind sie das Emblem des heiligen Stephan.«

»Davon weiß ich nichts«, antwortete Heath. »Aber ich weiß, daß europäische Gauner solche Zeichen verwenden.«

»Oh ja, zweifellos. Als ich mich mit der Bildsprache der Zigeuner befaßte, sind mir viele davon begegnet. Ein faszinierendes Forschungsgebiet.« Adas Entdeckung schien Vance nur wenig zu interessieren.

»Haben Sie den Zettel dabei, Miss Greene?« fragte Markham.

Das Mädchen schüttelte verwirrt den Kopf.

»Das tut mir leid«, entschuldigte sie sich. »Ich hielt ihn nicht für wichtig. Hätte ich ihn mitbringen sollen?«

»Haben Sie ihn etwa weggeworfen?« erkundigte Heath sich aufgeregt.

»Oh nein, er ist sicher verwahrt. Ich habe ihn in . . .«

»Wir müssen den Zettel unbedingt haben, Mr. Markham.« Der Sergeant war aufgesprungen und an den Schreibtisch des Bezirksstaatsanwaltes getreten. »Vielleicht ist das genau der Anhaltspunkt, nach dem wir suchen.«

»Wenn Sie ihn wirklich so dringend brauchen«, sagte Ada, »dann kann ich Rex anrufen und ihn bitten, den Zettel mitzubringen. Wenn ich es ihm erkläre, wird er wissen, wo er zu finden ist.«

»Gut! Das erspart mir eine Fahrt.« Heath nickte Markham zu. »Versuchen Sie, ihn noch zu erwischen, bevor er sich auf den Weg macht.«

Markham griff zum Telefon und beauftragte Swacker nochmals, Rex anzurufen. Wenig später war die Verbindung hergestellt, und er reichte Ada den Hörer.

»Hallo, Rex«, sagte sie liebevoll. »Sei mir nicht böse, es ist nichts Schlimmes . . . Ich habe eine Bitte an dich: In unserem internen Briefkasten findest du einen versiegelten Umschlag, mein persönliches blaues Briefpapier. Bitte nimm ihn heraus, und bringe ihn mit in Mr. Markhams Büro. Und paß auf, daß dich niemand sieht, wenn du ihn holst ... Das ist alles, Rex. Und jetzt beeil dich, dann können wir nachher noch zusammen in der Stadt zu Mittag essen.«

»Mr. Greene kann frühestens in einer halben Stunde hier sein«, sagte Markham und wandte sich an Vance. »Da mein Wartezimmer voll ist, würde ich vorschlagen, daß Sie und van Dine mit der jungen Dame zur Börse fahren und ihr zeigen, wie sich die verrückten Börsenmakler aufführen. Würde Ihnen das Spaß machen, Miss Greene?«

»Oh ja!« rief das Mädchen aus.

»Wollen Sie nicht auch mitgehen, Sergeant?«

»Ich!« stöhnte Heath. »Ich habe schon Aufregung genug. Ich gehe lieber rüber zum Colonel[19] und unterhalte mich ein bißchen mit ihm.«

Vance, Ada und ich fuhren die wenigen Häuserblocks zur Broad Street Nr. 18, durchquerten die Empfangshalle (wo uns uniformierte Bedienstete in einer Art und Weise, die keinerlei Widerspruch duldete, von unseren Mänteln befreiten) und gelangten mit dem Aufzug auf die Besuchergalerie, von wo aus man den Börsenraum überblicken konnte. An jenem Tag war das Geschäft ungewöhnlich lebhaft. Es herrschte ein nahezu ohrenbetäubender Lärm, und die fieberhafte Aktivität rund um die Stände, an denen die Geschäfte abgeschlossen wurden, erinnerte an den Tumult in einer aufgepeitschten Volksmasse. Ich war nicht sonderlich beeindruckt, da mir der Anblick nur zu vertraut war; und Vance, der Lärm und Unordnung verabscheute, betrachtete sich die Sache gelangweilt und verärgert. Nur Ada strahlte. Ihre Augen glänzten, und ihre Wangen röteten sich. Sie stand wie gebannt und starrte fasziniert über die Brüstung.

»Da sehen Sie, wie töricht Menschen sein können, Miss Greene«, sagte Vance.

»Oh, es ist herrlich!« erwiderte sie. »Sie sind lebendig. Sie fühlen. Sie haben etwas, wofür sie kämpfen.«

»Glauben Sie, Ihnen würde so etwas Spaß machen?« fragte Vance mit einem Lächeln.

»Es wäre einfach wunderbar. Ich wollte schon immer etwas Aufregendes erleben – etwas ... so etwas ...« Sie streckte ihre Hand aus nach der brodelnden Masse zu unseren Füßen.

154

Es war nicht schwer, Verständnis für ihre Reaktion aufzubringen, nach den Jahren eintöniger Arbeit, in denen sie eine Kranke versorgt hatte, in dem trostlosen Hause Greene.

In jenem Augenblick sah ich zufällig auf, und zu meiner Überraschung sah ich Heath in der Türe stehen, der den Blick über die Besucherscharen schweifen ließ. Er wirkte besorgt und ungewöhnlich grimmig, und eine nervöse, gespannte Aufmerksamkeit sprach aus der Art, wie er den Kopf bewegte. Ich hob die Hand, um ihn auf uns aufmerksam zu machen, und er kam eilig zu uns herüber.

»Der Chef will Sie sofort sprechen, Mr. Vance, im Büro.« Sein Ton ließ nichts Gutes ahnen. »Er hat mich hergeschickt, um Sie zu holen.«

Ada sah ihn unverwandt an, und ihr Gesicht war schreckensbleich.

»Ja, ja!« Vance zuckte die Achseln und mimte den Enttäuschten. »Gerade als dieses Schauspiel begann, uns zu interessieren. Aber dem Befehl des Chefs können wir uns wohl nicht widersetzen – was, Miss Greene?«

Doch trotz dieses Versuches, Markhams unerwarteten Rückruf humorvoll zu überspielen, war Ada merkwürdig still; und während wir zurück ins Büro fuhren, sprach sie kein Wort, sondern saß nur steif da, und mit blicklosen Augen starrte sie vor sich hin.

Es schien uns wie eine Ewigkeit, bis wir das Gerichtsgebäude wieder erreicht hatten. Der Verkehr stockte, und selbst am Fahrstuhl mußten wir lange warten. Vance schien der Situation gefaßt ins Auge zu blicken; doch Heath hatte die Lippen zusammengepreßt und atmete heftig durch die Nase, wie ein Mann, der eine starke Erregung niederkämpft.

Als wir das Büro des Bezirksstaatsanwaltes betraten, erhob sich Markham und warf dem Mädchen einen mitleidsvollen Blick zu.

»Sie müssen tapfer sein, Miss Greene«, sagte er mit leiser, mitfühlender Stimme. »Etwas Unerwartetes, Tragisches ist geschehen. Und da man es Ihnen früher oder später mitteilen muß –«

»Es ist Rex!« Kraftlos sank sie in einen Sessel gegenüber Markhams Schreibtisch.

»Ja«, sagte er sanft, »es ist Rex. Sproot rief an, nur wenige Minuten, nachdem Sie gegangen waren...«

»Und er ist erschossen worden – genauso wie Julia und Chester!« Sie sprach diese Worte mit kaum vernehmbarer Stimme,

155

aber sie verbreiteten Entsetzen in dem heruntergekommenen alten Büro.

Markham senkte den Kopf. »Noch keine fünf Minuten, nachdem Sie ihn angerufen hatten, ging jemand in sein Zimmer und erschoß ihn.«

Ein tonloses Schluchzen schüttelte das Mädchen, und sie vergrub ihr Gesicht in den Armen.

Markham ging zu ihr hinüber und legte ihr sanft die Hand auf die Schulter.

»Es ist nicht mehr zu ändern, mein Kind«, sagte er. »Wir werden sofort zum Haus fahren und sehen, was sich ausrichten läßt, und Sie sollten lieber mit uns fahren.«

»Oh, ich will nicht zurück«, stöhnte sie. »Ich habe Angst – ich habe Angst!...«

Kapitel 14

Fußspuren auf dem Teppich
(Dienstag, 30. November, mittags)

Nur unter größten Schwierigkeiten konnte Markham Ada dazu bewegen, uns zu begleiten. Das Mädchen schien außer sich vor Angst. Außerdem gab sie sich indirekt die Schuld am Tod von Rex. Aber schließlich ließ sie sich doch von uns hinunter zum Wagen führen.

Heath hatte bereits die Mordkommission benachrichtigt, und die Ermittlungen waren im Gange, als wir uns die Centre Street hinaus in Bewegung setzten. Im Polizeipräsidium erwarteten uns Snitkin und ein weiterer Beamter namens Burke; sie zwängten sich auf den Rücksitz von Markhams Wagen. Wir kamen sehr gut voran und erreichten das Haus Greene in weniger als zwanzig Minuten.

Ein Beamter in Zivil stand an das Eisengitter am Ende der Straße gelehnt, ein kurzes Stück vom Tor zum Greeneschen Grundstück entfernt. Auf ein Zeichen Heaths trat er sofort vor.

»Na und, Santos?« fragte der Sergeant barsch. »Wer ist heute morgen hier rein- oder rausgegangen?«

»Was ist denn das fürn Ton?« erwiderte der Mann entrüstet. »Dieser alte Knacker von einem Butler ist so um neun rum rausgegangen und 'ne knappe halbe Stunde später mit 'nem Päckchen zurückgekommen. Behauptet, er war in der Third Avenue, um Hundekuchen zu kaufen. Der familieneigene Knochenklempner ist um Viertel nach zehn vorgefahren – das Auto steht da auf der anderen Straßenseite.« Er wies auf von Blons Daimler, der schräg gegenüber geparkt war. »Er ist noch drin. Dann, so etwa zehn Minuten, nachdem der Doktor gekommen war, ist diese junge Lady da« – er zeigte auf Ada – »rausgekommen und zur Avenue A gegangen, wo sie in ein Taxi gestiegen ist. Und das waren alle – Männer, Frauen und Kinder –, sonst ist keiner durch dieses Tor gegangen, weder hinein noch heraus, seit ich heute früh um acht von Cameron übernommen habe.«

»Und Camerons Bericht?«

»Fehlanzeige, die ganze Nacht.«

»Tja, irgend jemand muß aber irgendwie hineingekommen sein«, brummte Heath. »Laufen Sie rasch an der Westmauer lang, und sagen Sie Donnelly, er soll herkommen, und zwar pronto.«

Santos verschwand durch das Tor, und kurz darauf konnten wir ihn durch den seitlichen Hof zur Garage laufen sehen. Ein paar Minuten später kam Donnelly – der Mann, der am hinteren Tor Wache stehen sollte – angehetzt.

»Wer ist heute morgen hinten reingekommen?« schnauzte Heath ihn an.

»Niemand, Sergeant. Die Köchin ist gegen zehn Uhr einkaufen gegangen, und zwei von den üblichen Lieferanten haben Pakete abgegeben. Sonst ist seit gestern keiner durch das hintere Tor gegangen.«

»Was Sie nicht sagen!« Heaths Sarkasmus war ätzend.

»Also, wie gesagt –«

»Oh, schon gut, schon gut.« Der Sergeant wandte sich an Burke. »Sie klettern auf diese Mauer und machen die Runde. Sehen Sie zu, daß Sie die Stelle finden, wo jemand drübergeklettert ist. Und Sie, Snitkin, suchen im Hof nach Fußspuren. Wenn ihr fertig seid, erstattet ihr mir Bericht. Ich gehe rein.«

Wir gingen auf dem freigeräumten Weg zum Haus, und Sproot ließ uns ein. Seine Miene war ausdruckslos wie immer, und er nahm unsere Mäntel mit der üblichen diensteifrigen Förmlichkeit in Empfang.

»Sie sollten jetzt lieber auf Ihr Zimmer gehen, Miss Greene«, sagte Markham und legte seine Hand fürsorglich auf Adas Arm. »Legen Sie sich hin, und versuchen Sie, ein wenig zu ruhen. Sie sehen müde aus. Bevor ich gehe, schaue ich noch einmal bei Ihnen herein.«

Das Mädchen gehorchte wortlos.

»Und Sie kommen mit ins Wohnzimmer, Sproot«, ordnete er an.

Der alte Butler folgte uns und blieb unterwürfig vor dem Tisch in der Mitte des Raumes stehen, wo Markham sich niedergelassen hatte.

»Nun erzählen Sie mal.«

Sproot räusperte sich und starrte zum Fenster hinaus.

»Da gibt es nicht viel zu erzählen, Sir. Ich war in der Geschirrkammer und habe das Kristall poliert, als ich den Schuß hörte –«

»Holen Sie ein wenig weiter aus«, unterbrach Markham. »Wie ich höre, haben Sie heute früh um neun Uhr einen Ausflug in die Third Avenue gemacht.«

»Jawohl, Sir. Miss Sibella hat sich gestern einen Spitz zugelegt, und nach dem Frühstück bat sie mich, für ihn Hundekuchen zu besorgen.«

»Wer ist heute morgen ins Haus gekommen?«

»Niemand, Sir – das heißt niemand außer Doktor von Blon.«

»Gut. Nun erzählen Sie uns, was alles geschehen ist.«

»Nichts geschah, Sir – das heißt, nichts Außergewöhnliches –, bis der arme Mr. Rex erschossen wurde. Miss Ada verließ das Haus, einige Minuten, nachdem Doktor von Blon gekommen war, und kurz nach elf Uhr riefen Sie hier an und verlangten Mr. Rex. Bald darauf wollten Sie Mr. Rex ein zweites Mal sprechen; und ich kehrte in den Anrichteraum zurück. Ich war nur wenige Minuten lang dort beschäftigt gewesen, als ich den Schuß vernahm –«

»Um wieviel Uhr war das etwa?«

»Gegen zwanzig nach elf, Sir.«

»Und dann?«

»Ich wischte mir die Hände an meiner Schürze ab und trat ins Speisezimmer, um zu horchen. Ich war mir nicht ganz sicher, ob der Schuß innerhalb des Hauses gefallen war, doch ich dachte mir, ich sollte wohl besser nachsehen. Also ging ich nach oben, und da bei Mr. Rex die Tür offenstand, schaute ich zuerst in sein Zimmer. Dort sah ich den armen jungen Herrn auf dem Boden liegen, aus einer kleinen Stirnwunde blutend. Ich rief nach Doktor von Blon –«

»Wo befand sich der Doktor?« Es war Vance, der diese Frage stellte.

Sproot zögerte, er dachte offenbar nach.

»Er war im ersten Stock, Sir, und er erschien sofort –«

»Oh – im ersten Stock! Irrte ziellos durch die Gänge – ein wenig hier, ein wenig dort, was?« Vance' Blick durchbohrte den Butler förmlich. »Nun sagen Sie's schon, Sproot. Wo war der Doktor?«

»Ich denke, Sir, er war in Miss Sibellas Zimmer.«

»*Cogito, cogito* ... Na, nun strengen Sie Ihre grauen Zellen mal ein wenig an, und besinnen Sie sich. In welchem Winkel des Hauses manifestierte sich der irdische Leib Doktor von Blons, nachdem Sie nach ihm gerufen hatten?«

»Um die Wahrheit zu sagen, Sir, er kam aus Miss Sibellas Tür.«

»Na so etwas. Wer hätte das gedacht! Und wo dies nun der Fall war, könnte man doch – ohne seinen Verstand allzusehr zu überanstrengen – daraus folgern, daß er, bevor er durch diese Tür trat, sich auch in Miss Sibellas Zimmer befand?«

»Ich nehme es an, Sir.«

»Teufel nochmal, Sproot! Sie wissen genau, daß er drin war.«

»Nun – ja, Sir.«

»Und vielleicht können Sie jetzt mit Ihrer Odyssee fortfahren.«

»Eigentlich war es eher eine Ilias, wenn ich mir die Bemerkung erlauben darf. Tragischer, wenn Sie verstehen, was ich meine; auch wenn Mr. Rex nicht gerade ein Hektor war. Wie dem auch sein mag, Sir, Doktor von Blon erschien sofort –«

»Er hatte den Schuß also nicht gehört?«

»Offenbar nicht, denn er schien völlig entsetzt, als er Mr. Rex sah. Und Miss Sibella, die ihm in Mr. Rex' Zimmer folgte, war ebenfalls entsetzt.«

»Haben sie irgendwas gesagt?«

»Was das angeht, kann ich Ihnen keine Angaben machen, denn ich bin sofort nach unten gegangen und habe Mr. Markham verständigt.«

Während er sprach, erschien Ada mit weit aufgerissenen Augen in der Tür. »Jemand war in meinem Zimmer«, sagte sie mit angsterfüllter Stimme. »Als ich nach oben kam, stand die Glastür zum Balkon halb offen, und auf dem Fußboden sind schmutzige Schneespuren ... Oh, was hat das nur zu bedeuten? Glauben Sie –?«

Markham hatte sich mit einem Ruck vorgebeugt. »Die Glastür war geschlossen, als Sie gingen?«

»Ja – natürlich«, antwortete sie. »Ich mache sie im Winter nur selten auf.«

»Und sie war abgeschlossen?«

»Ich weiß es nicht genau, aber ich glaube schon. Sie muß abgeschlossen gewesen sein – aber andererseits, wie hätte jemand hereinkommen können, wenn ich nicht vergessen gehabt hätte, sie abzuschließen?«

Heath hatte sich erhoben; verblüfft stand er da und lauschte der Geschichte des jungen Mädchens mit grimmiger Miene.

»Wahrscheinlich wieder der Kerl mit den Galoschen«, knurrte er. »Diesmal lasse ich Jerym persönlich kommen.«

Markham nickte und wandte sich wieder Ada zu.

»Danke, daß Sie uns das gesagt haben, Miss Greene. Wäre es möglich, daß Sie jetzt in irgendein anderes Zimmer gehen und dort auf uns warten? Wir möchten, daß Ihr Zimmer genau so bleibt, wie Sie es vorgefunden haben, bis wir die Gelegenheit hatten, es zu untersuchen.«

»Ich gehe in die Küche und bleibe bei der Köchin. Ich – ich möchte nicht allein sein.« Sie holte tief Luft und verließ uns dann.

»Wo ist Doktor von Blon jetzt?« wandte sich Markham an Sproot.

»Bei Mrs. Greene, Sir.«

»Sagen Sie ihm, daß wir hier sind und ihn unverzüglich sehen wollen.«

Der Butler verbeugte sich und ging.

Vance lief im Zimmer auf und ab, die Augen beinahe geschlossen.

»Das wird von Minute zu Minute wahnwitziger«, sagte er. »Schon ohne diese Fußspuren und die offene Tür war es verrückt genug. Etwas Teuflisches geht hier vor, Markham. Dämonen und Hexen treiben hier ihr Unwesen oder doch etwas in dieser Art. Sagen Sie, gibt es eigentlich in den Pandekten oder im *corpus iuris* des Justinian irgend etwas darüber, wie man gegen Teufel und Geister gerichtlich vorgeht?«

Bevor Markham ihn noch zurechtweisen konnte, trat von Blon ein. Seine übliche gelassene Art war verschwunden. Er verbeugte sich ruckartig, ohne ein Wort zu sagen, und fuhr sich nervös mit zitternder Hand über den Schnurrbart.

»Wie ich von Sproot erfahre, Doktor«, setzte Markham an, »haben Sie den Schuß, der in Rex' Zimmer fiel, nicht gehört.«

»Nein!« Dieser Umstand schien ihn sowohl zu verwirren als auch zu beunruhigen. »Ich verstehe es auch nicht, denn die Tür von Rex' Zimmer zum Flur hin stand ja offen.«

»Sie waren in Miss Sibellas Zimmer, nicht wahr?« Vance war stehen geblieben und musterte den Doktor aufmerksam.

161

Von Blon hob die Augenbrauen.

»Allerdings. Sibella klagte über –«

»Halsschmerzen oder etwas in dieser Art zweifellos«, brachte
Vance den Satz zu Ende. »Aber das spielt keine Rolle. Tatsache
ist, daß weder Sie noch Miss Sibella den Schuß hörten. Stimmt
das?«

Der Doktor nickte bestätigend mit dem Kopf. »Ich wußte
nichts davon, bis Sproot an die Tür klopfte und mich bat, mit auf
die andere Seite des Flures zu kommen.«

»Und Miss Sibella kam mit Ihnen in Rex' Zimmer?«

»Sie trat unmittelbar nach mir ein, glaube ich. Aber ich wies sie
an, nichts zu berühren, und schickte sie sofort wieder zurück in
ihr Zimmer. Als ich wieder hinaus auf den Flur kam, hörte ich,
daß Sproot mit der Bezirksstaatsanwaltschaft telefonierte, und ich
dachte, ich warte lieber, bis die Polizei eintrifft. Nachdem ich die
Lage mit Miss Sibella besprochen hatte, machte ich Mrs. Greene
Mitteilung von dem tragischen Vorfall und leistete ihr Gesellschaft, bis Sproot mir sagte, daß Sie eingetroffen seien.«

»Sie haben niemanden sonst oben gesehen und auch keine verdächtigen Geräusche gehört?«

»Niemanden – nichts. Man kann sagen, es war ungewöhnlich
still im Haus.«

»Erinnern Sie sich, ob die Tür zu Miss Adas Zimmer offenstand?«

Der Doktor überlegte einen Augenblick lang. »Ich weiß es
nicht. Aber das bedeutet wohl, daß sie geschlossen war. Sonst
wäre es mir aufgefallen.«

»Und wie geht es Mrs. Greene heute morgen?«

Die Frage, die Vance eher beiläufig stellte, schien seltsam de-
plaziert.

Von Blon fuhr zusammen. »Es schien ihr ein wenig besser zu
gehen, als ich sie heute vormittag besuchte, aber die Nachricht
von Rex' Tod hat sie schwer getroffen. Als ich sie eben verließ,
beklagte sie sich über einen stechenden Schmerz in ihrem Rük-
ken.«

Markham hatte sich erhoben und ging nun ungeduldig zur Tür.

»Der Gerichtsmediziner wird jeden Augenblick dasein«, sagte
er, »und ich möchte mir Rex' Zimmer ansehen, bevor er eintrifft.
Sie können mitkommen, Doktor. Und Sie, Sproot, bleiben wohl
besser an der Haustür.«

Wir begaben uns schweigend hinauf; ich glaube, wir dachten wohl alle, daß es besser war, Mrs. Greene nichts von unserer Gegenwart merken zu lassen. Rex' Zimmer war, wie sämtliche Zimmer im Hause Greene, geräumig. Es hatte ein großes Fenster nach vorn heraus und ein weiteres zur Seite. Es gab keine Vorhänge, die das Licht abgehalten hätten, und die tiefstehende winterliche Mittagssonne schien grell hinein. An den Wänden reihten sich, wie Chester es uns schon beschrieben hatte, die Bücherregale; und jeder Winkel, der noch offenblieb, war mit Broschüren und Papieren vollgestopft. Der Raum sah eher nach einer Studentenbude aus als nach einem Schlafzimmer.

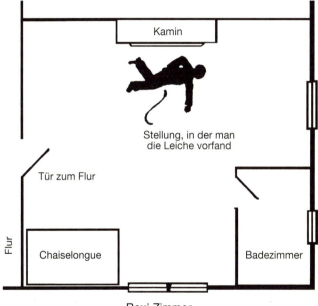

Rex' Zimmer

Vor dem Tudor-Kamin in der Mitte der linken Wand – dem genauen Gegenstück zum Kamin in Adas Zimmer – lag zusammengesunken Rex Greenes Leiche. Der linke Arm war ausgestreckt, der rechte jedoch angewinkelt, und die Finger waren geschlossen, als ob er etwas darin verborgen halten würde. Sein Kopf mit seinem hohen Schädel war ein wenig zur Seite gedreht; und von einer kleinen Öffnung oberhalb des rechten Auges war ein Rinnsal Blut die Schläfe hinunter und auf den Boden gelaufen.

Heath studierte den Leichnam mehrere Minuten lang.

»Er wurde im Stehen erschossen, Mr. Markham. Brach zusammen und hat sich dann wieder ein wenig ausgestreckt, als er auf den Boden schlug.«

Vance stand mit ratlosem Gesicht über den Toten gebeugt.

»Markham, irgend etwas stimmt da nicht«, sagte er. »Es war taghell, als das passierte, und der Junge wurde von vorn erschossen – man sieht ja sogar die Pulverspuren im Gesicht. Aber sein Gesichtsausdruck ist völlig normal. Keinerlei Anzeichen von Angst oder Verblüffung – genaugenommen sieht er sogar beinahe sorglos und friedlich aus... Das ist doch unglaublich. Der Mörder und die Pistole können ja schließlich nicht unsichtbar gewesen sein.«

Heath nickte nachdenklich.

»Das ist mir auch schon aufgefallen, Sir. Verdammt merkwürdig.« Er beugte sich näher zu der Leiche herunter. »Ich finde, die Wunde sieht aus, als ob sie von einer Zweiunddreißiger stammt«, kommentierte er und wandte sich fragend an den Doktor.

»Ja«, bestätigte von Blon, »es sieht so aus, als ob die Tatwaffe dieselbe gewesen sei wie in den anderen Fällen.«

»Es war dieselbe Waffe«, orakelte Vance düster, während er nachdenklich sein Zigarettenetui hervorholte. »Und es war derselbe Täter, der damit schoß.« Er zog an seiner Zigarette, den besorgten Blick auf Rex' Gesicht gerichtet. »Aber warum hat er gerade zu diesem Zeitpunkt zugeschlagen – am hellichten Tage, bei offener Tür, mit Leuten ganz in der Nähe? Warum hat der Mörder nicht bis zur Nacht gewartet? Warum ging er ein so unnötiges Risiko ein?«

»Vergessen Sie nicht«, erinnerte Markham ihn, »daß Rex im Begriff war, zu mir ins Büro zu kommen, um mir etwas mitzuteilen.«

»Aber wer wußte denn, daß er zum Plaudern aufgelegt war? Es lagen gerade zehn Minuten zwischen Ihrem Anruf und dem Schuß –« Er hielt inne und wirbelte zum Doktor herum. »Wo gibt es hier im Haus Nebenanschlüsse für das Telefon?«

»Es gibt meiner Meinung nach drei«, antwortete von Blon leichthin. »Einer in Mrs. Greenes Zimmer, einer in Sibellas Zimmer und einer, glaube ich, in der Küche. Der Hauptanschluß ist natürlich unten in der Diele.«

»Eine ganze Telefonzentrale«, knurrte Heath. »Da hätte ja fast jeder zuhören können.« Plötzlich ging er neben dem Toten in die Knie und bog ihm die Finger der rechten Hand auf.

»Ich fürchte, jene kryptische Zeichnung werden Sie wohl kaum finden, Sergeant«, murmelte Vance. »Wenn der Mörder Rex erschossen hat, um seine Lippen zu versiegeln, dann hat er sicher auch den Zettel verschwinden lassen. Denn jeder, der die Telefonate mitgehört hat, hätte ja auch von dem Umschlag gewußt, den er mitbringen sollte.«

»Da haben Sie wahrscheinlich recht, Sir. Aber ich schaue trotzdem mal nach.«

Er tastete den Boden unter dem Leichnam ab und durchsuchte dann systematisch die Taschen des Toten. Doch er fand nichts, was dem blauen Umschlag, von dem Ada sprach, auch nur ähnlich gesehen hätte. Schließlich erhob er sich.

»Stimmt schon, er ist weg.«

Dann kam ihm ein neuer Einfall. Er stürmte hinaus und rief die Treppe hinunter nach Sproot. Als der Butler erschien, schnauzte Heath ihn an: »Wo ist der private Briefkasten?«

»Ich verstehe nicht ganz, was Sie meinen.« Sproots Antwort war freundlich und ruhig. »Der Briefkasten ist gleich neben der Haustür. Meinen Sie den, Sir?«

»Nein! Sie wissen ganz genau, was ich meine. Ich frage, wo der Haus-, verstehen Sie, der private Briefkasten ist, der interne Briefkasten!«

»Vielleicht meinen Sie die kleine silberne Hostienschale auf dem Tisch in der unteren Diele für die ausgehende Post?«

»›Hostienschale‹, so!« Der Sarkasmus des Sergeants war kaum zu überbieten. »Gut, gehen Sie hinunter, und bringen Sie mir alles, was in dieser Hostienschale liegt. Nein! Warten Sie – ich helfe Ihnen dabei... Hostienschale!« Er faßte Sproot am Arm und schleppte ihn beinahe aus dem Zimmer.

Kurz darauf war er wieder zurück, mit unglücklicher Miene.

»Leer!« verkündete er lakonisch.

»Sie sollten aber nicht gleich ganz den Mut aufgeben, nur weil Ihre kabbalistische Zeichnung verschwunden ist«, ermahnte

165

Vance ihn. »Ich bezweifle, daß sie Ihnen viel genützt hätte. Diesen Fall lösen wir nicht mit einem Bilderrätsel. Er ist eine komplexe mathematische Formel voller Verhältniszahlen, infinitesimaler Größen, Funktionen mit Veränderlichen, mit Faktoren, Derivierten und Koeffizienten. Rex selbst hätte sie vielleicht gelöst, hätte er nicht so früh aus diesem Leben scheiden müssen.« Sein Blick wanderte über das Zimmer. »Und es würde mich gar nicht wundern, wenn er sie tatsächlich gelöst hatte.«

Markham wurde allmählich ungeduldig.

»Wir sollten lieber wieder nach unten ins Wohnzimmer gehen und auf Doktor Doremus und die Leute vom Präsidium warten«, meinte er. »Hier erfahren wir doch nichts mehr.«

Wir gingen wieder auf den Flur, und als wir an Adas Tür gelangten, riß Heath sie auf und verschaffte sich von der Türschwelle aus einen Eindruck des Zimmers. Die Glastür, die auf den Balkon hinausführte, war nur angelehnt, und der Westwind ließ die grünen Chintzvorhänge flattern. Auf dem hellbeigen Teppich waren mehrere feuchte, verfärbte Fußabdrücke zu sehen, die am Fußende des Bettes vorbei zur Tür führten, wo wir nun standen. Heath musterte die Spuren einen Augenblick lang, dann schloß er die Tür wieder.

»Das sind Fußspuren, keine Frage«, kommentierte er. »Jemand hat den schmutzigen Schnee vom Balkon hier reingeschleppt und vergessen, die Glastür zuzumachen.«

Wir hatten uns kaum wieder im Wohnzimmer niedergelassen, als wir ein Klopfen an der Haustür vernahmen; und Sproot ließ Snitkin und Burke hinein.

»Zuerst Ihr Bericht, Burke«, kommandierte der Sergeant, als die beiden Beamten erschienen. »Irgendwelche Anzeichen, daß jemand über die Mauer gekommen ist?«

»Kein einziges.« Hose und Mantel des Mannes waren von oben bis unten beschmiert. »Ich bin ringsum die ganze Mauer langgekrochen, und ich kann Ihnen versichern, daß niemand auch nur die geringste Spur hinterlassen hat. Wenn jemand über die Mauer gekommen ist, dann ist er gesprungen.«

»Gute Arbeit. Und nun Sie, Snitkin.«

»Ich habe was für Sie.« Der Triumph des Beamten war nicht zu überhören. »Jemand ist auf der Westseite des Hauses diese Treppe vom Garten hinauf zum Balkon gegangen. Und er ist heute morgen hinaufspaziert, nach dem Schnee um neun, denn die Spuren sind frisch. Außerdem haben sie dieselbe Größe wie diejenigen, die wir letztes Mal auf dem Weg zur Haustür gefunden haben.«

»Von wo kommen diese Spuren?« Heath lehnte sich erwartungsvoll vor.

»Das ist das Dumme daran, Sergeant. Sie kommen vom Weg her, direkt unterhalb der Treppe zur Haustür; und weiter kann man sie nicht verfolgen, weil auf dem Weg der Schnee geräumt ist.«

»Das hätte ich mir auch denken können«, brummte Heath. »Und die Spuren laufen nur in die eine Richtung?«

»Nur in die eine. Sie gehen ein paar Schritt unterhalb der Haustür vom Weg ab und führen dann um die Hausecke und die Stufen zum Balkon hinauf. Der Kerl, von dem sie stammen, muß auf anderen Wegen wieder runtergekommen sein.«

Enttäuscht paffte der Sergeant an seiner Zigarre.

»Er ging also die Balkontreppe hoch, kam durch die Glastür herein, ging durch Adas Zimmer auf den Flur, tat seine schmutzige Arbeit, und dann – verschwand er! Das ist ein Fall hier!« Er schnalzte angewidert mit der Zunge.

»Der Mann ist vielleicht durch die Haustür hinausgegangen«, schlug Markham vor.

Mit ärgerlicher Miene brüllte der Sergeant nach Sproot, und dieser erschien auf der Stelle.

»Sagen Sie, über welche Treppe sind Sie nach oben gegangen, als Sie den Schuß hörten?«

»Ich ging die Dienstbotentreppe hinauf, Sir.«

»Das heißt, zur selben Zeit hätte jemand über die Haupttreppe hinuntergehen können, ohne daß Sie ihn gesehen hätten?«

»Jawohl, Sir, das ist durchaus möglich.«

»Das ist alles.«

Sproot verbeugte sich und bezog wieder seinen Posten an der Haustür.

»Tja, sieht aus, als ob wir damit den Hergang rekonstruiert hätten, Sir«, wandte Heath sich an Markham. »Aber wie ist er auf das Grundstück und von da wieder weggekommen, ohne daß ihn jemand gesehen hat? Das möchte ich wissen.«

Vance stand am Fenster und blickte hinaus auf den Fluß.

»Diese Spuren im Schnee, die wir dauernd finden, die kommen mir ziemlich spanisch vor. Unser launischer Ganove ist mir zu unvorsichtig mit den Füßen und zu vorsichtig mit den Fingern. Er hinterläßt nicht einen einzigen Fingerabdruck oder sonst irgendein Zeichen seiner Gegenwart – nur diese Fußspuren, alle hübsch und ordentlich, damit sie uns gleich ins Auge springen. Aber sie passen nicht zum Rest dieser merkwürdigen Geschichte.«

Heath starrte unglücklich zu Boden. Offenkundig teilte er Vance' Ansicht; doch die verbissene Gründlichkeit, die er von Natur aus hatte, meldete sich zu Wort, und gleich darauf blickte er mit aufgesetztem Elan auf.

»Snitkin, Sie gehen und rufen Captain Jerym an und sagen ihm, er soll sich sputen und herkommen, um sich ein paar Spuren auf einem Teppich anzusehen. Und dann messen Sie diese Abdrücke auf der Balkontreppe aus. Und Sie, Burke, Sie halten Wache im oberen Flur. Sie achten darauf, daß niemand in die beiden Vorderzimmer auf der Westseite kommt.«

Kapitel 15

Der Mörder im Haus

(Dienstag, 30. November, 12.30 Uhr mittags)

Als Snitkin und Burke gegangen waren, kehrte Vance dem Fenster den Rücken zu und schlenderte zum Doktor hinüber.

»Ich glaube, es wäre gut«, sagte er ruhig, »wenn wir genau feststellten, wo sich jeder von Ihnen vor dem Schuß und zum Zeitpunkt, als er fiel, befand. Doktor, wir wissen, daß Sie gegen Viertel nach zehn hier eintrafen. Wie lange waren Sie bei Mrs. Greene?«

Von Blon richtete sich auf und starrte Vance ärgerlich an. Doch sein Benehmen änderte sich sogleich wieder, und er antwortete höflich: »Ich saß vielleicht eine halbe Stunde bei ihr; dann ging ich zu Sibella – kurz vor elf, würde ich schätzen –, und dort blieb ich, bis Sproot mich rief.«

»Und Miss Sibella war während dieser Zeit bei Ihnen im Zimmer?«

»Jawohl – die gesamte Zeit.«

»Ich danke Ihnen.«

Vance kehrte ans Fenster zurück, und Heath, der dem Doktor herausfordernde Blicke zugeworfen hatte, nahm die Zigarre aus dem Mund und blickte zu Markham hinüber, den Kopf zur Seite geneigt.

»Wissen Sie, Sir, ich überlege mir gerade noch einmal den Vorschlag des Inspektors, daß wir jemanden hier im Haus unterbringen sollten, der die Augen offenhält. Wie wär's, wenn wir dieser Pflegerin, die im Augenblick hier ist, den Laufpaß gäben und statt dessen eine von unseren Frauen aus dem Präsidium nähmen?«

Von Blon warf ihm einen begeisterten Blick zu. »Eine großartige Idee!« rief er.

»Einverstanden, Sergeant«, stimmte Markham zu. »Sie kümmern sich darum.«

»Ihre Beamtin kann heute abend anfangen«, wandte sich von Blon an Heath. »Ich treffe mich hier mit Ihnen zu einem Zeitpunkt, den Sie bestimmen, und instruiere sie. Das ist nicht weiter schwierig.«

Heath machte sich eine Notiz in seinem zerfledderten Notizbuch. »Sagen wir, ich treffe Sie um sechs Uhr? Paßt Ihnen das?«

»Das paßt mir ausgezeichnet.« Von Blon erhob sich. »Und nun, sofern ich nichts mehr für Sie tun kann . . .«

»Ist schon recht«, sagte Markham. »Gehen Sie nur.«

Doch statt das Haus sofort zu verlassen, begab sich von Blon erneut ins obere Stockwerk, und wir hörten, wie er an Sibellas Zimmertür klopfte. Einige Minuten später kam er wieder herunter und ging zur Haustür, ohne noch einmal in unsere Richtung zu blicken.

Inzwischen war Snitkin zurückgekehrt und ließ den Sergeant wissen, daß Captain Jerym sich sofort vom Präsidium aus auf den Weg mache und innerhalb der nächsten halben Stunde eintreffen werde. Dann war er wieder nach draußen gegangen, um die Fußabdrücke auf der Balkontreppe zu vermessen.

»Und nun«, schlug Markham vor, »sollten wir, glaube ich, Mrs. Greene einen Besuch abstatten. Es ist ja möglich, daß sie etwas gehört hat . . .«

Vance schrak aus einem scheinbar lethargischen Zustand auf.

»Unbedingt. Aber lassen Sie uns erst noch einige Fakten eruieren. Ich würde gern erfahren, wo sich die Pflegerin in der halben Stunde vor Rex' Ableben befand. Und ich hätte auch nichts dagegen zu wissen, ob die alte Dame allein war, unmittelbar nachdem der Schuß fiel. Warum zitieren wir nicht unsere Miss Nightingale herbei, bevor wir dann die Litanei der kranken Frau über uns ergehen lassen?«

Markham stimmte zu, und Heath schickte Sproot, sie zu holen.

Die Pflegerin trat mit geschäftsmäßiger Sachlichkeit ein; doch ihre rosigen Wangen waren deutlich blasser geworden, seit wir sie zuletzt gesehen hatten.

»Miss Craven« – Vance schlug einen freundlichen und sachlichen Ton an –, »könnten Sie uns bitte genau sagen, was Sie heute vormittag zwischen halb elf und halb zwölf Uhr getan haben?«

»Ich war in meinem Zimmer im zweiten Stock. Ich ging hinauf, als der Doktor eintraf, kurz nach zehn, und blieb dort, bis er mich rief und ich Mrs. Greene die Bouillon brachte. Dann

170

ging ich wieder auf mein Zimmer und blieb dort, bis der Doktor mich zum zweiten Male rief, damit ich Mrs. Greene Gesellschaft leistete, während er bei den Herren war.«

»Als Sie in Ihrem Zimmer waren, hatten Sie da die Tür offen- stehen?«

»Oh ja. Tagsüber lasse ich sie immer offen, für den Fall, daß Mrs. Greene etwas will.«

»Und deren Tür stand ebenfalls offen, wenn ich es recht ver- stehe.«

»Jawohl.«

»Haben Sie den Schuß gehört?«

»Nein, habe ich nicht.«

»Danke, Miss Craven. Das wäre alles.« Vance begleitete sie hinaus auf den Flur. »Sie sollten besser auf Ihr Zimmer zurückge- hen, denn wir gedenken Ihrer Patientin jetzt unsere Aufwartung zu machen.«

Wir klopften, und uns wurde gnädig Einlaß gewährt. Als wir eintraten, begrüßte Mrs. Greene uns mit einem haßerfüllten Blick.

»Belästigen Sie mich schon wieder?« lamentierte sie. »Werde ich denn niemals Ruhe finden in meinem eigenen Haus? Das erste Mal seit Wochen, daß ich mich auch nur ein klein wenig besser fühle – und dann muß so etwas geschehen und mich aus der Fas- sung bringen!«

»Es tut uns leid, Madam – offenbar mehr als Ihnen –, daß Ihr Sohn erschossen wurde«, sagte Markham. »Und wir bedauern, daß dieser tragische Vorfall Ihnen Unannehmlichkeiten bereitet. Doch das befreit mich nicht von der Notwendigkeit, den Fall zu untersuchen. Da Sie zu dem Zeitpunkt, zu dem der Schuß fiel, wach waren, ist es erforderlich, daß wir alles in Erfahrung brin- gen, was Sie uns an Informationen geben können.«

»Was soll ich Ihnen schon sagen können, hilflos gelähmt, wie ich hier liege, allein?« Wut blitzte in ihren Augen auf. »Mir scheint, Sie sind derjenige, der mich informieren sollte.«

Markham ignorierte die bissige Bemerkung.

»Wie ich von der Pflegerin erfahre, stand Ihre Tür heute vor- mittag offen . . .«

»Und warum sollte sie das nicht? Erwarten Sie von mir, daß ich mich völlig von allem ausschließe, was im übrigen Haushalt vor sich geht?«

»Aber ganz und gar nicht. Ich wollte lediglich in Erfahrung bringen, ob Sie vielleicht zufällig irgend etwas gehört haben, was in der Diele vor sich ging.«

»Nun, ich habe nichts gehört. Haben Sie noch weitere Fragen?«

Geduldig und hartnäckig fuhr Markham fort. »Sie hörten nicht etwa, wie jemand Miss Adas Zimmer durchquerte und dann dessen Tür öffnete?«

»Ich habe Ihnen bereits gesagt, daß ich nichts gehört habe«, beharrte die alte Dame nachdrücklich in bösartigem Ton.

»Auch niemanden, der den Flur entlangging oder die Treppe hinabstieg?«

»Niemanden außer diesem Pfuscher von einem Arzt und dem unmöglichen Butler, den wir haben. Soll denn heute vormittag jemand im Haus gewesen sein?«

»Jemand hat Ihren Sohn erschossen«, erinnerte Markham sie kühl.

»Wahrscheinlich war es seine eigene Schuld«, sagte sie spitz. Dann schien ihr dieser Ton doch ein wenig zu scharf. »Obwohl Rex nicht ganz so hart und rücksichtslos war wie die übrigen Kinder. Aber selbst er hat mich schändlich vernachlässigt.« Sie bedachte die Sache offenbar gründlich. »Ja«, war der Schluß, zu dem sie kam, »die gerechte Strafe hat ihn ereilt für die Art, in der er mich vernachlässigte.«

Markham bemühte sich, seinen Zorn niederzukämpfen. Schließlich brachte er, in scheinbar ruhigem Tone, die Frage heraus: »Haben Sie den Schuß gehört, mit dem Ihr Sohn bestraft wurde?«

»Das habe ich nicht.« Erneut war ihr Tonfall wütend. »Ich wußte nichts von diesem Vorfall, bis der Doktor es an der Zeit fand, mir Mitteilung zu machen.«

»Und doch stand Mr. Rex' Tür, wie auch die Ihre, offen«, beharrte Markham. »Ich kann es einfach nicht verstehen, daß Sie den Schuß nicht gehört haben.«

Die alte Dame warf ihm einen höhnischen Blick zu: »Erwarten Sie etwa, daß ich Sie bedaure für Ihre Verständnislosigkeit?«

»Bevor Sie in Versuchung geraten, Madam, werde ich mich empfehlen.« Markham verbeugte sich knapp und wandte sich auf dem Absatz um.

Als wir wieder unten anlangten, traf Doktor Doremus ein. »Ihre Freunde sind immer noch im Geschäft, wie ich höre, Sergeant«, begrüßte er Heath in seiner üblichen forschen Art. Hut und Mantel überreichte er Sproot, und dann kam er und schüttelte uns allen die Hände. »Wenn ihr Burschen mir nicht das Frühstück verderbt, dann stört ihr beim Lunch«, zeterte er. »Wo liegt die Leiche?«

Heath führte ihn ins obere Stockwerk und kehrte nach einigen Minuten ins Wohnzimmer zurück. Er holte eine neue Zigarre hervor und biß brutal das Ende ab. »Nun, Sir, ich nehme an, als nächstes wollen Sie diese Miss Sibella sehen, oder?«

»Wird wohl das Beste sein«, seufzte Markham. »Anschließend nehme ich mir die Dienstboten vor, und dann überlasse ich den Rest Ihnen. Die Reporter werden auch nicht mehr lange auf sich warten lassen.«

»Da sagen Sie was! Und die werden ganz schön übel mit uns umspringen in ihren Zeitungen!«

»Und Sie können ihnen kaum sagen, daß der Fall kurz vor der Aufklärung steht und binnen kurzem mit einer Festnahme zu rechnen ist«, meinte Vance grinsend. »Wirklich schlimm ist das alles.«

Heath antwortete mit einem undefinierbaren Laut der Verzweiflung, rief nach Sproot und schickte ihn Sibella holen.

Einen Augenblick später trat sie ein, auf dem Arm einen kleinen Spitz. Sie war bleicher, als ich sie je gesehen hatte, und aus ihren Augen sprach unmißverständlich Angst. Als sie uns begrüßte, war alle Fröhlichkeit, die sonst an den Tag gelegt hatte, verschwunden.

»Die Sache wird immer abscheulicher, oder?« meinte sie, als sie Platz genommen hatte.

»Das kann man wohl sagen, es ist entsetzlich«, antwortete Markham nüchtern. »Seien Sie unseres aufrichtigen Mitgefühls versichert...«

»Oh, tausend Dank.« Sie nahm die Zigarette, die Vance ihr anbot. »Aber allmählich frage ich mich, wie lange ich wohl noch hier sein werde, um Beileidsbekundungen entgegenzunehmen.« Hinter dem aufgesetzt munteren Ton war in ihrer Stimme die Nervosität deutlich zu spüren.

Markham betrachtete sie mitleidsvoll.

»Ich glaube, es wäre keine schlechte Idee, wenn Sie für eine Weile von hier fortgingen – sagen wir, Freunde besuchen –, am besten außerhalb der Stadt.«

»Oh nein.« Trotzig warf sie den Kopf zurück. »Ich laufe nicht davon. Wenn irgend jemand es wirklich darauf abgesehen hat, mich umzubringen, dann wird ihm das auch gelingen, ganz gleich, wo ich bin. Außerdem müßte ich früher oder später zurückkommen. Ich könnte ja nicht auf ewig bei Freunden außerhalb der Stadt wohnen, nicht wahr?« Angsterfüllt und verzweifelt zugleich blickte sie Markham an. »Sie haben noch keine Idee, nehme ich an, wer es sein könnte, der sich in den Kopf gesetzt hat, den Stamm der Greenes auszulöschen?«

Markham brachte es nicht über sich, ihr zu gestehen, wie hoffnungslos der offizielle Stand der Ermittlungen war; und sie wandte sich an Vance.

»Nun behandeln Sie mich doch nicht wie ein Kind«, sagte sie beherzt. »Wenigstens Sie, Mr. Vance, können mir doch sagen, ob jemand unter Verdacht steht.«

»Nein, zum Teufel!« antwortete er ohne Zögern, »wir haben keinen Verdächtigen, Miss Greene. Es ist kaum zu glauben, daß wir das eingestehen müssen, aber es ist die Wahrheit. Ich glaube, deswegen wollte Mr. Markham auch vorschlagen, daß Sie ein wenig verreisen.«

»Das ist ja sehr fürsorglich von ihm et cetera«, entgegnete sie. »Aber ich glaube, ich bleibe hier und stehe es durch.«

»Sie sind ein sehr tapferes Mädchen«, sagte Markham, mit einer Mischung aus Bewunderung und Besorgnis. »Und ich versichere Ihnen, alles Menschenmögliche wird getan, um Sie zu schützen.«

»Tja, das wäre also erledigt.« Sie warf ihre Zigarette in einen Aschenbecher und begann geistesabwesend, den Hund zu streicheln. »Und jetzt werden Sie wohl wissen wollen, ob ich den Schuß gehört habe. Nun, ich habe ihn nicht gehört. Das können Sie als Ausgangspunkt für Ihre nächste Frage nehmen.«

»Sie waren aber in Ihrem Zimmer zu dem Zeitpunkt, an dem Ihr Bruder starb?«

»Ich war den ganzen Vormittag in meinen Zimmer«, antwortete sie. »Das erste Mal, daß ich es verließ, war, als Sproot die traurige Nachricht überbrachte, daß Rex verschieden sei. Aber der Doktor scheuchte mich wieder zurück; und da bin ich dann auch geblieben, bis eben. Mustergültiges Benehmen für eine Vertreterin dieser sündigen jungen Generation, finden Sie nicht auch?«

»Wie spät war es, als Doktor von Blon Ihr Zimmer betrat?«
fragte Vance.

Sibella bedachte ihn mit dem Anflug eines schwachen Lächelns.

»Ich bin so froh, daß Sie es sind, der diese Frage stellt. Ich bin
sicher, bei Mr. Markham hätte sie einen mißbilligenden Unterton
gehabt – obwohl es doch völlig *au fait* ist, seinen Arzt im Boudoir
zu empfangen. Lassen Sie mich nachdenken. Sicher haben Sie
dem Doktor bereits dieselbe Frage gestellt, da muß ich mich vorsehen . . . Kurz vor elf, würde ich schätzen.«

»Aufs Haar genau das, was der Doktor auch gesagt hat«, warf
Heath mißtrauisch ein.

Sibella betrachtete ihn amüsiert. »Ist das nicht großartig! Aber
es heißt ja auch immer, daß Ehrlichkeit sich bezahlt macht.«

»Und Doktor von Blon blieb bei Ihnen im Zimmer, bis Sproot
ihn rief?« fragte Vance beharrlich weiter.

»Oh ja. Er rauchte seine Pfeife. Mutter kann Pfeifenrauch nicht
ausstehen, und oft stiehlt er sich in mein Zimmer, um dort ein
Pfeifchen in aller Ruhe zu genießen.«

»Und was taten Sie, während der Doktor zu Besuch war?«

»Ich war damit beschäftigt, dieses wilde Tier zu baden.« Sie
hielt den Spitz hoch, damit Vance ihn inspizieren konnte. »Ist er
nicht hübsch?«

»Im Badezimmer?«

»Natürlich. Ich würde ihn wohl kaum in der *poudrière* baden.«

»Und war die Badezimmertür geschlossen?«

»Also, das kann ich nicht mehr sagen. Aber mit ziemlicher
Wahrscheinlichkeit war sie das. Doktor von Blon ist ja beinahe
ein Mitglied der Familie, und ich bin manchmal schrecklich unhöflich zu ihm.«

Vance erhob sich. »Haben Sie vielen Dank, Miss Greene. Es
tut uns leid, daß wir Sie bemühen mußten. Macht es Ihnen etwas
aus, für eine Weile in Ihrem Zimmer zu bleiben?«

»Ob es mir etwas ausmacht? Im Gegenteil. Es ist so ziemlich
der einzige Ort, an dem ich mich sicher fühle.« Sie schickte sich
an zu gehen. »Sie lassen es mich doch wissen, sobald Sie etwas
herausfinden, oder? Es ist wohl sinnlos, wenn ich mich noch weiter verstelle. Ich habe fürchterliche Angst.« Dann, als ob sie sich
dieses Eingeständnisses wegen schäme, verschwand sie rasch über
den Flur.

Im selben Augenblick ließ Sproot die beiden Fingerabdruck-experten – Dubois und Bellamy – und den Polizeifotografen ein. Heath ging hinaus auf den Flur, um sie zu begrüßen, und führte sie dann nach oben, von wo er gleich darauf zurückkehrte.

»Wie geht es nun weiter, Sir?«

Markham schien in düstere Gedanken versunken, und so be-antwortete Vance die Frage des Sergeants.

»Ich habe so ein Gefühl«, sagte er, »daß ein weiterer Plausch mit der frommen Mrs. Hemming und der schweigsamen Frau Mannheim vielleicht ein oder zwei offene Fragen klären könnte.«

Hemming wurde herbeizitiert. Sie schien ungeheuer erregt zu sein. Ihre Augen glitzerten geradezu, so stolz war die Prophetin, daß ihre Weissagungen sich erfüllt hatten. Aber an Informationen hatte sie nicht das geringste beizusteuern. Sie hatte den größten Teil des Vormittags in der Waschküche verbracht und nichts von den tragischen Vorfällen gewußt, bis Sproot kurz vor unserer An-kunft darüber gesprochen hatte. Viel hatte sie hingegen zum Thema der göttlichen Heimsuchung zu sagen, und nur mit Mühe vermochte Vance den Strom ihrer Orakelworte zu stillen.

Und ebensowenig hatte die Köchin etwas zur Erleuchtung des Mordes an Rex beizutragen. Sie sei, sagte sie aus, den ganzen Vormittag über in der Küche gewesen, ausgenommen die eine Stunde, die sie einkaufen gewesen sei. Sie hatte den Schuß nicht gehört, und wie Hemming hatte sie erst durch Sproot von dem Mord erfahren. Das Benehmen der Frau hatte sich jedoch spür-bar verändert, seit wir sie zuletzt gesehen hatten. Als sie das Wohnzimmer betrat, sprach aus ihren sonst so stoischen Zügen Furcht und Angst, und als sie vor uns saß, verkrampften sich ihre Hände nervös, die sie in den Schoß gelegt hatte.

Vance behielt sie während der Befragung aufmerksam im Auge. Am Ende fragte er sie unvermittelt: »Miss Ada ist die letzte halbe Stunde bei Ihnen in der Küche gewesen?«

Als Adas Name fiel, verstärkte sich ihre Furcht sichtbar. Sie atmete schwer.

»Ja, die kleine Ada ist bei mir gewesen. Und wir wollen dem lieben Gott danken, daß sie heute morgen nicht da war, als Mr. Rex ermordet wurde, sonst wäre sie vielleicht das Opfer gewesen und nicht Mr. Rex. Einmal hat man ja schon versucht, sie zu er-schießen, und vielleicht wird man es wieder versuchen. Eigentlich sollte sie gar nicht hier im Haus bleiben.«

»Ich glaube, Sie können ruhig wissen, Frau Mannheim«, sagte Vance, »daß von nun an jemand ganz in der Nähe von Miss Ada sein wird, um auf sie achtzugeben.«

Die Frau warf ihm einen dankbaren Blick zu. »Warum sollte nur irgend jemand der kleinen Ada etwas zuleide tun wollen?« fragte sie angstvoll. »Auch ich werde auf sie aufpassen.«

Als sie uns verlassen hatte, meinte Vance: »Markham, irgend etwas sagt mir, daß Ada von niemandem hier im Haus besser beschützt werden könnte als von dieser mütterlichen Deutschen. Und doch«, fügte er hinzu, »wird es kein Ende haben mit diesen Bluttaten, solange der Mörder nicht hinter Schloß und Riegel sitzt.« Seine Züge verfinsterten sich; sein Mund erschien grausam wie Pietro de' Medicis. »Diese teuflische Sache ist noch nicht ausgestanden. Und es ist gräßlich – schlimmer als alle Schreckensbilder eines Rops oder Doré.«

Markham nickte bedrückt.

»Ja, diese Tragödie scheint sich mit einer Unerbittlichkeit zu entwickeln, gegen die anzutreten es mehr als Menschenkraft bedürfte.« Müde erhob er sich und wandte sich an Heath. »Im Augenblick kann ich hier nichts mehr tun, Sergeant. Machen Sie weiter, und rufen Sie mich vor fünf im Büro an.«

Wir waren eben im Begriff zu gehen, als Captain Jerym eintraf. Er war ein ruhiger, kräftig gebauter Mann mit struppigem grauem Schnurrbart und kleinen, tiefliegenden Augen. Man hätte ihn leicht für einen gewitzten, tüchtigen Kaufmann halten können. Er schüttelte kurz allen die Hände, und dann führte Heath ihn nach oben.

Vance hatte bereits seinen Ulster übergezogen gehabt, doch nun legte er ihn wieder ab.

»Ich glaube, ich bleibe noch ein bißchen und höre mir an, was der Captain über diese Fußabdrücke zu sagen hat. Ich habe nämlich eine reichlich phantasievolle Theorie darüber entwickelt, und ich möchte sehen, ob sie sich bestätigt.«

Markham warf ihm einen kurzen neugierigen, fragenden Blick zu. Dann sah er auf seine Uhr.

»Ich leiste Ihnen Gesellschaft«, sagte er.

Zehn Minuten später kam Doktor Doremus herunter und teilte uns vor seinem Aufbruch noch kurz mit, daß Rex mit einem zweiunddreißiger Revolver erschossen worden sei, aus etwa einem halben Meter Entfernung auf die Stirn gerichtet; die Kugel sei frontal eingedrungen und höchstwahrscheinlich im Mittelhirn steckengeblieben. Eine Viertelstunde, nachdem Doremus sich verabschiedet hatte, betrat Heath wieder das Wohnzimmer. Er war überrascht, uns noch vorzufinden.

»Mr. Vance wollte hören, was Jerym zu berichten hat«, erklärte Markham ihm.

»Der Captain wird jeden Augenblick soweit sein.« Heath ließ sich in einen Sessel fallen. »Er überprüft gerade Snitkins Messungen. Mit den Spuren auf dem Teppich konnte er allerdings nicht viel anfangen.«

»Und Fingerabdrücke?« fragte Markham.

»Bisher noch nicht.«

»Sie werden auch keine finden«, fügte Vance hinzu. »Es wären auch keine Fußspuren da, wenn sie nicht eigens für uns gemacht worden wären.«

Heath warf ihm einen aufmerksamen Blick zu, doch bevor er etwas sagen konnte, kamen Snitkin und Captain Jerym die Treppe herunter.

»Wie lautet das Urteil, Captain?« fragte der Sergeant.

»Die Fußabdrücke auf der Balkontreppe«, antwortete Jerym, »stammen von Galoschen derselben Größe mit demselben Profil wie diejenigen, von denen Snitkin mir vor ungefähr vierzehn Tagen Abgüsse gebracht hat. Was die Abdrücke im Zimmer angeht, da bin ich mir nicht so sicher. Es scheint allerdings, als ob sie ebenfalls von diesem Galoschenpaar stammen; sie sind mit Rußpartikeln vermischt, wie sie sich auch auf dem Schnee vor der Glastür finden. Ich habe mehrere Fotografien gemacht; mit Bestimmtheit werde ich etwas sagen können, wenn ich durchs Mikroskop geschaut habe.«

Vance erhob sich und schlenderte in Richtung Flur.

»Erlauben Sie, daß ich für einen Augenblick nach oben gehe, Sergeant?«

Heath schaute ihn fragend an. Instinktiv wollte er ihn nach einem Grund für diese unerwartete Bitte fragen, aber dann sagte er: »Sicher. Gehen Sie nur.«

Irgend etwas an Vance' Benehmen – ein Ausdruck der Genugtuung verbunden mit unterdrückter Erregung – verriet mir, daß seine Vermutungen sich bestätigt hatten.

Er war noch nicht einmal fünf Minuten fort. Als er zurückkehrte, hatte er ein Paar Galoschen in der Hand, ähnlich denen,

178

die wir in Chesters Kleiderschrank gefunden hatten. Er überreichte sie Captain Jerym.

»Ich nehme an, Sie werden feststellen, daß die Spuren von diesen hier stammen.«

Jerym und Snitkin untersuchten sie sorgfältig, verglichen die Meßwerte und hielten die groben Abgüsse an die Sohlen. Schließlich ging der Captain mit einem der Schuhe ans Fenster, setzte eine Lupe ans Auge und studierte den Steg des Absatzes.

»Ich glaube, Sie haben recht«, stimmte er zu. »Hier ist eine abgenutzte Stelle, die genau dem Zacken an meinem Abguß entspricht.«

Heath war von seinem Sessel aufgesprungen; und nun stand er da und musterte Vance.

»Wo haben Sie die gefunden?« wollte er wissen.

»In der Wäschekammer oben an der Treppe, weit hinten im Regal, hübsch versteckt.«

Der Sergeant konnte seine Erregung nicht mehr länger verbergen. Er schoß herum zu Markham und schäumte beinahe über vor Wut.

»Die beiden Burschen, die das Haus hier nach der Waffe durchsucht haben, sagten, es wäre kein einziges Paar Galoschen im Haus gewesen; dabei hatte ich ihnen extra eingeschärft, daß sie die Augen nach Galoschen offenhalten sollen. Und nun findet Mr. Vance sie einfach so direkt oben in der Diele, in der Wäschekammer!«

»Aber Sergeant«, sagte Vance beschwichtigend, »die Galoschen waren nicht da, als Ihre Spürhunde nach dem Revolver suchten. Die beiden vorigen Male hatte der Bursche, der drinsteckte, genügend Zeit, sie gut zu verstecken. Aber heute, verstehen Sie, da hatte er keine Chance, sie beiseite zu schaffen; deshalb hat er sie einstweilen im Wäscheschrank untergebracht.«

»Ach, so ist das also?« knurrte Heath halb besänftigt. »Nun, Mr. Vance, und wie geht die Geschichte weiter?«

»Vorerst endet sie hier. Wenn ich den Rest wüßte, dann wüßte ich auch, wer die Schüsse abgegeben hat. Aber ich darf Sie erinnern, daß keiner Ihrer beiden *sergents-de-ville* eine verdächtige Person das Haus verlassen sah.«

»Meine Güte, Vance!« Markham war aufgesprungen. »Das heißt, daß der Mörder in diesem Augenblick noch im Haus sein muß.«

»Jedenfalls«, erwiderte Vance träge, »dürfen wir, glaube ich, annehmen, daß der Mörder hier war, als wir eintrafen.«

»Aber niemand außer von Blon ist weggegangen«, rief Heath aufgeregt.

Vance nickte. »Oh, es ist durchaus denkbar, daß der Mörder noch im Haus ist, Sergeant.«

Kapitel 16

Die verschwundenen Gifte

(Dienstag, 30. November, 2 Uhr nachmittags)

Markham, Vance und ich nahmen ein spätes Mittagessen im Stuyvesant-Club ein. Während des Essens wurde das Thema Mord gemieden, als gebe es eine stillschweigende Übereinkunft; doch als wir rauchend bei unserem Kaffee saßen, lehnte Markham sich tief in seinen Sessel zurück und musterte Vance eingehend.

»Und nun«, sagte er, »möchte ich hören, wie Sie dazu kamen, diese Galoschen in der Wäschekammer zu suchen. Und, Teufel noch mal, ich will keine witzigen Ausreden hören und nichts aus Ihrem Zitatenschatz.«

»Ich bin durchaus bereit, mir alles von der Seele zu reden«, lächelte Vance. »Es ist eine ganz simple Geschichte. Ich habe von Anfang an nicht an die Hypothese vom Einbrecher geglaubt, und deshalb konnte ich das Problem sozusagen mit jungfräulichem Verstand angehen.«

Er zündete sich eine neue Zigarette an und goß sich eine weitere Tasse Kaffee ein.

»Richten Sie Ihr Augenmerk auf den folgenden Punkt, Markham: In der Nacht, in der die Schüsse auf Julia und Ada fielen, fand man Fußabdrücke, die ins Haus und aus dem Haus führten. Es hatte gegen elf zu schneien aufgehört, und die Spuren waren zwischen elf Uhr und Mitternacht entstanden, dem Zeitpunkt, zu dem der Sergeant am Tatort eintraf. In der Nacht, in der Chester ermordet wurde, fanden sich wiederum Fußspuren, in der Art den früheren ähnlich; und auch sie waren entstanden, kurz nachdem es aufgeklart war. Wir hatten also Spuren, die zum Haus und von diesem fort liefen, jeweils vor dem Verbrechen entstanden, als es zu schneien aufgehört hatte, zu einem Zeitpunkt, zu dem sie deutlich sichtbar und gut zuzuordnen waren. Diese Zufälligkeit war kein sonderlich bemerkenswerter Umstand, aber sie erregte doch genügend meine Aufmerksamkeit, um einen leichten Druck auf die *cortex cerebri* auszuüben. Und dieser Druck verstärkte sich heute morgen spürbar, als Snitkin berichtete, daß er frische Fußspuren auf der Balkontreppe gefunden habe, denn wiederum begünstigten dieselben Witterungsbedingungen die Vorliebe unseres Übeltäters, Spuren zu hinterlassen. Und so drängte sich mir unwiderstehlich, wie ein weiser Solon, wie Sie es sind, zu sagen pflegt, die Folgerung auf, daß der Mörder, der so sorgfältig und kühl abwägend seine Taten begeht, diese Fußspuren sämtlich mit Absicht zu unserer Erbauung gelegt hatte. Verstehen Sie, in beiden Fällen hatte er die einzige Tageszeit gewählt, zu der seine Spuren nicht durch den weiter fallenden Schnee verdeckt wurden und nicht mit späteren verwechselt werden konnten... Können Sie mir folgen?«

»Fahren Sie fort«, sagte Markham. »Ich höre zu.«

»Also weiter. Ein weiterer Umstand zeichnete alle drei Fußspuren aus. Bei der ersten Spur war es wegen der pulverigen Konsistenz des Schnees nicht festzustellen, ob sie vom Hause ausgingen und dorthin zurückkehrten oder ob sie von der Straße kamen und auch wieder dorthin liefen. Und am Abend von Chesters Ableben, als der Schnee feucht war und die Abdrücke deshalb eindeutiger ausfielen, stellte sich uns dasselbe Problem. Die Spuren, die zum Haus hin und von diesem fort liefen, befanden sich auf gegenüberliegenden Seiten des Eingangsweges: keine zwei Abdrücke, die sich überschnitten! Ein Zufall? Vielleicht. Aber nicht sehr wahrscheinlich. Jemand, der auf einem verhältnismäßig schmalen Weg zu einem Haus und wieder zurückgeht, wird fast zwangsläufig auf irgendeine Stelle beide Male treten. Und selbst wenn er in keine einzige seiner Fußstapfen ein zweites Mal getreten wäre, hätten sich die beiden parallellaufenden Spuren nahe beieinander befunden. Doch diese zwei Spuren lagen weit auseinander: an den äußeren Rändern des Weges, so, als ob derjenige, der dort ging, peinlich darauf geachtet habe, daß sie sich nicht überlappten. Und nun erinnern Sie sich mal an die Spuren von heute morgen. Eine einzelne Folge von Fußabdrücken, die ins Haus hineinführt, aber keine, die herauskommt. Wir hatten geschlossen, daß der Mörder durch die Haustür und den hübsch sauber gefegten Gehweg hinunter entkommen sein müsse; aber das war schließlich nichts weiter als eine Vermutung.«

Vance nahm einen Schluck von seinem Kaffee und zog an seiner Zigarette.

»Worauf ich hinaus will, ist folgendes: Absolut nichts spricht gegen die Annahme, daß diese Spuren auch von jemandem stammen könnten, der sich im Haus befand, der hinausging und wieder zurückkehrte, in der ausdrücklichen Absicht, die Polizei glauben zu machen, daß der Täter von draußen gekommen sei. Hingegen gibt es Argumente, die für die Theorie, daß die Spuren aus dem Haus stammen, sprechen; denn wenn jemand von außen gekommen wäre, hätte er sich nicht die Mühe gemacht, seine Laufrichtung unbestimmt erscheinen zu lassen, denn weiter zurück als bis zur Straße wäre sie ohnehin nicht zu verfolgen gewesen. Deshalb ging ich, als Arbeitshypothese, zunächst einmal davon aus, daß die Spuren in Wirklichkeit von jemandem stammten, der sich im Hause befand. Natürlich kann ich nicht sagen, ob meine laienhafte Logik der strahlenden Leuchte der Jurisprudenz ein weiteres Licht aufzustecken vermag –«

»Ihre Schlußfolgerungen sind logisch, so weit wir sie kennen«, unterbrach Markham ihn ärgerlich. »Aber sie dürften wohl kaum ausgereicht haben, Sie heute morgen direkt zu dieser Wäschekammer zu führen.«

»Das ist wahr. Doch eine Reihe weiterer Faktoren kam hinzu. Zum Beispiel der Umstand, daß die Galoschen, die Snitkin in Chesters Kleiderschrank fand, genau die Größe der Abdrücke hatten. Anfangs spielte ich mit dem Gedanken, daß es sich dabei tatsächlich um die Instrumente handle, mit denen unser Unbekannter sein Täuschungswerk vollbrachte. Doch als sich, nachdem diese Schuhe auf dem Revier gelandet waren, weitere, ähnliche Fußabdrücke fanden – nämlich heute morgen –, korrigierte ich meine Theorie geringfügig und folgerte, daß Chester zwei Paar Galoschen besessen hatte – von denen er eines vielleicht nicht mehr getragen, aber noch nicht weggeworfen hatte. Deswegen wollte ich auf Captain Jeryms Bericht warten – ich war neugierig, ob die neuen Spuren mit den alten identisch waren.«

»Doch auch dann«, unterbrach Markham, »scheint mir Ihre Theorie, daß die Spuren aus dem Haus kommen, auf reichlich tönernen Füßen zu stehen. Haben Sie noch irgendwelche anderen Indizien?«

»Ich wollte gerade davon sprechen«, tadelte Vance ihn. »Aber Sie müssen mich ja immer drängen. Stellen Sie sich einmal vor, ich sei ein Anwalt – dann müßte ich mein Plädoyer geradezu atemlos vortragen.«

»Eher werde ich mir wohl vorstellen, daß ich der Vorsitzende Richter bin und Sie zu *suspensio per collum* verurteile.«

»Nun gut.« Vance seufzte und fuhr fort. »Wir wollen einmal die Möglichkeiten zu entkommen betrachten, die sich dem hypothetischen Eindringling boten, nachdem er auf Julia und Ada geschossen hatte. Sproot betrat die obere Diele, unmittelbar nachdem der Schuß in Adas Zimmer gefallen war; trotzdem hörte er nichts – weder Schritte im Flur noch die Haustür, die sich geschlossen hätte. Und, Markham, alter Junge, jemand, der im Dunkeln in Galoschen eine Marmortreppe hinuntersteigt, wird nicht gerade so leise sein wie ein sommerlicher Zephir. Unter diesen Umständen hätte Sproot seine Flucht mit Sicherheit bemerkt. Mir schien deshalb die naheliegende Erklärung zu sein, daß e r g a r n i c h t g e f l o h e n i s t.«

»Und die Fußabdrücke im Schnee?«

»Wurden vor der Tat angelegt von jemandem, der zum Tor und wieder zurück ging. Und das bringt mich zur Nacht, in der Chester ermordet wurde. Sie erinnern sich, wie Rex berichtete, er habe, etwa eine Viertelstunde, bevor der Schuß fiel, ein schlurfendes Geräusch auf dem Flur und das Schließen einer Tür gehört, eine Aussage, die, was die Tür angeht, von Ada bestätigt wurde? Bitte beachten Sie, daß diese Geräusche vernommen wurden, nachdem es aufgehört hatte zu schneien – genauer gesagt, nachdem der Mond hervorgekommen war. Könnte das Geräusch nicht leicht von jemandem stammen, der in Galoschen ging, sie vielleicht sogar abstreifte, nachdem er diese beiden sich nicht überkreuzenden Spuren zum Tor und zurück gelegt hatte? Und hätte die Tür, die sich schloß, nicht die Tür der Kleiderkammer sein können, wo die Galoschen vorübergehend verstaut wurden?«

Markham nickte. »Ja, das wäre eine Möglichkeit, die Geräusche zu erklären, die Rex und Ada gehört haben.«

»Und heute morgen war der Fall sogar noch eindeutiger. Spuren auf der Treppe zum Balkon, entstanden zwischen neun Uhr morgens und zwölf Uhr mittags. Doch keiner der beiden wachhabenden Polizisten sah jemanden das Grundstück betreten. Außerdem wartete Sproot einige Augenblicke im Speisezimmer, nachdem der Schuß in Rex' Zimmer gefallen war; wenn jemand die Treppe heruntergekommen wäre und das Haus durch die Vordertür verlassen hätte, hätte Sproot ihn mit Sicherheit gehört. Gut, der Mörder könnte die Haupttreppe heruntergegangen sein, während Sproot die Dienstbotentreppe hinaufging. Aber ist das wahrscheinlich? Hätte er im oberen Flur gewartet, nachdem er Rex erschossen hatte, wo er doch damit rechnen mußte, daß jemand aus einem der Zimmer kam und ihn sah? Ich glaube nicht. Und außerdem sahen die Wachen niemanden das Grundstück verlassen. *Ergo* kam ich zu dem Schluß, daß niemand nach Rex' Tod die Haupttreppe hinunterging. Auch in diesem Fall vermute ich, daß die Fußspuren bereits zuvor angelegt worden waren. Diesmal ging der Mörder jedoch nicht zum Tor und zurück, denn er wußte, dort war eine Wache postiert, die ihn sehen würde; und außerdem waren der Weg und die Treppe zur Haustür gefegt worden. Deshalb begab sich unser Spurenleger, nachdem er wieder die Galoschen übergestreift hatte, zur Haustür hinaus, ging um die Hausecke, stieg die Balkontreppe hinauf und gelangte durch Adas Zimmer hindurch wieder auf die obere Diele.«

»Verstehe.« Markham beugte sich vor und streifte die Asche seiner Zigarre ab. »Daraus konnten Sie schließen, daß die Galoschen noch im Haus sein mußten.«

»Genau. Ich muß allerdings zugeben, an die Wäschekammer habe ich anfangs nicht gedacht. Zuerst habe ich es in Chesters Zimmer versucht. Dann sah ich mich in Julias Gemächern um; und ich wollte eben zu den Dienstbotenkammern hinaufgehen, als mir Rex' Bericht von der Tür, die sich schloß, wieder einfiel. Ich ließ meine Blicke über sämtliche Türen des oberen Stockwerks schweifen und versuchte es sogleich mit der Wäschekammer – was ja auch der wahrscheinlichste Ort war, etwas vorübergehend zu verstecken. Und siehe! Es fanden sich die Galoschen, säuberlich verstaut unter einem alten Möbelschoner. Der Mörder hatte sie vermutlich auch die vorigen Male dort abgelegt, um sie dann später an einen sicheren Ort zu bringen.«

»Aber wo könnten sie denn versteckt gewesen sein, daß unsere Leute bei der Durchsuchung nicht darauf gestoßen sind?«

»Das weiß ich auch nicht. Vielleicht hat man sie zwischenzeitlich aus dem Haus gebracht.«

Mehrere Minuten lang herrschte Schweigen. Dann ergriff Markham das Wort.

»Daß Sie die Galoschen gefunden haben, ist praktisch der Beweis für Ihre Theorie, Vance. Aber ist Ihnen eigentlich klar, was das für uns bedeutet? Wenn Ihre Schlußfolgerungen korrekt sind, dann handelt es sich bei dem Täter um jemanden, mit dem wir heute vormittag gesprochen haben. Das ist ein entsetzlicher Gedanke. Ich habe sämtliche Mitglieder des Haushalts vor meinem inneren Auge Revue passieren lassen; und ich kann mir einfach keinen von ihnen als mehrfachen Mörder vorstellen.«

»Alles nur moralische Vorurteile, alter Junge.« Vance' Ton nahm etwas Übermütiges an. »Ich bin ja ein wenig zynischer, und die einzige im Hause Greene, die ich als potentielle Mörderin ausscheiden würde, wäre Frau Mannheim. Ihr fehlt einfach die Phantasie, eine solche Mordserie zu planen. Aber was die übrigen angeht, da könnte ich mir bei jedem vorstellen, daß er hinter diesem teuflischen Massaker steckt. Sie wissen doch, es ist eine ganz falsche Vorstellung, daß ein Mörder wie ein Mörder aussehen muß. Kein Mörder sieht jemals so aus. Die Leute, die wie Mörder aussehen, sind immer völlig harmlos. Erinnern Sie sich noch an die freundlichen, stattlichen Züge des Reverend Richeson aus Cambridge? Und doch hat er seiner *inamorata* Zyankali verabreicht. Der Umstand, daß Major Armstrong wie ein Gentleman aussah, der keiner Fliege etwas zuleide tun konnte, hielt ihn nicht davon ab, seiner Frau Arsen ins Essen zu mischen. Professor Webster von der Harvard-Universität entsprach nicht dem Bild, das wir von einem typischen Verbrecher haben; aber der Geist des zerstückelten Doktor Parkman würde ihn sicher als einen brutalen Mörder bezeichnen. Doktor Lansom mit seinem Blick voller Menschenliebe und seinem sympathischen Bart war ein hoch angesehener Philantrop; und doch vergiftete er seinen verkrüppelten Schwager ganz kaltblütig mit Aconitin. Und dann hätten wir da noch Doktor Neil Cream, den man leicht für einen Geistlichen einer angesehenen Kirche hätte halten können; und der sanfte, liebenswerte Doktor Waite ... Und dann erst die Frauen! Edith Thompson gestand, daß sie ihrem Ehemann zermahlenes Glas in den Haferschleim gerührt hatte, und das, obwohl sie wie eine fromme Sonntagsschullehrerin aussah. Madeleine Smith war von untadeligem Benehmen. Und Constance Kent war fast eine Schönheit – ein hübsches Mädchen mit einer sympathischen Art; und doch schnitt sie auf brutalste Weise ihrem kleinen Bruder die Gurgel durch. Gabrielle Bompard und Marie Boyer waren alles andere als der Typ der *donna delinquente;* und doch erwürgte die eine ihren Liebhaber mit dem Gürtel ihres Morgenmantels, die andere tötete ihre Mutter mit dem Käsemesser. Und was ist mit Madame Fenayrou?«

»Genug!« protestierte Markham. »Sie könnten endlos über die Physiognomie des Verbrechers weiterreden. Im Augenblick bin ich jedoch damit beschäftigt, mich an die schwindelerregenden Konsequenzen zu gewöhnen, die sich aus Ihrem Fund dieser Galoschen ergeben.« Entsetzen schien ihn zu erfassen. »Meine Güte, Vance! Es muß doch einen Weg aus diesem Alptraum geben, den Sie da ausmalen. Bei welchem Mitglied des Haushalts kann man sich denn vorstellen, daß es am hellichten Tage in das Zimmer von Rex Greene geht und ihn erschießt?«

»Bei allen Göttern, da fragen Sie mich zuviel.« Vance selbst war tief bedrückt von der Abscheulichkeit dieses Falles. »Aber jemand in diesem Haus hat es getan – jemand, den die anderen nicht verdächtigen.«

»Julias Gesichtsausdruck und Chesters ungläubiges Staunen, das ist es, woran Sie denken, nicht wahr? Auch die beiden hatten nicht mit so etwas gerechnet. Und sie waren entsetzt, als es ihnen aufging – als es zu spät war. Ja, all das paßt zu Ihrer Theorie.«

»Aber eine Sache gibt es, die paßt nicht, alter Junge.« Vance starrte sinnend auf die Tischplatte. »Rex starb friedlich, offenbar ohne den Mörder zu bemerken. Warum stand ihm nicht das Entsetzen im Gesicht geschrieben? Seine Augen können nicht geschlossen gewesen sein, als der Revolver auf ihn gerichtet wurde, denn er stand aufrecht, dem Eindringling gegenüber. Das ist unerklärlich – völlig absurd!«

Die Brauen zusammengezogen, trommelte er nervös auf den Tisch.

»Und da ist noch etwas, Markham, was unverständlich an Rex' Tod ist. Seine Tür zum Flur war offen; aber niemand im oberen Stockwerk hörte den Schuß – niemand im oberen Stockwerk. Und doch konnte Sproot – der im Erdgeschoß war, im Anrichteraum hinter dem Speisezimmer – ihn deutlich vernehmen.«

»Das ist wahrscheinlich nur ein Zufall«, wandte Markham beinahe automatisch ein. »Schallwellen haben manchmal etwas Unberechenbares.«

Vance schüttelte den Kopf. »Bei diesem Fall gibt es nichts, was ›einfach so passiert‹. Alles hat eine entsetzliche Logik – jedes Detail ist sorgfältig und raffiniert geplant. Nichts ist dem Zufall überlassen. Doch just diese Systematik seines Verbrechens wird dem Mörder am Ende zum Verhängnis werden. Finden wir den Schlüssel zu einer der Außentüren, so finden wir auch unseren Weg hinein in die Schreckenskammer.«

In diesem Augenblick wurde Markham ans Telefon gerufen. Er kehrte mit besorgter und ratloser Miene zurück.

»Es war Swacker. Von Blon ist in meinem Büro – er möchte mir etwas mitteilen.«

»Ah! Hochinteressant«, bemerkte Vance.

Wir fuhren zum Büro des Bezirksstaatsanwaltes, und von Blon wurde unverzüglich hereingeführt.

»Vielleicht mache ich nur die Pferde scheu«, hob er entschuldigend an, nachdem er sich auf der Kante eines Stuhles niedergelassen hatte. »Aber ich dachte, ich sollte Ihnen von einer merkwürdigen Sache berichten, die heute morgen vorgefallen ist. Zunächst dachte ich daran, mich an die Polizei zu wenden, aber dort würde ich vielleicht mißverstanden; so beschloß ich, Ihnen die Sache vorzulegen, und Sie sollen damit verfahren, wie Sie es für richtig halten.«

Offenbar war er unschlüssig, wie er das Thema zur Sprache bringen sollte, und Markham wartete geduldig mit höflich-bereitwilliger Miene.

»Ich rief im Hause Greene an, sobald es – ähm – mir auffiel«, fuhr von Blon zögernd fort. »Doch dort sagte man mir, Sie seien in Ihr Büro zurückgekehrt; und so kam ich gleich nach dem Essen hierher.«

»Sehr richtig von Ihnen, Doktor«, murmelte Markham.

Wiederum zögerte von Blon, und sein Ton wurde nun geradezu devot.

»Die Sache ist so, Mr. Markham . . . es ist meine Angewohnheit, ein recht umfassendes Sortiment von Medikamenten in meiner Instrumententasche mitzuführen, für Notfälle –«

»Für Notfälle?«

»Strychnin, Morphium, Koffein, verschiedene Betäubungsmittel und Stimulantien. Ich habe sie gern zur Hand –«

»Und wegen dieser Medikamente wollten Sie mich sprechen?«

»Indirekt – ja.« Von Blon hielt inne, beschäftigt, sich seine Worte zurechtzulegen. »Heute ergab es sich, daß ich eine frische Röhre löslicher Viertelgran-Morphiumtabletten in meiner Tasche hatte, dazu eine Schachtel mit vier Röhrchen Strychnin-Dreißigstel-Tabletten von Parke-Davis . . .«

188

»Und was ist nun mit diesen Medikamenten, Doktor?«

»Nun, es ist so, daß das Morphium und das Strychnin verschwunden sind.«

Markham lehnte sich vor, und seine Augen leuchteten aufmerksam.

»Ich hatte sie in der Tasche, als ich heute morgen die Praxis verließ«, erläuterte von Blon, »und ich habe nur zwei kurze Patientenbesuche gemacht, bevor ich zu den Greenes kam. Ich bemerkte, daß die Röhrchen fehlen, als ich in die Praxis zurückkehrte.«

Markham betrachtete den Doktor einen Augenblick lang forschend.

»Und Sie halten es für unwahrscheinlich, daß die Medikamente bei einem der beiden anderen Besuche aus der Tasche verschwanden?«

»Das ist es ja gerade. In keinem der beiden Fälle habe ich die Tasche auch nur einen Augenblick lang unbeaufsichtigt gelassen.«

»Und wie war das bei den Greenes?« Markham war nun spürbar erregt.

»Ich ging gleich hinauf zu Mrs. Greene und hatte die Tasche bei mir. Ich blieb etwa eine halbe Stunde lang dort. Als ich wieder herauskam –«

»Sie haben das Zimmer in dieser halben Stunde nicht verlassen?«

»Nein . . .«

»Verzeihen Sie, Doktor«, meldete Vance sich träge zu Wort, »aber die Pflegerin sprach davon, Sie hätten sie gerufen, daß sie Mrs. Greenes Bouillon bringen solle. Von wo haben Sie gerufen?«

Von Blon nickte. »Ah ja. Ich habe mit Miss Craven gesprochen, das stimmt. Ich ging zur Tür und rief die Dienstbotentreppe hinauf.«

»Genau. Und dann?«

»Ich leistete Mrs. Greene Gesellschaft, bis die Pflegerin kam. Dann ging ich zu Sibellas Zimmer auf der anderen Seite des Flures.«

»Und Ihre Tasche?« fragte Markham.

»Ich habe sie im Flur stehengelassen, am rückwärtigen Geländer der Haupttreppe.«

»Und Sie blieben in Miss Sibellas Zimmer, bis Sproot Sie rief?«

»So war es.«

»Die Tasche stand also unbeaufsichtigt auf der Rückseite des oberen Flures zwischen etwa elf Uhr und dem Zeitpunkt Ihres Aufbruches?«

»Ja. Nachdem ich mich von Ihnen im Wohnzimmer verabschiedet hatte, ging ich hinauf und holte sie.«

»Und reichten Miss Sibella zum Abschied die Hand«, fügte Vance hinzu.

Von Blon hob die Augenbrauen, ein wenig überrascht.

»Selbstverständlich.«

»Welche Mengen dieser Medikamente sind verschwunden?« fragte Markham.

»Die vier Röhrchen Strychnin enthielten insgesamt etwa drei Gran – dreieindrittel, um genau zu sein. Und in jedem Parke-Davis-Röhrchen sind fünfundzwanzig Morphiumtabletten, das macht sechseinviertel Gran.«

»Sind das tödliche Dosen, Doktor?«

»Schwer zu beantworten, Sir.« Von Blon sprach nun wieder in ganz professionellem Ton. »Es gibt Menschen, die resistent gegen Morphium sind und bemerkenswert hohe Dosen assimilieren können. Aber *ceteris paribus* wären sechs Gran sicher tödlich. Was Strychnin angeht, so gibt uns die Toxikologie eine sehr große Bandbreite für die tödliche Dosis an, je nach Alter und Zustand des Patienten. Die durchschnittliche letale Dosis für einen Erwachsenen würde ich auf zwei Gran schätzen, obwohl es schon Fälle gegeben hat, in denen ein Gran oder noch weniger zum Tode führte. Andererseits ist es schon vorgekommen, daß Patienten, die bis zu zehn Gran geschluckt hatten, es überlebt haben. Im allgemeinen würden jedoch dreieindrittel Gran wohl ausreichen, um jemanden zu töten.«

Nachdem von Blon sich verabschiedet hatte, warf Markham Vance einen besorgten Blick zu.

»Was halten Sie davon?« fragte er.

»Es gefällt mir nicht – es gefällt mir ganz und gar nicht.« Vance schüttelte ratlos den Kopf. »Verdammt merkwürdig – die ganze Sache. Und dem Doktor macht es auch Sorgen. Hinter seiner eleganten Fassade lauert die Panik. Er hat eine Heidenangst – und zwar nicht, weil ihm seine Pillen abhanden gekommen sind. Es gibt da etwas, was er befürchtet, Markham. Er hatte einen gequälten, gehetzten Ausdruck in den Augen.«

»Finden Sie es nicht seltsam, daß er Medikamente in solchen Mengen mit sich umherträgt?«

»Nicht unbedingt. Manche Ärzte tun so etwas. Besonders auf dem Kontinent ist diese Praxis üblich. Und vergessen Sie nicht, daß von Blon in Deutschland studiert hat...« Plötzlich blickte Vance auf. »Was ist eigentlich mit diesen beiden Testamenten?«

Markham betrachtete ihn überrascht, doch er antwortete lediglich:

»Ich werde sie später am Nachmittag bekommen. Buckway lag mit einer Erkältung im Bett; aber er hat mir versprochen, mir heute noch Abschriften zu senden.«

Vance erhob sich.

»Ich bin kein Chaldäer«, sinnierte er; »aber ich habe so eine Ahnung, daß der Inhalt dieser beiden Testamente uns helfen wird zu verstehen, warum die Pillen des Doktors verschwunden sind.« Er zog den Mantel an und nahm Hut und Stock. »Und nun werde ich diese abscheuliche Affäre aus meinen Gedanken verbannen. Kommen Sie, van Dine. Heute nachmittag gibt es ein gutes Kammerkonzert in der Aeolian Hall, und wenn wir uns beeilen, kommen wir gerade noch zurecht zu Mozarts C-Dur-Sonate.«

Kapitel 17

Zwei Testamente
(Dienstag, 30. November, 8 Uhr abends)

Um acht Uhr abends desselben Tages saßen Inspektor Moran, Sergeant Heath, Markham, Vance und ich in einem Séparée des Stuyvesant-Clubs um einen kleinen Konferenztisch versammelt. Die Abendzeitungen hatten mit ihren melodramatischen Reportagen über den Mord an Rex Greene für Aufruhr in der Stadt gesorgt; und diese ersten Berichte waren, wie wir allesamt wußten, nur maßvolle Vorboten dessen, was die Zeitungen am Morgen drucken würden. Die Situation selbst, auch ohne die unweigerlich bevorstehende Schelte durch die Presse, war schlimm genug, um alle, die mit den offiziellen Ermittlungen zu tun hatten, in quälende Depression zu stürzen; und als ich an jenem Abend in die kleine Runde unglücklicher Gesichter blickte, kam mir zu Bewußtsein, von welch ungeheurer Bedeutung diese Zusammenkunft war.

Markham ergriff als erster das Wort.

»Ich habe Abschriften der beiden Testamente mitgebracht; aber bevor wir darauf zu sprechen kommen, wüßte ich gerne, ob sich etwas Neues ergeben hat.«

»Etwas Neues!« Heath schnaufte verächtlich. »Wir haben uns den ganzen Nachmittag auf der Stelle gedreht, und je schneller wir uns drehten, desto schneller waren wir wieder da, wo wir begonnen hatten. Mr. Markham, nicht ein einziges Indiz hat sich finden lassen, bei dem wir mit unseren Ermittlungen hätten ansetzen können. Wenn da nicht der Umstand wäre, daß keine Waffe in dem Zimmer zu finden war, dann würde ich einen Bericht schreiben, in dem ich die Sache als Selbstmord abtue, und dann den Dienst quittieren.«

»Schämen Sie sich, Sergeant!« Vance unternahm einen halbherzigen Versuch, die Stimmung aufzulockern. »Das ist aber noch ein wenig zu früh, sich dermaßen düsterem Pessimismus hinzugeben. Captain Dubois hat keine Fingerabdrücke gefunden, nehme ich an?«

»Oh, Fingerabdrücke waren genug da – von Ada und Rex und Sproot und vom Doktor. Aber das hilft uns nicht weiter.«

»Wo waren die Abdrücke?«

»Überall – auf den Türgriffen, dem mittleren Tisch, den Fensterscheiben; einige fanden sich sogar auf der Täfelung über dem Kaminsims.«

»Das letztere wird vielleicht eines Tages noch von Interesse sein, auch wenn es im Augenblick wohl nicht viel aussagt. Gibt's noch etwas zu den Fußspuren?«

»Nichts. Jeryms Bericht kam am späten Nachmittag, aber es steht nichts Neues drin. Die Spuren stammen von den Galoschen, die Sie gefunden haben.«

»Da fällt mir etwas ein, Sergeant. Was haben Sie mit den Galoschen gemacht?«

Heath bedachte ihn mit einem verschmitzten, triumphierenden Grinsen. »Genau das, was Sie auch mit ihnen gemacht hätten, Mr. Vance. Aber – ich habe vor Ihnen dran gedacht.«

Vance lächelte zurück. »*Salve!* Stimmt, ich habe es heute morgen völlig vergessen gehabt. Genaugenommen ist es mir sogar gerade eben erst eingefallen.«

»Darf ich denn auch erfahren, was mit den Galoschen geschehen ist?« unterbrach Markham sie ungeduldig.

»Nun, der Sergeant hat sie in einem unbeobachteten Augenblick in die Wäschekammer zurückgebracht und wieder unter den Möbelschoner gesteckt, wo sie gewesen waren.«

»Stimmt!« Heath nickte zufrieden. »Und ich habe unsere neue Pflegerin angewiesen, daß sie ein Auge drauf hat. Wenn sie verschwinden, ruft sie uns augenblicklich im Präsidium an.«

»War es schwierig, Ihre Beamtin einzuschleusen?« fragte Markham.

»Ein Kinderspiel. Alles ging wie am Schnürchen. Um Viertel vor sechs erschien der Doktor, um sechs dann die Frau aus dem Präsidium. Nachdem der Doc sie in ihre neuen Pflichten eingewiesen hatte, schlüpfte sie in ihre Uniform und ging hinauf zu Mrs. Greene. Die alte Dame sagte zum Doc, diese Miss Craven hätte sie sowieso nie ausstehen können, und sie hoffe, die neue Pflegerin werde mehr Rücksicht auf sie nehmen. Hätte gar nicht besser klappen können. Ich hielt mich noch in der Nähe, bis ich Gelegenheit hatte, unserer Frau wegen der Galoschen Bescheid zu sagen; dann verabschiedete ich mich.«

»Wen haben Sie darauf angesetzt, Sergeant?« fragte Moran.

»O'Brien – die, die wir auch im Fall Sitwell hatten. Nichts in diesem Haus wird O'Brien entgehen; und sie kann zuschlagen wie ein Mann.«

»Es gibt da noch etwas, worüber Sie so schnell wie möglich mit ihr sprechen sollten.« Und Markham berichtete ausführlich über von Blons nachmittäglichen Besuch im Büro. »Wenn diese Medikamente im Hause Greene gestohlen worden sind, ist Ihre Beamtin vielleicht in der Lage, eine Spur davon zu finden.«

Markhams Bericht über die abhanden gekommenen Gifte hatte sowohl Heath als auch den Inspektor tief beeindruckt.

»Heiliger Strohsack!« rief letzterer. »Wird es in diesem Fall nun auch noch einen Giftmord geben? Das fehlt uns noch.« Seine Besorgnis ging weitaus tiefer, als sein Ton verriet.

Heath saß da und starrte ohnmächtig und ratlos auf die polierte Tischplatte hinunter.

»Morphium und Strychnin! Das hat gar keinen Zweck, nach dem Zeug zu suchen. Da gibt es hundert Ecken in dem Haus, wo es versteckt sein könnte; wir könnten einen Monat lang suchen und nichts finden. Jedenfalls werde ich heute abend noch hinfahren und O'Brien sagen, daß sie die Augen offenhalten soll. Wenn sie darauf achtet, sieht sie vielleicht, wenn jemand versucht, es zu verwenden.«

»Was ich überraschend finde«, bemerkte der Inspektor, »ist, wie sicher sich dieser Dieb fühlte. Innerhalb einer Stunde, nachdem Rex Greene erschossen wird, verschwindet das Gift auf dem oberen Flur. Meine Güte! Was für eine Kaltblütigkeit! Und Unverfrorenheit dazu!«

»Kaltblütigkeit und Unverfrorenheit gibt es zuhauf bei diesem Fall«, antwortete Vance. »Eine unerbittliche Entschlossenheit steckt hinter diesen Morden – und ein unglaubliches Maß an Berechnung. Es würde mich nicht wundern, wenn das Köfferchen des Doktors schon ein dutzendmal geplündert worden wäre. Vielleicht hat jemand geduldig diese Medikamente angehäuft. Der Diebstahl von heute morgen war vielleicht nur der letzte Schlag. Für meine Begriffe haben wir es hier mit einem sorgfältig ausgearbeiteten Plan zu tun, der vielleicht schon seit Jahren vorbereitet wird. Mit einer *idée fixe,* der verteufelten Logik des Wahnsinns. Und – was noch entsetzlicher ist – mit der krankhaften Phantasie eines grenzenlos romantischen Geistes. Wir treten hier gegen einen lodernden, glühenden, allesverzehrenden Glauben an den Sieg an. Und solche Art von Glauben hat unglaubliche Ausdauer und Kraft. Das Schicksal ganzer Nationen ist davon erschüttert worden. Mohammed, Bruno, Jeanne d'Arc – aber auch Torquemada, Agrippina, Robespierre – sie hatten ihn alle. In unterschiedlichem Maße, mit unterschiedlichem Ziel; aber der Geist der Rebellion eines einzelnen gegen die Herrschenden ist ihnen gemeinsam.«

»Teufel nochmal, Mr. Vance.« Heath war es unbehaglich zumute. »Wenn man Sie reden hört, könnte man denken, es handele sich um was – was Übernatürliches.«

»Können Sie denn etwas anderes darin sehen, Sergeant? Wir haben bereits drei Morde und einen Mordversuch. Und nun läßt von Blon sich auch noch Gift stehlen.«

Inspektor Moran richtete sich auf und stützte die Ellenbogen auf den Tisch.

»Also, was soll denn nun geschehen? Das zu entscheiden sind wir doch, glaube ich, hier zusammengekommen.« Er zwang sich zu einem sachlichen Tonfall. »Wir können den Haushalt nicht auflösen; und wir können nicht für jeden der Bewohner, der noch am Leben ist, eine persönliche Leibwache abstellen.«

»Nein, und ebensowenig können wir sie auf der Wache ordentlich in die Mangel nehmen«, brummte Heath.

»Auch wenn Sie das könnten, es würde Ihnen nicht helfen, Sergeant«, sagte Vance. »So sehr könnten Sie demjenigen, der dieses *opus* hier ins Werk setzt, gar nicht zu Leibe rücken, daß Sie dessen verschlossene Lippen zum Sprechen brächten. Dazu hat er zu viel von einem Fanatiker, von einem Märtyrer.«

»Wie wäre es, wenn wir uns jetzt diese Testamente anhörten, Mr. Markham?« schlug Moran vor. »Vielleicht stoßen wir auf ein Motiv. Das würden Sie doch zugeben, Mr. Vance, daß es ein eindeutiges Motiv geben muß, das hinter diesen Morden steckt?«

»Daran kann kein Zweifel bestehen. Aber ich glaube nicht, daß es das Geld ist. Geld mag dabei eine Rolle spielen – und wird es wahrscheinlich auch –, aber nur als ein zusätzlicher Faktor. Meiner Meinung nach handelt es sich bei dem Motiv um etwas Fundamentaleres – etwas, das seinen Nährboden in einer machtvollen, aber unterdrückten menschlichen Leidenschaft hat. Aber vielleicht weisen uns die finanziellen Arrangements den Weg zu diesen Tiefen.«

Markham hatte mehrere Bögen eng beschriebenen Kanzlei-
papiers aus der Tasche gezogen und vor sich auf dem Tisch aus-
gebreitet.

»Es ist nicht notwendig, sie *verbatim* vorzulesen«, sagte er.
»Ich habe sie gründlich durchgesehen und kann Ihnen kurz den
Inhalt referieren.« Er nahm das oberste Blatt und hielt es näher
ans Licht. »Tobias Greenes letzter Wille, ein knappes Jahr vor
seinem Tode aufgesetzt, macht, wie Sie wissen, die gesamte Familie gemeinschaftlich zum Erben, unter der Voraussetzung,
daß sie allesamt fünfundzwanzig Jahre lang im Hause wohnen
und es unverändert erhalten. Nach Verstreichen dieser Frist
können sie den Besitz veräußern oder anderweitig darüber verfügen. Ich darf betonen, daß diese Klausel, die Wohnung be-
treffend, außerordentlich eng gefaßt ist: Die Erben müssen *in
esse* im Hause Greene wohnen; eine Wohnung *pro forma* genügt nicht.

Es ist ihnen gestattet, zu reisen und auf Besuch zu gehen;
doch solche Abwesenheit darf innerhalb eines Jahres insgesamt
den Zeitraum von drei Monaten keinesfalls überschrei-
ten...«

»Und welche Regelungen gibt es für den Fall, daß einer von
ihnen heiratet?« fragte der Inspektor.

»Keine. Selbst wenn einer der Erben heiratet, bleiben die im
Testament verfügten Beschränkungen unvermindert gültig. Ein
Mitglied der Familie Greene, das heiratet, muß trotzdem die
fünfundzwanzig Jahre auf dem Familienbesitz bleiben. Selbstverständlich kann der Ehemann oder die Ehefrau mit einzie-
hen. Für den Fall, daß Kinder kommen, sieht das Testament
vor, daß zwei weitere kleine Wohnhäuser am Rande des
Grundstücks zur 52. Straße hin errichtet werden. Es gibt nur
eine einzige Ausnahme zu dieser Klausel. Wenn Ada heiraten
sollte, kann sie außerhalb eine Wohnung nehmen, ohne ihr
Erbe zu verlieren, denn sie ist offenbar kein leibliches Kind von
Tobias und kann daher das Geschlecht der Greenes nicht fort-
führen.«

»Welche Strafen sieht das Testament für den Fall vor, daß jemand gegen die Verfügungen zum Wohnsitz verstößt?« Wieder
war es der Inspektor, der die Frage stellte.

»Es gibt nur eine Strafe – er wird enterbt, vollkommen und
ohne Einschränkung.«

»Ganz schön hart, der alte Knabe«, murmelte Vance. »Aber das Wichtigste an diesem Testament ist, glaube ich, die Art, in der er über sein Geld verfügt hat. Wie hat er es verteilt?«

»Er hat es überhaupt nicht verteilt. Mit Ausnahme einiger kleiner Legate geht alles an seine Witwe. Sie kann zeitlebens darüber verfügen, und für den Todesfall kann sie es nach ihrem Gutdünken an ihre Kinder – und Kindeskinder, soweit vorhanden – vererben; allerdings mit der Auflage, daß alles in der Familie bleiben muß.«

»Wovon lebt denn die jüngere Generation der Greenes? Sind sie etwa auf die Großzügigkeit der alten Dame angewiesen?«

»Nicht ganz. Für sie ist Vorsorge getroffen, und zwar dergestalt, daß jedes der fünf Kinder von den Testamentsvollstreckern einen bestimmten Betrag aus Mrs. Greenes Einkünften erhalten soll, der für die persönlichen Belange ausreicht.« Markham faltete das Schriftstück zusammen. »Das wäre also in groben Zügen das Testament des Tobias.«

»Sie haben vorhin einige kleine Legate erwähnt«, sagte Vance. »Worum handelt es sich da?«

»Zum Beispiel ist für Sproot eine Rente ausgesetzt, die ihm ein gutes Auskommen sichert, wenn er sich zur Ruhe setzen möchte. Mrs. Mannheim soll ebenfalls zeit ihres Lebens ein Einkommen beziehen, beginnend nach Ablauf der fünfundzwanzig Jahre.«

»Ah! Das ist wirklich hochinteressant. Und bis dahin kann sie, wenn sie will, ihre Stelle als gutbezahlte Köchin behalten.«

»Ja, so ist es vereinbart.«

»Die Rolle, die Frau Mannheim spielt, fasziniert mich. Ich habe so ein Gefühl, daß ich mich in nicht allzuferner Zukunft einmal mit ihr unter vier Augen unterhalten werde. Noch weitere kleinere Erbschaften?«

»Ein Krankenhaus, in dem Tobias gepflegt wurde, nachdem er sich in den Tropen mit Typhus infiziert hatte, und der Lehrstuhl für Kriminologie an der Universität Prag erhalten eine Schenkung. Als Kuriosum könnte ich noch erwähnen, daß Tobias seine Bibliothek der New Yorker Polizei vermacht hat; und zwar soll sie nach Ablauf der fünfundzwanzig Jahre in deren Besitz übergehen.«

Vance richtete sich überrascht und interessiert auf.

»Erstaunlich!«

Heath hatte sich an den Inspektor gewandt.

»Wußten Sie das, Sir?«

»Ich glaube, gehört habe ich schon einmal davon. Aber eine Schenkung von Büchern, fünfundzwanzig Jahre im voraus angekündigt, wird die Beamten der Polizei kaum in große Erregung versetzen.«

Vance schien lässig und unbeteiligt zu rauchen; aber die Art, in der er seine Zigarette hielt, verriet mir, daß er mit absonderlichen Überlegungen beschäftigt war.

»Mrs. Greenes Testament«, fuhr Markham fort, »hat unmittelbarer mit den derzeitigen Verhältnissen zu tun, obwohl ich persönlich nichts darin finde, was uns weiterhelfen könnte. Sie hat das Vermögen mit der Unparteilichkeit eines Mathematikers aufgeteilt. Die fünf Kinder – Julia, Chester, Sibella, Rex und Ada – erhalten danach gleiche Anteile, das heißt, jeder bekommt ein Fünftel des gesamten Vermögens.«

»Das interessiert mich nicht«, warf der Sergeant ein. »Was ich wissen möchte, ist, wer das ganze Geld kriegt, wenn die anderen von der Bildfläche verschwinden.«

»Für diesen Fall gibt es eine ganz einfache Klausel«, erklärte Markham. »Falls eines der Kinder stirbt, bevor ein neues Testament aufgesetzt worden ist, wird sein Anteil an der Erbschaft zu gleichen Teilen unter die verbleibenden Erben aufgeteilt.«

»Also wenn einer das Zeitliche segnet, dann profitieren alle anderen. Und wenn alle außer einem sterben, dann kriegt der alles – stimmt's?«

»Ja.«

»So, wie die Dinge jetzt stehen, bekämen Sibella und Ada also alles – jede die Hälfte –, wenn die alte Dame abkratzen würde.«

»Das ist richtig, Sergeant.«

»Aber nehmen wir mal an, Sibella und Ada und die alte Dame sterben: Was würde dann aus dem Geld?«

»Wenn eine der jungen Damen einen Ehemann hätte, dann fiele das Vermögen an ihn. Aber im Fall, daß Sibella und Ada unverheiratet sterben, ginge alles an den Staat. Das heißt, der Staat bekommt es, sofern sich nicht noch lebende Verwandte finden – was meines Wissens nicht der Fall ist.«

Heath dachte einige Minuten lang über diese Möglichkeiten nach.

»Ich sehe an der ganzen Sache nichts, was uns einen Anhaltspunkt geben könnte«, jammerte er. »Alle ziehen denselben Nutzen aus dem, was schon passiert ist. Und es sind noch drei Familienmitglieder übrig – die alte Dame und die beiden Mädels.«

»Drei minus zwei gibt eins«, bemerkte Vance gelassen.

»Was wollen Sie damit sagen, Sir?«

»Das Morphium und das Strychnin.«

Heath fuhr zusammen; er setzte eine drohende Miene auf.

»Bei Gott!« Er schlug mit der Faust auf den Tisch. »Soweit wird es nicht kommen, wenn ich es verhindern kann!« Dann trat ein Ausdruck von Hilflosigkeit auf sein empörtes, entschlossenes Gesicht, und er blickte düster drein.

»Ich weiß, wie Ihnen zumute ist«, bemerkte Vance sorgenvoll und entmutigt. »Aber ich fürchte, wir müssen abwarten. Wenn die Greeneschen Millionen bei dieser Sache eine Rolle spielen, dann gibt es nicht die geringste Möglichkeit, wie wir verhindern können, daß zumindest noch ein weiterer Mord geschieht.«

»Wir könnten den beiden Mädchen die Sache erklären und sie vielleicht dazu bewegen, sich zu trennen und wegzugehen«, schlug der Inspektor vor.

»Das schöbe das Unvermeidliche nur hinaus«, erwiderte Vance. »Und außerdem würden sie dadurch ihr väterliches Erbteil verlieren.«

»Man könnte vielleicht einen Gerichtsbeschluß herbeiführen, der die Bestimmungen des Testaments außer Kraft setzt«, meinte Markham skeptisch.

Vance lächelte ironisch.

»Ehe Sie eins Ihrer heißgeliebten Gerichte dazu bewegt hätten, etwas zu unternehmen, könnte der Mörder in aller Ruhe die gesamte örtliche Richterschaft ausrotten.«

Die Diskussion über Mittel und Wege, den Fall zu lösen, dauerte beinahe zwei Stunden, aber es gab praktisch keinen Ansatz, bei dem man nicht auf Hindernisse stieß. Schließlich kam man überein, daß die einzig mögliche Taktik darin bestand, die üblichen Methoden der Polizei anzuwenden. Immerhin wurden, bevor die Besprechung zu Ende ging, bestimmte konkrete Beschlüsse gefaßt. So sollten die Wachen auf dem Greeneschen Anwesen verstärkt werden, und ein Beamter sollte im oberen Stockwerk des Narcoss-Apartmenthauses Posten beziehen, von wo er die Eingangstür und die Fenster genau im Auge behalten konnte. Unter irgendeinem Vorwand sollte sich tagsüber ein Beamter so viele Stunden wie möglich im Haus aufhalten, und das Telefon der Greenes sollte abgehört werden.

Obwohl es Markham nicht ganz recht war, bestand Vance darauf, daß alle Hausbewohner und jeder Besucher – mochte seine Verbindung mit dem Fall auch noch so entfernt scheinen – als Verdächtige gelten und sorgfältig beobachtet werden sollten; und der Inspektor beauftragte Heath, O'Brien von dieser Entscheidung in Kenntnis zu setzen, damit sie nicht unbewußt für jemanden Partei ergriff und dadurch bei der Überwachung bestimmter Personen nachlässiger wurde.

Allem Anschein nach hatte der Sergeant bereits gründliche Nachforschungen über das Privatleben von Julia, Chester und Rex angestellt, und ein Dutzend Beamte war damit beschäftigt, ihren Bekanntenkreis zu überprüfen und festzustellen, was sie außerhalb des Hauses Greene getan hatten; sie hatten besondere Anweisung, Berichte über Unterhaltungen zu sammeln, in denen es irgendeinen Hinweis oder eine Anspielung darauf gab, daß jemand im voraus von den Verbrechen gewußt oder einen Verdacht gehegt hatte.

Gerade als Markham sich erhob, um die Diskussion zu beenden, beugte sich Vance erneut in seinem Sessel vor und ergriff das Wort.

»Meiner Ansicht nach sollten wir für den Fall, daß es einen Giftanschlag gibt, gerüstet sein. Wenn eine Überdosis Morphium oder Strychnin verabreicht wird, dann kann unverzügliches Handeln das Opfer retten. Ich würde vorschlagen, daß wir einen amtlich bestellten Arzt in dem Narcoss-Apartment-Gebäude postieren, zusammen mit dem Mann, der dort die Fenster des Greeneschen Hauses im Auge behält; er sollte alle notwendigen Instrumente und Gegenmittel bereithalten, die man benötigt, um gegen eine Morphium- oder Strychninvergiftung vorzugehen. Außerdem würde ich vorschlagen, daß wir mit Sproot und der neuen Pflegerin eine Art Signal verabreden, so daß unser Arzt im Notfall ohne die geringste Verzögerung herbeigerufen werden kann. Wenn es uns gelänge, das Opfer des Giftanschlags zu retten, könnten wir vielleicht herausfinden, wer das Gift verabreicht hat.«

Der Plan fand allgemeine Zustimmung. Der Inspektor übernahm selbst die Aufgabe, noch am selben Abend eine Regelung mit einem der Polizeiärzte zu treffen; und Heath begab sich unverzüglich zu den Narcoss-Apartments, um dort ein Zimmer zu organisieren, das dem Haus Greene gegenüberlag.

Kapitel 18

In der verschlossenen Bibliothek
(Mittwoch, 1. Dezember, 1 Uhr mittags)

Ganz entgegen seinen üblichen Gewohnheiten stand Vance am nächsten Morgen früh auf. Er war ziemlich übel gelaunt, und ich ging ihm aus dem Weg. Er unternahm mehrere halbherzige Versuche zu lesen, und einmal, als er das Buch niederlegte, warf ich einen Blick auf den Titel – er hatte eine Biographie Dschingis Khans gewählt! Später am Vormittag versuchte er sich damit zu beschäftigen, daß er seine chinesischen Drucke katalogisierte.

Für ein Uhr waren wir im Lawyers Club mit Markham zum Mittagessen verabredet, und kurz nach zwölf ließ Vance seinen mächtigen Hispano-Suiza vorfahren. Wenn er mit einem Problem beschäftigt war, pflegte er selbst zu chauffieren – diese Beschäftigung schien seine Nerven zu beruhigen und seine Gedanken zu ordnen.

Markham erwartete uns bereits, und aus seiner Miene war nur zu deutlich herauszulesen, daß etwas Besorgniserregendes geschehen sein mußte.

»Was haben Sie auf dem Herzen, alter Junge?« ermunterte Vance ihn, als wir an unserem Tisch in einer Ecke des großen Speisesaales Platz genommen hatten. »Sie blicken ja drein wie Hiob höchstpersönlich. Ich bin sicher, daß sich etwas ereignet hat, was einfach geschehen mußte. Sind die Galoschen verschwunden?«

Markham betrachtete ihn mit einiger Verblüffung.

»So ist es! Heute morgen um neun rief O'Brien im Präsidium an und machte Meldung, daß sie im Laufe der Nacht aus der Wäschekammer entfernt worden seien. Sie seien allerdings noch dort gewesen, als sie zu Bett gegangen sei.«

»Und natürlich hat man sie nicht finden können.«

»Nein. Sie hat ziemlich gründlich danach gesucht, bevor sie anrief.«

»Das glaub' ich gern. Aber die Mühe hätte sie sich sparen können. Was sagt der wackere Sergeant dazu?«

»Heath traf noch vor zehn Uhr im Hause ein und stellte Ermittlungen an. Aber er erfuhr nichts. Niemand wollte in der Nacht Geräusche im Flur gehört haben. Er durchsuchte das Haus noch einmal persönlich, doch ohne Ergebnis.«

»Hat von Blon sich heute morgen noch einmal gemeldet?«

»Nein, aber Heath hat ihn getroffen. Er kam gegen elf ins Haus und blieb fast eine Stunde lang dort. Er schien sich große Sorgen zu machen wegen der gestohlenen Medikamente, und das erste, was er fragte, war, ob wir irgendwelche Spuren gefunden hätten. Den größten Teil der Stunde verbrachte er bei Sibella.«

»Nun, sei's drum! Lassen Sie uns unsere *truffes gastronome* ohne solch unerquickliche Spekulationen genießen. Diese Madeirasoße ist übrigens ausgezeichnet.« Damit war für Vance das Thema erledigt.

Doch dieses Mittagessen sollte sich als ein denkwürdiges erweisen, denn gegen Ende der Mahlzeit unterbreitete Vance einen Vorschlag – oder besser gesagt, er beharrte darauf, daß ein Plan verfolgt wurde –, der am Ende dazu führen sollte, daß wir den schrecklichen Morden im Hause Greene auf die Spur kamen und das Rätsel lösen konnten. Wir waren beim Dessert angekommen, als er nach einem langen Schweigen zu Markham aufblickte und sagte: »Der Pandora-Komplex hat mich erwischt, ich bin ihm gänzlich erlegen. Ich muß einfach in Tobias' verschlossene Bibliothek gelangen. Mittlerweile verfolgt mich dieses Allerheiligste schon im Schlaf; und seit Sie von der Erwähnung dieser Bücher im Testament sprachen, finde ich keine Ruhe mehr. Ich sehne mich danach, Tobias' literarischen Geschmack kennenzulernen und zu erfahren, warum er ausgerechnet die Polizei so großzügig bedacht hat.«

»Aber mein lieber Vance, wo soll denn da ein Zusammenhang –?«

»Still! Es gibt keine Frage, die ich mir nicht schon selbst gestellt hätte; und ich weiß auf keine davon eine Antwort. Aber die Tatsache bleibt bestehen, ich muß diese Bibliothek sehen, auch wenn Sie eine richterliche Anordnung beschaffen müssen, die uns ermächtigt, die Tür einzuschlagen. In diesem alten Gemäuer lauert das Böse unter der Oberfläche, Markham, und in dem verschlossenen Zimmer finden wir vielleicht einen Hinweis.«

»Es wird schwierig werden, wenn Mrs. Greene an ihrer Weigerung festhält, uns den Schlüssel auszuhändigen.« Ich konnte sehen, daß Markham bereits nachgegeben hatte. Er war in einer Stimmung, in der er auf jeden Vorschlag eingegangen wäre, der auch nur im entferntesten auf eine Klärung der Mordfälle im Hause Greene hoffen ließ.

Es war beinahe drei Uhr, als wir das Haus erreichten. Heath, den Markham telefonisch benachrichtigt hatte, war bereits eingetroffen; und wir wurden direkt bei Mrs. Greene vorstellig. Nachdem der Sergeant ihr mit den Augen ein Zeichen gegeben hatte, verließ die Pflegerin das Zimmer, und Markham kam direkt auf unser Anliegen zu sprechen. Die alte Dame hatte uns beim Hereinkommen argwöhnisch gemustert; jetzt thronte sie steif in ihrem Berg von Kissen, den feindseligen Blick abwehrend auf Markham gerichtet.

»Madam«, begann er in recht strengem Tonfall, »wir bedauern, daß wir Sie belästigen müssen, aber es gibt gewisse Entwicklungen, die es zwingend notwendig erscheinen lassen, Mr. Greenes Bibliothek einen Besuch abzustatten . . .«

»Das werden Sie nicht tun!« fiel sie ihm ins Wort, und ihre Stimme erhob sich zu einem wütenden Crescendo. »Keinen Fuß setzen Sie in dieses Zimmer! Seit zwölf Jahren hat niemand einen Fuß über die Schwelle gesetzt, und ich werde nicht dulden, daß jetzt ein Polizist den Ort entweiht, an dem mein Mann die letzten Jahre seines Lebens verbrachte.«

»Ich habe großes Verständnis für die Gefühle, die Sie zu dieser Weigerung veranlassen«, entgegnete Markham. »Aber wir müssen gewichtigeren Argumenten den Vorrang geben. Das Zimmer muß durchsucht werden.«

»Nur über meine Leiche!« schrie sie. »Wie können Sie es wagen, sich mit Gewalt Zutritt zu meinem Haus zu verschaffen –?«

Markham erhob gebieterisch die Hand. »Ich bin nicht hier, um mit Ihnen über diese Angelegenheit zu diskutieren. Ich bin lediglich gekommen, um Sie um den Schlüssel zu bitten. Aber wenn es Ihnen lieber ist, daß wir die Tür aufbrechen . . .« Er zog ein Bündel Papiere aus der Tasche. »Ich habe mir einen Durchsuchungsbefehl für das Zimmer beschafft; aber ich fände es höchst bedauerlich, wenn ich offiziell davon Gebrauch machen müßte.« (Ich war überrascht über seine Dreistigkeit und Härte, denn ich wußte, daß er keinen Durchsuchungsbefehl hatte.)

Mrs. Greene überschüttete uns mit Flüchen. Sie raste vor Zorn, und in diesem Zustand wirkte sie abstoßend und mitleiderregend zugleich. Markham wartete ruhig ab, bis ihr Wutanfall vorüber war, und als sie, nachdem ihre Schimpfkanonade zu Ende war, seine ruhige, unerbittliche Haltung sah, wußte sie, daß sie verloren hatte. Bleich und erschöpft sank sie in ihre Kissen.

»Nehmen Sie den Schlüssel«, gab sie sich bitter geschlagen, »und ersparen Sie mir den Gipfel der Schande, daß mir mein Haus von Grobianen verwüstet wird . . . Er ist in dem elfenbeinernen Schmuckkästchen in der obersten Schublade der Kommode dort.« Mit letzter Kraft wies sie auf das Lackschränkchen.

Vance durchquerte das Zimmer und nahm den Schlüssel an sich – ein langes, altmodisches Stück mit doppeltem Bart und filigranem Griff.

»Haben Sie den Schlüssel immer in diesem Schmuckkästchen aufbewahrt, Mrs. Greene?« fragte er, als er die Schublade wieder schloß.

»Zwölf Jahre lang«, klagte sie. »Und nun, nach all der Zeit, soll er mir gewaltsam genommen werden – und das von der Polizei, von denjenigen, die eine hilflose, gelähmte alte Frau wie mich beschützen sollten. Es ist unerhört! Aber was kann ich schon anderes erwarten? Jedermann macht sich einen Spaß daraus, mich zu quälen.«

Nun, wo er sein Ziel erreicht hatte, wurde Markham reumütig und bemühte sich, sie zu beschwichtigen, indem er ihr den Ernst der Lage vor Augen führte. Doch seine Mühe war vergebens, und einige Augenblicke später stieß er zu uns auf den Flur.

»Solche Sachen sind nichts für mich, Vance«, sagte er.

»Aber trotzdem haben Sie es bemerkenswert gut gemacht. Wenn ich Ihnen nicht seit dem Mittagessen nicht von der Seite gewichen wäre, hätte ich geglaubt, Sie hätten tatsächlich einen Durchsuchungsbefehl. Sie sind ein wahrer Machiavelli. *Te saluto!*«

»Sehen Sie zu, daß Sie vorankommen, jetzt, wo Sie den Schlüssel haben«, kommandierte Markham gereizt. Und wir stiegen zur unteren Diele hinab.

Vance sah sich vorsichtig um, ob uns auch niemand beobachtete, und ging dann voraus zur Bibliothek.

»Das Schloß ist in erstaunlich gutem Zustand, wenn man bedenkt, daß es zwölf Jahre lang nicht mehr geöffnet wurde«, bemerkte er, als er den Schlüssel umdrehte und vorsichtig die massive Eichentüre öffnete. »Und die Tür quietscht nicht einmal in den Angeln. Erstaunlich.«

Finsternis umfing uns, und Vance entzündete ein Streichholz. »Bitte nichts berühren«, ermahnte er uns und ging, das Streichholz erhoben, hinüber zu den schweren Veloursvorhängen des Ostfensters. Eine Staubwolke umhüllte ihn, als er sie beiseitezog.

»Zumindest diese Vorhänge hat tatsächlich seit Jahren niemand mehr angerührt«, meinte er.

Das matte Licht des späten Nachmittags durchflutete den Raum und beleuchtete ein bemerkenswertes Refugium. Rings um die Wände zogen sich Bücherregale, die vom Boden bis fast zur Decke reichten, so daß über ihnen gerade noch Platz für eine Reihe von Marmorbüsten und gedrungenen bronzenen Vasen war. Auf der Südseite des Zimmers stand ein massiver Schreibtisch, und in der Mitte befand sich ein großer geschnitzter Tisch, überreich mit seltsamen, fremdartigen Ornamenten verziert. Unter den Fenstern und in den Ecken lagen in Stapeln Broschüren und Mappen; und von den Zierleisten der Bücherregale hingen groteske Figuren und vergilbte alte Drucke herunter. Drei riesige persische Lampen aus durchbrochenem Messing hingen von der Decke herab, und neben dem Tisch in der Mitte des Raumes stand eine gut zwei Meter große Lampe. Den Boden bedeckten orientalische Teppiche, die in allen erdenklichen Richtungen übereinandergelegt waren; und zu beiden Seiten des Kamins erhoben sich häßliche, riesige bemalte Totempfähle, die bis hinauf zur Decke reichten. Alles war mit einer dicken Staubschicht bedeckt.

Vance kehrte zur Tür zurück, riß ein weiteres Streichholz an und betrachtete sorgfältig den Türknauf auf der Innenseite.

»Irgend jemand«, verkündete er, »ist vor kurzem hier gewesen. An diesem Knauf ist keine Spur von Staub.«

»Wir sollten ihn auf Fingerabdrücke untersuchen lassen«, schlug Heath vor.

Vance schüttelte den Kopf. »Das brauchen wir gar nicht erst zu versuchen. Die Person, mit der wir es zu tun haben, wäre nicht so dumm, ihre Signatur zu hinterlassen.«

Er schloß die Tür sanft und schob den Riegel vor. Dann sah er sich um. Wenig später wies er unter einen riesigen Globus, der neben dem Schreibtisch stand.

»Da haben Sie Ihre Galoschen, Sergeant. Ich hatte mir gleich gedacht, daß wir sie hier finden würden.«

Heath stürzte sich beinahe auf sie und trug sie zum Fenster. »Ja, das sind sie«, verkündete er.

Markham warf Vance einen seiner ärgerlichen, fragenden Blicke zu. »Sie vermuten etwas«, sagte er vorwurfsvoll.

»Nicht mehr als das, was ich Ihnen bereits gesagt habe. Daß wir die Galoschen gefunden haben, ist nebensächlich. Es geht mir um etwas anderes – ich weiß nur noch nicht recht, was es ist.«

Er stand neben dem Tisch in der Mitte des Raumes und ließ den Blick über das Inventar schweifen. Gleich darauf blieb dieser Blick an einem niedrigen Korbsessel hängen, dessen rechte Lehne zu einer Buchstütze geformt war. Er stand nur wenig von der dem Kamin gegenüberliegenden Wand entfernt, einer Gruppe schmaler Regale zugewandt, über der eine Nachbildung der Vespasian-Büste aus dem Kapitolinischen Museum thronte.

»Sehr unordentlich«, murmelte er. »Ich bin sicher, das ist nicht die Position, in der dieser Sessel vor zwölf Jahren stand.«

Er ging zu ihm hinüber und betrachtete ihn nachdenklich. Instinktiv folgten Markham und Heath ihm; und dann sahen sie, was ihm aufgefallen war. Auf der tischförmig ausgebildeten Lehne des Sessels stand eine tiefe Untertasse, in der sich ein dikker Kerzenstummel befand. Die Untertasse war beinahe ganz gefüllt mit dem rußigen Wachs, das heruntergelaufen war.

»Da mußten viele Kerzen herunterbrennen, bis dieser Teller voll war«, kommentierte Vance; »und ich habe meine Zweifel, ob der verblichene Tobias seine Bücher bei Kerzenlicht las.« Er fuhr über die Sitzfläche und den Rücken des Sessels und blickte dann auf seine Hand. »Da ist Staub, aber längst nicht so viel, wie sich in einer Dekade ansammeln müßte. Jemand hat vor noch nicht allzu langer Zeit in dieser Bibliothek geschmökert; und er hat darauf Wert gelegt, daß er nicht entdeckt wurde. Er hat sich nicht getraut, die Jalousien aufzuziehen oder das Licht einzuschalten. Er saß hier bei Kerzenlicht und durchforstete Tobias' Bücherschatz. Und offensichtlich hat er es ihm angetan, denn schon diese eine Untertasse zeugt von vielen durchlesenen Nächten. Wer weiß, wie viele weitere Teller mit Wachs hier gestanden haben.«

»Die alte Dame könnte uns sagen, wer Gelegenheit hatte, heute morgen, nachdem er die Galoschen versteckt hatte, den Schlüssel zurückzulegen«, schlug Heath vor.

»Niemand hat heute morgen den Schlüssel zurückgelegt, Sergeant. Derjenige, der seine Besuche hier zu machen pflegte, hat nicht jedes einzelne Mal den Schlüssel gestohlen und wieder zurückgelegt, wo es doch nur eine Viertelstunde dauert, sich einen Nachschlüssel machen zu lassen.«

»Da werden Sie wohl recht haben.« Der Sergeant war vollkommen verunsichert. »Aber solange wir nicht rausfinden, wer diesen Nachschlüssel hat, sind wir nicht klüger als zuvor.«

»Wir sind auch noch nicht ganz fertig mit unserer Bibliotheksbesichtigung«, erwiderte Vance. »Wie ich Mr. Markham beim Mittagessen sagte, war der Hauptanlaß für meinen Besuch hier mein Wunsch, mir einen Eindruck von Tobias' literarischem Geschmack zu verschaffen.«

»Da werden Sie auch viel von haben!«

»So etwas weiß man nie. Bedenken Sie, daß Tobias seine Bibliothek der Polizei vermacht hat... Nun lassen Sie uns einmal sehen, mit was für Schinken sich der alte Knabe seine Mußestunden vertrieb.«

Vance zog sein Monokel hervor, und nachdem er es sorgfältig geputzt hatte, klemmte er es vor sein Auge. Dann wandte er sich dem nächstgelegenen Bücherregal zu. Ich trat vor und blickte ihm über die Schulter; und als mein Blick auf die staubigen Titel fiel, konnte ich einen Ausruf des Erstaunens kaum unterdrücken. Was ich da vor mir sah, war eine der vollständigsten und ungewöhnlichsten kriminologischen Privatbibliotheken Amerikas – und mir waren viele der berühmten Sammlungen des Landes wohlbekannt. Hier war das Verbrechen in all seinen Varianten und Erscheinungsformen vertreten. Seltene alte Abhandlungen, die schon lange vergriffen waren und nun das Herz eines jeden Bibliophilen höher schlagen ließen, drängten sich Rücken an Rücken in den Regalen des Tobias Greene.

Was den Inhalt anging, so beschränkten sich diese Bücher keineswegs auf das eng begrenzte Feld der Kriminologie. Die verschiedensten verwandten Themenbereiche waren vollständig vertreten. Ganze Abteilungen befaßten sich mit Wahnsinn und Kretinismus, mit sozialer und krimineller Pathologie, mit Selbstmord, Pauperismus und Philanthropie, mit Gefängnisreform, Prostitution und Psychopathologie, mit Morphinismus und Todesstrafe, mit Gesetzessammlungen, dem Rotwelsch der Unterwelt und mit Verschlüsselungstechniken, mit Toxikologie und den Vorgehensweisen der Polizei. Es waren Bücher in vielen Sprachen – Englisch, Französisch, Deutsch, Italienisch, Spanisch, Schwedisch, Russisch, Niederländisch und Latein.[20]

Vance' Augen funkelten, als er an den vollgestopften Regalen entlangging. Markham war ebenfalls höchst interessiert; und auf dem Gesicht von Heath, der hier und da einen Band näher in Augenschein nahm, zeichneten sich Verblüffung und Neugier ab.

»Du meine Güte!« murmelte Vance. »Kein Wunder, Sergeant, daß er diese Wälzer in die Obhut Ihrer Abteilung zu geben gedachte. Was für eine Sammlung! Unglaublich! Na, Markham, sind Sie jetzt nicht froh, daß Sie die alte Dame dazu gebracht haben, den Schlüssel rauszurücken?«

Plötzlich erstarrte er, wies mit einer Kopfbewegung in Richtung Tür und erhob gleichzeitig die Hand, um uns zum Schweigen zu mahnen. Ich hatte ebenfalls ein leises Geräusch im Flur gehört, als ob jemand die hölzerne Tür berührt hätte, aber ich hatte mir nichts dabei gedacht. Einige Augenblicke lang warteten wir gespannt. Aber es war kein Laut mehr zu hören; schließlich ging Vance rasch zur Tür und öffnete sie. Der Flur war leer. Eine Zeitlang stand er auf der Schwelle und lauschte. Dann schloß er die Tür und wandte sich wieder dem Zimmer zu.

»Ich hätte schwören können, daß jemand im Flur gelauscht hat.«

»Ich habe eine Art Rascheln gehört«, bestätigte Markham. »Aber ich dachte einfach, daß Sproot oder das Hausmädchen vorbeigegangen sind.«

»Was kümmert es uns, ob sich irgendwer im Flur rumtreibt, Mr. Vance?« fragte Heath.

»Nun, das weiß ich auch nicht recht. Aber es beunruhigt mich trotzdem. Wenn jemand an der Tür gehorcht hat, dann zeigt das, daß unsere Anwesenheit in diesem Zimmer die Person, die davon weiß, in Unruhe versetzt hat. Verstehen Sie, es ist möglich, daß jemand unbedingt wissen will, was wir herausgefunden haben.«

»Also, soweit ich das sehen kann, haben wir nichts herausgefunden, was irgend jemandem schlaflose Nächte bereiten müßte«, brummte Heath.

»Sie können einen aber auch entmutigen, Sergeant«, seufzte Vance und ging zu dem Bücherregal vor dem Korbsessel zurück.

»Vielleicht finden wir in dieser Abteilung etwas, was uns aufmuntert. Wollen doch mal sehen, ob die eine oder andere frohe Botschaft in den Staub geschrieben ist.«

Er entzündete ein Streichholz nach dem anderen, während er sorgfältig die Rücken der Bücher inspizierte; er begann oben im Regal und sah systematisch die Titel eines jeden Brettes durch. Er war beim zweiten Brett von unten angekommen, als er sich interessiert vorbeugte und zwei dicke graue Bände mit einem zweiten, längeren Blick bedachte. Dann blies er das Streichholz aus und nahm die beiden Bände mit zum Fenster.

»Es ist schon verrückt«, meinte er nach einer kurzen Untersuchung. »Dies sind unter den Büchern, die man im Sessel sitzend erreichen kann, die beiden einzigen, die in letzter Zeit jemand in der Hand gehabt hat. Und was meinen Sie, was es ist? Das HANDBUCH FÜR UNTERSUCHUNGSRICHTER ALS SYSTEM DER KRIMINALISTIK von Professor Hans Groß, in einer alten zweibändigen Ausgabe.« Er blickte Markham mit einer aufgesetzt tadelnden Miene an. »Sie haben doch nicht etwa Ihre Nächte in dieser Bibliothek zugebracht, um zu lernen, wie man Verdächtige zum Reden bringt?«

Markham ging nicht auf den Scherz ein. Er erkannte die äußeren Anzeichen von Vance' innerer Unruhe. »Gerade der evident irrelevante Titel des Buches«, antwortete er, »sollte uns daran erinnern, daß es vielleicht nichts als ein Zufall ist, daß jemand diese Bibliothek aufsuchte und gleichzeitig die Morde im Haus geschahen.«

Vance antwortete nicht. Nachdenklich stellte er die Bücher an ihren Platz zurück und ließ den Blick über die übrigen Bände des unteren Brettes schweifen. Plötzlich kniete er nieder und riß ein weiteres Streichholz an.

»Hier stehen mehrere Bücher nicht an ihrem Platz.« Ich spürte eine unterdrückte Erregung in seiner Stimme. »Sie gehören in andere Regale und sind unordentlich eingestellt worden. Und kein Staubkörnchen ist auf ihnen ... Alle Wetter, Markham, hier haben wir einen Zufall, der Ihrem skeptischen Juristenverstand zu denken geben wird! Hören Sie sich einmal diese Titel an – POISONS: THEIR EFFECTS AND DETECTION von Alexander Wynter Blyth[21] und das TEXTBOOK OF MEDICAL JURISPRUDENCE, TOXICOLOGY, AND PUBLIC HEALTH von John Glaister, Professor für Gerichtsmedizin an der Universität Glasgow. Und hier haben wir Friedrich Brügelmanns ÜBER HYSTERISCHE DÄMMERZUSTÄNDE und

Schwarzwalds Über Hystero-Paralyse und Somnambulismus. Ich muß schon sagen! Das ist verdammt merkwürdig...«

Er erhob sich und ging aufgeregt auf und ab.

»Nein – nein; unmöglich«, murmelte er. »Das kann einfach nicht sein... Warum sollte von Blon uns über ihren Zustand belügen?«

Wir wußten alle, was ihm durch den Kopf ging. Auch Heath spürte es sofort; er verstand zwar kein Deutsch, aber die Titel der beiden Bücher, besonders des letzteren, waren auch ohne Übersetzung verständlich. Hysterie und Dämmerzustände! Hysterisch bedingte Lähmung und Schlafwandelei! Die grausige und entsetzliche Bedeutung dieser beiden Titel und das Licht, das sie vielleicht auf die schrecklichen Morde im Hause Greene warfen, ließen mich vor Entsetzen erschaudern.

Vance hielt in seinem rastlosen Wandern inne und fixierte Markham mit einem bedeutungsschweren Blick.

»Dieser Fall wird mysteriöser und mysteriöser. Etwas Unvorstellbares geht hier vor. Kommen Sie, wir wollen sehen, daß wir aus diesem verseuchten Zimmer herauskommen. Es hat uns seine wahnwitzige Geschichte offenbart, einen Alptraum. Und nun werden wir ihn deuten müssen – etwas Faßbares herauslesen müssen aus seinen schwarzen Andeutungen. Sergeant, wollen Sie bitte die Vorhänge schließen, während ich diese Bücher zurückstelle? Wir sollten sehen, daß wir keine Spuren unseres Besuches hinterlassen.«

Kapitel 19

Über Sherry und Paralyse

(Mittwoch, 1. Dezember, 4.30 Uhr nachmittags)

Als wir zurück in Mrs. Greenes Zimmer kamen, schien die alte Dame friedlich zu schlummern, und wir störten sie nicht. Heath gab Schwester O'Brien den Schlüssel mit der Anweisung, ihn wieder in das Schmuckkästchen zu legen; dann gingen wir nach unten.

Obwohl es erst kurz nach vier war, hatte es bereits zu dämmern begonnen. Sproot hatte das Licht noch nicht eingeschaltet, und der untere Flur lag im Halbdunkel. Das ganze Haus war erfüllt von einer unheimlichen Atmosphäre. Sogar die Stille wirkte bedrückend und hatte etwas geradezu Bedrohliches. Wir gingen geradewegs zu dem Garderobentisch, auf den wir unsere Mäntel geworfen hatten, denn wir konnten es kaum erwarten, ins Freie zu gelangen.

Doch ganz so schnell sollten wir dem deprimierenden Einfluß des alten Hauses nicht entrinnen. Kaum hatten wir den Tisch erreicht, da bewegten sich die Portieren an der dem Wohnzimmer gegenüberliegenden Tür ein wenig, und eine nervös klingende Stimme flüsterte: »Mr. Vance – bitte!«

Überrascht wandten wir uns um. Da, direkt am Eingang zum Salon, versteckt hinter den schweren Vorhängen, stand Ada; ihr Gesicht war ein gespenstischer, bleicher Fleck in der zunehmenden Dunkelheit. Einen Finger auf die Lippen gelegt, um uns zum Schweigen zu mahnen, winkte sie uns zu sich heran. Leise betraten wir den kalten, ungenutzten Raum.

»Ich muß Ihnen etwas sagen«, sagte sie, halb flüsternd, »etwas Schreckliches! Eigentlich wollte ich Sie heute anrufen, aber ich hatte Angst . . .« Sie begann zu zittern.

»Fürchten Sie sich nicht, Ada«, versuchte Vance sie zu beruhigen und ihr Mut zuzusprechen. »In ein paar Tagen ist alles Schreckliche vorüber. Was wollten Sie uns sagen?«

Nur mit Mühe gelang es ihr, sich zusammenzunehmen, und als das Zittern vorüber war, fuhr sie stockend fort.

»Vergangene Nacht – es war schon weit nach Mitternacht – wachte ich auf und fühlte mich hungrig. Also stand ich auf, schlüpfte in einen Morgenrock und schlich nach unten. Die Köchin läßt in der Speisekammer immer etwas für mich stehen...« Wieder hielt sie inne und musterte mit verstörtem Blick unsere Gesichter. »Aber als ich den unteren Treppenabsatz erreichte, hörte ich im Flur ein leises, schlurfendes Geräusch – ganz hinten, an der Tür zur Bibliothek. Mir schlug das Herz bis zum Hals, aber ich zwang mich, über das Geländer zu schauen. Und genau in dem Augenblick – zündete jemand ein Streichholz an...«

Sie begann erneut zu zittern und klammerte sich mit beiden Händen an Vance' Arm. Da ich fürchtete, das Mädchen könnte ohnmächtig werden, trat ich näher hinzu; aber Vance' Stimme schien sie zu beruhigen.

»Wer war es, Ada?«

Sie rang nach Atem und blickte sich um; Todesangst stand ihr im Gesicht geschrieben. Dann beugte sie sich vor.

»Es war Mutter! Und sie konnte gehen!«

Die entsetzliche Tragweite dieser Enthüllung ließ uns alle erschaudern. Einen Augenblick lang herrschte Schweigen, dann entfuhr Heath ein unterdrückter Pfiff; und Markham schüttelte den Kopf wie ein Mann, der sich aus dem Zustand der Hypnose zu befreien sucht. Es war Vance, der sich als erster wieder so weit in der Gewalt hatte, daß er Worte fand.

»Ihre Mutter war an der Tür zur Bibliothek?«

»Ja, und es sah aus, als hätte sie einen Schlüssel in der Hand.«

»Hatte sie sonst noch etwas bei sich?« Vance bemühte sich, gelassen zu wirken, aber es gelang ihm nicht recht.

»Ich habe nichts bemerkt – ich war zu erschrocken.«

»Könnte es beispielsweise sein, daß sie ein Paar Galoschen in der Hand hatte?« Er ließ nicht locker.

»Schon möglich. Ich weiß es nicht. Sie hatte ihren langen orientalischen Schal umgelegt, und seine Falten hüllten sie ganz ein. Unter dem Schal vielleicht... Vielleicht hatte sie sie auch abgestellt, als sie das Streichholz anzündete. Ich weiß nur, daß ich sie gesehen habe – wie sie sich langsam bewegte... da im Dunkeln.«

Die Erinnerung an diese unglaubliche Erscheinung nahm das Mädchen völlig gefangen. Mit weit aufgerissenen Augen, so, als sei sie in Trance, starrte sie auf die immer länger werdenden Schatten.

213

Markham räusperte sich unruhig.

»Sie sagen selbst, daß es vergangene Nacht dunkel im Flur war, Miss Greene. Vielleicht hat die Angst Ihnen einen Streich gespielt. Sind Sie ganz sicher, daß es nicht Hemming war oder die Köchin?«

Mit einem plötzlichen Unmut blickte sie nun wieder Markham an.

»Nein!« Der entsetzte Unterton war in ihre Stimme zurückgekehrt. »Es war Mutter. Das Streichholz leuchtete ihr ins Gesicht, und ein schrecklicher Ausdruck lag in ihren Augen. Ich war ja nur ein paar Meter entfernt – ich blickte direkt von oben auf sie herab.«

Sie klammerte sich an Vance' Arm, und von neuem sah sie ihn verzweifelt an.

»Oh, was soll das nur bedeuten? Ich dachte – ich dachte, Mutter würde nie wieder laufen können.«

Vance ignorierte ihre ängstliche Frage.

»Sagen Sie – das ist sehr wichtig –, hat Ihre Mutter Sie gesehen?«

»Das – weiß ich nicht.« Ihre Stimme war kaum noch zu hören. »Ich drehte mich um und lief auf Zehenspitzen die Treppe hinauf. Dann schloß ich mich in meinem Zimmer ein.«

Vance antwortete nicht sofort. Er betrachtete das Mädchen eine Weile lang; dann lächelte er.

»Und ich glaube, auch jetzt ist Ihr Zimmer der beste Platz für Sie«, sagte er. »Machen Sie sich keine Gedanken über das, was Sie da gesehen haben; und behalten Sie für sich, was Sie uns erzählt haben. Es gibt nichts, wovor Sie sich fürchten müssen. Man weiß, daß bestimmte Arten von Paralytikern schlafwandeln können – als Folge ungewöhnlicher Belastungen, eines Schocks oder einer Erregung. Für alle Fälle werden wir es so einrichten, daß die neue Pflegerin heute nacht bei Ihnen im Zimmer schläft.« Und indem er ihr noch einmal freundlich den Arm tätschelte, schickte er sie nach oben.

Nachdem Heath Miss O'Brien die entsprechenden Instruktionen gegeben hatte, verließen wir das Haus und gingen zur First Avenue.

»Meine Güte, Vance!« sagte Markham mit belegter Stimme. »Wir müssen rasch handeln. Was uns dieses Kind erzählt hat, eröffnet neue und entsetzliche Möglichkeiten.«

»Könnten Sie die alte Frau nicht morgen in irgendein Sanatorium einweisen lassen, Sir?« fragte Heath.

»Mit welcher Begründung? Es liegt ein Befund vor, daß sie unheilbar krank ist. Wir haben nicht den geringsten Beweis.«

»So oder so ist das nicht der richtige Weg«, warf Vance ein. »Wir dürfen nichts überstürzen. Adas Geschichte läßt verschiedene Schlüsse zu; und wenn das, was wir alle denken, am Ende falsch ist, dann würden wir durch einen falschen Schritt nur noch größeres Unheil anrichten. Wir könnten der Mordserie für den Augenblick Einhalt gebieten; aber herausfinden würden wir nichts. Und unsere einzige Hoffnung besteht darin, daß wir – auf welche Weise auch immer – entdecken, was dem ganzen schrecklichen Geschehen zugrunde liegt.«

»Tatsächlich? Und wie sollen wir das anstellen, Mr. Vance?« Heath klang verzweifelt.

»Das weiß ich noch nicht. Für heute nacht ist das Haus Greene jedenfalls sicher; und das gibt uns etwas Zeit. Ich denke, wir sollten uns noch einmal mit von Blon unterhalten. Ärzte – vor allem die jüngeren unter ihnen – neigen oft zu vorschnellen Diagnosen.«

Heath hatte ein Taxi herbeigewinkt, und wir fuhren die Third Avenue entlang stadteinwärts.

»Es kann sicher nichts schaden«, stimmte Markham zu. »Und es könnte sich etwas ergeben, was uns weiterhilft. Wann wollen Sie ihn sich vornehmen?«

Vance blickte aus dem Fenster.

»Warum nicht gleich?« Seine Stimmung war plötzlich umgeschlagen. »Hier haben wir schon die 40. Straße. Und es ist Teezeit! Besser kann es doch gar nicht kommen.«

Er beugte sich vor und gab dem Fahrer Direktiven. Wenige Minuten später hielt das Taxi vor von Blons Residenz, einem Haus aus braunem Sandstein.

Der Doktor begrüßte uns mit besorgter Miene. »Nichts Schlimmes, hoffe ich?« fragte er und versuchte, in unseren Gesichtern zu lesen.

»Oh nein«, antwortete Vance gutgelaunt. »Wir kamen gerade vorbei und dachten, wir schauen einmal herein, zu einer Tasse Tee und einer Plauderei über medizinische Fragen.«

Von Blon betrachtete ihn aufmerksam, ein wenig mißtrauisch. »Nun gut. Das sollen die Herren haben.« Er läutete nach seinem

Diener. »Ich kann Ihnen sogar noch Besseres bieten. Ich habe da einen alten Amontillado –«

»Alle Achtung!« Vance verbeugte sich höflich und wandte sich dann Markham zu. »Sehen Sie, wie Fortuna es ihren Kindern lohnt, wenn sie den rechten Zeitpunkt zu wählen wissen?«

Der Wein wurde gebracht und sorgsam ausgeschenkt.

Vance nahm sein Glas und nippte daran. So, wie er sich benahm, hätte man denken können, daß es in jenem Augenblick nichts Wichtigeres auf der Welt gegeben hätte als den Wohlgeschmack dieses Weines.

»Ach, mein lieber Doktor«, bemerkte er in ein wenig übertriebenem Tonfalle, »der Mann, der in den sonnigen Hügeln Andalusiens diesen Wein veredelte, hatte zweifellos manch seltenes und wertvolles Faß, aus dem er schöpfen konnte. In jenem Jahr war es kaum notwendig, *vino dulce* hinzuzufügen; aber die Spanier süßen ihre Weine schließlich immer, wahrscheinlich, weil die Engländer schon die geringste trockene Note als störend empfinden. Und Sie wissen ja, es sind die Engländer, die überall den besten Sherry aufkaufen. Von jeher haben sie ihren *sherris-sack* zu schützen gewußt; und mancher britische Barde hat ihm im Lied Unsterblichkeit verliehen. Ben Jonson sang zu seinem Preis und ebenso Tom Moore und Byron. Doch es war Shakespeare – selbst ein feuriger Verehrer des Sherry –, der das schönste und leidenschaftlichste Loblied darauf zu Papier brachte. Sie erinnern sich an Falstaffs Worte? ›Er steigt Euch in das Gehirn, zerteilt da alle die albernen und rohen Dünste, die es umgeben, macht es sinnig, schnell und erfinderisch, voll von behenden, feurigen und ergötzlichen Bildern . . .‹ Sherry, wie Sie vermutlich wissen, Doktor, galt einst als Heilmittel gegen Gicht und andere Malaisen des Stoffwechsels.«

Er hielt inne und stellte sein Glas ab.

»Ich frage mich, warum Sie diesen exquisiten Sherry nicht schon längst Mrs. Greene verschrieben haben. Ich bin sicher, sie würde Ihren ganzen Vorrat konfiszieren, wenn sie wüßte, daß Sie ihn haben.«

»Um ehrlich zu sein«, entgegnete von Blon, »ich habe ihr einmal eine Flasche mitgenommen, und sie hat ihn Chester gegeben. Sie macht sich nichts aus Wein. Ich erinnere mich noch, daß mein Vater mir erzählte, wie heftig sie gegen ihren Ehemann und dessen gutgefüllten Weinkeller wetterte.«

»Ihr Vater starb, bevor Mrs. Greenes Lähmung sich einstellte, nicht wahr?« fragte Vance beiläufig.

»Ja – etwa ein Jahr zuvor.«

»War Ihre Diagnose eigentlich die einzige, die in diesem Fall gestellt wurde?«

Von Blon warf ihm einen milde überraschten Blick zu.

»Ja. Für meine Begriffe bestand kein Grund, eine der Koryphäen hinzuzuziehen. Die Symptome waren eindeutig, und sie paßten zur Vorgeschichte. Außerdem haben alle Entwicklungen seither meine Diagnose bestätigt.«

»Und doch, Doktor« – Vance tastete sich vorsichtig an sein eigentliches Anliegen heran –, »hat sich etwas ergeben, das, vom Standpunkt eines Laien betrachtet, vielleicht Zweifel an der Richtigkeit dieser Diagnose aufkommen läßt. Deshalb bin ich mir auch sicher, Sie werden mir verzeihen, wenn ich Sie offen und ehrlich frage, ob Mrs. Greenes Krankheit nicht auch anders, vielleicht als weniger schwerwiegend, gedeutet werden könnte.«

Von Blon blickte völlig verständnislos drein. »Es besteht«, sagte er, »nicht die geringste Möglichkeit, daß Mrs. Greene an etwas anderem leidet als an organischer Paralyse beider Beine – genauer gesagt, einer Paraplegie der gesamten unteren Körperhälfte.«

»Wenn Sie sähen, daß Mrs. Greene die Beine bewegt, wie würde Ihr Verstand darauf reagieren?«

Von Blon starrte ihn ungläubig an. Dann zwang er sich zu einem Lachen. »Mein Verstand? Ich wüßte, daß meine Leber mir den Dienst versagt und ich unter Halluzinationen leide.«

»Und wenn Sie wüßten, daß Ihre Leber völlig normal ist, was dann?«

»Dann würde ich von Stund an aus vollem Herzen an Wunder glauben.«

Vance lächelte freundlich. »Ich hoffe sehr, daß es dazu nicht kommen wird. Und doch sind sogenannte Wunderheilungen schon vorgekommen.«

»Ich gebe zu, die Geschichte der Medizin ist voll von dem, was die Uneingeweihten wunderbare Heilungen nennen. Aber hinter jeder davon steckt solide Medizinerarbeit. In Mrs. Greenes Fall sehe ich allerdings nicht, an welcher Stelle ein Irrtum möglich sein sollte. Wenn sie ihre Beine bewegen könnte, dann würde das allen bekannten Gesetzen der Physiologie zuwiderlaufen.«

»Übrigens, Doktor« – fragte Vance abrupt –, »kennen Sie eigentlich Brügelmanns ÜBER HYSTERISCHE DÄMMERZUSTÄNDE?«

»Nein – nicht daß ich wüßte.«

»Oder Schwarzwalds ÜBER HYSTERO-PARALYSE UND SOMNAMBULISMUS?«

Von Blon zögerte, und sein Blick war konzentriert wie der eines Mannes, der angestrengt nachdenkt.

»Ich weiß natürlich, wer Schwarzwald ist«, antwortete er. »Aber das Werk, das Sie erwähnen, ist mir unbekannt...« Aus seiner Miene sprach ein immer ungläubigeres Staunen. »Meine Güte! Sie werden doch nicht die Themen dieser Bücher mit Mrs. Greenes Verfassung in Verbindung bringen wollen, oder etwa doch?«

»Wenn ich Ihnen sagte, daß beide Bücher sich im Hause Greene befinden, was würden Sie darauf antworten?«

»Ich würde sagen, ihre Gegenwart hat nicht mehr mit den Vorfällen dort zu tun, als wenn es DIE LEIDEN DES JUNGEN WERTHERS und Heines ROMANZERO wären.«

»Tut mir leid, aber da kann ich Ihnen nicht zustimmen«, antwortete Vance höflich. »Sie sind mit Sicherheit von Bedeutung für unsere Untersuchungen, und ich hatte gehofft, von Ihnen erklärt zu bekommen, worin der Zusammenhang besteht.«

Von Blon schien die möglichen Antworten abzuwägen, und er schien verwirrter denn je.

»Ich wünschte, ich könnte Ihnen helfen«, sagte er nach einigen Augenblicken. Dann sah er rasch auf, seine Augen leuchteten. »Erlauben Sie mir zu sagen, Sir, daß es sich um ein Mißverständnis Ihrerseits handelt, was die genaue wissenschaftliche Bedeutung der Titel dieser beiden Bücher angeht. Ich habe seinerzeit recht ausgiebige psychoanalytische Studien getrieben; und sowohl Freud als auch Jung gebrauchen die Ausdrücke ›Somnambulismus‹ und ›Dämmerzustände‹ in einem anderen als dem umgangssprachlichen im Sinne von ›Schlafwandeln‹ und ›Halbschlaf‹. ›Somnambulismus‹ wird in der Begriffswelt der Psychopathologie und der klinischen Psychologie im Zusammenhang mit ambivalenten oder gespaltenen Persönlichkeiten gebraucht: Man bezeichnet damit die Tätigkeiten des unterdrückten oder unbewußten Ich im Zustand der Aphasie, der Amnesie und dergleichen. Es geht dabei nicht um Schlafwandeln. Bei psychisch bedingter Hysterie zum Beispiel, wenn man das Erinnerungsvermögen verliert und in eine neue Persönlichkeit schlüpft, wird der Patient als ›Somnambuler‹ bezeichnet. Er ist jemand, den die Zeitungen als eine Person beschreiben, die ›das Gedächtnis verloren hat‹.«

Er erhob sich und ging zu einem Bücherschrank. Nach kurzer Suche holte er mehrere Bände hervor.

»Hier haben wir zum Beispiel eine alte Monographie von Freud und Breuer, 1893 geschrieben, mit dem Titel Über den psychischen Mechanismus der hysterischen Phänomene. Wenn Sie sich die Mühe machen, es zu lesen, werden Sie erfahren, daß hier der Vorschlag unterbreitet wird, den Ausdruck ›Somnambulismus‹ auf bestimmte temporäre neurotische Störungen anzuwenden. Und hier haben wir Freuds Traumdeutung, erschienen 1894, wo diese Terminologie erläutert und weiter ausgeführt wird. Zur Ergänzung habe ich hier noch Nervöse Angstzustände von Stekel, der zwar eine der wichtigsten Splittergruppen der Freudschen Schule anführt, aber doch dieselbe Nomenklatur für die Persönlichkeitsspaltung verwendet.« Er legte die drei Bücher vor Vance auf den Tisch. »Sie dürfen sie mitnehmen, wenn Sie wollen. Vielleicht werfen sie einiges Licht auf den Irrtum, dem Sie erlegen sind.«

»Sie gehen also davon aus, daß Schwarzwald und Brügelmann sich beide mit psychischen Zuständen des wachen Bewußtseins beschäftigen und nicht mit dem, was man gemeinhin Schlafwandeln nennt?«

»Ja, das ist die Ansicht, zu der ich neige. Ich weiß, daß Schwarzwald früher Dozent am Psychopathischen Institut war, wo er ständig mit Freud und dessen Lehre zu tun hatte. Aber, wie gesagt, ich kenne keines der beiden Bücher.«

»Wie würden Sie es erklären, daß in beiden Titeln von Hysterie die Rede ist?«

»Das ist keinerlei Widerspruch. Aphasie, Amnesie, Aphonie – und oft auch Anosmie und Apnoa – sind Symptome der Hysterie. Und hysterisch bedingte Lähmungen sind weitverbreitet. Es gibt viele Fälle von Paralytikern, die über Jahre hinweg keinen Muskel bewegen können, allein durch Hysterie bedingt.«

»Genau!« Vance nahm sein Glas und leerte es auf einen Zug. »Das bringt mich zu der recht ungewöhnlichen Bitte, die ich an Sie habe. Wie Sie wissen, werden die Polizei und die Bezirksstaatsanwaltschaft von den Zeitungen in zunehmendem Maß angegriffen, und jeder, der mit der Untersuchung des Falles Greene zu tun hat, wird der Nachlässigkeit bezichtigt. Deshalb ist Mr. Markham zu dem Schluß gekommen, daß es ratsam für ihn wäre, sich einen Bericht über Mrs. Greenes Gesundheitszustand zu verschaffen, der mit der Autorität eines führenden Experten spräche. Und ich wollte vorschlagen, daß wir, ausschließlich aus formalen Gründen, aus Routine, einen solchen Bericht von – sagen wir – Doktor Felix Oppenheimer anfordern sollten.«[22]

Von Blon schwieg einige Minuten lang. Er saß da und spielte nervös mit dem Glas in seinen Händen, den Blick aufmerksam und nachdenklich auf Vance gerichtet.

»Es wäre wohl von Vorteil für Sie, einen solchen Bericht zu haben«, stimmte er schließlich zu, »und sei es nur, um Ihre Zweifel zu diesem Thema zu zerstreuen. Nein, ich erhebe keinerlei Einspruch gegen diese Absicht. Es wird mir ein Vergnügen sein, die notwendigen Arrangements zu treffen.«

Vance erhob sich.

»Das ist sehr großzügig von Ihnen, Doktor. Aber ich muß Sie bitten, sich unverzüglich darum zu kümmern.«

»Ich verstehe vollkommen. Ich werde mich morgen früh mit Doktor Oppenheimer in Verbindung setzen und ihm erklären, daß es sich um eine amtliche Angelegenheit handelt. Ich bin sicher, er wird sich dann um die Sache kümmern.«

Als wir wieder im Taxi saßen, machte Markham seiner Verwunderung Luft.

»Von Blon scheint mir ein ausgesprochen tüchtiger und vertrauenswerter Mann zu sein. Und trotzdem hat er offenbar, was Mrs. Greenes Krankheit angeht, eine völlig falsche Diagnose gestellt. Ich fürchte, es wird ein ziemlicher Schock für ihn sein, wenn er hört, was Oppenheimer nach der Untersuchung zu sagen hat.«

»Wissen Sie, Markham«, orakelte Vance düster, »ich würde mich wundern, wenn es uns gelänge, diesen Bericht von Oppenheimer zu bekommen.«

»Wenn es gelänge! Was soll das heißen?«

»Ich weiß nicht, was das heißen soll, wirklich. Ich weiß nur, daß da eine entsetzliche rabenschwarze Intrige im Hause Greene im Gange ist. Und bisher haben wir keine Ahnung, wer dahintersteckt. Aber es ist jemand, der uns beobachtet, jemand, der jeden Schritt kennt, den wir tun, und der jeden unserer Pläne vereitelt.«

Kapitel 20

Die vierte Tragödie

(Donnerstag, 2. Dezember, vormittags)

Der folgende Tag war ein Tag, den ich niemals vergessen werde. Auch wenn wir allesamt das, was geschah, vorausgesehen hatten, traf es uns doch, als es tatsächlich kam, mit einer Härte, als sei die Katastrophe völlig unerwartet eingetreten. Ja, gerade der Umstand, daß wir das Entsetzliche schon geahnt hatten, steigerte die Ungeheuerlichkeit des Geschehens noch.

Der Tag begann düster und bedrohlich. Die Luft war feucht und kalt, und der bleierne Himmel lastete schwer auf der Erde, als wolle er sie ersticken. Das Wetter schien wie ein Abbild unserer gedrückten Stimmung.

Vance stand früh auf, und obwohl er wenig sagte, wußte ich doch, daß der Fall an seinen Nerven zerrte. Nach dem Frühstück saß er eine Stunde lang rauchend und Kaffee trinkend vor dem Kamin. Dann unternahm er den Versuch, sich in eine alte französische Ausgabe des TILL ULENSPIEGEL zu vertiefen, und als ihm das nicht gelang, griff er zum siebten Band von Oslers MODERN MEDICINE und begann, Buzzards Artikel über Rückenmarksentzündung zu studieren. Eine Stunde lang las er mit verzweifelter Konzentration. Schließlich stellte er das Buch zurück ins Regal.

Um halb zwölf rief Markham an. Er teilte uns mit, daß er im Begriff stehe, das Büro zu verlassen und zum Haus der Greenes zu fahren; auf dem Weg dorthin wollte er vorbeikommen und uns mitnehmen. Er weigerte sich, mehr zu sagen, und legte unvermittelt auf.

Als er eintraf, war es zehn vor zwölf; deutlicher als Worte sagte uns seine finstere, mutlose Miene, daß sich erneut eine Tragödie ereignet hatte. Wir standen schon im Mantel bereit und begleiteten ihn unverzüglich zum Wagen.

»Und wer ist es diesmal?« fragte Vance, als wir in die Park Avenue einbogen.

»Ada.« Markham sprach mit zusammengebissenen Zähnen, und seine Stimme klang verbittert.

»Das habe ich befürchtet, nach allem, was sie uns gestern erzählt hat. Gift, vermute ich.«

»Ja – das Morphium.«

»Nun, immerhin, das ist ein leichterer Tod als eine Strychninvergiftung.«

»Sie ist Gott sei Dank nicht tot!« sagte Markham. »Das heißt, sie war noch am Leben, als Heath anrief.«

»Heath? War er dort?«

»Nein. Die Pflegerin hat ihn bei der Mordkommission benachrichtigt, und er rief mich von dort aus an. Er wird vermutlich schon bei den Greenes sein, wenn wir ankommen.«

»Sie ist nicht tot, sagen Sie?«

»Drumm – das ist der Polizeiarzt, den Moran in den Narcoss-Apartments postiert hat – war sofort zur Stelle, und als die Pflegerin telefonierte, hatte er Ada bis dahin am Leben halten können.«

»Sproots Signal hat also gut funktioniert?«

»Offensichtlich. Und was ich noch sagen wollte, Vance, ich bin Ihnen verflucht dankbar für den Vorschlag, einen Arzt in greifbarer Nähe zu haben.«

Als wir das Greenesche Anwesen erreichten, öffnete Heath, der nach uns Ausschau gehalten hatte, die Tür.

»Sie ist noch am Leben«, begrüßte er uns mit einem theatralischen Flüstern; und dann zog er uns in den Salon, um uns dort seine Heimlichtuerei zu erklären. »Niemand im Haus außer Sproot und O'Brien hat bisher von dem Giftanschlag erfahren. Sproot fand sie und zog dann sämtliche Vorhänge auf der Vorderseite dieses Zimmers zu – das war das vereinbarte Zeichen. Als Doc Drumm herübergehechtet kam, hielt Sproot ihm schon die Tür auf und brachte ihn nach oben, ohne daß ihn jemand sah. Der Doc schickte nach O'Brien, und nachdem sie sich eine Weile um das Mädchen gekümmert hatten, sagte er ihr, sie solle das Präsidium benachrichtigen.«

»Das war gut von Ihnen, die Sache nicht an die große Glocke zu hängen«, sagte Markham. »Wenn Ada am Leben bleibt, können wir es geheimhalten und vielleicht etwas von ihr erfahren.«

»Genau was ich dachte, Sir. Zu Sproot habe ich gesagt, ich würde ihm seinen dürren Hals umdrehen, wenn er irgendwas ausplaudert.«

»Woraufhin«, fügte Vance hinzu, »er sich höflich verbeugte und sagte: ›Sehr wohl, Sir‹.«

»Darauf können Sie Gift nehmen!«

»Wo befindet sich der Rest des Haushalts im Augenblick?« fragte Markham.

»Miss Sibella ist in ihrem Zimmer. Sie hat um halb elf im Bett gefrühstückt und ließ dann das Hausmädchen wissen, sie werde noch ein wenig schlafen. Die alte Dame schläft ebenfalls. Das Mädchen und die Köchin sind irgendwo in den hinteren Räumen des Hauses.«

»War von Blon heute morgen hier?« schaltete Vance sich ein.

»Sicher war er hier – der kommt jeden Tag. O'Brien sagt, er sei um zehn gekommen, eine Stunde bei der alten Dame gewesen und dann wieder gegangen.«

»Und man hat ihm nichts von dem Morphiumanschlag gesagt?«

»Warum auch? Drumm ist ein guter Arzt, und von Blon würde es nur bei Sibella oder sonst jemandem ausplaudern.«

»Sehr richtig.« Vance nickte anerkennend.

Wir gingen in die Diele zurück und legten unsere Mäntel ab.

»Während wir auf Doktor Drumm warten«, sagte Markham, »könnten wir auch feststellen, was Sproot weiß.«

Wir begaben uns ins Wohnzimmer, und Heath riß an der Klingelschnur. Der alte Butler war sofort zur Stelle und stand da, ohne sich auch nur die Spur einer Emotion anmerken zu lassen. Ich fand, sein Gleichmut hatte etwas Unmenschliches.

Markham winkte ihn heran.

»Also, Sproot, nun berichten Sie uns einmal ganz genau, was sich zugetragen hat.«

»Ich war in der Küche und ruhte mich ein wenig aus« – die Stimme des Mannes klang ausdruckslos wie immer –, »und gerade sah ich auf die Uhr und dachte, daß es Zeit sei, wieder an die Arbeit zu gehen, da läutete die Glocke von Miss Adas Zimmer. Jede dieser Glocken, Sir, steht nämlich –«

»Schon gut! Wie spät war es?«

»Es war genau elf Uhr. Und wie ich bereits sagte, läutete Miss Adas Glocke. Ich ging sogleich hinauf und klopfte an ihre Tür; und als niemand antwortete, war ich so frei, die Tür zu öffnen und hineinzuschauen. Miss Ada lag auf dem Bett; aber ihre Haltung hatte etwas Unnatürliches – wenn Sie verstehen, was ich meine. Und dann bemerkte ich etwas höchst Merkwürdiges, Sir. Miss Sibellas kleiner Hund war auf dem Bett –«

223

»Stand neben dem Bett ein Stuhl oder ein Hocker?« unterbrach Vance.

»Ja, Sir, ich glaube ja. Ein Polsterschemel.«

»Der Hund hätte also ohne fremde Hilfe auf das Bett klettern können?«

»Oh ja, Sir.«

»Sehr gut. Fahren Sie fort.«

»Nun, der Hund war auf dem Bett, und offenbar stand er auf den Hinterbeinen und spielte mit dem Klingelzug. Aber das Merkwürdige war, daß er auf Miss Adas Gesicht stand, und sie schien es nicht einmal zu bemerken. Insgeheim war ich etwas verwundert; ich ging zum Bett und setzte den Hund weg. Dabei bemerkte ich, daß sich einige Fäden der seidenen Quaste am Ende der Klingelschnur in seinen Zähnen verfangen hatten; und – stellen Sie sich das vor, Sir – er war es, der Miss Adas Glocke betätigt hatte . . .«

»Erstaunlich«, murmelte Vance. »Und was geschah dann, Sproot?«

»Ich schüttelte die junge Dame, obwohl ich wenig Hoffnung hatte, sie zu wecken, nachdem Miss Sibellas Hund auf ihrem Gesicht gestanden hatte, ohne daß sie etwas bemerkt hatte. Dann ging ich hinunter und zog die Gardinen im Salon zu, wie man es mir für den Notfall aufgetragen hatte. Als der Doktor eintraf, führte ich ihn in Miss Adas Zimmer.«

»Und das ist alles, was Sie wissen?«

»Jawohl, Sir.«

»Vielen Dank, Sproot.« Markham erhob sich ungeduldig. »Und nun können Sie Doktor Drumm wissen lassen, daß wir hier sind.«

Es war jedoch die Pflegerin, die einige Minuten später das Wohnzimmer betrat. Sie war eine mittelgroße Frau von fünfunddreißig Jahren, mit einer guten Figur und klugen braunen Augen; der Mund war schmal, das Kinn kräftig, und in ihrer ganzen Art erweckte sie den Eindruck von Kompetenz. Sie begrüßte Heath mit einem freundschaftlichen Winken und den Rest von uns mit einer reservierten, förmlichen Verbeugung.

»Doc Drumm kann im Augenblick nicht von der Patientin fort«, ließ sie uns wissen und setzte sich. »Deshalb hat er mich geschickt. Aber er wird gleich unten sein.«

»Und wie sieht es aus?« Markham war stehengeblieben.

»Sie wird durchkommen, glaube ich. Wir haben eine halbe Stunde lang ihren Körper in Bewegung gehalten und sie künstlich beatmet, und der Doc hofft, daß er sie demnächst zum Gehen bringen kann.«

Nun, wo sich seine Nerven ein wenig entspannten, nahm Markham wieder Platz.

»Erzählen Sie uns alles, was Sie wissen, Miss O'Brien. Gab es irgendeinen Hinweis darauf, wie das Gift verabreicht wurde?«

»Nur eine leere Suppentasse.« Die Frau war nervös. »Aber Sie werden schon Spuren von Morphium darin finden, nehme ich an.«

»Was veranlaßt Sie zu der Annahme, das Gift sei in der Suppe gewesen?«

Sie zögerte und warf Heath einen unsicheren Blick zu.

»Nun, es ist so. Jeden Vormittag gegen elf bringe ich Mrs. Greene eine Tasse Bouillon; und wenn Miss Ada bei ihr ist, serviere ich zwei Tassen – so will es die alte Dame. Heute morgen war das Mädchen bei ihr, als ich hinunter zur Küche ging, daher brachte ich zwei Tassen. Als ich wieder zurückkam, war Mrs. Greene allein, also gab ich der alten Dame ihre Tasse und stellte die andere in Miss Adas Zimmer auf den Tisch neben ihrem Bett. Dann ging ich auf den Flur und rief nach ihr. Sie war unten – im Wohnzimmer, nehme ich an. Jedenfalls kam sie gleich hinauf, und da ich für Mrs. Greene einige Wäsche zu flicken hatte, ging ich auf mein Zimmer im zweiten Stock –«

»Das heißt«, schaltete Markham sich ein, »die Bouillon stand etwa eine Minute lang unbeaufsichtigt auf Miss Adas Tisch, von dem Augenblick an, an dem Sie das Zimmer verließen, bis zu dem Zeitpunkt, zu dem Miss Ada vom unteren Flur heraufgekommen war.«

»Es waren höchstens zwanzig Sekunden. Und die ganze Zeit über stand ich direkt vor der Tür. Außerdem war die Tür offen, und ich hätte jeden gehört, der sich im Zimmer zu schaffen gemacht hätte.« Die Frau verteidigte sich offenbar verzweifelt gegen den Vorwurf der Pflichtversäumnis, der in Markhams Bemerkung angeklungen war.

Vance stellte die nächste Frage.

»Haben Sie außer Miss Ada noch jemanden auf dem Flur gesehen?«

»Nur Doktor von Blon. Er war im unteren Flur und legte gerade seinen Mantel an, als ich hinunterrief.«

»Hat er danach sofort das Haus verlassen?«

»Aber ja.«

»Haben Sie ihn tatsächlich zur Tür hinausgehen sehen?«

»Nein – das nicht. Aber er zog seinen Mantel an, und er hatte sich von Mrs. Greene und mir verabschiedet . . .«

»Wann?«

»Das war keine zwei Minuten her. Als ich die Bouillon brachte, war er mir aus Mrs. Greenes Zimmer entgegengekommen.«

»Und Miss Sibellas Hund – haben Sie den irgendwo im Flur bemerkt?«

»Nein, solange ich da war, war er nirgendwo zu sehen.«

Markham setzte die Befragung nun wieder selbst fort.

»Wie lange sind Sie in Ihrem Zimmer geblieben, Miss O'Brien, nachdem Sie Miss Ada gerufen hatten?«

»Bis der Butler kam und mir sagte, daß Doktor Drumm mich brauche.«

»Und was schätzen Sie, wie viel später das war?«

»Etwa zwanzig Minuten – vielleicht auch ein bißchen länger.«

Eine Zeitlang rauchte Markham nachdenklich.

»Ja«, bemerkte er schließlich, »es liegt auf der Hand, daß das Morphium irgendwie in die Bouillon gelangt sein muß. Sie gehen jetzt besser zurück zu Doktor Drumm, Miss O'Brien. Wir werden hier auf ihn warten.«

»Verdammt!« knurrte Heath, sobald die Pflegerin gegangen war. »Sie ist die beste Frau, die wir für diese Art Arbeit haben. Und dann versagt sie so kläglich.«

»Ich würde nicht direkt sagen, daß sie versagt hat, Sergeant«, widersprach Vance, den Blick träumerisch zur Decke gerichtet. »Schließlich ist sie nur für ein paar Sekunden in den Flur gegangen, um die junge Dame zu ihrer allmorgendlichen Suppe zu rufen. Und wenn das Morphium nicht heute morgen in die Bouillon gelangt wäre, dann wäre es morgen passiert oder übermorgen oder irgendwann in Zukunft. Tatsächlich waren uns die gütigen Götter heute morgen vielleicht sogar gnädig gesonnen, so wie dem griechischen Heer vor den Mauern von Troja.«

»Wenn Ada sich erholt und uns sagen kann, wer in ihrem Zimmer war, ehe sie die Bouillon trank«, bemerkte Markham, »dann waren sie uns wahrhaftig gnädig.«

Erst das Eintreten von Doktor Drumm brach das Schweigen, das dieser Bemerkung folgte. Er war ein ernsthafter, jugendlich wirkender Mann von sehr energischem Auftreten. Nachdem er sich in einen Sessel hatte fallen lassen, wischte er sich mit einem großen Seidentaschentuch die Stirn.

»Sie ist über den Berg«, verkündete er. »Ich stand gerade am Fenster und blickte hinaus, als die Vorhänge sich schlossen – purer Zufall. Ich hab's noch vor Hennessey entdeckt.[23] Ich schnappte mir meine Tasche und den Pulmotor und war im Handumdrehen hier. Der Butler wartete schon an der Tür und führte mich nach oben. Komischer Kerl, dieser Butler. Das Mädchen lag quer über dem Bett, und man sah auf den ersten Blick, daß das keine Strychninvergiftung war. Das heißt, keine Krämpfe, kein Schweißausbruch, kein *risus sardonicus.* Ruhig und friedlich lag sie da; Atmung flach; Zyanose. Also Morphium. Ich sah mir die Pupillen an. Stecknadelgroß. Da konnte es keinen Zweifel mehr geben. Also schickte ich nach der Schwester und ging an die Arbeit.«

»War ihr Zustand kritisch?«

»Kritisch genug.« Der Doktor nickte bedeutungsvoll. »Wer weiß, was da geschehen wäre, wenn sich nicht sofort jemand um sie gekümmert hätte. Ich ging davon aus, daß sie die vollen sechs Gran, die verlorengegangen waren, bekommen hatte, und spritzte ihr eine kräftige Ladung Atropin – ein Fünfzigstel. Das wirkte wie der Blitz. Dann machte ich eine Magenspülung mit Kaliumpermanganat. Danach künstliche Beatmung – es schien nicht unbedingt notwendig zu sein, aber ich wollte kein Risiko eingehen. Dann sorgten die Schwester und ich dafür, daß ihre Arme und Beine nicht steif wurden. Das war harte Arbeit. Hoffe nur, ich bekomme keine Lungenentzündung, so, wie ich da geschwitzt habe bei offenem Fenster... Tja, das war's. Ihre Atmung wurde ständig besser, und ich spritzte ihr noch ein weiteres Hundertstel Atropin, nur für alle Fälle. Schließlich gelang es mir, sie auf die Beine zu bringen. Die Schwester sorgt jetzt dafür, daß sie auf und ab geht.« Er wischte sich noch einmal die Stirn und schwenkte dabei triumphierend das Taschentuch.

»Wir sind Ihnen zu großem Dank verpflichtet, Doktor«, sagte Markham. »Es ist durchaus möglich, daß durch Ihre Arbeit dieser Fall gelöst werden kann. Wann werden wir Ihre Patientin befragen können?«

»Sie wird sich noch den ganzen Tag über elend und benommen fühlen – eine Art Schwächeanfall, mit Schmerzen beim Atmen, Müdigkeit, Kopfweh und dergleichen –, und in diesem Zustand wird sie keine Fragen beantworten können. Aber morgen früh können Sie sich mit ihr unterhalten, so viel Sie wollen.«

»Das wird genügen. Und was war mit dem Inhalt der Suppentasse, von der die Pflegerin sprach?«

»Schmeckte bitter – Morphium, wie vermutet.«

Während Drumm diese Worte sprach, durchquerte Sproot die Diele und ging zur Haustür. Einen Augenblick darauf hielt von Blon am Durchgang zum Wohnzimmer inne und blickte hinein. Das angespannte Schweigen, das auf die Begrüßungen folgte, ließ ihn mit wachsender Besorgnis in unseren Gesichtern forschen.

»Ist etwas geschehen?« fragte er schließlich.

Vance erhob sich und übernahm kurzentschlossen die Rolle des Sprechers.

»Ja, Doktor. Ada ist mit Morphium vergiftet worden. Doktor Drumm hier war zufällig gegenüber in den Narcoss-Apartments und wurde zu Hilfe gerufen.«

»Und Sibella – ist mit ihr alles in Ordnung?« fragte von Blon erregt.

»Aber ja doch.«

Ein Seufzer der Erleichterung entfuhr ihm, und er ließ sich in einem Sessel nieder. »Erzählen Sie. Wann wurde der – der Mord entdeckt?«

Drumm war schon im Begriff, ihn zu korrigieren, als Vance rasch antwortete: »Unmittelbar, nachdem Sie heute früh das Haus verlassen hatten. Das Gift war in der Bouillon, die die Pflegerin aus der Küche geholt hatte.«

»Aber . . . wie konnte das geschehen?« Von Blon schien ungläubig. »Ich war gerade im Begriff zu gehen, als sie die Bouillon brachte. Ich habe sie hineingehen sehen. Wie konnte das Gift denn in –?«

»Da fällt mir etwas ein, Doktor«, unterbrach Vance ihn betont freundlich, »Sie sind nicht zufällig noch einmal nach oben gegangen, nachdem Sie Ihren Mantel angezogen hatten?«

Von Blon sah ihn überrascht und voller Empörung an.

»Natürlich nicht! Ich habe das Haus unverzüglich verlassen.«

»Das heißt, unmittelbar, nachdem die Pflegerin Ada gerufen hatte.«

»Hmn – ja. Ich glaube, die Pflegerin hat tatsächlich hinunterge-
rufen; und Ada ging sofort nach oben – wenn ich mich recht ent-
sinne.«

Vance rauchte einen Augenblick lang und musterte neugierig
das sorgenvolle Gesicht des Doktors.

»Ich möchte nicht impertinent sein, aber ich muß doch sagen,
daß zwischen Ihrem jetzigen Besuch und dem vorangegangenen
eine reichlich kurze Zeit verstrichen ist.«

Von Blons Miene verfinsterte sich.

»Da haben Sie völlig recht«, erwiderte er mit unstetem Blick.
»Tatsächlich hatte ich, seit die Drogen aus meiner Tasche verschwunden sind, das Gefühl, daß etwas Tragisches geschehen
würde und daß es in gewisser Weise meine Schuld ist. Immer,
wenn ich in der Gegend bin, muß ich einfach hier vorbeikommen
– und nachsehen, wie die Dinge stehen.«

»Ihre Besorgnis ist nur zu verständlich«, sagte Vance in unver-
bindlichem Ton. Dann fuhr er leichthin fort: »Ich nehme an, Sie
haben nichts dagegen einzuwenden, daß Doktor Drumm sich
auch weiterhin um Ada kümmert.«

»Weiterhin?« Von Blon richtete sich in seinem Sessel auf. »Ich
verstehe nicht. Sie haben doch eben gesagt –«

»Daß man Ada vergiftet hat«, beendete Vance seinen Satz.
»Gewiß. Aber, sehen Sie, sie ist nicht gestorben.«

Sein Gegenüber sah ihn verblüfft an. »Dem Himmel sei Dank!«
rief er aus und erhob sich unruhig.

»Und«, fügte Markham hinzu, »wir wollen völliges Stillschweigen über den Zwischenfall bewahren. Wir möchten Sie daher bitten, unsere Entscheidung zu respektieren.«

»Selbstverständlich. Erlauben Sie, daß ich Ada sehe?«

Als Markham zögerte, antwortete Vance.

»Wenn Ihnen daran liegt – selbstverständlich.« Er wandte sich
an Drumm. »Wären Sie wohl so freundlich, Doktor von Blon zu
begleiten?«

Drumm und von Blon verließen gemeinsam das Zimmer.

»Kein Wunder, daß er nervös ist«, meinte Markham. »Es ist
sicher nicht angenehm, wenn man erfährt, daß Leute mit den Medikamenten vergiftet werden, die einem durch die eigene Unacht-
samkeit abhanden gekommen sind.«

»Um Ada hat er sich weniger Sorgen gemacht als um Sibella«,
bemerkte Heath.

229

»Gut beobachtet!« lächelte Vance. »Nein, Sergeant; Adas Ableben bereitete ihm offensichtlich wesentlich weniger Kopfzerbrechen als Sibellas möglicher Gesundheitszustand . . . Ich wüßte zu gerne, was das zu bedeuten hat. Eine interessante Frage. Aber – Teufel auch! – es bringt meine Lieblingstheorie zu Fall.«

»Sie haben also doch eine Theorie.« Markhams Stimme klang vorwurfsvoll.

»Oh, jede Menge Theorien. Und, wenn Sie mir die Bemerkung gestatten, ich liebe sie alle.« Die Art, wie Vance dies so leichthin sagte, bedeutete nichts anderes, als daß er nicht bereit war, uns mehr von seinen Spekulationen zu verraten; und Markham ließ die Sache auf sich beruhen.

»Theorien werden wir nicht mehr brauchen«, erklärte Heath, »wenn wir erst einmal gehört haben, was Ada uns zu sagen hat. Sobald sie morgen mit uns gesprochen hat, werden wir herausfinden können, wer sie vergiften wollte.«

»Vielleicht«, murmelte Vance.

Einige Minuten später kehrte Drumm allein zurück.

»Doktor von Blon ist in das Zimmer der anderen jungen Dame gegangen. Er sagt, er kommt gleich wieder runter.«

»Was hatte er über Ihre Patientin zu sagen?« fragte Vance.

»Nicht viel. Mit ihren Gehübungen ging es allerdings besser, sobald sie ihn erblickte. Hat ihn sogar angelächelt, Donnerwetter! Ein gutes Zeichen. Sie wird bald wieder auf dem Posten sein. Ein zähes Mädel.«

Drumms Worte waren noch kaum verklungen, als wir hörten, wie sich Sibellas Tür schloß und jemand die Treppe herunterkam.

»Ach übrigens, Doktor«, sagte Vance zu von Blon, als dieser wieder das Wohnzimmer betrat, »haben Sie schon mit Oppenheimer gesprochen?«

»Ich war um elf Uhr bei ihm. Genauer gesagt, bin ich zu ihm gefahren, unmittelbar nachdem ich mich heute vormittag hier verabschiedet hatte. Wir haben die Untersuchung für morgen früh zehn Uhr vereinbart.«

»Und Mrs. Greene war einverstanden?«

»Oh ja. Ich habe heute morgen mit ihr darüber gesprochen, und sie hat absolut nichts dagegen.«

Kurze Zeit später verabschiedeten wir uns. Von Blon begleitete uns zum Tor, und wir sahen, wie er in seinem Wagen hastig davonfuhr.

»Morgen um diese Zeit werden wir mehr wissen, hoffe ich«, sagte Markham auf dem Weg zurück in die Stadt. Er war außerordentlich niedergeschlagen, und seine Augen blickten sehr unglücklich drein. »Wissen Sie, Vance, mir graut beinahe bei dem Gedanken an das, was in Oppenheimers Bericht stehen mag.«

Doch Doktor Oppenheimers Bericht sollte niemals geschrieben werden. Zwischen ein und zwei Uhr am folgenden Morgen starb Mrs. Greene unter Krämpfen, die Folge einer Strychninvergiftung.

Kapitel 21

Ein leeres Haus

(Freitag, 3. Dezember, vormittags)

Markham brachte uns die Nachricht von Mrs. Greenes Tod noch vor zehn Uhr am folgenden Morgen. Der tragische Vorfall war erst um neun entdeckt worden, als die Pflegerin ihrer Patientin den Morgentee bringen wollte. Heath hatte Markham verständigt, und Markham hatte auf seinem Weg zum Hause Greene bei uns gehalten, um Vance von dieser neuen Wendung des Falles in Kenntnis zu setzen. Vance und ich hatten bereits gefrühstückt, und wir begleiteten ihn zum Haus.

»Das eliminiert unsere einzige gute Theorie«, sagte Markham mutlos, während wir die Madison Avenue entlang Richtung Norden rasten. »Daß die alte Dame vielleicht die Täterin war, war ein schrecklicher Gedanke; obwohl ich mich immer mit der Idee zu trösten versucht habe, daß sie wahnsinnig war. Aber nun wünsche ich mir beinahe, daß unser Verdacht sich bestätigt hätte, denn die Möglichkeiten, die noch bleiben, scheinen nur um so entsetzlicher. Nun haben wir es mit jemandem zu tun, der kaltblütig und rational kalkuliert.«

Vance nickte. »Ja, es geht um etwas weitaus Schlimmeres als Wahnsinn. Allerdings kann ich nicht behaupten, daß ich tief ergriffen bin vom Ableben Mrs. Greenes. Sie war eine abscheuliche Frau, Markham – eine wirklich abscheuliche Frau. Die Welt wird ihr keine Träne nachweinen.«

Vance' Kommentar brachte genau das zum Ausdruck, was auch mir durch den Kopf gegangen war, als Markham uns von Mrs. Greenes Tod berichtete. Die Nachricht hatte mich natürlich erschüttert, aber ich konnte kein Mitleid mit dem Opfer empfinden. Sie war eine böswillige, hartherzige Frau gewesen; Haß war ihr Lebenselixier gewesen, und jedem, der mit ihr umging, hatte sie das Leben zur Hölle gemacht. Es war gut, daß ihr Leben vorüber war.

Heath und Drumm warteten schon im Wohnzimmer auf uns. Erregung und Niedergeschlagenheit mischten sich in den Zügen des Sergeants, und aus seinen dunkelblauen Augen sprach tiefe Verzweiflung. Drumms Enttäuschung war eher seinem Ehrgeiz zuzuschreiben: Was ihn am meisten beschäftigte, war offenbar, daß ihm eine Gelegenheit entgangen war, seine medizinischen Talente unter Beweis zu stellen.

Nachdem er uns geistesabwesend die Hand geschüttelt hatte, erläuterte Heath kurz die Lage.

»O'Brien fand die alte Dame heute morgen um neun tot auf und beauftragte Sproot, das Signal für Doc Drumm zu geben. Dann rief sie auf dem Präsidium an, und ich habe Sie und Doc Doremus benachrichtigt. Ich bin vor 'ner guten Viertelstunde hier angekommen und habe das Zimmer verschlossen.«

»Haben Sie von Blon informiert?« fragte Markham.

»Ich habe ihn angerufen und die Untersuchung abgesagt, die er für zehn Uhr angesetzt hatte. Habe gesagt, ich würde mich später wieder mit ihm in Verbindung setzen, und dann aufgelegt, bevor er Zeit hatte, irgendwelche Fragen zu stellen.«

Markham nickte anerkennend und wandte sich Drumm zu.

»Und nun erzählen Sie, Doktor.«

Drumm richtete sich auf, räusperte sich und setzte sich in eine Positur, die er für eindrucksvoll hielt.

»Ich war unten im Speiseraum des Apartmenthauses und frühstückte, als Hennessey kam und mir sagte, die Vorhänge im Salon hier seien geschlossen worden. Also schnappte ich mir meine Ausrüstung und kam herübergelaufen. Der Butler führte mich in das Zimmer der alten Dame, wo die Pflegerin mich schon erwartete. Aber ich sah sofort, daß jede Hilfe zu spät kam. Sie war tot – lag da, verkrampft, blau und kalt –, und die Leichenstarre hatte bereits eingesetzt. Sie ist an einer Überdosis Strychnin gestorben. Dürfte nicht allzu lange gelitten haben – ich vermute, daß es keine halbe Stunde gedauert hat, bis sie erschöpft ins Koma fiel. Sie war zu alt, um dagegen anzukämpfen. Bei alten Leuten wirkt Strychnin ziemlich rasch . . .«

»Konnte sie noch schreien und um Hilfe rufen?«

»Das kann man nie wissen. Der Krampf könnte ihre Kiefern geschlossen haben. Jedenfalls hat niemand sie gehört. Wahrscheinlich hat sie nach dem ersten Anfall das Bewußtsein verloren. Meine Erfahrung mit derartigen Fällen sagt mir –«

»Wann hat sie Ihrer Meinung nach das Strychnin genommen?«

»Tja, also, das kann man nicht so genau sagen«, sinnierte Drumm. »Möglich, daß der Tod erst nach langen Krämpfen eingetreten ist, aber sie kann ebensogut gestorben sein, kurz nachdem sie das Gift geschluckt hatte.«

»Und was glauben Sie, um wieviel Uhr der Tod eingetreten ist?«

»Auch das kann man nicht mit Sicherheit sagen. Es gibt viele Ärzte, die sich durch die Ähnlichkeiten zwischen Leichenstarre und der verkrampften Haltung eines Toten verwirren lassen. Dabei sind die Unterscheidungsmerkmale eindeutig –«

»Zweifellos.« Markham verlor allmählich die Geduld mit Drumms altkluger Pedanterie. »Aber lassen wir einmal alle Erklärungen beiseite, was glauben Sie, wann Mrs. Greene gestorben ist?«

Drumm überlegte. »Sagen wir einmal, so gegen zwei Uhr früh.«

»Und es ist möglich, daß sie das Strychnin schon um elf oder zwölf Uhr genommen hat?«

»Ja, das ist möglich.«

»Na, sobald Doc Doremus kommt, werden wir es ja wissen«, meinte Heath recht unhöflich. Er war an diesem Morgen nicht gut aufgelegt.

»Haben Sie ein Glas oder eine Tasse gefunden, womit das Gift verabreicht worden sein könnte, Doktor?« beeilte sich Markham zu fragen, um Heaths Bemerkung zu überspielen.

»Neben dem Bett stand ein Glas. In ihm klebt etwas, das nach Sulfatkristallen aussieht.«

»Aber würde ein normales Getränk mit einer tödlichen Dosis Strychnin darin denn nicht merklich bitter schmecken?« fragte Vance mit plötzlich erwachendem Interesse.

»Zweifellos. Aber auf dem Nachttisch stand eine Flasche Zitrokarbonat, ein weitverbreitetes Antiacidum; und wenn sie das Gift damit genommen hätte, hätte sie nichts geschmeckt. Zitrokarbonat ist leicht salzig und sprudelt stark.«

»Hätte Mrs. Greene das Zitrokarbonat allein einnehmen können?«

»Das ist unwahrscheinlich. Es muß sorgfältig in Wasser aufgelöst werden, und das wäre sehr umständlich für jemanden, der im Bett liegt.«

»So, das ist ja hochinteressant.« Vance zündete sich träge eine Zigarette an. »Wir können also davon ausgehen, daß die Person, von der Mrs. Greene das Zitrokarbonat bekam, ihr auch das Strychnin verabreicht hat.«

Er wandte sich an Markham. »Ich glaube, Miss O'Brien könnte uns weiterhelfen.«

Heath machte sich sofort auf den Weg, um die Pflegerin zu holen.

Doch ihre Aussage war wenig ergiebig. Als sie Mrs. Greene gegen elf Uhr verlassen hatte, hatte sie gelesen; die Pflegerin war auf ihr eigenes Zimmer gegangen, hatte sich für die Nacht zurechtgemacht, und eine halbe Stunde darauf hatte sie sich in Adas Zimmer begeben, wo sie, Heaths Anweisungen gemäß, die ganze Nacht über geblieben war. Um acht Uhr war sie aufgestanden, hatte sich angekleidet und war dann in die Küche gegangen, um Mrs. Greenes Tee zu holen. Soviel sie wußte, hatte Mrs. Greene nichts getrunken, bevor sie schlafen gegangen war – mit Sicherheit hatte sie bis elf Uhr kein Zitrokarbonat genommen. Außerdem habe Mrs. Greene niemals versucht, es ohne Hilfe zu nehmen.

»Sie meinen also«, fragte Vance, »daß jemand anderes es ihr verabreicht hat?«

»Da können Sie sich drauf verlassen«, versicherte die Schwester ihm schroff. »Wenn sie welches gewollt hätte, hätte sie eher das ganze Haus aufgeweckt, als daß sie es sich selbst angerührt hätte.«

»Ohne Frage«, richtete Vance das Wort an Markham, »hat jemand nach elf Uhr das Zimmer betreten und ihr das Zitrokarbonat verabreicht.«

Markham erhob sich und wanderte sorgenvoll auf und ab.

»Was wir als erstes herausfinden müssen, ist, wer die Gelegenheit zur Tat hatte«, sagte er. »Sie, Miss O'Brien, können zurück auf Ihr Zimmer gehen . . .« Dann ging er zum Klingelzug und läutete nach Sproot.

Während der kurzen Befragung des Butlers ergaben sich die folgenden Fakten:

Die Türen des Hauses waren gegen halb elf verschlossen worden, und anschließend war Sproot zu Bett gegangen.

Sibella hatte sich unmittelbar nach dem Abendessen auf ihr Zimmer begeben und war dort geblieben.

Hemming und die Köchin waren noch bis kurz nach elf in der Küche gewesen, die Zeit, zu der Sproot sie auf ihre Zimmer hatte gehen hören. Sproot hatte von Mrs. Greenes Tod erst erfahren, als die Pflegerin ihn am Morgen um neun in den Salon geschickt hatte, um das Signal mit den Vorhängen zu geben.

Markham entließ ihn und schickte nach der Köchin. Sie wußte offenbar nichts von Mrs. Greenes Tod und auch nicht davon, daß Ada vergiftet worden war; und was sie an Aussagen zu machen hatte, war von keinerlei Bedeutung. Sie war, wie sie sagte, praktisch den ganzen vorigen Tag entweder in der Küche oder in ihrem eigenen Zimmer gewesen.

Als nächstes wurde Hemming befragt. Die Art der Fragen, die man ihr stellte, ließ sie sofort Verdacht schöpfen. Sie kniff ihre stechenden Augen zusammen und musterte uns triumphierend mit prüfendem Blick.

»Mir können Sie nichts vormachen«, brach es aus ihr heraus. »Der Herr hat von neuem seinen Besen geschwungen. Und es geschieht ihnen recht! ›Der Herr bewahret alle, die ihn lieben: doch alle, welche sündhaft sind, soll er zertreten.‹«

»›Wird er zertreten‹«, verbesserte Vance. »Und da er Sie offensichtlich so sorgsam bewahrt hat, sollten Sie vielleicht auch erfahren, daß Miss Ada und Mrs. Greene beide vergiftet worden sind.«

Er behielt die Frau genau im Auge, aber man mußte kein großer Beobachter sein, um zu sehen, wie sie erbleichte und ihr die Kinnlade herabsackte. Hier hatte der Herr offenbar selbst für den Geschmack seiner überzeugten Anhängerin zu erbarmungslos zugeschlagen; und ihr Glaube war zu schwach, die Furcht zu besiegen.

»Ich werde dieses Haus verlassen«, verkündete sie mit schwacher Stimme. »Ich habe genug gesehen, um Zeugnis abzulegen von den Taten des Herrn.«

»Eine ausgezeichnete Idee«, nickte Vance. »Und je eher Sie gehen, desto mehr Zeit haben Sie, mit Ihrem Zeugnis den Ruhm des Herrn zu mehren.«

Hemming erhob sich, ein wenig benommen, und steuerte auf die Tür zu. Plötzlich drehte sie sich abrupt um und funkelte Markham bösartig an.

»Aber eines will ich Ihnen noch sagen, bevor ich diesen Sündenpfuhl verlasse. Diese Miss Sibella, das ist die Schlimmste von allen, und der Zorn des Herrn wird sie als nächste treffen – Sie werden noch an mich denken! Jeder Versuch, sie zu retten, ist vergebens. Sie ist – verdammt!«

Vance zog langsam die Augenbrauen hoch.

»Aber Hemming, welchen Vergehens hat sich Miss Sibella denn nun schon wieder schuldig gemacht?«

»Na, das Übliche eben.« Die Frau genoß ihren Auftritt. »Wenn Sie mich fragen, sie ist ein Flittchen, nichts weiter. Was sich da zwischen ihr und dem Doktor abspielt, ist ein Skandal. Ewig stecken die beiden zusammen, halten zusammen wie Pech und Schwefel, und das zu jeder Tages- und Nachtzeit.« Sie nickte bedeutungsvoll. »Gestern abend war er auch wieder hier und ist in ihr Zimmer gegangen. Weiß der Himmel, wann er wieder herausgekommen ist.«

»Ja, also so was! Und wieso wissen Sie davon?«

»Na, ich hab' ihn schließlich reingelassen.«

»Tatsächlich? Um wieviel Uhr war das? Und wo war Sproot?«

»Mr. Sproot nahm gerade sein Abendessen ein, und ich war an die Haustür gegangen, um zu sehen, wie das Wetter ist, als der Doktor kam. ›Na, Hemming, wie geht's denn so?‹ fragt er mit seinem aalglatten Lächeln. Und dann geht er, irgendwie nervös, einfach an mir vorbei direkt in Miss Sibellas Zimmer.«

»Vielleicht fühlte sich Miss Sibella nicht wohl und hat ihn rufen lassen«, meinte Vance gleichgültig.

»Ha!« Hemming warf verächtlich den Kopf zurück und stolzierte aus dem Zimmer.

Vance erhob sich unverzüglich und läutete noch einmal nach Sproot.

»Wußten Sie, daß Doktor von Blon gestern abend hier war?« fragte er, als der Butler erschien.

Dieser schüttelte den Kopf.

»Nein, Sir. Das muß mir völlig entgangen sein.«

»Das war alles, Sproot. Und nun sagen Sie Miss Sibella bitte, daß wir sie zu sehen wünschen.«

»Sehr wohl, Sir.«

Eine Viertelstunde verging, bevor Sibella sich blicken ließ.

»Ich bin dieser Tage entsetzlich langsam«, erklärte sie uns und ließ sich in einem schweren Sessel nieder. »Was spielen wir denn heute morgen für ein Spiel?«

Vance bot ihr in einer halb spöttischen, halb galanten Art eine Zigarette an.

237

»Würden Sie wohl«, sagte er, »bevor wir Ihnen den Grund unseres Besuches nennen, so freundlich sein, uns zu sagen, zu welchem Zeitpunkt gestern abend Doktor von Blon das Haus verlassen hat?«

»Um Viertel vor elf«, antwortete sie und blickte ihn wütend an.

»Ich danke Ihnen. Und nun darf ich Ihnen sagen, daß Ihre Mutter und Ada beide vergiftet worden sind.«

»Mutter und Ada vergiftet?« Zögernd sprach sie die Worte nach, als ob sie nicht recht verstehe, was gemeint sei; einige Augenblicke lang saß sie reglos da, und ihre harten Augen waren wie versteinert. Langsam wandte sie sich Markham zu.

»Ich glaube, ich werde doch Ihren Rat befolgen«, sagte sie. »Ich habe eine Freundin in Atlantic City . . . Hier wird es mir allmählich doch zu – zu grausig.« Sie zwang sich zu einem angedeuteten Lächeln. »Noch heute nachmittag fahre ich ans Meer.« Zum ersten Mal bekam das Mädchen es offenbar mit der Angst zu tun.

»Eine sehr kluge Entscheidung«, bemerkte Vance. »Das sollten Sie unbedingt tun. Und richten Sie es so ein, daß Sie dort bleiben, bis wir den Fall geklärt haben.«

Sie warf ihm einen leicht spöttischen Blick zu.

»So lange werde ich wohl leider nicht bleiben können«, sagte sie; dann fügte sie hinzu: »Mutter und Ada sind beide tot, nehme ich an?«

»Nur Ihre Mutter«, antwortete Vance. »Ada hat es überlebt.«

»Das sieht ihr ähnlich!« Jeder Zug ihres Gesichtes brachte eine leise, arrogante Verachtung zum Ausdruck. »Man sagt ja, Unkraut vergeht nicht. Sie wissen, daß ich nun die einzige bin, die zwischen ihr und den Greene-Millionen steht.«

»Ihre Schwester ist gerade noch einmal davongekommen«, tadelte Markham sie. »Wenn wir nicht einen Arzt bereitstehen gehabt hätten, wären Sie jetzt die Alleinerbin dieser Millionen.«

»Und das würde Ihnen fürchterlich verdächtig vorkommen, nicht wahr?« Die Offenheit, mit der sie das sagte, war entwaffnend. »Aber ich kann Ihnen versichern, wenn ich diese Sache geplant hätte, dann hätte die kleine Ada es nicht überlebt.«

Bevor Markham noch etwas sagen konnte, hatte sie sich aus dem Sessel erhoben.

»Nun werde ich packen. Genug ist genug.«

Als sie das Zimmer verlassen hatte, sah Heath Markham unschlüssig und fragend an.

»Was haben Sie vor, Sir? Werden Sie zulassen, daß sie die Stadt verläßt? Sie ist das einzige Mitglied der Familie Greene, dem noch kein Haar gekrümmt wurde.«

Wir wußten genau, was er meinte; und nachdem er nun angedeutet hatte, was uns allen durch den Kopf ging, herrschte einen Augenblick lang Schweigen.

»Wir können das Risiko nicht eingehen, sie zum Hierbleiben zu zwingen«, erklärte Markham schließlich. »Wenn irgend etwas passiert ...«

»Ich verstehe, Sir.« Heath war aufgesprungen. »Aber ich werde dafür sorgen, daß sie beschattet wird – das können Sie mir glauben! Ich werde zwei gute Männer herbestellen, die sich an ihre Fersen heften, sobald sie aus der Tür tritt; und sie werden sie nicht eher aus den Augen lassen, als bis wir wissen, woran wir sind.« Er ging auf den Flur, und wir hörten, wie er Snitkin telefonisch Anweisungen erteilte.

Fünf Minuten später kam Doktor Doremus. Er hatte viel von seiner Unbeschwertheit verloren, und seine Begrüßung klang beinahe trübsinnig. Begleitet von Drumm und Heath begab er sich sofort in Mrs. Greenes Zimmer, während Markham, Vance und ich unten warteten. Als er eine Viertelstunde später zurückkam, wirkte er merklich bedrückt, und mir fiel auf, daß er seinen Hut längst nicht mehr so verwegen aufsetzte wie zuvor.

»Wie lautet Ihr Bericht?« fragte Markham.

»Ich stimme ganz mit Drumm überein. Ich würde sagen, das alte Mädchen ist so zwischen eins und zwei verblichen.«

»Und wann hat sie das Strychnin genommen?«

»Gegen Mitternacht. Aber das ist nur eine Vermutung. Jedenfalls hat sie es mit dem Zitrokarbonat getrunken. Man kann es am Glas schmecken.«[24]

»Ach übrigens, Doktor«, sagte Vance, »könnten Sie uns, wenn Sie die Autopsie vorgenommen haben, einen Bericht darüber geben, wie weit der Schwund der Beinmuskulatur fortgeschritten war?«

»Ja sicher.« Doremus war etwas überrascht über die Bitte.

Als er gegangen war, wandte Markham sich an Drumm.

»Wir würden jetzt gerne mit Ada reden. Wie geht es ihr heute morgen?«

»Oh, ausgezeichnet!« sagte Drumm stolz. »Ich war bei ihr, direkt, nachdem ich die alte Dame in Augenschein genommen hatte. Sie ist schwach und ein bißchen ausgetrocknet von dem vielen Atropin, das ich ihr gegeben habe, aber abgesehen davon ist sie ganz gesund.«

»Und sie hat noch nichts vom Tod ihrer Mutter erfahren?«

»Kein Sterbenswörtchen.«

»Irgendwann muß man es ihr ja sagen«, schaltete Vance sich ein, »und es führt zu nichts, wenn wir es ihr noch länger verheimlichen. Es ist vielleicht gut, wenn der Schock sie trifft, solange wir alle dabei sind.«

Ada saß am Fenster, als wir eintraten, die Ellenbogen auf das Fensterbrett gestützt, das Kinn in die Hände gelegt, und blickte hinunter auf den schneebedeckten Hof. Sie war zusammengefahren, als wir eintraten, und die Pupillen ihrer Augen erweiterten sich, als ob sie sich plötzlich fürchte. Es war nicht zu übersehen, daß das, was sie hatte durchmachen müssen, sie in einen Zustand nervöser Angst versetzt hatte.

Nach einem kurzen Austausch von Höflichkeiten, bei dem Vance und Markham sich beide darum bemühten, ihr die Nervosität zu nehmen, brachte Markham das Gespräch auf die Bouillon.

»Wir würden viel dafür geben«, sagte er, »wenn wir es Ihnen ersparen könnten, sich einen so qualvollen Vorfall noch einmal ins Gedächtnis zu rufen, aber vieles hängt von dem ab, was Sie uns über den gestrigen Morgen sagen können. Sie waren im Wohnzimmer, nicht wahr, als die Schwester nach Ihnen rief?«

Lippen und Zunge des Mädchens waren ausgetrocknet, und sie konnte nur mit Mühe sprechen.

»Ja. Mutter hatte mich gebeten, ihr eine bestimmte Nummer einer Zeitschrift zu holen, und ich war gerade nach unten gegangen, um danach zu suchen, als die Pflegerin rief.«

»Sie sahen die Pflegerin, als Sie nach oben kamen?«

»Ja, sie ging gerade zur Dienstbotentreppe.«

»Es war niemand in diesem Zimmer hier, als Sie eintraten?«

Sie schüttelte den Kopf. »Wer könnte denn hier gewesen sein?«

»Das möchten wir eben herausfinden, Miss Greene«, antwortete Markham ernst. »Irgend jemand muß Ihnen ja das Gift in die Bouillon getan haben.«

Ein Schaudern überlief sie, doch sie entgegnete nichts.

»Kam später jemand, um Sie zu besuchen?«

»Keine Menschenseele.«

Ungeduldig griff Heath in die Befragung ein.

»Und wie war das – haben Sie Ihre Suppe sofort getrunken?«

»Nein – nicht sofort. Mir war ein wenig kalt; deswegen bin ich über den Flur in Julias Zimmer gegangen, um mir einen alten spanischen Schal zu holen, den ich mir umlegen wollte.«

Heath machte ein unzufriedenes Gesicht und seufzte vernehmlich.

»Jedesmal, wenn man denkt, wir kämen in diesem Fall endlich ein Stück voran«, klagte er, »macht uns irgend etwas einen Strich durch die Rechnung. Wenn Miss Ada die Suppe hier stehengelassen hat, als sie den Schal holen ging, dann hätte sich ja praktisch jeder reinschleichen und das Zeug vergiften können.«

»Das tut mir leid«, entschuldigte sich Ada, als hätte sie Heaths Worte als Kritik an ihrem Betragen verstanden.

»Sie können nichts dafür, Ada«, versicherte Vance. »Der Sergeant sieht die Dinge übertrieben düster. Aber sagen Sie mir eins: Als Sie in den Flur kamen, ist Ihnen da irgendwo Miss Sibellas Hund begegnet?«

Sie schüttelte verwundert den Kopf.

»Nein, wieso? Was hat Sibellas Hund damit zu tun?«

»Er hat Ihnen vermutlich das Leben gerettet.« Und Vance erklärte ihr, durch welchen Zufall Sproot sie gefunden hatte.

Sie gab einen kaum hörbaren Laut von sich, der von ungläubigem Erstaunen zeugte, und verfiel dann in ein dumpfes Brüten.

»Als Sie aus dem Zimmer Ihrer Schwester zurückkehrten, haben Sie da Ihre Bouillon sofort getrunken?« fragte Vance sie als nächstes.

Es machte ihr Mühe, ihre Gedanken wieder auf dieses Thema zu konzentrieren. »Ja.«

»Und ist Ihnen nicht aufgefallen, daß sie merkwürdig schmeckte?«

»Nicht besonders. Mutter mag ihre Bouillon immer stark gesalzen.«

»Und was geschah dann?«

»Gar nichts geschah. Mir wurde nur immer seltsamer zumute. Mein Nacken wurde steif, mir war sehr heiß, und ich war schläfrig. Meine ganze Haut prickelte, und die Arme und Beine schienen taub zu werden. Ich war fürchterlich müde und legte mich auf das Bett. Das ist alles, was ich weiß.«

»Wieder 'ne Fehlanzeige«, knurrte Heath.

241

Einen Augenblick lang herrschte Schweigen, und Vance rückte seinen Stuhl näher an sie heran.

»Und nun, Ada«, sagte er, »müssen Sie Ihre Kraft für eine weitere schlechte Nachricht zusammennehmen ... Ihre Mutter ist heute nacht gestorben.«

Das Mädchen saß eine Weile reglos da, dann blickte sie ihn an mit Augen, die klar waren in ihrer Verzweiflung.

»Gestorben?« fragte sie. »Woran ist sie gestorben?«

»An Gift – an einer Überdosis Strychnin.«

»Sie meinen ..., sie hat Selbstmord begangen?«

Diese Frage verblüffte uns alle. Sie eröffnete eine Möglichkeit, die niemand von uns bedacht hatte. Nach einem kurzen Zögern schüttelte Vance jedoch langsam den Kopf.

»Nein, das glaube ich kaum. Ich fürchte, derjenige, der Sie vergiften wollte, hat auch Ihre Mutter vergiftet.«

Vance' Antwort schien ihr schwer zuzusetzen. Ihr Gesicht wurde bleich, und die Augen wirkten glasig vor Schrecken. Kurz darauf seufzte sie tief, als ob sie innerlich völlig erschöpft sei.

»Ach, was wird wohl als nächstes geschehen? Ich – habe solche Angst!«

»Überhaupt nichts mehr wird geschehen«, sagte Vance nachdrücklich. »Nichts weiteres k a n n mehr geschehen. Von nun an werden Sie rund um die Uhr bewacht. Und Sibella geht heute nachmittag auf eine lange Reise nach Atlantic City.«

»Ich wünschte, ich könnte fort von hier«, hauchte sie mitleiderregend.

»Das wird nicht notwendig sein«, ergriff Markham wieder das Wort. »In New York sind Sie sicherer. Wir werden die Pflegerin weiter hierlassen, sie wird auf Sie achtgeben, und ein Polizist wird Tag und Nacht im Haus Wache halten, bis alles aufgeklärt ist. Hemming verläßt noch heute das Haus, aber Sproot und die Köchin sorgen für Sie.« Er erhob sich und streichelte ihr tröstend die Schulter. »Es gibt überhaupt keine Möglichkeit mehr, wie jemand Ihnen nun noch etwas zuleide tun könnte.«

Als wir wieder zur unteren Diele hinabstiegen, ließ Sproot eben Doktor von Blon ein.

»Gütiger Himmel!« rief er und stürmte auf uns zu. »Sibella hat gerade angerufen und mir von Mrs. Greene berichtet.« Er warf Markham einen wütenden Blick zu; seine üblichen guten

242

Manieren hatte er für den Augenblick vergessen. »Warum hat man mich nicht benachrichtigt, Sir?«

»Ich hielt es nicht für notwendig, Sie zu bemühen, Doktor«, entgegnete Markham sanftmütig. »Mrs. Greene war bereits mehrere Stunden tot, als ihr Ableben entdeckt wurde. Und wir hatten unseren eigenen Arzt zur Verfügung.«

Flammen loderten in von Blons Augen.

»Und nun wollen Sie mich davon abhalten, Sibella zu sehen?« fragte er scharf. »Wie ich höre, verläßt sie heute die Stadt, und sie hat mich gebeten, ihr bei den Vorkehrungen behilflich zu sein.«

Markham trat zur Seite.

»Sie können gehen, wohin immer Sie wollen, Doktor«, sagte er in einem unüberhörbar eisigen Ton.

Von Blon verbeugte sich steif und begab sich dann nach oben.

»Da ist aber einer beleidigt«, grinste Heath.

»Nein, Sergeant«, korrigierte Vance ihn. »Er macht sich Sorgen – er ist außer sich vor Angst.«

Kurz nach Mittag nahm Hemming für alle Zeiten Abschied vom Hause Greene; und Sibella fuhr mit dem drei-Uhr-fünfzehn-Zug nach Atlantic City. Von den ursprünglichen Bewohnern des Hauses blieben nun nur noch Ada, Sproot und Mrs. Mannheim zurück. Heath gab allerdings Order, daß Miss O'Brien bis auf weiteres auf ihrem Posten bleiben und auf alles, was vorging, ein Auge halten solle; und zusätzlich zu dieser Vorsichtsmaßnahme wurde ein Beamter im Haus postiert, der der Pflegerin bei ihrer Wache zur Seite stand.

Kapitel 22

Die dunkle Gestalt
(Freitag, 3. Dezember, 6 Uhr abends)

Für sechs Uhr an jenem Abend berief Markham eine weitere informelle Konferenz im Stuyvesant-Club ein. Nicht nur Heath und Inspektor Moran waren dabei zugegen, sondern auch Chefinspektor O'Brien[25], der sich ihnen auf dem Nachhauseweg vom Büro angeschlossen hatte.

Die Nachmittagszeitungen waren gnadenlos in ihren Attacken gegen die Polizei und die Erfolglosigkeit ihrer Ermittlungen gewesen. Nach Beratung mit Heath und Doremus hatte Markham den Reportern Mrs. Greenes Todesursache beschrieben als »bedingt durch eine Überdosis Strychnin – eines Mittels, dessen regelmäßige Einnahme ihr der Hausarzt zur Stärkung des Kreislaufes verordnet hatte«. Swacker hatte den Wortlaut der Meldung schriftlich verteilt, so daß jeder die exakte Formulierung zur Hand hatte; und der Schlußsatz der offiziellen Verlautbarung hieß: »Es liegen keinerlei Indizien vor, die gegen die Annahme sprechen, daß sie sich das Gift irrtümlicherweise selbst verabreichte.« Doch auch wenn die Reporter sich in ihren Artikeln strikt an den Wortlaut von Markhams Kommuniqué hielten, deuteten sie doch zwischen den Zeilen den Mordverdacht an, so daß der Leser kaum am wirklichen Stand der Dinge zweifeln konnte. Der mißlungene Giftanschlag auf Ada wurde streng geheimgehalten. Doch auch ohne diese unterdrückte Meldung war die Sensationslust der Öffentlichkeit in einem bis dahin kaum gekannten Maße angestachelt.

Markham und auch Heath war die Belastung allmählich anzumerken, unter der sie durch den Mißerfolg ihrer bisherigen Ermittlungen standen; und ein Blick auf Moran, der tief in einen Sessel neben dem des Bezirksstaatsanwalts gesunken war, genügte, um zu sehen, wie sehr die Sorgen an ihm nagten; von seiner üblichen Ausgeglichenheit war nichts mehr zu spüren. Selbst bei Vance gab es Anzeichen von Anspannung und Reizbarkeit; doch seine veränderte Gemütslage äußerte sich nicht in Niedergeschlagenheit, sondern in einer angespannten Aufmerksamkeit.

Sobald wir an jenem Abend alle versammelt waren, gab Heath einen kurzen Bericht über den Stand der Ermittlungen. Er ging die verschiedenen Fragen durch und faßte zusammen, welche Sicherheitsmaßnahmen getroffen waren. Als er damit fertig war, noch bevor irgend jemand etwas sagen konnte, wandte er sich an Chefinspektor O'Brien mit den Worten: »Es gibt da vieles, Sir, was wir bei jedem normalen Fall noch hätten tun können. Wir hätten das ganze Haus so gründlich nach der Waffe und dem Gift absuchen können wie die Leute vom Rauschgiftdezernat sich ein Zimmer oder eine kleine Wohnung vornehmen – die Matratzen aufschlitzen, die Teppiche umdrehen, die Wandvertäfelungen abklopfen –, aber bei dem Greene-Haus hätten wir Monate dafür gebraucht. Und selbst wenn wir die Sachen gefunden hätten, was hätte uns das schon genützt? Der Kerl, der in dem Loch da wütet, der hört nicht auf, nur weil wir ihm seine alberne Zweiunddreißiger wegnehmen oder uns sein Gift unter den Nagel reißen. Nach dem Mord an Chester oder Rex hätten wir die ganze Familie zum verschärften Verhör mitnehmen können. Aber jedesmal, wenn wir jemanden in die Mangel nehmen, machen die Zeitungen ein dermaßenes Geschrei; und es ist nicht gerade gut für uns, wenn wir eine Familie wie die Greenes auf kleiner Flamme rösten. Die haben zuviel Geld und zuviel Einfluß, und sie hätten ein ganzes Bataillon von teuren Anwälten, die uns Prozesse und Verleumdungsklagen und was weiß ich anhängen würden. Und wenn wir sie als Zeugen festsetzen, müssen wir sie binnen achtundvierzig Stunden wieder freilassen. Es wäre auch möglich gewesen, ein paar Aufpasser im Haus unterzubringen. Aber wir können ja nicht unbegrenzt einen Haufen Leute abstellen, und in dem Augenblick, in dem wir sie abgezogen hätten, wär's wieder losgegangen. Glauben Sie mir, Inspektor, wir haben getan, was wir konnten.«

O'Brien knurrte und zupfte an seinem kurzen weißen Schnurrbart.

»Der Sergeant hat vollkommen recht«, fügte Moran hinzu. »Die meisten der üblichen Vorgehensweisen und Untersuchungsmethoden waren hier nicht anzuwenden. Offenbar handelt es sich um eine reine Familienangelegenheit.«

»Und außerdem«, setzte Vance hinzu, »haben wir es mit einem außergewöhnlich schlauen Plan zu tun – alles ist bis ins kleinste durchdacht und geplant, und es gibt keinen Punkt, an dem man ansetzen kann. Der Mörder hat alles auf eine Karte gesetzt – sogar das eigene Leben. Nur ein abgrundtiefer Haß und eine übersteigerte Hoffnung können hinter einem derartigen Verbrechen stecken. Ja, und gegen solche Dinge sind die gängigen Methoden der Verbrechensbekämpfung natürlich völlig machtlos.«

»Eine Familienangelegenheit!« wiederholte O'Brien düster, in Gedanken offenbar noch mit Inspektor Morans Bemerkung beschäftigt. »Mir scheint, von der Familie ist nicht mehr viel übrig. So wie die Dinge stehen, würde ich eher sagen, irgendein Außenstehender versucht, die Familie auszurotten.« Er warf Heath einen finsteren Blick zu. »Wie sind Sie mit den Dienstboten verfahren? Die müssen Sie ja wohl nicht mit Samthandschuhen anfassen, weil Sie Angst haben, oder? Sie hätten schon längst einen davon verhaften können; das hätte der Presse wenigstens vorübergehend den Mund gestopft.«

Markham ergriff sofort für Heath Partei.

»Ich trage die alleinige Verantwortung für jede Entscheidung des Sergeants in dieser Angelegenheit, die ihm als Nachlässigkeit ausgelegt werden könnte«, sagte er vorwurfsvoll, und seine Stimme klang merklich unterkühlt. »Solange ich in diesem Fall etwas zu sagen habe, wird niemand verhaftet, nur um unliebsame Kritik zum Schweigen zu bringen.« Dann entspannte er sich wieder ein wenig. »Es deutet absolut nichts darauf hin, daß der Schuldige unter den Dienstboten zu suchen ist. Hemming, das Hausmädchen, ist eine harmlose Fanatikerin, und sie hätte gar nicht den Verstand, diese Morde zu planen. Ich habe ihr heute gestattet, die Greenes zu verlassen . . .«

»Wir wissen, wo sie sich aufhält, Inspektor«, beeilte sich Heath hinzuzufügen, um der Frage zuvorzukommen, die dieser unweigerlich gestellt hätte.

»Auch die Köchin«, fuhr Markham fort, »kommt nicht ernsthaft in Betracht. Schon von ihrem Naturell her kann sie keine Mörderin sein.«

»Und was ist mit dem Butler?« fragte O'Brien scharf.

»Er steht seit dreißig Jahren im Dienst der Familie und ist sogar in Tobias Greenes Testament großzügig bedacht. Er ist ein wenig wunderlich, aber ich glaube, wenn er irgendeinen Grund hätte, die Greenes auszulöschen, dann hätte er nicht bis ins hohe Alter damit gewartet.« Ein besorgter Ausdruck huschte über Markhams Gesicht. »Ich muß allerdings zugeben, daß etwas Undurchschaubares an dem alten Knaben ist. Ich habe immer den Eindruck, er weiß viel mehr, als er zugibt.«

»Was Sie da sagen, Markham, stimmt zweifellos«, bestätigte Vance. »Aber diese Saturnalien des Verbrechens passen ganz und gar nicht zu Sproot. Er denkt zu vernünftig dazu; der Mann hat eine unglaublich vorsichtige Art, und er ist ausgesprochen konservativ. Er würde vielleicht einen unliebsamen Menschen erstechen, wenn nicht die geringste Chance bestünde, daß man ihm auf die Schliche kommt. Aber es mangelt ihm an Mut und Phantasie, wodurch die gegenwärtigen mörderischen Ausschweifungen überhaupt erst denkbar werden. Er ist zu alt – viel zu alt . . . Beim Zeus!«

Vance beugte sich vor und schlug mit einer entschiedenen Geste auf den Tisch.

»Das ist der Faktor, der mir die ganze Zeit entgangen ist! Vitalität! Das ist es, was hinter allem steckt – eine ungeheure, unerschütterliche, selbstbewußte Vitalität: völlige Skrupellosigkeit gepaart mit Kühnheit und Unverfrorenheit – ein unbekümmerter, unerschrockener Egoismus – ein ungebrochener Glaube an die eigenen Fähigkeiten. Und das sind nicht die Eigenschaften des Alters. Sie weisen auf Jugend hin – auf jugendlichen Ehrgeiz, jugendlichen Wagemut –, auf Jugend, die nicht fragt, wie hoch der Preis ist, die gar nicht an das Risiko denkt . . . Nein, Sproot könnte niemals der Mörder sein.«

Moran rückte nervös seinen Sessel zurecht und wandte sich an Heath.

»Wen haben Sie nach Atlantic City geschickt, um Sibella im Auge zu behalten?«

»Guilfoyle und Mallory – die beiden besten Leute, die wir haben.«[26] Aus dem Lächeln des Sergeants sprach eine Art grausamer Genugtuung. »Die entwischt uns nicht. Und die wird auch keine krummen Sachen machen.«

»Sie haben sich nicht zufällig auch Doktor von Blons angenommen?« fragte Vance beiläufig.

Erneut lächelte Heath überlegen.

»Der wird seit dem Mord an Rex beschattet.«

Vance warf ihm einen bewundernden Blick zu.

247

»Ich fange langsam an, Sie zu mögen, Sergeant«, sagte er; und auch wenn der Ton spöttisch war, steckte dahinter wahre Anerkennung.

O'Brien beugte sich schwerfällig über den Tisch, um die Asche seiner Zigarre abzustreifen, und fixierte den Bezirksstaatsanwalt mit einem mißmutigen Blick.

»Was war das für eine Geschichte, die Sie da an die Zeitungen gegeben haben, Mr. Markham? Sie schienen ja andeuten zu wollen, daß die alte Frau sich selbst vergiftet hat. War das nur so dahingesagt, oder ist da etwas Wahres dran?«

»Ich fürchte kaum, Inspektor.« Aus Markhams Stimme sprach aufrichtiges Bedauern. »Eine solche Theorie verträgt sich nicht mit dem Giftanschlag auf Ada – und im Grunde mit allem anderen auch nicht.«

»Da bin ich mir nicht so sicher«, entgegnete O'Brien. »Wie ich von Moran höre, haben Sie ja mit dem Gedanken gespielt, die Lähmung der alten Dame sei vielleicht nur vorgetäuscht.« Er stützte seine Arme wiederum auf dem Tisch auf und wies mit einem kurzen dicken Finger auf Markham. »Stellen Sie sich vor, sie hätte drei ihrer Kinder erschossen und damit alle Patronen verbraucht, die im Revolver waren, und dann zwei Portionen Gift gestohlen – eine für jedes der beiden Mädchen, die noch übrig waren; und stellen Sie sich vor, sie hätte der Jüngeren das Morphium verabreicht und nur noch eine Portion übrig gehabt . . .« Er hielt inne und kniff bedeutungsvoll ein Auge zu.

»Ich verstehe, was Sie meinen«, antwortete Markham. »Sie gehen davon aus, daß sie nicht damit rechnete, daß wir einen Arzt bereitstehen hätten, der Ada das Leben rettet, und daß sie, nachdem der Mord an Ada mißlungen war, zu dem Schluß kam, ihr Spiel sei verloren, und das Strychnin nahm.«

»Genau!« O'Brien schlug mit der Faust auf den Tisch. »Und diese Geschichte ist schlüssig. Außerdem – Sie verstehen, was ich meine – heißt das, daß wir den Fall geklärt haben.«

»Ja, eine schlüssige Geschichte ist es zweifellos«, meldete Vance sich mit seiner langsamen, schleppenden Stimme zu Wort. »Aber ich bitte um Vergebung, wenn ich sage, daß mir diese Lösung zu gut zu passen scheint. Wissen Sie, die Theorie ist fast zu wundervoll, sie ist so naheliegend, als ob man sie speziell für uns entworfen hätte. Ich habe das Gefühl, jemand will, daß wir uns diese ausgesprochen logische und vernünftige Sicht der Dinge zu eigen machen. Aber, Inspektor, Mrs. Greene war ganz und gar nicht der Typ, der Selbstmord begeht, so fähig sie zum Mord auch gewesen sein mag.«

Während Vance sprach, hatte Heath den Raum verlassen. Einige Minuten darauf kehrte er zurück und unterbrach dann O'Brien, der seine Selbstmordtheorie lang und breit vehement verteidigte.

»Über diese Lösung brauchen wir uns nicht mehr den Kopf zu zerbrechen«, verkündete er. »Ich habe gerade mit Doc Doremus telefoniert. Er ist fertig mit seiner Autopsie und sagt, daß die Beinmuskeln der alten Dame sich schon ganz zurückgebildet hatten – völlig schlaff – und daß nicht die geringste Möglichkeit bestanden hat, daß sie ihre Beine bewegen, geschweige denn auf ihnen spazieren konnte.«

»Meine Güte!« Moran war der erste, der sich von der Verblüffung erholte, mit der wir diese Nachricht aufnahmen. »Wen hat Ada denn dann auf dem Flur gesehen?«

»Genau das ist die Frage!« beeilte Vance sich zu sagen und die aufkommende Erregung niederzukämpfen. »Wenn wir das nur wüßten! Das wäre die Lösung des ganzen Problems. Er mag nicht der Mörder sein, aber derjenige, der Nacht für Nacht in der Bibliothek saß und merkwürdige Bücher bei Kerzenlicht las, ist der Schlüssel zu allem . . .«

»Aber Ada war sich so sicher, daß sie es war«, warf Markham ein, der völlig durcheinander war.

»Unter diesen Umständen kann man ihr da kaum einen Vorwurf machen«, entgegnete Vance. »Das Kind hatte Entsetzliches durchgemacht und war kaum bei Sinnen. Und es ist gar nicht so unwahrscheinlich, daß auch sie ihre Mutter verdächtigte. Wenn dem so war, dann wäre es nur natürlich, daß sie, als sie lange nach Mitternacht diese verhüllte Gestalt im düsteren Flur sah, glaubte, es handele sich tatsächlich um den Gegenstand ihrer Furcht. Es ist keine Seltenheit, daß jemand, der durch Schrekken erregt ist, etwas verzerrt wahrnimmt, weil der Verstand das übermächtige Bild an die Stelle des real wahrgenommenen setzt.«

»Sie meinen«, sagte Heath, »daß sie jemand anderen gesehen hat und glaubte, es sei ihre Mutter, weil sie in Gedanken so sehr mit der alten Dame beschäftigt war?«

»Das ist gar nicht so unwahrscheinlich.«

»Aber da bleibt noch der orientalische Schal zu erklären«, wandte Markham ein. »Ada könnte leicht die Züge einer Gestalt mißdeutet haben, aber sie war fest davon überzeugt, daß sie diesen unverwechselbaren Schal gesehen hat.«

Vance nickte ratlos.

»Ein guter Einwand. Vielleicht erweist sich das als der Ariadnefaden, der uns den Weg aus diesem Labyrinth weist. Über diesen Schal müssen wir mehr herausfinden.«

Heath hatte sein Notizbuch hervorgeholt und blätterte mit gerunzelter Stirn darin.

»Und, Mr. Vance«, sagte er, ohne aufzublicken, »vergessen Sie nicht die Zeichnung, die Ada am hinteren Ende des Flures nahe bei der Bibliothekstür gefunden hat. Vielleicht war diese Gestalt in dem Schal diejenige, die den Zettel verloren hatte, und sie war unterwegs zur Bibliothek, um danach zu suchen, und dann hat sie's mit der Angst zu tun bekommen, als sie Ada sah.«

»Aber derjenige, der Rex erschossen hat«, gab Markham zu bedenken, »hat ihm doch offensichtlich auch den Zettel weggenommen und würde sich folglich auch keine Gedanken mehr darum machen.«

»Ja, da haben Sie wohl recht«, gab Heath widerstrebend zu.

»Solche Spekulationen führen zu nichts«, war Vance' Kommentar. »Diese Affäre ist zu kompliziert, als daß man sie lösen könnte, indem man Einzelheiten nachgeht. Wir müssen, wenn es nur irgend möglich ist, herausbekommen, wen Ada in jener Nacht gesehen hat. Dann wären wir mit unserer Untersuchung entscheidend weitergekommen.«

»Wie sollen wir das denn herausfinden«, wandte O'Brien ein, »wenn Ada die einzige Person war, die die Frau in Mrs. Greenes Schal gesehen hat?«

»Ihre Frage ist auch gleichzeitig die Antwort, Inspektor. Wir müssen Ada noch einmal aufsuchen und versuchen, ihren Angstvorstellungen etwas entgegenzusetzen. Wenn wir ihr verständlich machen, daß es nicht ihre Mutter gewesen sein kann, erinnert sie sich vielleicht an ein Detail, das uns auf die richtige Spur bringt.«

Und so geschah es dann auch. Als die Konferenz zu Ende war, verabschiedete O'Brien sich, und wir übrigen aßen im Club zu abend. Um halb neun waren wir unterwegs zum Hause Greene.

Wir fanden Ada und die Köchin allein im Wohnzimmer. Das Mädchen saß am Kamin, einen Band Grimms Märchen auf den

Knien, und Mrs. Mannheim, den Schoß voller Flicksachen, saß auf einem Stuhl neben der Tür. Es war ein seltsamer Anblick, wenn man bedachte, wie streng sonst in diesem Haus auf die Form geachtet wurde, und es führte mir lebhaft vor Augen, wie Angst und Not wie von selbst alle gesellschaftlichen Unterschiede verwischen.

Als wir eintraten, erhob sich Mrs. Mannheim, raffte ihre Flicksachen zusammen und wollte gehen, doch Vance gab ihr ein Zeichen, daß sie bleiben solle, und wortlos setzte sie sich wieder auf ihren Stuhl.

»Wir müssen Sie noch einmal stören, Ada«, sagte Vance, der die Rolle des Sprechers übernahm. »Aber Sie sind im Grunde die einzige, von der wir uns noch Hilfe erhoffen können.« Sein Lächeln beruhigte das Mädchen, und mit sanfter Stimme fuhr er fort: »Wir möchten mit Ihnen über das reden, was Sie uns neulich nachmittags erzählt haben . . .«

Sie machte große Augen und wartete angstvoll schweigend.

»Sie glaubten, erzählten Sie uns, Ihre Mutter zu sehen –«

»Aber das habe ich – ich habe sie wirklich gesehen!«

Vance schüttelte den Kopf. »Nein; das war nicht Ihre Mutter. Sie konnte nicht gehen, Ada. Sie war ganz und gar gelähmt, da gibt es keinen Zweifel. Sie hätte ihre Beine niemals auch nur rühren können.«

»Aber – das verstehe ich nicht.« Aus ihrer Stimme sprach mehr als nur Verblüffung: Es waren Entsetzen und Furcht, wie jemand sie verspüren mochte, wenn er an etwas Übernatürliches, Böses dachte. »Ich habe gehört, wie der Doktor zu Mutter sagte, er werde heute morgen einen Spezialisten mitbringen, der sie untersuchen solle. Aber sie ist ja letzte Nacht gestorben – wie können Sie das also wissen? Es muß einfach ein Irrtum sein. Ich habe sie gesehen – ich weiß, daß ich sie gesehen habe.«

Es war, als ob sie sich verzweifelt dagegen wehrte, den Verstand zu verlieren. Doch zum zweiten Mal schüttelte Vance den Kopf.

»Doktor Oppenheimer hat Ihre Mutter nicht mehr untersuchen können«, sagte er. »Wohl aber Doktor Doremus – nämlich heute. Und er kam zu dem Schluß, daß sie schon seit vielen Jahren nicht mehr laufen konnte.«

»Oh!« Sie hauchte es eher, als daß sie es rief. Das Mädchen schien die Sprache verloren zu haben.

»Wir sind gekommen«, fuhr Vance fort, »weil wir Sie bitten wollen, sich diese Nacht ins Gedächtnis zu rufen, noch einmal zu überlegen, ob Sie sich nicht doch an etwas erinnern – irgendeine Kleinigkeit –, was uns weiterhelfen würde. Sie haben diese Person nur beim flackernden Licht eines Streichholzes gesehen. Sie hätten sich leicht täuschen können.«

»Aber wie sollte das möglich sein? Ich habe sie doch von so nahem gesehen.«

»Bevor Sie in jener Nacht aufwachten und sich hungrig fühlten, hatten Sie da von Ihrer Mutter geträumt?«

Sie zögerte, und ein Schauder überlief sie.

»Ich weiß es nicht, aber ich habe dauernd von Mutter geträumt – fürchterliche Alpträume –, seit jener ersten Nacht, als jemand in mein Zimmer kam . . .«

»Das wird vielleicht die Erklärung für Ihre Täuschung sein.« Vance wartete einen Augenblick lang, dann fragte er: »Erinnern Sie sich genau, daß die Gestalt, die Sie in jener Nacht auf dem Flur sahen, den orientalischen Schal Ihrer Mutter trug?«

»Oh ja«, sagte sie nach einem kurzen Zögern. »Es war das erste, was mir auffiel. Dann sah ich ihr Gesicht . . .«

In diesem Augenblick geschah etwas, das, so unbedeutend es sein mochte, uns verblüffte. Wir standen mit dem Rücken zu Mrs. Mannheim und hatten für den Augenblick ganz vergessen, daß sie im Zimmer war. Plötzlich entfuhr ihr etwas wie ein tonloser Seufzer, und das Nähkörbchen, das sie auf den Knien gehabt hatte, fiel zu Boden. Instinktiv drehten wir uns um. Die Frau starrte uns mit glasigen Augen an.

»Was spielt denn das für eine Rolle, wen sie gesehen hat?« fragte sie mit lebloser, monotoner Stimme. »Vielleicht hat sie mich gesehen.«

»Unsinn, Gertrude«, entgegnete Ada rasch. »Das waren nicht Sie.«

Vance betrachtete die Frau mit einem verblüfften Gesichtsausdruck.

»Tragen Sie denn jemals Mrs. Greenes Schal, Frau Mannheim?«

»Natürlich tut sie das nicht«, beeilte Ada sich zu sagen.

»Und stehlen Sie sich jemals in die Bibliothek und lesen dort, nachdem alle anderen schlafen gegangen sind?« Vance ließ nicht locker.

Mürrisch nahm die Frau ihr Nähzeug wieder auf und verfiel in ein schweigendes Brüten. Vance betrachtete sie noch einen Augenblick lang, dann wandte er sich wieder Ada zu.

»Können Sie sich von irgend jemandem vorstellen, daß er in jener Nacht den Schal Ihrer Mutter trug?«

»Ich – das weiß ich nicht«, stammelte das Mädchen mit zitternden Lippen.

»Nein, so geht das nicht.« Vance sprach nun mit einiger Härte. »Das ist nicht der Zeitpunkt, irgend jemanden schützen zu wollen. Gab es jemanden, dessen Gewohnheit es war, diesen Schal umzulegen?«

»Niemanden ...« Sie warf Vance einen flehenden Blick zu; doch er blieb hart.

»Wer außer Ihrer Mutter hat ihn denn jemals getragen?«

»Aber wenn es Sibella gewesen wäre, hätte ich sie doch erkannt –«

»Sibella? Ist es vorgekommen, daß sie sich den Schal auslieh?«

Ada nickte widerstrebend. »Aber nur sehr selten. Sie – sie bewunderte diesen Schal ... Ach, warum zwingen Sie mich nur, Ihnen das zu sagen!«

»Und Sie haben ihn niemals bei irgend jemand anderem gesehen?«

»Nein; niemand hat ihn je getragen außer Mutter und Sibella.«

Ihre Qual war nicht zu übersehen, und Vance versuchte sie mit einem aufmunternden Lächeln zu beruhigen.

»Da sehen Sie, wie dumm es ist, solche Angst zu haben«, sagte er unbekümmert. »Wahrscheinlich haben Sie in jener Nacht Ihre Schwester auf dem Flur gesehen, und weil Sie Alpträume von Ihrer Mutter gehabt hatten, glaubten Sie, diese sei es. So kam es, daß Sie erschraken und sich einschlossen und sich fürchteten. Eine ziemlich alberne Geschichte, was?«

Wenig später verabschiedeten wir uns.

»Ich war schon immer der Ansicht«, meinte Inspektor Moran auf der Rückfahrt in die Stadt, »daß jede Identifizierung unter Belastung oder Erregung wertlos ist. Und hier haben wir ein klares Beispiel dafür.«

»Ich wünschte mir ja eine hübsche kleine Plauderei mit Sibella«, murmelte Heath, mit seinen eigenen Gedanken beschäftigt.

»Sie hätten keine Freude daran, Sergeant«, sagte Vance. »Am Ende Ihres *tête-à-tête* hätten Sie nur das erfahren, was die junge Dame Ihnen verraten wollte.«

»Wie weit sind wir denn nun?« fragte Markham, nachdem alle eine Zeitlang geschwiegen hatten.

»Wir sind genau da, wo wir vorher auch waren«, antwortete Vance niedergeschlagen, »– mitten in einem undurchdringlichen Nebel. Und ich bin ganz und gar nicht überzeugt«, fügte er hinzu, »daß es Sibella war, die Ada in der Diele sah.«

Markham warf ihm einen verblüfften Blick zu.

»Ja wer zum Teufel war es denn dann?«

Vance seufzte. »Sagen Sie mir eine Antwort auf diese eine Frage, und ich erzähle Ihnen die ganze Geschichte.«

In dieser Nacht saß Vance bis beinahe zwei Uhr an seinem Schreibtisch in der Bibliothek und schrieb.

Kapitel 23

Das fehlende Faktum
(Samstag, 4. Dezember, 1 Uhr mittags)

Am Samstagvormittag hatte der Bezirksstaatsanwalt Dienst im Büro, und Markham hatte Vance und mich zum Mittagessen im Bankers Club eingeladen. Doch als wir im Strafgerichtshof eintrafen, steckte er bis zu den Ellenbogen in seinen Aktenbergen, und wir ließen uns eine Mahlzeit in sein Konferenzzimmer bringen. Bevor wir an jenem Mittag das Haus verließen, hatte Vance mehrere eng beschriebene Bögen Papier in die Tasche gesteckt, und ich nahm an – womit ich, wie sich herausstellen sollte, recht hatte –, daß es sich dabei um das handelte, was er in der Nacht zuvor niedergeschrieben hatte.

Nach dem Essen lehnte Vance sich träge in seinem Sessel zurück und entzündete eine Zigarette. »Markham, alter Junge«, sagte er, »ich habe Ihre Einladung nur aus dem einen Grunde angenommen, daß ich mich mit Ihnen über Kunst unterhalten wollte. Ich hoffe, Sie sind in empfänglicher Stimmung.«

Aus Markhams Blick sprach unverhohlener Ärger.

»Verdammt nochmal, Vance, ich habe zuviel zu tun, um mich mit Ihren Sperenzchen abzugeben«, sagte er. »Wenn Ihnen der Sinn nach Kunst steht, dann nehmen Sie van Dine hier und gehen Sie ins Metropolitan Museum. Aber lassen Sie mich in Ruhe.«

Vance seufzte und legte tadelnd den Kopf schief.

»Also sprach die Stimme Amerikas! ›Geh und spiele mit deinen hübschen Spielsachen, wenn dir dergleichen alberne Dinge Freude machen; aber mich lasse in Ruhe, damit ich mich wichtigeren Arbeiten widmen kann.‹ Wirklich traurig. Unter den gegebenen Umständen weigere ich mich allerdings zu spielen; und schon gar nicht in jenem Mausoleum mit von Europäern verschmähten Leichen, das man das Metropolitan Museum nennt. Da kann ich ja froh sein, daß Sie mir nicht empfohlen haben, die in der Stadt verstreuten Denkmäler abzuklappern.«

»Ich hätte Sie auch ins Aquarium geschickt –«

»Ich weiß. Alles, solange Sie mich nur loswerden«, sagte Vance in gespielt beleidigtem Ton. »Und trotzdem werde ich genau hier sitzenbleiben und einen erbaulichen Vortrag über den Aufbau eines Kunstwerkes halten.«

»Aber reden Sie nicht zu laut«, sagte Markham und erhob sich. »Ich bin nämlich nebenan und arbeite.«

»Aber mein Vortrag beschäftigt sich mit dem Fall Greene. Sie sollten ihn sich wirklich nicht entgehen lassen.«

Markham hielt inne und wandte sich um. »Wieder eine Ihrer weitschweifigen Einleitungen, was?« Er setzte sich wieder. »Also, wenn Sie neue Ideen haben, die uns weiterhelfen können, dann lassen Sie mal hören.«

Vance rauchte einen Augenblick lang schweigend.

»Wissen Sie, Markham«, begann er, nach außen hin träge und unbeteiligt, »es gibt da einen grundlegenden Unterschied zwischen einem guten Gemälde und einer Fotografie. Zugegeben, viele Maler sind sich dessen offenbar keineswegs bewußt; und wenn die Farbfotografie erst vervollkommnet ist – lieber Himmel! –, dann dürften größere Mengen von Akademiemitgliedern arbeitslos werden! Aber trotzdem gibt es eine tiefe Kluft zwischen den beiden; und just dieser kleine theoretische Unterschied wird im Zentrum meiner Ausführungen stehen. Wodurch unterscheidet sich beispielsweise Michelangelos Moses von der fotografischen Studie eines bärtigen alten Patriarchen mit einer Steintafel? Wo liegen die Unterschiede zwischen Rubens' Herbstlandschaft mit dem Schloß von Steen am frühen Morgen und dem Schnappschuß, den ein Tourist von einer Burg am Rhein macht? Wieso ist ein Stilleben Cézannes besser als ein Foto von einer Schale mit Äpfeln? Wieso haben die Renaissancegemälde von Madonnen Hunderte von Jahren überdauert, während eine bloße Fotografie einer Mutter mit Kind mit dem Klicken des Verschlusses, künstlerisch gesehen, in Vergessenheit gerät?«

Als Markham das Wort ergreifen wollte, bedeutete Vance ihm mit erhobener Hand zu schweigen.

»Das tut sehr wohl etwas zur Sache. Bitte gedulden Sie sich noch einen Augenblick lang. Der Unterschied zwischen einem guten Gemälde und einer Fotografie ist folgender: Das eine ist arrangiert, komponiert, organisiert; das andere ist nichts als das zufällige Abbild einer Szene, ein naturgetreuer Ausschnitt aus der Wirklichkeit. Kurz gesagt, das eine hat Form; das andere ist

Chaos. Sehen Sie, wenn ein wirklicher Künstler ein Bild malt, dann ordnet er Flächen und Linien so an, daß sie sich in seine vorab gefaßte Kompositionsidee einfügen – das heißt, er unterwirft jede Einzelheit des Bildes einem bestimmten Plan; und er verzichtet auf alle Gegenstände oder Details, die seinem Plan zuwiderlaufen oder davon ablenken. Auf diese Weise erreicht er gewissermaßen eine formale Homogenität. Jeder Gegenstand im Bild erfüllt einen bestimmten Zweck und steht an einer bestimmten Stelle, so daß er sich in das zugrundeliegende Muster einfügt. Nichts ist irrelevant, es gibt keine zusammenhanglosen Einzelheiten, keine unverbundenen Objekte, keine willkürliche Anordnung von Farbwerten. Alle Formen und Linien sind aufeinander bezogen; jedes Objekt – jeder Pinselstrich sogar – nimmt den ihm im Gesamtplan zugedachten Ort ein und hat eine bestimmte Funktion. Kurz gesagt, das Bild ist eine Einheit.«

»Sehr aufschlußreich«, bemerkte Markham mit einem demonstrativen Blick auf seine Uhr. »Und was hat das mit dem Fall Greene zu tun?«

»Eine Fotografie hingegen«, fuhr Vance fort, ohne sich um die Unterbrechung zu kümmern, »ist ohne Plan, sogar ohne Entwurf im ästhetischen Sinne. Natürlich kann ein Fotograf eine Figur in Pose setzen und drapieren – er kann sogar von einem Baum, den er auf die Platte bannen will, einen Ast absägen; aber es ist ihm völlig unmöglich, das Material seines Bildes gemäß einem vorbedachten Plan zu komponieren, wie der Maler es tut. In einer Fotografie gibt es immer Details, denen keine Bedeutung zukommt, ein Spiel von Licht und Schatten, das die Harmonie stört, Texturen, die einen falschen Ton hineinbringen, störende Linien, Flächen am falschen Platz. Denn die Kamera ist verteufelt ehrlich – sie nimmt alles auf, was ihr vor die Linse kommt, und kümmert sich nicht um den künstlerischen Wert. Die unvermeidliche Folge ist, daß einer Fotografie Struktur und Einheit abgehen; ihre Komposition ist bestenfalls einfach und konventionell. Und sie steckt voller irrelevanter Bestandteile – voller Gegenstände, die weder Sinn noch Zweck haben. Es gibt dabei keine Einheitlichkeit der Komposition. Eine Fotografie ist willkürlich, heterogen, inkonsequent und amorph – so wie die Natur selbst es ist.«

»Sie brauchen nicht darauf herumzureiten.« Ungeduld sprach aus Markhams Ton. »Über eine Spur Intelligenz verfüge ich ja doch. Wohin führt uns denn nun dieser Schwall von Binsenweisheiten?«

Vance bedachte ihn mit einem gewinnenden Lächeln. »In die 53. Straße Ost. Doch bevor wir an diesem Ziel anlangen, gestatten Sie mir bitte eine weitere kurze Ausführung. Häufig kommt es vor, daß ein Gemälde von kunstvollem und raffiniertem Entwurf dem Betrachter seine Komposition nicht auf den ersten Blick offenbart. Genauer gesagt sind es sogar nur die Entwürfe der einfacheren und konventionelleren Bilder, die man auf Anhieb erkennt. In der Regel wird der Betrachter ein Bild sorgfältig studieren müssen – seine Rhythmik aufspüren, seine Formen durch Vergleich erschließen, die Gewichtung seiner Details erkennen und all diese Einzelheiten zusammenfügen –, bevor der zugrundeliegende Plan erkennbar wird. Manches wohlorganisierte und perfekt ausgewogene Bild – wie etwa Renoirs Figuren, die Interieurs von Matisse, Cézannes Aquarelle, Picassos Stilleben und die anatomischen Zeichnungen Leonardos – mag auf den ersten Blick unbedeutend erscheinen, was die Komposition angeht; seinen Formen scheint es an Einheit und Zusammenhalt zu mangeln; seine Flächen und Linien wirken vielleicht, als seien sie willkürlich hingeworfen. Und erst, wenn der Betrachter alle Bestandteile des Werkes zueinander in Beziehung gesetzt hat und seiner Kontrapunktik auf die Spur gekommen ist, erlangen sie Bedeutung und geben die Konzeption, die seinen Schöpfer antrieb, zu erkennen . . .«

»Ja doch«, unterbrach Markham. »Gemälde sind anders als Fotografien; einem Gemälde liegt ein Plan zugrunde; bei einer Fotografie gibt es keinen solchen Plan; oft muß man ein Gemälde gründlich studieren, um seinen Aufbau zu erkennen. Das war es wohl, was Sie in der letzten Viertelstunde wortreich zu erklären versucht haben.«

»Ich wollte lediglich die gewaltige Flut sich ewig wiederholenden, umständlichen Geschwätzes nachahmen, wie man sie aus juristischen Schriftstücken kennt«, erklärte Vance. »Ich hegte die Hoffnung, Ihrem Anwaltsgehirn auf diesem Wege begreiflich zu machen, wovon ich rede.«

»Das ist Ihnen voll und ganz gelungen«, sagte Markham scharf. »Und was nun?«

Vance wurde wieder ernst. »Markham, die ganze Zeit über haben wir die verschiedenen Vorkommnisse im Fall Greene so betrachtet, als hätten sie nichts miteinander zu tun, wie Gegenstände auf einer Fotografie. Wir haben ein Faktum nach dem anderen getrennt untersucht: Aber wir haben es versäumt, gründlich zu analysieren, in welcher Verbindung es jeweils zu allen anderen bekannten Tatsachen steht. Wir haben diese ganze Affäre behandelt wie eine Serie oder eine Ansammlung isolierter Einzelereignisse. Und die Bedeutung des Ganzen ist uns entgangen, weil wir noch nicht herausgefunden haben, wie das zugrundeliegende Muster aussieht, von dem all diese Ereignisse nur je ein Bruchstück bilden. Können Sie mir folgen?«

»Also hören Sie!«

»Schon gut. Nun, es versteht sich von selbst, daß den ganzen erstaunlichen Vorgängen ein Plan zugrundeliegt. Es gibt keine Zufälle in dieser Sache. Jede Handlung ist geplant – hinter allem steckt ein schlauer, sorgfältig ausgearbeiteter Entwurf. Aus diesem Grundmuster ergibt sich alles. Alles ist geprägt von einer grundlegenden Idee. Daher ist seit den beiden ersten Schüssen nichts Entscheidendes geschehen, was nicht mit dem im voraus gefaßten Plan des Verbrechens in Verbindung steht. Alle Aspekte und Ereignisse des Falles bilden zusammen eine Einheit – sie sind aufeinander abgestimmt und stehen miteinander in Wechselwirkung. Kurz gesagt, der Fall Greene ist ein Gemälde, keine Fotografie. Und wenn wir ihn erst einmal in diesem Lichte studiert haben – wenn wir die Wechselwirkung sämtlicher externer Faktoren aufgeschlüsselt und die Umrisse des Bildes zu den Fluchtlinien in Beziehung gesetzt haben –, dann, Markham, werden wir die Komposition des Bildes erkennen; wir werden den Plan vor uns sehen, nach dem der perverse Maler die uns bekannten Einzelheiten arrangiert hat. Und wenn wir erst einmal die Struktur gefunden haben, die diesem entsetzlichen Bild zugrundeliegt, dann kennen wir auch den Künstler, können unseren Mörder identifizieren.«

»Ich verstehe, was Sie meinen«, sagte Markham nachdenklich. »Aber was nützt uns das? Wir kennen die externen Faktoren; und mit Sicherheit fügen sie sich nicht zum verständlichen Bild eines einheitlichen Ganzen zusammen.«

»Bisher vielleicht nicht«, stimmte Vance zu. »Aber das liegt daran, daß wir uns noch nicht systematisch damit beschäftigt haben. Wir haben zu viel nachgeforscht und zu wenig nachgedacht. Wir haben uns von dem ablenken lassen, was man in der moder-

nen Malerei das Dokumentarische nennt – das heißt, der gegen-
ständlichen Erscheinung der konkreten Bestandteile des Bildes.
Wir haben nicht nach dem abstrakten Gehalt gefragt. Was uns
entgangen ist, ist die ›signifikante Form‹ – nicht gerade ein glück-
licher Ausdruck; aber das haben Sie Clive Bell anzulasten.«[27]

»Und was schlagen Sie vor, wie wir den Kompositionsplan dieses blutigen Bildes entschlüsseln sollen? Übrigens, wir könnten es
FAMILIENBANDE nennen.« Ich wußte, mit dieser witzigen Bemerkung wollte er den tiefen Eindruck herunterspielen, den Vance'
Vortrag auf ihn gemacht hatte; denn auch wenn ihm klar gewesen
war, daß sein Gegenüber nicht dermaßen weit zu diesem Vergleich ausgeholt hätte, wenn er nicht eine begründete Hoffnung
gehegt hätte, diesen mit Erfolg auf den Fall, der uns beschäftigte,
anzuwenden, hütete er sich doch, seine Erwartungen darauf zu
setzen, damit er nicht von neuem enttäuscht würde.

Als Antwort auf Markhams Frage holte Vance das Bündel Papiere hervor, das er mitgebracht hatte.

»Gestern abend«, erklärte er, »habe ich eine kurzgefaßte chro-
nologische Liste der wichtigsten Fakten zum Fall Greene zusammengestellt – das heißt, ich habe jeden bedeutenden externen
Faktor dieses grausigen Bildes aufgeführt, das wir in den letzten
Wochen betrachtet haben. Die Grundformen sind alle versammelt, auch wenn ich vielleicht viele Einzelheiten ausgelassen
habe. Aber ich glaube, ich habe eine genügend große Zahl von
Punkten zusammengestellt, daß sie uns als Arbeitsgrundlage dienen kann.«

Er reichte Markham die Papiere.

»Die Wahrheit steckt irgendwo in dieser Liste. Wenn wir die
Fakten zusammenfügen könnten – sie mit der angemessenen Gewichtung zueinander in Beziehung setzen –, dann wüßten wir, wer
es ist, der hinter dieser Orgie des Verbrechens steckt; denn wenn
wir erst einmal das Grundmuster bestimmt hätten, dann gewänne
jede dieser Einzelheiten große Bedeutung, und die Botschaft, die
sie uns zu sagen haben, erschiene klar und deutlich vor unseren
Augen.«

Markham nahm die Seiten, rückte seinen Sessel näher ans Licht
und las sie, ohne ein einziges Wort dabei zu sagen.

Ich habe das Original dieser Niederschrift aufbewahrt; und unter allen Dokumenten, die ich besitze, war keines von größerer
Bedeutung, keines beeinflußte die Untersuchung so entschei-

dend. Ja, diese Zusammenfassung war das Instrument, durch das der Fall Greene gelöst wurde. Ohne diese Rekapitulation, die Vance verfaßte und später analysierte, wäre der berüchtigte Massenmord im Hause Greene zweifellos als ungelöster Fall zu den Akten gelegt worden.

Im folgenden ist sie im Wortlaut wiedergegeben:

ALLGEMEINE FAKTEN

1. Im Hause Greene herrscht eine Atmosphäre gegenseitigen Hasses.

2. Mrs. Greene ist gelähmt; sie jammert ununterbrochen, hat an allem etwas auszusetzen und macht allen Mitgliedern des Haushaltes das Leben zur Hölle.

3. Es gibt fünf Kinder – zwei Töchter, zwei Söhne und eine Adoptivtochter; sie haben nichts miteinander gemein und sind einander stets feindselig und unfreundlich gesonnen.

4. Obwohl Mrs. Mannheim, die Köchin, vor Jahren mit Tobias Greene bekannt war und er sie in seinem Testament bedacht hat, weigert sie sich, irgend etwas aus ihrer Vergangenheit zu enthüllen.

5. Das Testament Tobias Greenes bestimmt, daß die Mitglieder der Familie fünfundzwanzig Jahre lang im Hause Greene leben müssen; andernfalls werden sie enterbt. Ausgenommen ist einzig Ada, die sich, falls sie heiraten sollte, an einem anderen Ort niederlassen kann, da sie keine gebürtige Greene ist. Das Testament gibt Mrs. Greene die alleinige Verfügungsgewalt über das Geld.

6. Laut Mrs. Greenes Testament wird das Vermögen gleichmäßig unter die fünf Kinder aufgeteilt. Falls eines von ihnen stirbt, wird sein Anteil unter die Überlebenden verteilt; und wenn alle sterben, fällt das Vermögen an ihre Familien, sofern vorhanden.

7. Die Schlafzimmer der Greenes sind folgendermaßen angeordnet: An der Vorderseite des Hauses liegen – einander gegenüber – die Zimmer von Julia und Rex; Chester und Ada haben die Zimmer in der Mitte des Hauses, und die Zimmer von Sibella und Mrs. Greene befinden sich – ebenfalls einander gegenüberliegend – an der Rückseite des Hauses. Es gibt keine Verbindungstüren zwischen den Zimmern, mit Ausnahme der Zimmer von Ada und Mrs. Greene, von wo aus man außerdem Zugang zu einem gemeinsamen Balkon hat.

8. Die Bibliothek Tobias Greenes, die Mrs. Greene vermeintlich zwölf Jahre lang verschlossen hielt, enthält eine bemerkenswert vollständige Sammlung von Büchern zur Kriminologie und verwandten Wissensgebieten.

9. Tobias Greenes Vergangenheit ist ein wenig geheimnisumwittert, und es wurde viel darüber gemunkelt, daß er im Ausland dunklen Geschäften nachging.

DAS ERSTE VERBRECHEN

10. Julia wird um 11.30 Uhr abends aus nächster Nähe von vorn erschossen.

11. Der Schuß auf Ada wird von hinten abgefeuert, ebenfalls aus nächster Nähe. Sie überlebt.

12. Julia wird in ihrem Bett aufgefunden, und auf ihrem Gesicht steht blankes Entsetzen.

13. Ada findet man auf dem Fußboden neben dem Toilettentisch.

14. In beiden Zimmern brennt Licht.

15. Zwischen den beiden Schüssen vergehen mehr als drei Minuten.

16. Von Blon wird unverzüglich benachrichtigt, und er trifft binnen einer halben Stunde ein.

17. Außer von Blons Fußspuren gibt es Fußabdrücke, die vom Haus weg- und zum Haus hinführen; aber wegen der Beschaffenheit des Schnees kann man nicht viel erkennen.

18. Die Spur entstand in der halben Stunde vor dem Verbrechen.

19. Beide Kugeln stammen aus einen Revolver Kaliber zweiunddreißig.

20. Chester sagt aus, daß sein alter Revolver Kaliber zweiunddreißig verschwunden ist.

21. Chester schenkt der Theorie der Polizei, daß es sich um einen Einbrecher gehandelt hat, keinen Glauben und besteht darauf, daß der Bezirksstaatsanwalt sich des Falles annimmt.

22. Mrs. Greene wird von dem Schuß in Adas Zimmer geweckt und hört Ada fallen. Aber sie vernimmt weder Schritte noch das Geräusch einer Tür.

23. Sproot befindet sich auf der Dienstbotentreppe, auf dem Weg nach unten, als der zweite Schuß fällt, aber er begegnet niemandem im Flur.

24. Rex, dessen Zimmer direkt neben demjenigen Adas liegt, sagt aus, er habe keinen Schuß gehört.

25. Rex macht Andeutungen, daß Chester mehr über die Tragödie weiß, als er zugibt.

26. Chester und Sibella haben ein Geheimnis.

27. Genau wie Chester weist auch Sibella die Einbrechertheorie entschieden zurück, aber sie weigert sich, eine andere Erklärung abzugeben, und sagt offen, daß jedes Mitglied der Familie Greene der Schuldige sein könnte.

28. Ada sagt aus, daß sie von einer bedrohlichen Gegenwart in ihrem nicht erleuchteten Zimmer geweckt wurde; sie habe vor dem Eindringling fliehen wollen, sei aber mit schlurfenden Schritten verfolgt worden.

29. Ada sagt aus, eine Hand habe sie berührt, als sie sich vom Bett erhob, weigert sich jedoch, auch nur den Versuch einer Identifizierung zu unternehmen, um wessen Hand es sich handelte.

30. Sibella fordert Ada heraus zu sagen, daß sie (Sibella) es gewesen sei, die im Zimmer gewesen sei, und beschuldigt Ada dann *expressis verbis*, Julia erschossen zu haben. Außerdem bezichtigt sie Ada, diese habe den Revolver aus Chesters Zimmer gestohlen.

31. In Einstellung und Benehmen läßt von Blon eine merkwürdige Vertrautheit zwischen sich und Sibella erkennen.

32. Es ist nicht zu übersehen, daß Ada Zuneigung zu von Blon empfindet.

DAS ZWEITE VERBRECHEN

33. Vier Tage nach den Schüssen auf Julia und Ada wird um 11.30 Uhr abends Chester durch einen Schuß aus nächster Nähe, der aus einem zweiunddreißiger Revolver stammt, getötet.

34. Sein Gesicht zeigt Erstaunen und Entsetzen.

35. Sibella hört den Schuß und ruft Sproot.

36. Sibella sagt, sie habe an der Tür gelauscht, unmittelbar nachdem der Schuß gefallen war, und es sei kein anderes Geräusch zu hören gewesen.

37. Das Licht in Chesters Zimmer brennt. Offenbar war er in seine Lektüre vertieft, als der Mörder eintrat.

38. Zwei deutliche Fußspuren finden sich auf dem Weg zur Haustür. Sie sind in der halben Stunde vor dem Verbrechen entstanden.

39. Ein Paar Galoschen, das exakt zu den Fußabdrücken paßt, findet sich in Chesters Kleiderschrank.

40. Ada hatte eine Vorahnung, daß Chester ermordet würde, und errät, als sie davon erfährt, daß er auf die gleiche Weise erschossen wurde wie Julia. Sie ist jedoch außerordentlich erleichtert, als man ihr die Fußspuren zeigt, die vermuten lassen, daß der Täter außerhalb des Hauses zu suchen ist.

41. Rex sagt aus, er habe ein Geräusch im Flur und den Klang einer sich schließenden Tür gehört, zwanzig Minuten, bevor der Schuß fiel.

42. Als Ada von Rex' Aussage erfährt, erinnert sie sich, daß auch sie kurz nach elf Uhr hörte, wie eine Tür sich schloß.

43. Es ist offensichtlich, daß Ada etwas weiß oder einen Verdacht hegt.

44. Die Köchin verliert die Nerven bei dem Gedanken, daß jemand Ada etwas zuleide tun könnte, sagt aber, sie könne es verstehen, daß jemand Julia und Chester habe erschießen wollen.

45. Rex läßt bei einer Befragung keinen Zweifel daran, daß er den Schuldigen im Haus vermutet.

46. Rex beschuldigt von Blon, dieser sei der Mörder.

47. Mrs. Greene bittet, die Untersuchungen einzustellen.

DAS DRITTE VERBRECHEN

48. Rex stirbt zwanzig Tage nach Chesters Ermordung, keine fünf Minuten, nachdem Ada ihn vom Büro des Bezirksstaatsanwalts aus angerufen hat, um 11.20 Uhr vormittags durch einen Schuß in die Stirn; der Schuß kommt aus einem Revolver Kaliber zweiunddreißig.

49. Anders als bei Julia und Chester ist Rex' Gesicht nicht von Entsetzen und Überraschung gezeichnet.

50. Seine Leiche wird auf dem Fußboden vor dem Kamin gefunden.

51. Eine Zeichnung, die er auf Adas Bitte hin in das Büro des Bezirksstaatsanwalts bringen sollte, ist verschwunden.

52. Im ersten Stock hört niemand den Schuß, obwohl die Türen offenstehen; aber Sproot, der sich unten in der Anrichtekammer aufhält, hört ihn klar und deutlich.

53. An jenem Morgen ist von Blon bei Sibella zu Besuch; aber sie sagt aus, daß sie zu der Zeit, als Rex erschossen wurde, im Badezimmer gewesen sei und ihren Hund gebadet habe.

54. In Adas Zimmer finden sich Fußspuren; sie kommen von der Balkontür her, die nur angelehnt ist.

55. Eine einzelne Fußspur führt von dem Weg an der Vorderseite des Hauses zum Balkon.

56. Die Spur könnte zu jedem beliebigen Zeitpunkt nach neun Uhr an jenem Vormittag entstanden sein.

57. Sibella weigert sich, das Haus zu verlassen und Bekannte zu besuchen.

58. Die Galoschen, mit denen in allen drei Fällen die Fußspuren angelegt wurden, finden sich in der Wäschekammer; sie waren allerdings nicht dort, als das Haus nach dem Revolver durchsucht wurde.

59. Die Galoschen werden in die Wäschekammer zurückgelegt, doch in der Nacht verschwinden sie.

DAS VIERTE VERBRECHEN

60. Zwei Tage nach Rex' Tod werden Ada und Mrs. Greene vergiftet – Ada mit Morphium, Mrs. Greene mit Strychnin. Dazwischen liegen keine zwölf Stunden.

61. Ada wird sofort behandelt und überlebt den Anschlag.

62. Man sieht von Blon das Haus verlassen, unmittelbar bevor Ada das Gift zu sich nimmt.

63. Ada wird von Sproot gefunden, weil Sibellas Hund sich in die Klingelschnur verbissen hat.

64. Ada nahm das Morphium mit der Bouillon zu sich, die sie gewöhnlich vormittags trinkt.

65. Ada sagt aus, daß niemand sie in ihrem Zimmer aufgesucht habe, nachdem die Pflegerin sie gebeten hatte, heraufzukommen und die Bouillon zu trinken; sie sei jedoch in Julias Zimmer gegangen, um einen Schal zu holen, so daß die Bouillon einige Augenblicke lang unbeaufsichtigt war.

66. Weder Ada noch die Pflegerin können sich erinnern, Sibellas Hund auf dem Flur gesehen zu haben, bevor Ada die vergiftete Bouillon trank.

67. Am Morgen nachdem Ada das Morphium nahm, wird Mrs. Greene tot aufgefunden, vergiftet mit Strychnin.

68. Das Strychnin kann ihr nicht vor 11 Uhr des vorangegangenen Abends verabreicht worden sein.

69. Zwischen 11 Uhr und 11.30 Uhr abends befand sich die Pflegerin in ihrem Zimmer im zweiten Stock.

70. Von Blon stattete an jenem Abend Sibella einen Besuch ab, aber Sibella sagt aus, er sei bereits um Viertel vor elf gegangen.

71. Das Strychnin wurde in einem Glas Zitrokarbonat verabreicht, das Mrs. Greene vermutlich nicht ohne fremde Hilfe genommen hätte.

72. Sibella entschließt sich, eine Freundin in Atlantic City zu besuchen, und verläßt New York mit dem Nachmittagszug.

ÜBERGREIFENDE FAKTEN

73. Die Schüsse auf Julia, Ada, Chester und Rex sind aus demselben Revolver abgegeben worden.

74. Alle drei Fußspuren sind offensichtlich von jemandem, der im Hause lebt, gemacht worden, um den Verdacht auf einen Täter von draußen zu lenken.

75. Bei dem Mörder handelt es sich um jemanden, den Julia und Chester beide auch in Nachtkleidern und am späten Abend in ihr Zimmer einlassen würden.

76. Der Mörder gibt sich Ada nicht zu erkennen, sondern dringt heimlich in ihr Zimmer ein.

77. Fast drei Wochen nach Chesters Tod erscheint Ada im Büro des Bezirksstaatsanwalts und behauptet, sie habe eine wichtige Aussage zu machen.

78. Laut Adas Aussage hat Rex ihr gestanden, nicht nur den Schuß in ihrem Zimmer gehört zu haben, sondern darüber hinaus noch etwas anderes, habe aber zu viel Angst, dies zuzugeben; sie bittet darum, Rex zu befragen.

79. Ada erzählt, daß sie im unteren Flur nahe der Tür zur Bibliothek eine Zeichnung mit geheimnisvollen Symbolen gefunden habe.

80. Am Tag, an dem Rex ermordet wird, meldet von Blon, daß aus seiner Tasche drei Gran Strychnin und sechs Gran Morphium entwendet wurden – vermutlich im Haus der Greenes.

81. In der Bibliothek deutet alles darauf hin, daß jemand die Angewohnheit hatte, dorthin zu gehen und bei Kerzenschein zu lesen. Bei den Büchern, die den Eindruck machen, als habe der Besucher darin gelesen, handelt es sich um die folgenden: ein Handbuch der Kriminologie, zwei Werke zur Toxikologie und zwei Abhandlungen über hysterische Paralyse und Schlafwandeln.

82. Der Besucher der Bibliothek muß jemand sein, der die deutsche Sprache beherrscht, denn drei der gelesenen Bücher sind auf Deutsch geschrieben.

83. Die Galoschen, die in der Nacht nach Rex' Ermordung aus der Wäschekammer verschwunden sind, werden in der Bibliothek entdeckt.

84. Jemand lauscht an der Tür, während wir uns in der Bibliothek umsehen.

85. Ada berichtet, daß sie in der Nacht zuvor Mrs. Greene im unteren Flur gesehen habe und daß sie habe gehen können.

86. Von Blon beteuert, daß Mrs. Greene aufgrund der Art ihrer Lähmung physisch nicht in der Lage sei, sich von der Stelle zu bewegen.

87. Mit Hilfe von Blons werden Vorbereitungen getroffen, Mrs. Greene von Doktor Oppenheimer untersuchen zu lassen.

88. Von Blon unterrichtet Mrs. Greene über die geplante Untersuchung, die er für den darauffolgenden Tag angesetzt hat.

89. Mrs. Greene wird vergiftet, ehe Doktor Oppenheimer sie untersuchen kann.

90. Die Obduktion zeigt eindeutig, daß Mrs. Greenes Beinmuskulatur so weit zurückgebildet war, daß sie nicht mehr gehen konnte.

91. Als Ada vom Ergebnis der Autopsie erfährt, beharrt sie darauf, daß die Gestalt, die sie im Flur gesehen hat, den Schal ihrer Mutter trug, und auf weiteres Drängen gibt sie zu, daß Sibella ihn gelegentlich trug.

92. Während Ada zu diesem Schal befragt wird, macht Mrs. Mannheim Andeutungen, sie selbst sei es gewesen, die Ada auf dem Flur gesehen habe.

93. Als die Schüsse auf Julia und Ada fielen, waren folgende Personen im Hause oder könnten es gewesen sein: Chester, Sibella, Rex, Mrs. Greene, von Blon, Barton, Hemming, Sproot und Mrs. Mannheim.

94. Als Chester erschossen wurde, waren folgende Personen im Hause oder könnten es gewesen sein: Sibella, Rex, Mrs. Greene, Ada, von Blon, Barton, Hemming, Sproot und Mrs. Mannheim.

95. Als Rex erschossen wurde, waren folgende Personen im Hause oder könnten es gewesen sein: Sibella, Mrs. Greene, von Blon, Hemming, Sproot und Mrs. Mannheim.

96. Als Ada vergiftet wurde, waren folgende Personen im Hause oder könnten es gewesen sein: Sibella, Mrs. Greene, von Blon, Hemming, Sproot und Mrs. Mannheim.

97. Als Mrs. Greene vergiftet wurde, waren folgende Personen im Hause oder könnten es gewesen sein: Sibella, von Blon, Ada, Hemming, Sproot und Mrs. Mannheim.

Als Markham mit der Lektüre der Zusammenfassung fertig war, ging er sie noch ein zweites Mal durch. Dann legte er sie auf den Tisch.

»Tja, Vance«, sagte er, »Sie haben die wesentlichen Punkte wirklich umfassend dargestellt. Aber einen Zusammenhang kann ich nicht erkennen. Mir kommt es eher so vor, als unterstriche diese Zusammenstellung noch die Rätselhaftigkeit des Falles.«

»Trotzdem, Markham, bin ich davon überzeugt, daß man diese Fakten nur neu zu ordnen und zu deuten braucht, und schon hätte man ein vollkommen klares Bild. Richtig gelesen, sagen sie uns alles, was wir wissen wollen.«

Markham warf nochmals einen Blick auf die Seiten.

»Wenn es gewisse Punkte nicht gäbe, dann kämen mehrere Personen als Täter in Frage. Aber ganz gleich, wem wir die Morde zuschreiben – sofort sehen wir unsere Vermutung durch eine Reihe unleugbarer Tatsachen widerlegt. Mit Hilfe dieses Abrisses könnte man wahrscheinlich den Beweis antreten, daß alle hier Genannten unschuldig sind.«

»Oberflächlich betrachtet, hat es tatsächlich diesen Anschein«, pflichtete Vance ihm bei. »Aber wir müssen zunächst einmal die primäre Idee des Entwurfes erkennen und dieser dann die sekundären Elemente des Musters zuordnen.«

Markham machte eine resignierende Handbewegung.

»Ich wünschte, das Leben wäre so einfach wie Ihre Kunsttheorien!«

»Es ist sogar viel einfacher«, versicherte ihm Vance. »Das Leben läßt sich mit dem simplen Mechanismus einer Kamera einfangen; um jedoch ein Kunstwerk zu schaffen, benötigt man eine hochentwickelte schöpferische Intelligenz, die tiefschürfender philosophischer Einsichten fähig ist.«

»Können Sie denn irgendeinen Sinn – ob künstlerisch oder profan – in all dem finden?« Verdrossen pochte Markham auf die Blätter.

»Ich kann ein gewisses Maßwerk erkennen, sozusagen – gewisse Andeutungen eines Musters; aber ich muß zugeben, der große Plan hat sich mir bisher nicht offenbart. Tatsache ist, Markham, daß ich das Gefühl habe, daß irgendein wichtiger Faktor in diesem Fall – eine Linie, die das Muster zum Ausgleich braucht, vielleicht – uns noch immer verborgen ist. Ich will nicht sagen, daß mein Resümee in seiner gegenwärtigen Form keine Deutungen zuließe; aber unsere Arbeit wäre um vieles einfacher, wenn wir wüßten, was die fehlende Größe ist.«

Eine Viertelstunde später, als wir wieder in Markhams Büro zurückgekehrt waren, legte Swacker einen Brief auf den Schreibtisch. »Da ist eine komische Sache, Chef«, bemerkte er.

Markham nahm den Brief und begann zu lesen. Seine Miene verfinsterte sich zusehends. Als er fertig war, reichte er ihn Vance. Im Briefkopf stand: ›Pfarrhaus, Dritte Presbyterianische Kirche, Stamford, Connecticut‹; das Datum war das des vorangegangenen Tages, und unterschrieben hatte ein Reverend Anthony Seymour. Der Inhalt des in einer kleinen, präzisen Schrift abgefaßten Briefes war folgender:

An den ehrenwerten John F.-X. Markham
Sehr geehrter Herr!
Ich habe, soweit es mir bewußt ist, noch nie in meinem Leben ein Versprechen gebrochen. Aber ich glaube, es kann Fälle geben, bei denen unvorhergesehene Umstände jemanden zwingen können, eine Ausnahme von jener Regel zu machen, der gemäß niemals das Stillschweigen über Dinge zu brechen ist, die im Geheimen anvertraut wurden, ja, daß diese Umstände uns eine Pflicht auferlegen, die größer ist als diejenige, das Schweigen zu wahren.

Ich habe in den Zeitungen von den sündigen und verabscheuenswürdigen Dingen gelesen, die in New York im Hause der Familie Greene geschehen sind; und deshalb bin ich, nachdem ich lange in mich gegangen bin und viel gebetet habe, zu dem Schluß gekommen, daß es meine Pflicht ist, Sie von einem Umstand in Kenntnis zu setzen, über den ich, wie ich es versprach, seit über einem Jahr Stillschweigen bewahrt habe. Ich würde auch heute nicht dieses in mich gesetzte Vertrauen brechen, glaubte ich nicht, daß sich vielleicht etwas Gutes daraus ergeben möge und daß Sie, werter Herr, die Angelegenheit ebenfalls mit der allerheiligsten Vertraulichkeit behandeln werden. Es mag Ihnen nicht von Nutzen sein – ich persönlich wüßte nicht, was es beitragen sollte, das Geheimnis des entsetzlichen Fluches zu enthüllen, der über die Familie Greene gekommen ist –, doch da es sich um einen Umstand handelt, der auf das engste mit einem Mitglied jener Familie verbunden ist, werde ich mich besser fühlen, wenn ich ihn Ihnen anvertraut habe.

Am Abend des 29. August letzten Jahres hielt ein Automobil vor meiner Haustüre, und ein Mann und eine Frau baten mich, sie heimlich zu trauen. Ich darf sagen, daß sich häufig von zu Hause davongelaufene Paare mit solchen Bitten an mich wenden. In diesem Falle jedoch schien es sich bei dem Paar um wohlerzogene, verläßliche Menschen zu handeln, und ich gab ihrer Bitte nach und versicherte ihnen, daß die Trauung, wie es ihr Wunsch war, geheimgehalten würde.

Die Ehelizenz – die am Spätnachmittag desselben Tages in New Haven ausgestellt war – lautete auf die Namen Sibella Greene aus New York City und Arthur von Blon, ebenfalls aus New York City.

Vance las den Brief und gab ihn zurück.

»Ach, wissen Sie, eigentlich überrascht mich das nicht sonderlich –«

Plötzlich brach er ab und starrte gedankenverloren vor sich hin. Dann erhob er sich nervös und begann auf und ab zu laufen.

»Das ist der Schlüssel!« rief er.

Markham warf ihm einen verblüfften, fragenden Blick zu.

»Was wollen Sie damit sagen?«

»Ja, verstehen Sie denn nicht?« Vance trat rasch an den Schreibtisch des Bezirksstaatsanwalts. »Lieber Himmel! Das ist das e i n e Faktum, das in meiner Liste fehlt.« Dann faltete er das letzte Blatt auseinander und schrieb:

98. Sibella und von Blon haben vor einem Jahr heimlich geheiratet.

»Aber ich verstehe nicht, wie uns das weiterhelfen soll«, protestierte Markham.

»Und ebensowenig weiß ich das, im Augenblick«, erwiderte Vance. »Aber ich werde den heutigen Abend damit verbringen, gründlich darüber nachzudenken.«

Kapitel 24

Eine geheimnisvolle Reise
(Sonntag, 5. Dezember)

An diesem Nachmittag spielte das Boston Symphony Orchestra ein Concerto von Bach und Beethovens Sinfonie in c-moll, und nachdem Vance das Büro des Bezirksstaatsanwaltes verlassen hatte, fuhr er direkt zur Carnegie Hall. Während des Konzerts saß er entspannt und gab sich der Musik hin; anschließend bestand er darauf, die gut drei Kilometer bis zu seiner Wohnung zu Fuß zurückzulegen – was für ihn geradezu unerhört war.

Gleich nach dem Abendessen wünschte Vance mir eine gute Nacht und zog sich, bekleidet mit Pantoffeln und Schlafrock, in die Bibliothek zurück. Ich hatte an jenem Abend einiges zu tun und war erst lange nach Mitternacht mit der Arbeit fertig. Auf dem Weg in mein Zimmer kam ich an der Bibliothek vorbei und sah durch den Spalt der angelehnten Tür, wie Vance an seinem Schreibtisch saß – er hatte den Kopf in die Hände gestützt, die Zusammenfassung des Falles lag vor ihm, und an seiner konzentrierten Haltung konnte ich erkennen, daß er alles um sich herum vergessen hatte. Wie stets, wenn er mit geistigen Tätigkeiten beschäftigt war, rauchte er, und der Aschenbecher neben seinem Ellenbogen quoll über von Zigarettenstummeln. Ich ging leise davon und staunte, wie sehr ihn dieses neue Problem gefangennahm.

Um halb vier Uhr früh wachte ich plötzlich auf; mir war, als hörte ich irgendwo im Hause Schritte. Ich erhob mich leise und trat hinaus auf den Flur, getrieben von unbestimmter Neugierde, vermischt mit einem Gefühl des Unbehagens. Am Ende des Flures entdeckte ich einen Lichtstreifen an der Wand, und als ich mich im Halbdunkel vortastete, sah ich, daß der Lichtschein aus der halboffenen Bibliothekstür drang. Zur selben Zeit bemerkte ich, daß die Schritte ebenfalls aus diesem Raum kamen. Ich konnte der Versuchung nicht widerstehen und sah hinein, und mein Blick fiel auf Vance; er ging mit gesenktem Kopf auf und ab, die Hände tief in den Taschen seines Schlafrockes vergraben. Die Luft in dem Raum war rauchgeschwängert, und seine Gestalt war im blauen Zigarettenrauch nur undeutlich zu erkennen. Ich ging wieder zu Bett und lag eine Stunde lang wach. Als ich schließlich einschlummerte, geschah dies zur rhythmischen Begleitung der Schritte in der Bibliothek.

Um acht Uhr stand ich auf. Es war ein düsterer, trostloser Sonntag, und ich trank meinen Kaffee im Wohnzimmer bei elektrischem Licht. Als ich um neun einen Blick in die Bibliothek warf, saß Vance noch immer an seinem Schreibtisch. Die Leselampe brannte, aber das Kaminfeuer war erloschen. Ich ging zurück ins Wohnzimmer und versuchte, mich mit den Sonntagszeitungen zu beschäftigen, aber nachdem ich die Artikel über den Fall Greene überflogen hatte, zündete ich meine Pfeife an und rückte mit dem Sessel näher ans Feuer.

Es war fast ein Uhr, als Vance endlich an der Tür erschien. Er war die ganze Nacht aufgeblieben und hatte mit dem Problem gerungen, das er sich selbst gestellt hatte; man sah ihm nur allzu deutlich an, wie sehr die lange Konzentration an seinen Kräften gezehrt hatte. Unter seinen Augen lagen tiefe, dunkle Schatten, der Mund wirkte schmal wie ein Strich, und sogar die Schultern ließ er müde herabhängen. Aber obwohl mir sein Aussehen einen Schrecken einjagte, war ich zunächst einmal gespannt und begierig zu erfahren, was er bei seiner nächtlichen Wache herausgefunden hatte. Daher blickte ich ihn fragend und erwartungsvoll an, als er das Zimmer betrat.

Als unsere Blicke sich trafen, nickte er bedächtig. »Ich habe den Plan aufgespürt«, sagte er und streckte seine Hand dem wärmenden Feuer entgegen. »Und es ist alles noch viel entsetzlicher, als ich ohnehin schon dachte.« Er schwieg einige Minuten lang. »Sind Sie so gut, und rufen Markham für mich an, Van? Sagen Sie ihm, daß ich ihn sofort sehen muß. Bitten Sie ihn, zum Frühstück herzukommen, und warnen Sie ihn vor, daß ich ein wenig erschöpft bin.«

Er ging hinaus, und ich hörte, wie er Currie rief und ihm auftrug, ihm ein Bad einzulassen.

Nachdem ich Markham die Lage erläutert hatte, war es mir ein leichtes, ihn dazu zu bewegen, mit uns zu frühstücken, und in weniger als einer halben Stunde traf er bei uns ein. Vance war angekleidet und rasiert und sah bedeutend frischer aus als bei unserer ersten Begegnung an jenem Morgen; aber er war noch immer bleich, und seine Augen waren müde.

Während des Frühstückes wurde der Fall Greene mit keinem Wort erwähnt, aber als wir uns in die Bibliothek zurückgezogen hatten, um es uns dort in den Sesseln bequem zu machen, konnte Markham seine Ungeduld nicht länger zügeln. »Van hat am Telefon durchblicken lassen, daß Sie aufgrund Ihrer zusammenfassenden Darstellung des Falles zu neuen Schlüssen gekommen sind.«

»Ja«, antwortete Vance niedergeschlagen. »Ich habe alle Mosaiksteinchen zusammengesetzt, und das Ergebnis ist grauenvoll! Kein Wunder, daß uns die Wahrheit bislang verborgen geblieben ist.«

Markham lehnte sich vor; er sah angespannt und ungläubig aus.

»Sie kennen die Lösung?«

»Ja, ich kenne sie«, war die ruhige Antwort. »Das heißt, mein Verstand hat mir eine zwingende Schlußfolgerung geliefert, wer es ist, der hinter dieser teuflischen Sache steckt; aber selbst jetzt – am hellichten Tage – kann ich es nicht glauben. Alles in mir sträubt sich, die Wahrheit anzuerkennen. Um ehrlich zu sein, ich fürchte mich beinahe davor ... Verdammt nochmal, ich werde weich. Ich komme allmählich in die Jahre.« Er versuchte zu lächeln, aber es gelang ihm nicht.

Markham wartete schweigend.

»Nein, alter Junge«, ergriff Vance wieder das Wort, »ich werde es Ihnen noch nicht verraten. Ich kann es Ihnen erst sagen, wenn ich mir noch über ein oder zwei Dinge Gewißheit verschafft habe. Verstehen Sie, das Muster ist deutlich genug, aber bestimmte Details, die nun in neuem Kontext erscheinen, sind grotesk – wie die Formen, die man in einem Alptraum erblickt. Ich muß sie erst mit Händen greifen und exakt vermessen, um sicher zu sein, daß sie nicht doch am Ende nur flüchtige Hirngespinste sind.«

»Und wie lange werden Sie für diese Überprüfungen brauchen?« Markham wußte, daß es zwecklos war, ihn zu weiteren Enthüllungen zu drängen. Es war ihm klar, daß Vance sich des Ernstes der Lage voll und ganz bewußt war, und er akzeptierte seine Entscheidung, bestimmten Fragen nachzugehen, bevor er seine Schlußfolgerungen offenbarte.

»Nicht lange, hoffe ich.« Vance ging zu seinem Schreibtisch und schrieb etwas auf einen Zettel, den er dann Markham reichte.

»Hier haben Sie eine Liste der fünf Bücher in Tobias' Bibliothek, in denen der nächtliche Besucher allem Anschein nach gelesen hat. Ich brauche diese Bücher, Markham – und zwar sofort. Aber ich will nicht, daß irgend jemand bemerkt, daß sie entfernt werden. Deshalb möchte ich Sie bitten, Schwester O'Brien anzurufen; sie soll Mrs. Greenes Schlüssel nehmen und die Bücher beiseite schaffen, wenn niemand sie beobachtet. Sagen Sie ihr, sie soll sie einpacken und dem Polizisten geben, der im Haus Wache hält, und ihn anweisen, sie hierher zu bringen. Sie können ihr noch dazusagen, in welchem Buchregal sie genau danach suchen soll.«

Markham nahm den Zettel und erhob sich, ohne ein Wort zu sagen. An der Tür zum Arbeitszimmer hielt er jedoch inne.

»Halten Sie es für klug, daß der Mann das Haus verläßt?«

»Machen Sie sich keine Sorgen«, antwortete Vance. »Im Augenblick kann dort nichts mehr geschehen.«

Markham begab sich ins Arbeitszimmer. Einige Minuten später war er zurück. »In einer halben Stunde werden die Bücher hier sein.«

Als der Beamte mit dem Paket eintraf, wickelte Vance die Bücher aus und legte sie neben seinen Sessel.

»So, Markham, jetzt werde ich mich ein wenig der Lektüre widmen. Das macht Ihnen doch nichts aus, oder?« Trotz seines beiläufigen Tonfalls konnte keiner am tiefen Ernst seiner Worte zweifeln.

Markham erhob sich unverzüglich; und wieder staunte ich über das völlige Einvernehmen, das zwischen diesen beiden gegensätzlichen Männern herrschte.

»Ich muß noch eine Reihe von persönlichen Briefen schreiben«, sagte er, »deswegen mache ich mich jetzt auf den Weg. Curries Omelett war ausgezeichnet. Wann sehe ich Sie wieder? Ich könnte zum Tee vorbeischauen.«

Vance streckte die Hand aus; sein Blick war geradezu herzlich. »Wie wäre es mit fünf Uhr? Bis dahin bin ich mit meiner Lektüre fertig. Und danke für Ihr Verständnis.« Dann fügte er ernst hinzu: »Wenn ich Ihnen alles erzählt habe, werden Sie verstehen, warum ich noch etwas warten wollte.«

Als Markham sich an jenem Nachmittag kurz vor fünf wieder einstellte, saß Vance noch immer in der Bibliothek und las; doch kurz darauf kam er zu uns ins Wohnzimmer herüber.

»Das Gemälde wird deutlicher«, sagte er. »Nach und nach werden die Alptraumbilder abscheuliche Realität. Ich habe eine Reihe von Punkten bestätigt gefunden, aber einige wenige Fakten bleiben nach wie vor zu überprüfen.«

»Um Ihre Hypothese zu bestätigen?«

»Nein, das nicht. Die Hypothese bestätigt sich von selbst. An der Lösung kann kein Zweifel mehr bestehen. Aber – zum Teufel, Markham! – ich will es einfach nicht glauben, nicht bevor nicht auch der kleinste Hinweis verifiziert worden ist, so daß kein weiterer Zweifel mehr möglich ist.«

»Handelt es sich um Beweismaterial, das ich in einem Gerichtsverfahren werde verwenden können?«

»Ich weigere mich, an solche Dinge auch nur zu denken. Das scheint kein Fall für die Strafgerichtsbarkeit zu sein. Aber ich nehme an, die Gesellschaft fordert ihr Pfund Fleisch, und Sie – der rechtmäßig gewählte Shylock der großen Volksmassen in Christo – werden zweifellos das Messer führen. Aber ich versichere Ihnen, ich werde nicht dabei sein, wenn es zur Schlachtbank geht.«

Markham betrachtete ihn neugierig.

»Das hört sich ja reichlich geheimnisvoll an. Aber wenn Sie, wie Sie sagen, denjenigen ausfindig gemacht haben, der diese Verbrechen verübt hat, warum sollte die Gesellschaft ihn dann nicht bestrafen?«

»Wenn die Gesellschaft allwissend wäre, Markham, dann hätte sie ein Recht zu richten. Aber die Gesellschaft ist unwissend und bösartig, ohne jede Spur von Einsicht und Verständnis. Sie preist die Schurken, und den Dummen liegt sie zu Füßen. Sie quält die Klugen, und die Kranken wirft sie in den Kerker. Und obendrein maßt sie sich das Recht und die Fähigkeit an, die verborgenen Wurzeln dessen, was sie als ›Verbrechen‹ bezeichnet, zu erforschen und all diejenigen zum Tode zu verurteilen, deren angeborene und zwanghafte Triebe ihr nicht genehm sind. So ist sie, Ihre vielgepriesene Gesellschaft, Markham – ein Rudel Wölfe, denen das Wasser im Maul zusammenläuft beim Gedanken an die Opfer ihrer organisierten Lust am Töten und am Foltern.«

Markham betrachtete ihn mit einigem Erstaunen und sichtlicher Besorgnis.

»Am Ende haben Sie vor, im vorliegenden Fall den Verbrecher davonkommen zu lassen?« meinte er mit verächtlicher Ironie.

»Oh nein«, beruhigte ihn Vance. »Sie sollen Ihr Opfer haben. Der Mörder im Fall Greene ist von einer außerordentlich bösartigen Sorte, und er muß unschädlich gemacht werden. Ich wollte nur zu bedenken geben, daß der elektrische Stuhl – dieses anrührende Symbol Ihrer heißgeliebten Gesellschaft – nicht ganz die richtige Methode sein dürfte, mit diesem Täter umzugehen.«

»Aber Sie geben zu, daß er eine Gefahr für die Gesellschaft darstellt.«

»Kein Zweifel. Und das Schlimme daran ist, daß dieser mörderische Reigen im Hause Greene immer weiter gehen wird, sofern es uns nicht gelingt, ihm Einhalt zu gebieten. Das ist auch der Grund, weshalb ich so vorsichtig bin. So wie die Dinge im Augenblick stehen, bezweifle ich, daß Sie auch nur jemanden verhaften könnten.«

Als wir den Tee beendet hatten, erhob sich Vance und streckte sich. »Ach, übrigens, Markham«, fragte er beiläufig, »haben Sie irgend etwas darüber gehört, was Sibella so treibt?«

»Nichts von Bedeutung. Sie ist nach wie vor in Atlantic City und hat offenbar vor, noch einige Zeit dort zu bleiben. Gestern hat sie mit Sproot telefoniert, er solle noch einen weiteren Koffer mit Kleidern schicken.«

»So, tatsächlich? Das ist hocherfreulich.« Vance ging plötzlich entschlossen zur Tür. »Ich glaube, ich werde kurz zu den Greenes hinüberfahren. Es wird höchstens eine Stunde dauern. Seien Sie so nett, Markham, und warten Sie hier auf mich; ich möchte nicht, daß es nach einem offiziellen Besuch aussieht. Dort auf dem Tisch liegt die neueste Nummer des Simplicissimus, damit können Sie sich vergnügen, bis ich zurück bin. Studieren Sie sie, und danken Sie Ihren ganz persönlichen Göttern, daß es in diesem Lande keinen Thöny oder Gulbransson gibt, der Ihre Gladstoneschen Züge karikieren könnte.«

Während er dies sagte, gab er mir einen Wink, und noch bevor Markham etwas erwidern konnte, waren wir hinaus auf den Flur und die Treppe hinuntergegangen. Eine Viertelstunde später setzte ein Taxi uns beim Hause Greene ab.

Sproot öffnete uns die Tür, und nach einer äußerst knappen Begrüßung führte Vance ihn in den Salon.

»Wie ich höre«, sagte er, »hat Miss Sibella Sie gestern aus Atlantic City angerufen und um die Nachsendung eines Koffers gebeten.«

Sproot verbeugte sich. »Jawohl, Sir. Ich habe den Koffer gestern abend abgeschickt.«

»Was hat Miss Sibella Ihnen am Telefon gesagt?«

»Sehr wenig, Sir – die Leitung war nicht gut. Sie sagte nur, sie habe vorerst nicht die Absicht, nach New York zurückzukommen, und benötige mehr Kleider, als sie mitgenommen habe.«

»Hat sie sich erkundigt, wie die Dinge hier im Haus stehen?«

»Nur sehr beiläufig, Sir.«

»Sie war also offenbar nicht besorgt über das, was während ihrer Abwesenheit hier geschehen könnte?«

»Nein, Sir. Im Gegenteil, Sir – wenn ich so sagen darf, ohne unloyal erscheinen zu wollen –, ihre Stimme klang völlig gleichgültig.«

»Wenn Sie einmal davon ausgehen, was sie über den Koffer gesagt hat – was glauben Sie, wie lange sie vorhat wegzubleiben?«

Sproot überlegte.

»Das ist schwer zu sagen, Sir. Aber ich würde soweit gehen zu vermuten, daß Miss Sibella einen Monat oder länger in Atlantic City zu bleiben beabsichtigt.«

Vance nickte zufrieden.

»Und nun, Sproot«, sagte er, »habe ich eine besonders wichtige Frage, die ich Ihnen stellen möchte. Als Sie in jener Nacht, in der auf Miss Ada geschossen wurde, in ihr Zimmer kamen und sie auf dem Boden vor dem Toilettentisch liegen fanden, stand da das Fenster offen? Überlegen Sie genau! Ich will eine eindeutige Antwort. Sie wissen, welches Fenster ich meine – direkt neben dem Toilettentisch, oberhalb der Treppe, die zum Balkon führt. War dieses Fenster offen oder geschlossen?«

Sproot runzelte die Stirn und schien sich die Szene wieder vor Augen zu führen. Die Antwort, die er gab, kam ohne jeden Zweifel.

»Das Fenster stand offen, Sir. Ich erinnere mich jetzt wieder genau daran. Nachdem Mr. Chester und ich Miss Ada auf das Bett getragen hatten, schloß ich es sofort, denn ich befürchtete, sie werde sich erkälten.«

»Wie weit stand das Fenster offen?« fragte Vance ungeduldig.

»Zwanzig oder fünfundzwanzig Zentimeter, würde ich sagen, Sir. Vielleicht dreißig Zentimeter.«

»Ich danke Ihnen, Sproot. Das wäre alles. Nun sagen Sie bitte der Köchin, daß ich sie sprechen möchte.«

Einige Minuten später trat Mrs. Mannheim ein, und Vance bedeutete ihr, sich auf einen Stuhl in der Nähe der Schreibtischlampe zu setzen. Als die Frau Platz genommen hatte, baute er sich vor ihr auf und sah sie streng und unerbittlich an.

»Frau Mannheim, es ist jetzt an der Zeit, uns die Wahrheit zu sagen. Ich bin hier, um Ihnen einige Fragen zu stellen, und wenn Sie mir nicht ehrlich antworten, werde ich die Angelegenheit der Polizei übergeben. Und ich kann Ihnen versichern, daß Sie dort keinerlei Rücksicht zu erwarten haben.«

Die Frau kniff verstockt die Lippen zusammen, doch ihre unruhigen Augen vermochten Vance' durchdringendem Blick nicht standzuhalten.

»Sie haben mir einmal gesagt, Ihr Mann sei vor dreizehn Jahren in New Orleans gestorben. Stimmt das?«

Bei Vance' Frage schien ihr ein Stein vom Herzen zu fallen, und sie antwortete prompt:

»Ja, ja. Vor dreizehn Jahren.«

»In welchem Monat?«

»Im Oktober.«

»War er lange krank?«

»Etwa ein Jahr.«

»Welcher Art war seine Erkrankung?«

Plötzlich trat ein angstvoller Ausdruck in ihre Augen, und sie stammelte: »Ich – ich weiß nicht – genau. Die Ärzte haben mich nicht zu ihm gelassen.«

»Er war in einem Krankenhaus?«

Sie nickte mehrmals hastig. »Ja – in einem Krankenhaus.«

»Und wenn ich mich recht erinnere, Frau Mannheim, haben Sie mir auch erzählt, daß Sie Mr. Tobias Greene ein Jahr vor dem Tode Ihres Mannes kennengelernt haben. Das wäre also ungefähr zu dem Zeitpunkt gewesen, zu dem Ihr Mann ins Krankenhaus kam – vor vierzehn Jahren.«

Sie blickte Vance ausdruckslos an, antwortete aber nicht.

»Und vor genau vierzehn Jahren hat Mr. Greene Ada adoptiert.«

Die Frau rang nach Atem. Ihr Gesicht war vor Schrecken verzerrt.

»Und als Ihr Mann starb«, fuhr Vance fort, »sind Sie zu Mr. Greene gegangen, denn Sie wußten, daß er Ihnen eine Stellung geben würde.«

Er trat auf sie zu und legte ihr wie ein Sohn die Hand auf die Schulter: »Frau Mannheim, ich vermute schon seit geraumer Zeit, daß Ada Ihre Tochter ist«, sagte er milde. »Und so ist es auch, nicht wahr?«

Mit einem krampfhaften Schluchzen verbarg die Frau ihr Gesicht in der Schürze. »Ich habe Mr. Greene mein Wort gegeben«, gestand sie mit gebrochener Stimme, »daß ich niemandem etwas sagen würde – nicht einmal Ada –, wenn er mir erlaubte hierzubleiben, so daß ich in ihrer Nähe sein konnte.«

»Sie haben ja auch niemandem etwas gesagt«, tröstete Vance sie. »Sie können nichts dazu, daß ich Ihr Geheimnis erraten habe. Aber wieso hat Ada Sie nicht erkannt?«

»Sie war fort gewesen – in der Schule –, seit sie fünf Jahre alt war.«

Als Mrs. Mannheim uns kurz darauf verließ, war es Vance gelungen, sie zu beruhigen. Dann schickte er nach Ada.

Schon als sie das Wohnzimmer betrat, ließen ihr sorgenvoller Blick und die bleichen Wangen keinen Zweifel daran, unter welch großer Anspannung sie stand. Ihre erste Frage galt denn auch dem, was ihr am meisten am Herzen lag.

»Haben Sie irgend etwas herausgefunden, Mr. Vance?« Ihre Stimme klang so niedergeschlagen, daß man Mitleid mit ihr haben mußte. »Es ist schrecklich einsam in diesem großen Haus – besonders nachts. Jedes Geräusch, das ich höre...«

»Sie dürfen nicht zulassen, daß Ihre Phantasie die Oberhand gewinnt, Ada«, lautete Vance' Ratschlag. Dann fügte er hinzu: »Wir sind inzwischen ein gutes Stück weitergekommen, und schon bald, hoffe ich, werden all Ihre Ängste überflüssig sein. Genaugenommen sind es sogar just diese inzwischen herausgefundenen Dinge, derentwegen ich heute zu Ihnen komme. Ich dachte, vielleicht können Sie mir noch einmal behilflich sein.«

»Wenn ich das nur könnte! Aber ich zermartere mir den Kopf. Ich...«

Vance lächelte. »Überlassen Sie uns die Martern, Ada. Was ich Sie fragen wollte, ist folgendes: Wissen Sie, ob Sibella gute Deutschkenntnisse hat?«

Das Mädchen schien überrascht.

»Aber ja. Und Julia und Chester und Rex sprachen ebenfalls deutsch. Vater bestand darauf, daß sie es lernten. Und er selbst sprach es auch – sein Deutsch war fast so gut wie sein Englisch.

Und Sibella – ich habe oft gehört, daß sie und der Doktor deutsch miteinander gesprochen haben.«

»Aber sie hat einen Akzent, nehme ich an.«

»Einen leichten Akzent – sie ist niemals für längere Zeit in Deutschland gewesen. Aber sie spricht es sehr gut.«

»Ich wollte nur ganz sichergehen.«

»Sie haben also doch einen Verdacht!« Ihre Stimme zitterte vor Erregung. »Ach, wie lange wird es denn nur noch dauern, bis diese schreckliche Spannung vorüber ist? Seit Wochen wage ich nun schon keine Nacht mehr, das Licht auszuschalten, und fürchte mich, mich schlafen zu legen.«

»Jetzt brauchen Sie keine Angst mehr zu haben, das Licht auszuschalten«, versicherte Vance ihr. »Niemand wird mehr versuchen, Sie umzubringen, Ada.«

Sie betrachtete ihn einen Augenblick lang forschend, und etwas an seinem Betragen schien ihr Mut zu machen. Als wir uns verabschiedeten, war die Farbe in ihre Wangen zurückgekehrt.

Als wir wieder zu Hause eintrafen, fanden wir Markham rastlos in der Bibliothek auf- und abwandernd.

»Ich habe eine Reihe weiterer Punkte überprüft«, verkündete Vance. »Aber der wichtigste fehlt mir noch – der eine, der erklären würde, warum die Dinge, die ich da ausgegraben habe, von einer so unglaublich abscheulichen Art sind.«

Er begab sich unverzüglich ins Arbeitszimmer, und wir konnten hören, wie er telefonierte. Als er einige Minuten später zurückkehrte, warf er einen besorgten Blick auf die Uhr. Dann läutete er nach Currie und trug ihm auf, seine Tasche für eine einwöchige Reise zu packen.

»Ich verlasse Sie, Markham«, sagte er. »Ich gehe auf Reisen – es heißt ja, das erweitere den Horizont. Mein Zug geht in einer knappen Stunde, und ich werde für eine Woche fort sein. Können Sie den Gedanken ertragen, so lange ohne mich zu sein? Im Fall Greene wird sich allerdings während meiner Abwesenheit nichts ereignen. Ich würde Ihnen sogar raten, die Arbeit daran vorerst einzustellen.«

Mehr verriet er uns nicht, und eine halbe Stunde später war er fertig zum Aufbruch.

»Eines können Sie noch für mich tun, während ich fort bin«, sagte er Markham, als er in den Mantel schlüpfte. »Lassen Sie bitte für mich einen vollständigen und detaillierten Wetterbericht zusammenstellen, vom Tag, bevor Julia starb, bis zum Tag nach demjenigen, an dem Rex ermordet wurde.«

Weder Markham noch mir gestattete er, ihn zum Bahnhof zu begleiten, und er ließ uns zurück, ohne uns auch nur die Himmelsrichtung zu nennen, in die seine geheimnisvolle Reise ihn führen sollte.

Kapitel 25

Die Verhaftung
(Montag, 13. Dezember, 4 Uhr nachmittags)

Vance kehrte erst acht Tage darauf nach New York zurück. Er traf am 13. Dezember nachmittags ein, und nachdem er ein Bad genommen und sich umgezogen hatte, telefonierte er mit Markham und kündigte an, er werde ihn in einer halben Stunde aufsuchen. Dann ließ er seinen Hispano-Suiza aus der Garage holen, ein deutliches Zeichen dafür, daß seine Nerven zum Zerreißen gespannt waren. Tatsächlich hatte er seit seiner Rückkehr kaum ein Dutzend Worte mit mir gewechselt, und während er sich durch den Feierabendverkehr mühsam einen Weg in die Stadt bahnte, starrte er finster und gedankenverloren vor sich hin. Auf meine vorsichtige Frage, ob seine Reise erfolgreich gewesen sei, hatte er bloß genickt. Aber als er in die Centre Street einbog, ließ er sich immerhin soweit erweichen, daß er bemerkte: »Ich hatte nie den geringsten Zweifel, daß meine Reise erfolgreich sein würde, Van. Ich wußte, was ich finden würde. Aber ich wagte es nicht, meinem Verstand zu trauen; ich mußte alles mit eigenen Augen sehen, bevor ich mich ohne Vorbehalte der Schlußfolgerung, zu der ich gekommen war, beugen konnte.«

Markham und Heath erwarteten uns gemeinsam im Büro des Bezirksstaatsanwalts. Es war gerade vier Uhr, und die Sonne war bereits hinter dem New York Life Building verschwunden, das einen Block weiter gen Südwesten stand und das alte Gerichtsgebäude bei weitem überragte.

»Ich bin davon ausgegangen, daß Sie mir etwas Wichtiges mitzuteilen haben«, sagte Markham; »deswegen habe ich den Sergeant herkommen lassen.«

»Ja, ich habe viel zu berichten.« Vance hatte sich in einen Sessel fallen lassen und zündete eine Zigarette an. »Aber erst einmal möchte ich wissen, ob während meiner Abwesenheit irgend etwas vorgefallen ist.«

»Nichts. Es ist ganz genau so gekommen, wie Sie gesagt haben. Im Hause Greene war alles ruhig und allem Anschein nach normal.«

»Na ja«, warf Heath ein, »vielleicht haben wir ja diese Woche eher eine Chance, einen Anhaltspunkt zu finden. Sibella ist gestern aus Atlantic City zurückgekommen, und seither treibt sich von Blon ständig im Haus herum.«

»Sibella ist zurück?« Vance richtete sich auf, und in seine Augen trat ein Ausdruck gespannter Aufmerksamkeit.

»Gestern abend um sechs«, sagte Markham. »Die Reporter haben sie am Strand aufgespürt und die Sache als Sensation herausgebracht. Danach hatte die Ärmste keine ruhige Minute mehr; deswegen hat sie gestern ihre Sachen gepackt und ist zurückgekehrt. Wir haben es durch die Männer erfahren, die sie im Auftrag des Sergeants beschatteten. Ich war heute morgen draußen und habe mit ihr gesprochen, habe ihr geraten, wieder wegzufahren. Aber sie hatte es ziemlich satt und weigerte sich, das Greenesche Haus zu verlassen – lieber wolle sie sterben, sagte sie, als von Reportern und Klatschmäulern verfolgt zu werden.«

Vance hatte sich erhoben und war ans Fenster getreten, wo er jetzt stand und die graue Silhouette der Stadt betrachtete.

»Sibella ist also wieder da?« murmelte er. Dann wandte er sich um. »Zeigen Sie mir den Wetterbericht, um den ich Sie gebeten hatte.«

Markham griff in eine Schublade und reichte ihm ein maschinengeschriebenes Blatt Papier.

Nachdem Vance es gelesen hatte, warf er es zurück auf den Schreibtisch. »Heben Sie das gut auf, Markham. Sie werden es brauchen, wenn Sie Ihren zwölf ehrenwerten und unbescholtenen Männern gegenüberstehen.«

»Was haben Sie uns denn nun zu sagen, Mr. Vance?« Die Stimme des Sergeants klang erregt, obwohl er sich bemühte, seine Ungeduld zu zügeln. »Mr. Markham sagte, Sie hätten eine wichtige Information über den Fall. Ja, du liebe Güte, Sir, wenn Sie irgendwelche Beweise gegen jemanden haben, dann sagen Sie's mir doch, damit ich die betreffende Person festnehmen kann. Ich falle noch völlig vom Fleische vor lauter Sorge über diese verdammte Sache.«

Vance gab sich einen Ruck. »Ja, ich weiß, wer die Morde begangen hat, Sergeant; und Beweise habe ich auch – obwohl ich

283

nicht vorhatte, Sie zu diesem Zeitpunkt bereits einzuweihen. Aber« – er ging entschlossen zur Tür – »wir dürfen jetzt nicht länger zögern. Die Umstände zwingen uns zu handeln. Holen Sie Ihren Mantel, Sergeant – Sie auch, Markham. Wir sollten sehen, daß wir vor Einbruch der Dunkelheit beim Haus Greene sind.«

»Verdammt nochmal, Vance!« protestierte Markham. »Warum sagen Sie uns nicht, was Ihnen durch den Kopf geht?«

»Ich kann das jetzt nicht erklären – später werden Sie verstehen, warum –«

»Wenn Sie so viel wissen, Mr. Vance«, unterbrach Heath, »wieso verhaften wir den Schuldigen dann nicht gleich?«

»Sie kommen schon noch zu Ihrer Verhaftung, Sergeant – in weniger als einer Stunde.« Obwohl ihm bei diesem Versprechen die rechte Begeisterung fehlte, wirkte es auf Heath und Markham geradezu elektrisierend.

Fünf Minuten später fuhren wir vier in Vance' Wagen den West Broadway entlang.

Wie üblich öffnete Sproot die Tür, ohne die leiseste Gemütsregung zu verraten, und trat respektvoll beiseite, so daß wir eintreten konnten.

»Wir möchten Miss Sibella sprechen«, sagte Vance. »Sagen Sie ihr bitte, sie soll ins Wohnzimmer kommen – allein.«

»Bedaure, Sir, Miss Sibella ist ausgegangen.«

»Dann sagen Sie Miss Ada, daß wir sie zu sprechen wünschen.«

»Miss Ada ist ebenfalls ausgegangen, Sir.« Der teilnahmslose Tonfall des Butlers klang merkwürdig unpassend in der gespannten Atmosphäre.

»Wann erwarten Sie sie zurück?«

»Das kann ich nicht sagen, Sir. Sie unternehmen zusammen eine Spazierfahrt. Wahrscheinlich werden sie nicht lange wegbleiben. Möchten die Herren warten?«

Vance zögerte.

»Ja, wir warten«, entschied er und ging zum Wohnzimmer.

Doch kaum hatte er die Tür erreicht, da drehte er sich plötzlich um und rief nach Sproot, der sich eben langsam in den hinteren Teil des Flurs zurückzog.

»Sie sagen, Miss Sibella und Miss Ada machen zusammen eine Spazierfahrt? Wann sind sie aufgebrochen?«

»Vor ungefähr einer Viertelstunde – vielleicht waren es auch zwanzig Minuten, Sir.« Ein fast unmerkliches Anheben der Augenbrauen zeigte, daß der Butler über Vance' plötzlichen Sinneswandel höchst erstaunt war.

»In wessen Wagen sind sie unterwegs?«

»Im Wagen Doktor von Blons. Er war hier zum Tee –«

»Und wer hatte die Idee zu dieser Spazierfahrt, Sproot?«

»Das könnte ich wirklich nicht sagen, Sir. Sie waren gewissermaßen mitten in der Diskussion darüber, als ich hereinkam, um den Tisch abzuräumen.«

»Wiederholen Sie alles, was Sie gehört haben!« Vance sprach hastig und mit mehr als nur einer Spur von Erregung.

»Als ich ins Zimmer kam, sagte der Doktor, er hielte es für eine gute Idee, wenn die jungen Damen etwas frische Luft schnappen gingen; und Miss Sibella sagte, sie habe fürs erste genug von der frischen Luft.«

»Und Miss Ada?«

»Ich kann mich nicht erinnern, daß sie überhaupt etwas sagte, Sir.«

»Und sie sind hinaus zum Wagen gegangen, solange Sie noch hier waren?«

»Jawohl, Sir, ich habe ihnen die Tür geöffnet.«

»Und Doktor von Blon ist mit ihnen gefahren?«

»Ja. Aber ich glaube, sie wollten ihn bei Mrs. Riglander absetzen, wo er einen Krankenbesuch zu machen hatte. Aus dem, was er beim Hinausgehen sagte, schloß ich, daß die jungen Damen anschließend eine Spazierfahrt unternehmen wollten und daß er den Wagen nach dem Abendessen hier wieder abholen würde.«

»Was!« Vance erstarrte, und sein Blick durchbohrte den alten Butler. »Rasch, Sproot! Wissen Sie vielleicht, wo Mrs. Riglander wohnt?«

»Auf der Madison Avenue, irgendwo in den Sechzigern, glaube ich.«

»Rufen Sie sie an – fragen Sie, ob der Doktor angekommen ist.«

Ich konnte nicht anders, ich mußte mich wundern, wie gelassen der Mann zum Telefon ging, um dieser verblüffenden und scheinbar sinnlosen Aufforderung nachzukommen. Als er zurückkehrte, zeigte sein Gesicht keinerlei Ausdruck.

»Der Doktor ist nicht bei Mrs. Riglander eingetroffen, Sir«, lautete sein Bericht.

»Und er hätte Zeit genug gehabt«, sagte Vance, halb zu sich selbst. Und dann: »Wer saß am Steuer, als der Wagen abfuhr, Sproot?«

»Das könnte ich nicht mit Sicherheit sagen, Sir. Ich habe nicht sonderlich darauf geachtet. Aber ich meine mich zu erinnern, daß Miss Sibella zuerst einstieg, so als wolle sie auf dem Fahrersitz Platz nehmen –«

»Kommen Sie, Markham!« Vance sprintete zur Tür. »Das gefällt mir ganz und gar nicht. Mir ist da eine wahnwitzige Idee gekommen . . . Beeilen Sie sich, Mann! Wenn etwas Teuflisches geschehen sollte . . .«

Wir hatten den Wagen erreicht, und Vance sprang ans Steuer. Heath und Markham, benommen ob der unverständlichen Ereignisse, schlüpften, von Vance hastig gedrängt, auf den Rücksitz, und ich nahm auf dem Beifahrersitz Platz.

»Wir werden sämtliche Verkehrsregeln und Geschwindigkeitsbegrenzungen brechen, Sergeant«, kündigte Vance an, während er den Wagen wendete; »halten Sie also Ihre Dienstmarke und Ihre Papiere bereit. Vielleicht erweist sich diese ganze Jagd am Ende als falscher Alarm, aber das müssen wir riskieren.«

Wir schossen zur First Avenue, nahmen die Kreuzung mit quietschenden Reifen und wandten uns dann nach Norden. An der 59. Straße ging es in Richtung Westen und zum Columbus Circle. Auf der Lexington Avenue hielt uns eine Straßenbahn auf; und auf der Fifth Avenue stoppte uns ein Verkehrspolizist. Doch Heath zeigte seine Marke und sprach einige Worte, und weiter ging die rasende Fahrt durch den Central Park. Wir schlingerten gefährlich in den Kurven der Seitenstraßen und gelangten in die 81. Straße in Richtung Riverside Drive. Hier war weniger Verkehr, und wir konnten die ganze Strecke bis zur Dyckman Street mit einer Geschwindigkeit von sechzig bis siebzig Stundenkilometern zurücklegen.

Unsere Nerven waren bis zum Zerreißen gespannt, inzwischen war die Abenddämmerung hereingebrochen, und die Straßen waren teils glatt, dort, wo an den abgeschrägten Seiten der Schneematsch in großen Flächen überfroren war. Aber Vance war ein ausgezeichneter Fahrer. Er besaß diesen Wagen seit zwei Jahren, und er wußte genau, wie er damit umzugehen hatte. Einmal gerieten wir böse ins Schleudern, aber er fing den Wagen ab, bevor die Hinterräder gegen die hohe Bordsteinkante prallen konnten. Er betätigte unablässig die Hupe, und andere Fahrzeuge wichen uns aus, so daß wir die meiste Zeit freie Bahn hatten.

An einigen Straßenkreuzungen mußten wir das Tempo vermindern; zweimal wurden wir von Verkehrspolizisten angehalten, durften aber unverzüglich weiterfahren, sobald die Passagiere im Fond des Wagens sich ausgewiesen hatten. Auf dem North Broadway zwang uns ein Motorradpolizist dazu, am Bordstein anzuhalten. Er überschüttete uns mit einer wahren Flut der bildhaftesten Schimpfworte, aber als Heath ihm mit einer noch farbenprächtigeren Schimpfkanonade den Mund stopfte und er dann noch Markhams Gesicht im Halbdunkel entdeckte, da wurde er geradezu lächerlich freundlich und übernahm bis hinauf nach Yonkers den Geleitschutz; er verschaffte uns freie Bahn und stoppte an jeder Querstraße den Verkehr.

An den Eisenbahngleisen nahe Yonkers Ferry hatten wir wegen Rangierarbeiten mit einigen Güterwaggons ein paar Minuten Aufenthalt, und Markham ergriff die Gelegenheit, seinen Gefühlen Luft zu machen.

»Ich nehme ja an, Sie haben Ihre Gründe für diese irrsinnige Fahrt, Vance«, hob er wütend an. »Aber wo ich schon mein Leben aufs Spiel setze, indem ich Sie begleite, wüßte ich doch gerne, wohin wir überhaupt fahren.«

»Ich habe jetzt keine Zeit für lange Erklärungen«, erwiderte Vance brüsk. »Kann sein, daß ich mich zum Narren mache, aber es kann auch sein, daß wir auf eine schreckliche Tragödie zusteuern.« Sein Gesicht war starr und bleich, und er blickte nervös auf die Uhr. »Wir sind zwanzig Minuten schneller gewesen, als man normalerweise vom Plaza nach Yonkers braucht. Und wir fahren unser Ziel direkt an – damit gewinnen wir noch einmal zehn Minuten. Wenn das, was ich befürchte, für heute abend geplant ist, dann wird der andere Wagen über die Spuyten Duyvil Road fahren und die Seitenstraßen am Fluß entlang nehmen –«

In diesem Augenblick hoben sich die Schranken; unser Wagen schoß vorwärts und beschleunigte mit atemberaubender Geschwindigkeit.

Vance' Worte hatten eine Folge von Erinnerungen in mir aufkommen lassen. Die Spuyten Duyvil Road – die Seitenstraßen am Fluß entlang. . . Plötzlich, mit einem Schlag, erinnerte ich mich an jene andere Autofahrt, die wir Wochen zuvor mit Sibella und Ada und von Blon unternommen hatten; und ich spürte etwas Bösartiges und unbeschreiblich Entsetzliches. Ich versuchte, mich an die Einzelheiten dieser Fahrt zu erinnern – wie wir die Hauptstraße an der Dyckman Street verlassen hatten, an einem Bretterzaun entlang durch bewaldetes Gelände gefahren waren, über heckengesäumte Privatwege, wie wir von der Riverdale Road nach Yonkers hineingekommen waren, dann wieder die Hauptstraße verlassen und den Ardsley Country Club passiert hatten, wie wir die kleine Straße am Fluß entlang Richtung Tarrytown gefahren waren und oben auf der Klippe gehalten hatten, um den Panoramablick über den Hudson zu genießen... Die Klippe hoch über dem Fluß! Ah, und nun fiel mir auch Sibellas grausamer Scherz wieder ein – ihre vorgeblich spöttisch gemeinte Bemerkung, wie ein perfekter Mord sich dort verüben ließe. Und als ich mich daran erinnerte, wußte ich auf der Stelle, wohin Vance unterwegs war – ich begriff, was er befürchtete! Er erwartete, daß auch ein anderer Wagen unterwegs zu jenem einsamen Abgrund jenseits von Ardsley war – ein Wagen, der fast eine halbe Stunde Vorsprung haben mußte...

Wir befanden uns nun unterhalb des Longue Vue Hill, und einige Augenblicke später bogen wir in die Hudson Road ein. In Dobbs Ferry trat wiederum ein Verkehrspolizist auf die Straße und fuchtelte aufgeregt mit den Armen; doch Heath, der sich über das Trittbrett hinauslehnte, brüllte einige unverständliche Worte, und Vance fuhr mit unverminderter Geschwindigkeit um den Beamten herum und jagte weiter in Richtung Ardsley.

Seit wir Yonkers hinter uns gelassen hatten, hatte Vance jeden großen Wagen genau gemustert, den wir überholten. Ich wußte, er hielt Ausschau nach von Blons langgestrecktem gelbem Daimler. Doch bisher war er nirgends zu entdecken gewesen, und als Vance die Bremse zog, um in die enge Straße beim Golfplatz des Country Club einzubiegen, hörte ich, wie er halblaut murmelte: »Der Teufel soll uns holen, wenn wir zu spät sind!«[28]

Die Kurve am Bahnhof von Ardsley nahmen wir in einem solchen Tempo, daß ich die Luft anhielt, weil ich befürchtete, wir würden uns überschlagen; und ich mußte mich mit beiden Händen am Sitz festklammern, um nicht das Gleichgewicht zu verlieren, als wir über die Schotterstraße neben dem Fluß rasten. Wir nahmen den vor uns liegenden Hügel im großen Gang und waren rasch an dem Feldweg angelangt, der an der Kante des Felsvorsprungs entlangführte.

Kaum hatten wir die Hügelkuppe umrundet, da stieß Vance einen Schrei aus, und im selben Moment entdeckte ich ein flakkerndes rotes Licht, das in der Ferne auf- und niederhüpfte. Vance beschleunigte nochmals kräftig, und wir kamen dem Wagen vor uns merklich näher; Augenblicke später konnten wir bereits seine Umrisse und Farbe erkennen. Unverkennbar war es von Blons mächtiger Daimler.

»Wenden Sie ihr Gesicht ab«, rief Vance Markham und Heath über die Schulter zu. »Achten Sie darauf, daß niemand Sie sieht, wenn wir den Wagen vor uns überholen.«

Ich beugte mich vor und verbarg mich hinter der Verkleidung der Vordertür; einige Sekunden darauf machte unser Wagen einen plötzlichen Schlenker, und ich wußte, daß wir den Daimler passierten. Im nächsten Augenblick waren wir wieder auf der Straße und übernahmen mit hoher Geschwindigkeit die Führung.

Nach einem Kilometer verengte sich die Fahrbahn. Auf einer Seite gab es einen tiefen Graben, auf der anderen dichtes Gestrüpp. Vance bremste schnell, und unsere Hinterräder rutschten auf dem hartgefrorenen Untergrund, so daß wir schließlich fast rechtwinklig zum Verlauf der Straße zum Stehen kamen und die Fahrbahn völlig versperrten.

»Hinaus mit Ihnen!« rief Vance.

Wir waren kaum ausgestiegen, als der andere Wagen nahte und mit knirschenden Bremsen schlitternd zum Stehen kam, nur wenige Meter vor unserem eigenen Fahrzeug. Vance war ihm entgegengelaufen, und als der Wagen zum Stehen kam, riß er die Vordertür auf. Instinktiv waren wir übrigen ihm gefolgt, vorangetrieben von einem unbestimmten Gefühl der Erregung und der Vorahnung. Der Daimler hatte einen Limousinenaufbau mit kleinen hohen Fenstern, und das letzte Licht am westlichen Horizont und der Schimmer der Instrumentenbeleuchtung reichten nicht aus, daß ich die Insassen hätte erkennen können. Doch im selben Augenblick blitzte Heaths Taschenlampe auf und erleuchtete das Halbdunkel.

Der Anblick, der sich meinen zusammengekniffenen Augen bot, raubte mir den Atem. Während der Fahrt hatte ich darüber spekuliert, wie unser tragisches Abenteuer wohl ausgehen würde, und ich hatte mir verschiedene grausige Möglichkeiten ausgemalt. Doch nicht im Traum hatte ich an das gedacht, was sich mir nun enthüllte.

Im Fond des Wagens saß niemand; und entgegen meinen Erwartungen war von Blon nirgends zu sehen. Auf dem Vordersitz befanden sich die beiden Mädchen. Sibella lag auf der Beifahrerseite, in der Ecke zusammengesunken, der Kopf auf die Brust gefallen. An der Schläfe hatte sie eine üble Wunde, und Blut rann ihr über die Wange. Ada saß am Steuer und funkelte uns mit eiskalter Wut an. Heath leuchtete ihr direkt ins Gesicht, und anfangs erkannte sie uns nicht. Doch als ihre Pupillen sich an das grelle Licht gewöhnt hatten, konzentrierte sie sich auf Vance und stieß einen lästerlichen Fluch hervor.

Gleichzeitig ließ ihre rechte Hand das Steuer los und glitt auf den Sitz neben ihr, und als sie wieder zum Vorschein kam, hielt sie einen kleinen glitzernden Revolver. Eine Flamme blitzte auf, mit einem lauten Knall, und gleich darauf splitterte das Glas der Windschutzscheibe, wo die Kugel sie durchschlagen hatte. Vance hatte mit einem Fuß auf dem Trittbrett gestanden und sich in den Wagen hineingelehnt, und als Adas Arm mit dem Revolver auftauchte, hatte er sie am Handgelenk gefaßt und festgehalten.

»Nein, meine Liebe«, sagte er in seiner langgezogenen Art, und seine Stimme war seltsam ruhig und ohne jede Feindseligkeit; »mich werden Sie nicht mehr auf Ihre Liste setzen. Wissen Sie, ich hatte nichts anderes erwartet.«

Ada stürzte sich in wilder Wut auf ihn, als sie sah, daß ihr Versuch, ihn zu erschießen, mißlungen war. Schreckliche Flüche und unglaubliche Verwünschungen stieß sie zwischen gefletschten Zähnen hervor. Sie war ganz und gar von unbändiger, rasender Wut besessen. Wie ein wildes Tier, in die Ecke getrieben und sich der Niederlage bewußt, kämpfte sie mit einer letzten hoffnungslosen Verzweiflung. Vance hatte sie jedoch fest an beiden Handgelenken im Griff und hätte ihr mit einer einzigen Drehung die Arme brechen können; doch er behandelte sie beinahe zärtlich, wie ein Vater, der ein in Wut geratenes Kind zur Ruhe bringt. Mit einem raschen Schritt zurück zog er sie auf die Straße, wo sie ihren Kampf mit neuer Gewalt wiederaufnahm.

»Kommen Sie, Sergeant!« Vance' Stimme klang müde und erschöpft. »Sie legen ihr besser Handschellen an. Ich möchte ihr nicht wehtun.«

Heath hatte fassungslos dagestanden und dem unglaublichen Drama zugesehen, offenbar zu verblüfft, um sich zu regen. Doch Vance' Stimme brachte ihn wieder zur Besinnung, und er schritt zur Tat. Zweimal hörte man ein metallisches Klicken, und plötzlich entspannte sich Ada und war nun von einer teilnahmslosen, düsteren Fügsamkeit. Schwer atmend lehnte sie sich an die Seite des Wagens, als ob sie zu schwach sei, um aufrecht zu stehen.

Vance bückte sich und hob den Revolver auf, der auf die Straße gefallen war. Er warf einen kurzen Blick darauf und reichte ihn dann Markham.

»Da haben wir Chesters Waffe«, sagte er. Dann wies er mit einer mitleidsvollen Kopfbewegung auf Ada. »Bringen Sie sie in Ihr Büro, Markham – Van wird Sie fahren. Ich stoße wieder zu Ihnen, sobald ich kann. Ich muß Sibella in ein Krankenhaus transportieren.«

Energisch bestieg er den Daimler. Man hörte, wie er den Gang einlegte, und nach einigem geschickten Rangieren hatte er den Wagen auf der engen Straße gewendet.

»Und behalten Sie sie im Auge, Sergeant!« rief er noch, während er schon in Richtung Ardsley davonschoß.

Ich chauffierte Vance' Wagen zurück in die Stadt. Markham und Heath saßen auf dem Rücksitz, das Mädchen zwischen sich. Kaum ein Wort fiel während der anderthalbstündigen Fahrt. Mehrmals wandte ich mich um und sah nach dem schweigsamen Trio. Markham und dem Sergeant schien die Wahrheit, die sich ihnen so plötzlich enthüllt hatte, die Sprache verschlagen zu haben.

Ada, zwischen ihnen zusammengesunken, saß reglos mit geschlossenen Augen da, den Kopf gebeugt. Einmal bemerkte ich, daß sie mit ihren gebundenen Händen ein Taschentuch vors Gesicht hielt; und mir war, als hörte ich ein unterdrücktes Schluchzen. Aber ich war zu aufgeregt, um weiter darauf zu achten. Ich brauchte meine ganze Willenskraft, um mit meinen Gedanken beim Fahren zu bleiben.

Als ich in der Franklin Street vor dem dortigen Eingang des Strafgerichtshofes hielt und eben den Motor abschalten wollte, hörte ich einen erschrockenen Ausruf von Heath, und ich ließ den Schalter wieder los.

»Heilige Mutter Gottes«, hörte ich ihn mit heiserer Stimme sagen. Dann versetzte er mir einen Stoß in den Rücken. »Zum Krankenhaus in der Beekman Street – und fahren Sie wie der Teufel, Mr. van Dine. Kümmern Sie sich nicht um die Verkehrsampeln! Drücken Sie auf die Tube!«

Auch ohne mich umzusehen, wußte ich, was geschehen war. Ich lenkte den Wagen wieder in die Centre Street, und beinahe im Renntempo ging es zum Krankenhaus. Wir trugen Ada zur Notaufnahme, und schon als wir zur Tür hereinkamen, brüllte Heath nach dem Arzt.

Erst über eine Stunde später fand sich Vance im Büro des Bezirksstaatsanwalts ein, wo Markham und Heath und ich auf ihn warteten. Er sah sich rasch im Zimmer um und blickte dann auf uns. »Ich hatte Ihnen gesagt, Sie sollen sie im Auge behalten, Sergeant«, sagte er und ließ sich in einen Sessel fallen; aber weder Tadel noch Bedauern sprach aus seinem Tonfall.

Niemand von uns sagte ein Wort. Auch wenn Adas Selbstmord uns schwer getroffen hatte, warteten wir ängstlich und mit einer Art schlechten Gewissens auf Nachrichten über das zweite Mädchen, das wir, glaube ich, allesamt mehr oder weniger verdächtigt hatten.

Vance verstand, warum wir schwiegen, und nickte uns aufmunternd zu.

»Sibella geht es gut. Ich habe sie zum Trinity Hospital in Yonkers gebracht. Eine leichte Gehirnerschütterung – Ada hat ihr einen Hieb mit einem Schraubenschlüssel versetzt, der stets unter dem Vordersitz lag. In ein paar Tagen wird sie wieder draußen sein. Ich habe ihren Namen im Krankenhaus als Mrs. von Blon angegeben, und dann habe ich ihren Ehemann verständigt. Er war zu Hause und machte sich sofort auf den Weg. Er ist jetzt bei ihr. Übrigens, daß wir ihn nicht bei Mrs. Riglander erreicht haben, lag daran, daß sie noch bei seiner Praxis vorbeifuhren, um die Medikamententasche zu holen. Diese Verzögerung hat vielleicht Sibella das Leben gerettet. Ich bezweifle, daß wir sie sonst eingeholt hätten, bevor Ada sie mit dem Automobil über die Klippe befördert hätte.«

Er nahm einen tiefen Zug von seiner Zigarette. Dann betrachtete er Markham mit erhobenen Augenbrauen.

»Zyankali?«

Markham zuckte ein wenig zusammen.

»Ja – das vermutet der Arzt zumindest. Ihre Lippen rochen nach Bittermandel.« Er reckte wütend den Kopf vor. »Aber wenn Sie das gewußt haben –«

»Oh, ich hätte sie ohnehin nicht davon abgehalten«, unterbrach Vance ihn. »Ich habe meine Pflicht dem Staat gegenüber getan,

292

als ich den Sergeant warnte. Zu jenem Zeitpunkt wußte ich allerdings noch nichts davon. Von Blon hat mich eben erst darauf gebracht. Als ich ihm berichtete, was vorgefallen war, erkundigte ich mich auch, ob ihm jemals andere Gifte abhanden gekommen seien – ich konnte mir nämlich nicht vorstellen, daß jemand ein so teuflisches und gefährliches Vorhaben wie die Greene-Morde plant, ohne daß er Vorkehrungen für den Fall eines Fehlschlags getroffen hat. Er sagte mir, vor etwa einem Vierteljahr sei eine Zyankalitablette aus seiner Dunkelkammer verlorengegangen. Und als ich seinem Gedächtnis auf die Sprünge half, erinnerte er sich, daß Ada einige Tage zuvor bei ihm gewesen war und sich neugierig umgeschaut und Fragen gestellt hatte. Vermutlich traute sie sich damals nicht, mehr als eine Zyankalitablette mitzunehmen; und so hob sie sie für sich selbst auf, für den Notfall.«[29]

»Ich wüßte ja gerne, Mr. Vance«, sagte Heath, »wie sie das alles angestellt hat. Hat es da noch jemanden gegeben, der mit von der Partie war?«

»Nein, Sergeant. Ada hat jeden einzelnen Punkt selbst geplant und selbst ausgeführt.«

»Aber wie, in Gottes Namen –«

Vance gebot ihm mit einer Handbewegung Einhalt.

»Es ist alles ganz einfach, Sergeant – wenn man erst einmal den Schlüssel hat. Was uns in die Irre leitete, war die teuflische Raffiniertheit und der Wagemut dieses Planes. Aber es ist gar nicht notwendig, noch weiter darüber zu spekulieren. Ich habe eine Erklärung für alles, was vorgefallen ist, schwarz auf weiß zwischen zwei Buchdeckeln. Und das ist keine literarische oder spekulative Erklärung. Es ist ein authentischer Kriminalfall, aufgespürt und niedergeschrieben vom größten Experten auf diesem Gebiet, den die Welt bisher gesehen hat – Doktor Hans Groß aus Wien.«

Er erhob sich und nahm seinen Mantel.

»Ich habe Currie vom Krankenhaus aus benachrichtigt, und er hält ein verspätetes Abendessen für uns alle bereit. Wenn wir gegessen haben, werde ich den ganzen Fall für Sie rekonstruieren und erläutern.«

Kapitel 26

Die unglaubliche Wahrheit
(Montag, 13. Dezember, 11 Uhr abends)

Wie Sie wissen, Markham«, begann Vance seine Erläuterungen, als wir uns spät an jenem Abend um das Feuer im Kamin der Bibliothek versammelt hatten, »ist es mir schließlich gelungen, die einzelnen Punkte meiner Zusammenfassung so zu ordnen, daß daraus zweifelsfrei zu ersehen war, wer der Mörder sein mußte.[30] Als ich erst einmal dieses Grundmuster gefunden hatte, verbanden sich alle Einzelheiten wunderbar zu einem greifbaren Ganzen. Die Art, wie die Verbrechen durchgeführt wurden, kannte ich jedoch noch nicht; deshalb bat ich Sie, die Bücher aus Tobias' Bibliothek bringen zu lassen – ich war sicher, daß ich dort finden würde, was ich wissen wollte. Als erstes sah ich das HANDBUCH FÜR UNTERSUCHUNGSRICHTER von Groß durch, das mir die wahrscheinlichste Informationsquelle schien. Es ist ein bemerkenswertes Werk, Markham. Es deckt den ganzen Bereich der Geschichte des Verbrechens und der Kriminologie ab; und darüber hinaus ist es ein Kompendium krimineller Praktiken, das Darstellungen konkreter Fälle und detaillierte Erläuterungen und Diagramme enthält. Kein Wunder, daß es weltweit das Standardwerk auf diesem Gebiet ist. Als ich darin las, fand ich, was mir gefehlt hatte. Ada hatte jede einzelne Tat, jede Vorgehensweise, jedes Hilfsmittel, jedes Detail den Seiten dieses Buches entnommen – den Vorbildern tatsächlicher Kriminalfälle! Man kann uns kaum einen Vorwurf machen, daß es uns nicht gelungen ist, sie an der Ausführung ihrer Pläne zu hindern; denn nicht sie allein war unsere Gegenspielerin; es war die Summe der Erfahrung von hunderten von gerissenen Verbrechern, die ihr vorangegangen waren, und dazu der analytische Verstand des größten Kriminologen der Welt – Doktor Hans Groß.«

Er hielt inne, um eine neue Zigarette zu entzünden.

»Aber auch als ich herausgefunden hatte, wie sie ihre Verbrechen begangen hatte«, fuhr er fort, »spürte ich, daß noch etwas fehlte, irgend etwas Grundlegendes – etwas, das diese Orgie des Grauens überhaupt erst möglich machte, sozusagen der Keim ihrer Tat. Wir wußten nichts über Adas Kindheit oder über ihre Eltern und ihre Erbanlagen; und ohne dieses Wissen blieben die Verbrechen – so klar und logisch sie auch strukturiert sein mochten –, unverständlich. Folglich bestand mein nächster Schritt darin, Adas seelische Veranlagung und die Einflüsse, die ihre Umgebung auf sie ausübte, zu untersuchen. Von Anfang an hatte ich den Verdacht gehegt, daß sie Frau Mannheims Tochter war. Aber auch als sich diese Vermutung bestätigte, wußte ich zunächst nicht, welchen Stellenwert diese Tatsache für den Fall hatte. Aus unserer Unterredung mit Frau Mannheim ging klar hervor, daß Tobias und ihr Mann in früheren Jahren gemeinsam in irgendwelche dunklen Machenschaften verwickelt waren; bei einer späteren Gelegenheit teilte sie mir noch mit, daß ihr Mann nach einjähriger Krankheit vor dreizehn Jahren im Oktober in New Orleans gestorben sei. Wie Sie sich vielleicht erinnern, sagte sie auch aus, sie habe Tobias ein Jahr vor dem Tod ihres Mannes kennengelernt. Das wäre dann vor vierzehn Jahren gewesen – genau zu der Zeit, als Ada von Tobias adoptiert wurde.[31] Ich dachte mir, daß es vielleicht eine Verbindung zwischen Mannheim und den Verbrechen gab; eine Zeitlang spielte ich sogar mit dem Gedanken, Sproot könnte Mannheim sein, und hinter der ganzen Angelegenheit stecke eine Serie von schmutzigen Erpressungen. Also beschloß ich, Erkundigungen einzuziehen. Meine geheimnisvolle Reise in der vergangenen Woche führte mich nach New Orleans, und dort hatte ich keine Schwierigkeiten, die Wahrheit herauszufinden. Ich schlug im amtlichen Sterberegister für den Oktober vor dreizehn Jahren nach und entdeckte, daß Mannheim das Jahr vor seinem Tod in einer Anstalt für geistesgestörte Verbrecher zugebracht hatte. Und bei der Polizei informierte ich mich über sein Strafregister. Wie es scheint, war Adolph Mannheim – Adas Vater – ein berüchtigter deutscher Verbrecher und Mörder, der, nachdem er zum Tode verurteilt worden war, aus dem Stuttgarter Zuchthaus ausbrach und nach Amerika entkam. Ich habe einen Verdacht, daß der verblichene Tobias etwas mit dieser Flucht zu tun hatte. Aber vielleicht tue ich ihm damit unrecht; wie dem auch sei, die Tatsache bleibt bestehen, daß Adas Vater ein Mörder und Berufsverbrecher war. Und da liegt der Schlüssel zu ihren Handlungen . . .«

»Wollen Sie damit sagen, daß sie genauso wahnsinnig war wie ihr alter Herr?« fragte Heath.

»Nein, Sergeant. Ich will nur sagen, daß sie kriminelle Gene besaß. Als das Motiv für die Verbrechen erstarkte, kamen ihre ererbten Anlagen zum Tragen.«

»Aber Geld allein«, warf Markham ein, »scheint kaum ein hinreichendes Motiv für Greueltaten wie die ihren.«

»Es war auch nicht das Geld allein, auf das sie es abgesehen hatte. In der Tat haben wir es hier vielleicht mit dem machtvollsten aller menschlichen Motive zu tun – einer seltsamen und entsetzlichen Kombination aus Haß und Liebe und Eifersucht und dem Wunsch nach Freiheit. Zunächst einmal war sie das Aschenputtel in dieser anomalen Familie Greene, das jeder verachtete, das man behandelte wie eine Dienstmagd, das gezwungen wurde, seine sämtliche Zeit mit der Pflege einer nörgelnden Invalidin zu verbringen, gezwungen – wie Sibella es formulierte –, seinen Lebensunterhalt zu verdienen. Können Sie sich das nicht vorstellen, wie sie vierzehn Jahre lang ihren düsteren Gedanken darüber nachhing, wie man sie behandelte, wie ihr Widerwillen immer größer wurde, wie sie das Gift, das sie umgab, in sich aufnahm, und wie sie am Ende jeden in diesem Hause verabscheute? Das allein hätte genügt, ihre angeborenen Instinkte zu wecken. Man wundert sich fast, daß sie nicht schon lange vorher die Beherrschung verlor. Aber ein zweites, ebenso mächtiges Element kam noch hinzu. Sie verliebte sich in von Blon – nichts könnte für ein Mädchen in ihrer Lage natürlicher sein – und mußte dann erfahren, daß Sibella diejenige war, die sein Herz errungen hatte. Sie wußte, daß die beiden verheiratet waren, oder hegte zumindest einen starken Verdacht; und zu dem gewöhnlichen Haß auf ihre Schwester kam noch eine leidenschaftliche Eifersucht hinzu, die sie zerfraß ...

Nun war Ada ja die einzige in der Familie, die gemäß den Bedingungen des Testamentes von Tobias im Fall einer Heirat nicht gezwungen war, auf dem Besitz zu leben; und in diesem Umstand sah sie ihre Chance, sich alles zu nehmen, was sie wollte, und sich gleichzeitig von denjenigen zu befreien, gegen die ihre ganze leidenschaftliche Natur sich in tödlichem Haß gewandt hatte. Ihr Plan war, die Familie zu beseitigen, die Greeneschen Millionen zu erben und sich dann von Blon zu angeln. Hinzu kam als Motiv für all das noch die Rache; aber ich neige zu der Ansicht, daß die amourösen Aspekte der Affäre der Hauptauslöser zu der Folge von Greueltaten war, die sie später verübte. Das verlieh ihr Stärke und Mut; das erhob sie in jene ekstatischen Sphären, in denen alles möglich schien und sie bereit war, jeden Preis zu zahlen, um das ersehnte Ziel zu erreichen. Da ist übrigens eine Sache, an die ich hier nebenbei erinnern darf – Sie wissen, daß Barton, das jüngere Hausmädchen, uns sagte, Ada habe sich bisweilen aufgeführt wie der Teufel und sie unflätig beschimpft. Das hätte mich auf den richtigen Gedanken bringen sollen; aber wer hätte damals etwas auf das gegeben, was Barton sagte, so wie die Dinge standen?

Wenn wir nach dem Ursprung ihres teuflischen Planes suchen, dann müssen wir unsere Aufmerksamkeit zunächst einmal der verschlossenen Bibliothek zuwenden. Ada fühlte sich allein und vernachlässigt, sie langweilte sich und konnte sich nicht frei bewegen – da war es einfach unvermeidlich, daß dieses Kind mit seinen irregeleiteten romantischen Vorstellungen in die Rolle der Pandora schlüpfte. Sie hatte Gelegenheit genug, sich den Schlüssel zu verschaffen und einen Zweitschlüssel anfertigen zu lassen; und so machte sie die Bibliothek zu ihrem Versteck, ihrer Zuflucht vor der zermürbenden, monotonen Routine ihres Lebens. Dort stieß sie auf die Bücher zum Thema Kriminologie. Sie war fasziniert, denn diese Bücher lieferten ihr nicht nur ein grausiges Ventil für ihren schwelenden, unterdrückten Haß, sie schlugen auch eine vertraute Saite in ihrem vorbelasteten Wesen an. Schließlich fiel ihr das umfangreiche Nachschlagewerk von Groß in die Hände, und da erhielt sie in allen Einzelheiten Einblick in die Praktiken des Verbrechens, mit Zeichnungen und Beispielen – kein Handbuch für Untersuchungsrichter, sondern eine Gebrauchsanweisung für die potentielle Mörderin! Langsam nahm die Idee einer Orgie des Verbrechens Formen an. Anfangs mag sie diese Mordtechniken vielleicht nur in ihrer Phantasie gegen die angewandt haben, die sie haßte – als ein Mittel, sich Genugtuung zu verschaffen. Aber nach einer Weile wurde aus dem Tagtraum bitterer Ernst. Sie erkannte die praktischen Möglichkeiten; und der furchtbare Plan war geboren. Sie rief diese entsetzlichen Vorstellungen in sich wach, und dann begann sie mit ihrer kranken Phantasie, daran zu glauben. Die einleuchtenden Geschichten, die sie uns erzählte, ihre schauspielerischen Fähigkeiten, ihre klugen Täuschungsmanöver – all das entsprang dieser grauenvollen

Phantasievorstellung, die sie ins Leben gerufen hatte. Das Buch mit Grimms Märchen! – da hätte ich alles begreifen müssen. Verstehen Sie, das war mehr als bloße Schauspielerei; es war eine Art dämonischer Besessenheit. Sie lebte in ihrer Traumwelt. Viele junge Mädchen sind so, wenn Haß und Ehrgeiz sie unter Druck setzen. Constance Kent hat ganz Scotland Yard an der Nase herumgeführt, und jeder glaubte an ihre Unschuld.«

Vance rauchte einen Augenblick lang gedankenverloren.

»Es ist merkwürdig, wie man instinktiv die Augen vor der Wahrheit verschließt; und dabei ist die Vergangenheit voll von Beispielen für genau das, womit wir es hier zu tun haben. In den Annalen des Verbrechens finden sich zahlreiche Beispiele für Mädchen in Adas Lage, die sich der entsetzlichsten Verbrechen schuldig gemacht haben. Außer dem berühmten Fall von Constance Kent gab es da etwa Marie Boyer, Madeleine Smith und Grete Beyer.[32] Ich frage mich, ob wir eine davon verdächtigt hätten –«

»Bleiben Sie bei der Gegenwart, Vance«, unterbrach Markham voller Ungeduld. »Sie sagen, Adas Ideen stammen alle aus dem Handbuch von Groß. Aber das ist auf deutsch geschrieben. Woher wußten Sie, daß sie gut genug Deutsch sprach –?«

»An jenem Sonntag, als ich mit Van zu den Greenes hinüberfuhr, fragte ich Ada, ob Sibella Deutsch spreche. Ich stellte meine Frage so, daß sie nicht antworten konnte, ohne mir zu verraten, ob sie die Sprache ebenfalls beherrschte; und sie beurteilte sogar Sibellas Akzent, was mir bewies, daß das Deutsche beinahe eine zweite Muttersprache für sie war. Ich wollte ihr übrigens den Eindruck vermitteln, ich verdächtigte Sibella, damit sie nichts Voreiliges unternahm, bevor ich aus New Orleans zurück war. Ich wußte, solange Sibella in Atlantic City war, war sie vor Ada sicher.«

»Ich möchte ja wissen«, wandte Heath ein, »wie sie Rex umgebracht haben soll, wenn sie gleichzeitig in Mr. Markhams Büro saß.«

»Eins nach dem anderen, Sergeant«, antwortete Vance. »Julia war das erste Opfer, weil sie die Verwalterin des Hauses war. War sie erst einmal aus dem Weg geräumt, dann hatte Ada freie Hand. Und hinzu kam, daß es am besten in ihre Planungen paßte, wenn Julia als erste starb; das lieferte ihr den stimmigsten Hintergrund für den fingierten versuchten Mord an sich selbst. Zweifellos

298

hatte Ada irgendwann von Chesters Revolver reden hören, und nachdem sie ihn an sich gebracht hatte, wartete sie auf die Gelegenheit zum ersten Schlag. Günstige Umstände ergaben sich in der Nacht des 8. November; und um halb zwölf, als alle im Haus schlafen gegangen waren, klopfte sie an Julias Tür. Sie wurde eingelassen, und dann setzte sie sich, darf man annehmen, auf Julias Bettkante und brachte irgendeine Erklärung für ihren späten Besuch vor. Daraufhin zog sie die Waffe unter ihrem Morgenmantel hervor und schoß Julia mitten ins Herz. Zurückgekehrt in ihr eigenes Zimmer, stellte sie sich, das Licht eingeschaltet, vor den großen Spiegel auf dem Toilettentisch und hielt den Revolver, den sie in der rechten Hand hatte, in einem stumpfen Winkel an ihre linke Schulter. Auf den Spiegel und die eingeschaltete Lampe kam es an, denn so konnte sie genau sehen, wo sie die Mündung des Revolvers ansetzen mußte. Mit alldem war sie in den drei Minuten beschäftigt, die zwischen den beiden Schüssen vergingen. Dann drückte sie ab –«

»Aber ein Mädchen, das auf sich selbst schießt, um uns zu täuschen!« warf Heath ein. »So was ist doch nicht normal!«

»Ada war ja auch nicht normal, Sergeant. Der ganze Plan war nicht normal. Deswegen fand ich es so wichtig, ihrer Familiengeschichte nachzugehen. Und was den Schuß selbst betrifft, der war vollkommen logisch, wenn man ihren wahren Charakter in Betracht zieht. Und die damit verbundene Gefahr war, sofern überhaupt vorhanden, sehr gering. Die Pistole reagierte bei der leisesten Berührung, und man brauchte nicht viel Druck auszuüben, um sie abzufeuern. Eine leichte Fleischwunde war das Schlimmste, womit sie rechnen mußte. Außerdem hat es immer wieder Selbstverstümmelungen gegeben, und das Ziel, das diese Täter zu erreichen suchten, war oft weit weniger spektakulär als das, worum es Ada ging. Groß gibt zahlreiche Beispiele . . .«

Er nahm den ersten Band des HANDBUCHS FÜR UNTERSUCHUNGSRICHTER, das auf dem Tisch neben ihm lag, und schlug eine markierte Seite auf.

»Hören Sie gut zu, Sergeant – ich übersetze aus dem Stegreif: ›Selbstverletzungen kommen nicht selten vor; abgesehen von solchen bei fingierten Raubüberfällen stößt man auf sie dann, wenn Entschädigungen erpreßt werden sollen; so geschieht es, daß nach einer harmlosen Balgerei einer der Kämpfenden mit Verletzungen auftritt, die er damals ·erlitten haben will. Kenntlich sind solche Selbstverstümmelungen daran, daß die Betreffenden meistens die Operation wegen der großen Schmerzen nicht ganz zu Ende führen und daß es meistens Leute mit übertrieben pietistischer Färbung und mehr einsamen Lebenswandels sind‹.[33] Und sicher kennen Sie Fälle von Selbstverstümmelung bei Soldaten, die sich vor dem Militärdienst drücken wollen, Sergeant. Die dabei am häufigsten angewandte Methode besteht darin, die Hand über die Gewehrmündung zu legen und sich die Finger abzuschießen.«

Vance schlug das Buch wieder zu.

»Und vergessen Sie nicht, daß das junge Mädchen ohne Hoffnung, verzweifelt und unglücklich war – sie hatte nichts zu verlieren und alles zu gewinnen. Wahrscheinlich hätte sie sich das Leben genommen, hätte sie nicht diesen Mordplan geschmiedet. Eine leichte Wunde in der Schulter bedeutete wenig für sie im Vergleich zu dem, was sie zu gewinnen hoffte. Und Frauen haben eine beinahe grenzenlose Fähigkeit, sich selbst zu opfern. Bei Ada war das Teil ihrer gestörten Psyche. Nein, Sergeant, die Schußwunde paßt haargenau ins Bild . . .«

»Aber ein Schuß in den Rücken!« meinte Heath ungläubig. »Das verstehe ich einfach nicht. Hat man je – ?«

»Einen Augenblick.« Vance griff zu Band II des HANDBUCHS und schlug eine markierte Seite auf. »Groß, zum Beispiel, weiß von zahlreichen solchen Fällen zu berichten – tatsächlich sind sie in Europa keineswegs ungewöhnlich. Und sein Bericht darüber hat Ada zweifellos auf die Idee gebracht, sich selbst in den Rücken zu schießen. Hier ist ein Abschnitt, den ich willkürlich aus vielen Seiten mit ähnlichen Fällen herausgegriffen habe: ›Daß man sich durch den Sitz der Wunde niemals täuschen lassen darf, beweisen zwei Fälle. Im Wiener Prater hatte sich ein Mann in Gegenwart mehrerer Personen getötet, indem er sich mit einem Revolver in den Hinterkopf schoß. Wären nicht die Aussagen der Zeugen vorgelegen, hätte wohl kaum jemand an einen Selbstmord geglaubt. Ein Soldat tötete sich durch einen in den Rücken gehenden Schuß aus einem Militärgewehr, über das er nach entsprechender Fixierung sich gelegt hatte; auch hier wäre aus dem Sitz der Wunde wohl kaum auf Selbstmord geschlossen worden.‹«[34]

»Moment mal!« Heath richtete sich in seinem Sessel auf und gestikulierte mit seiner Zigarre in Richtung Vance. »Was ist mit der Waffe? Sproot kam in Adas Zimmer, unmittelbar nachdem der Schuß gefallen war, und nirgends war eine Waffe zu sehen!«

300

Vance blätterte, statt zu antworten, lediglich die Seiten des Großschen Handbuchs um und las ihm die Stelle vor, die ein weiteres Lesezeichen markierte:

»›Es wurde zeitlich morgens dem UR. die Meldung von der Auffindung eines ›Ermordeten‹ überbracht. An Ort und Stelle fand sich der Leichnam eines für wohlhabend geltenden Getreidehändlers M., auf dem Gesichte liegend, mit einer Schußwunde hinter dem rechten Ohre. Die Kugel war über dem linken Auge im Stirnknochen steckengeblieben, nachdem sie das Gehirn durchdrungen hatte. Die Fundstelle der Leiche befand sich etwa in der Mitte einer über einen ziemlich tiefen Fluß führenden Brücke. Am Schlusse der Lokalerhebungen und als die Leiche eben zur Obduktion fortgebracht werden sollte, fiel es dem UR. zufällig auf, daß das (hölzerne und wettergraue) Brückengeländer an der Stelle, wo auf dem Boden der Leichnam lag, eine kleine und sichtlich ganz frische Beschädigung aufwies, so als ob man dort (am oberen Rande) mit einem harten, kantigen Körper heftig angestoßen wäre. Der Gedanke, daß dieser Umstand mit dem Morde in Zusammenhang stehe, war nicht gut von der Hand zu weisen. Ein Kahn war bald zur Stelle und am Brückenjoche befestigt; nun wurde vom Kahne aus (unter der fraglichen Stelle) der Flußgrund mit Rechen an langen Stielen sorgfältig abgesucht. Nach kurzer Arbeit kam wirklich etwas Seltsames zutage: eine 4 m lange starke Schnur, an deren einem Ende ein großer Feldstein, an deren anderem Ende eine abgeschossene Pistole befestigt war, in deren Lauf die später aus dem Kopfe des M. genommene Kugel genau paßte. Nun war die Sache klarer Selbstmord; der Mann hatte sich mit der aufgefundenen Vorrichtung auf die Brücke begeben, den Stein über das Brückengeländer gehängt und sich die Kugel hinter dem rechten Ohre ins Hirn gejagt. Als er getroffen war, ließ er die Pistole infolge des durch den Stein bewirkten Zuges aus und diese wurde von dem schweren Steine an der Schnur über das Geländer und in das Wasser gezogen. Hierbei hatte die Pistole, als sie das Geländer passierte, heftig an dieses angeschlagen und die betreffende Verletzung erzeugt.‹[35] Ist Ihre Frage damit beantwortet, Sergeant?«

Heath starrte ihn mit großen Augen an.

»Sie meinen, ihre Waffe ist aus dem Fenster geflogen, genau wie die Waffe von dem Burschen da übers Brückengeländer gefallen ist?«

»Da kann es gar keinen Zweifel geben. Es gibt keine andere Möglichkeit, wo die Waffe abgeblieben sein könnte. Das Fenster stand, wie ich von Sproot erfahren habe, etwa dreißig Zentimeter breit offen, und Ada stand vor dem Fenster, als sie den Schuß auf sich abfeuerte. Nach ihrer Rückkehr aus Julias Zimmer knüpfte sie ein Band an den Revolver, das am anderen Ende mit irgendeinem Gewicht verbunden war, und hängte dieses Gewicht nach draußen. Als ihre Hand die Waffe losließ, wurde diese einfach über die Fensterbank gezogen und verschwand im weichen Pulverschnee auf der Balkontreppe. Und das ist die Stelle, an der das Wetter eine bedeutende Rolle spielt. Ada brauchte für ihren Plan einen überdurchschnittlichen Schneefall; und die Nacht des 8. November war ideal für ihre Zwecke.«

»Mein Gott, Vance!« Markhams Stimme klang verstört und fremd. »Diese ganze Sache hört sich immer mehr an wie ein phantastischer Alptraum und nicht wie die Realität.«

»Nicht nur war es die Realität, Markham«, antwortete Vance grimmig, »es war sogar die Neuinszenierung eines realen Vorfalles. Es war alles schon einmal geschehen, und Groß hält es getreulich in seiner Abhandlung fest, mit Namen, Daten und allen Einzelheiten.«

»Zum Teufel! Kein Wunder, daß wir die Waffe nicht gefunden haben.« Heath sprach mit einer Mischung aus Abscheu und Ehrfurcht. »Und was ist mit den Fußspuren, Mr. Vance? Ich nehme an, die sind alle von ihr.«

»Stimmt, Sergeant – sie legte sie nach den genauen Anweisungen und den Berichten über die gefälschten Fußspuren vieler großer Verbrecher an, die sie bei Groß fand. Sobald es an jenem Abend zu schneien aufgehört hatte, schlich sie sich nach unten, zog Chesters abgelegtes Paar Galoschen an und spazierte zum Tor und zurück. Dann versteckte sie die Galoschen in der Bibliothek.«

Noch einmal griff Vance zum Großschen Handbuch.

»Hier finden Sie jede Frage beantwortet, die Sie jemals zum Thema Entstehung und Entschlüsselung von Fußabdrücken stellen könnten, und – für uns von besonderem Interesse – alles darüber, wie man Fußspuren mit Schuhen legt, die einem zu groß sind. Ich will Ihnen ein kurzes Stück vorlesen: ›Die Absicht kann dahin gehen, den Verdacht von sich auf jemand anderen zu wälzen, was namentlich dann Sinn hat, wenn der Täter schon im vor-

302

aus annehmen durfte, daß sich der Verdacht auf ihn lenken werde. In diesem Falle erzeugt er recht auffallende, deutliche Spuren und zwar mit angezogenen Schuhen, die von den seinigen sich wesentlich unterscheiden. Man kann, wie angestellte Versuche beweisen, in dieser Weise recht gute Spuren erzeugen.‹[36] Und hier, am Ende des Abschnitts, weist Groß ausdrücklich auf Galoschen hin[37] – mit großer Wahrscheinlichkeit war es diese Passage, die Ada auf die Idee brachte, Chesters Überschuhe zu benutzen. Sie war intelligent genug, um die Anregungen in diesem Abschnitt zu nutzen.«

»Und sie war raffiniert genug, uns alle bei der Befragung an der Nase herumzuführen«, fügte Markham bitter hinzu.

»Stimmt. Aber das lag daran, daß sie eine *folie de grandeur* hatte und sich entsprechend betrug. Außerdem basierte ihre Aussage auf realen Fakten; die Einzelheiten ihrer Aussagen bezogen sich auf Dinge, die tatsächlich geschehen waren. Selbst das schlurfende Geräusch, von dem sie sagte, sie habe es in ihrem Zimmer gehört, hatte es wirklich gegeben, es war das Geräusch, das sie machte, als sie in Chesters riesigen Galoschen ging. Außerdem war es ohne Zweifel ihr eigenes Schlurfen, das ihr eine Vorstellung davon vermittelte, wie Mrs. Greenes Schritte geklungen hätten, wenn die alte Dame wieder hätte laufen können. Und ich nehme an, ursprünglich hatte Ada vor, von Anfang an einen gewissen Verdacht auf Mrs. Greene zu lenken. Doch Sibellas Benehmen bei dieser ersten Befragung brachte sie dann dazu, ihre Taktik zu ändern. So, wie ich es verstehe, hatte Sibella ihre kleine Schwester im Verdacht und besprach die Angelegenheit mit Chester, der vielleicht ebenfalls, was Ada anging, ein vage ungutes Gefühl hatte. Sie erinnern sich an seine Plauderei *sub rosa* mit Sibella, damals, als er persönlich ging, um sie ins Wohnzimmer zu holen. Wahrscheinlich ließ er sie wissen, daß er sich in puncto Ada noch nicht sicher sei, und riet ihr, sich zurückzuhalten, bis sich ein konkreter Beweis finden ließe. Sibella war offenbar einverstanden und vermied jede direkte Beschuldigung, bis Ada, als sie ihr groteskes Märchen vom Eindringling erzählte, recht unmißverständlich andeutete, daß es eine Frauenhand gewesen sei, die sie im Dunkeln berührt habe. Das war zuviel für Sibella, die glaubte, Ada meine damit sie selbst; und sie platzte mit ihrer Anschuldigung heraus, so absurd sie auch erschien. Das Verblüffende daran war, daß es tatsächlich die Wahrheit war. Sie nannte den Mörder beim Namen und enthüllte einen wesentlichen Teil des Motives, bevor irgend jemand von uns die Wahrheit auch nur ahnte, selbst wenn sie dann alles zurücknahm und es sich anders überlegte, als man ihr die Unwahrscheinlichkeit ihrer Vermutung vor Augen führte. Und sie hat Ada tatsächlich in Chesters Zimmer gesehen, als diese nach dem Revolver suchte.«

Markham nickte.

»Das ist unglaublich. Aber nachdem Ada beschuldigt worden war und wußte, daß Sibella sie im Verdacht hatte, warum erschoß sie da Sibella nicht als nächste?«

»Dazu war sie zu gerissen. Das hätte ja Sibellas Anschuldigung untermauern können. Oh, Ada hat ihr Spiel ausgezeichnet gespielt.«

»Nun erzählen Sie weiter, Sir«, drängte ihn Heath, der keine Geduld für solche Randbemerkungen hatte.

»Wie Sie wünschen, Sergeant.« Vance suchte sich eine bequemere Position in seinem Sessel. »Aber zunächst müssen wir noch einmal auf das Wetter zurückkommen; denn das Wetter zieht sich wie ein düsteres Leitmotiv durch alles, was noch folgte. In der zweiten Nacht nach Julias Tod war es recht warm, und der Schnee war bereits weitgehend geschmolzen. Das war die Nacht, die Ada wählte, um den Revolver zurückzuholen. Eine Verletzung wie die ihre fesselt einen selten länger als achtundvierzig Stunden ans Bett; und am Mittwochabend hatte Ada sich gut genug erholt, um einen Mantel überzuwerfen, auf den Balkon zu treten und die wenigen Schritte zu der Stelle hinunterzugehen, wo die Waffe verborgen lag. Sie brachte sie einfach mit zurück und steckte sie zu sich ins Bett – der letzte Ort, an dem jemand nach ihr gesucht hätte. Dann wartete sie geduldig, bis der Schnee von neuem fiel – was am folgenden Abend geschah; Sie werden sich erinnern, daß es um elf Uhr zu schneien aufhörte. Die Bühne war bereit. Der zweite Akt der Tragödie begann ...

Ada erhob sich in aller Stille, schlüpfte in den Mantel und begab sich hinunter zur Bibliothek. Sie zog die Galoschen über und ging wiederum zum Tor und zurück. Dann lief sie ohne zu zögern nach oben, so daß ihre Spuren auf der Marmortreppe zurückblieben, und versteckte die Galoschen fürs erste in der Wäschekammer. Das war das schlurfende Geräusch und das Schließen der Tür, das Rex hörte, einige Minuten, bevor Chester erschossen wurde. Ada erzählte uns, wie Sie sich erinnern, später, sie habe

304

nichts gehört; doch als wir ihr von Rex' Aussage erzählten, bekam sie es mit der Angst zu tun und erinnerte sich sinnigerweise an das Geräusch einer sich schließenden Tür. Ich muß schon sagen – das war ein kitzliger Augenblick für sie! Aber sie schlug sich gut, da gibt es keinen Zweifel. Und nun verstehe ich auch, warum sie so offensichtlich erleichtert war, als wir ihr den Abdruck der Fuß-spuren zeigten und sie im Glauben ließen, der Mörder komme von draußen ... Nun, nachdem sie die Galoschen ausgezogen und in der Kleiderkammer verstaut hatte, legte sie den Mantel ab, warf einen Morgenrock über und ging in Chesters Zimmer – öff-nete die Tür vermutlich, ohne zu klopfen, und trat mit einem freundlichen Gruß ein. Ich kann mir ausmalen, wie sie auf der Lehne von Chesters Sessel saß oder auf der Kante des Schreibti-sches und dann, mitten in einer belanglosen Bemerkung, den Re-volver hervorzog und ihm an die Brust hielt und wie sie ab-drückte, bevor er Zeit hatte, sich von seinem entsetzten Erstau-nen zu erholen. Er machte jedoch eine unwillkürliche Bewegung, just in dem Moment, in dem die Waffe losging – und das erklärt die diagonale Bahn, in der die Kugel eindrang. Dann kehrte Ada in aller Eile in ihr eigenes Zimmer zurück und legte sich zu Bett. Und so wurde ein weiteres Kapitel der Tragödie im Hause Greene vollendet.«

»Fanden Sie es eigentlich seltsam«, fragte Markham, »daß von Blon in beiden Fällen zur Tatzeit nicht in seiner Praxis war?«

»Anfangs schon. Aber schließlich gab es nichts Ungewöhn-liches an dem Umstand, daß ein Arzt zu solchen Nachtzeiten außer Hauses war.«

»Es ist nicht schwer, sich vorzustellen, wie Ada Julia und Che-ster den Garaus gemacht hat«, brummte Heath. »Aber wie sie Rex ermorden konnte, das verstehe ich einfach nicht.«

»Also wirklich, Sergeant«, erwiderte Vance, »der Trick, den sie da anwandte, sollte Ihnen aber kein Kopfzerbrechen bereiten. Ich werde mir nie verzeihen, daß ich es nicht schon lange vorher erra-ten hatte – Ada hatte uns nun wirklich genug Anhaltspunkte ge-geben, durch die wir darauf hätten kommen sollen. Aber bevor ich den Tathergang beschreibe, lassen Sie mich Ihnen eine archi-tektonische Eigentümlichkeit des Hauses Greene ins Gedächtnis rufen. In Adas Zimmer befindet sich ein Kamin im Tudor-Stil mit einer geschnitzten hölzernen Vertäfelung, ein zweiter Kamin – das exakte Gegenstück zu demjenigen in Adas Zimmer – steht in

Rex' Zimmer; und die beiden Kamine stehen Rücken an Rücken an derselben Wand. Das Haus Greene ist, wie Sie wissen, sehr alt, und irgendwann vor langer Zeit – vielleicht schon, als die Kamine gemauert wurden – wurde eine Verbindung zwischen diesen beiden Zimmern eingerichtet, zwischen einer der Holzplatten über Adas Kamin und der gegenüberliegenden Platte an Rex' Kamin. Höhe und Breite dieses Miniaturtunnels betragen fünfzehn Zentimeter – sie entsprechen also genau der Größe der einzelnen Tafeln –, und er ist gut einen halben Meter tief, das heißt so tief wie die beiden Vertäfelungen und die Mauer. Ursprünglich diente er, stelle ich mir vor, der Verständigung von einem Zimmer ins andre. Aber darum geht es nicht. Es ist eine Tatsache, daß ein solcher Schacht existiert – ich habe mich am Abend vergewissert, als ich vom Krankenhaus zurück in die Stadt fuhr. Ich sollte noch hinzufügen, daß die Scharniere auf beiden Seiten mit Federn versehen sind, so daß die Tür, wenn man sie öffnet und wieder losläßt, sich von selbst schließt. Sie schnappt in ihre alte Position zurück, und nichts deutet mehr darauf hin, daß sie etwas anderes ist als ein massives Stück Holz –«

»Jetzt verstehe ich!« rief Heath, und Genugtuung sprach aus seiner Erregung. »Rex ist nach der guten alten Selbstschuß-Methode erschossen worden: Der Einbrecher öffnet die Safetür, und der eingebaute Revolver jagt ihm eine Kugel in den Kopf.«

»Genau so war es. Und solche Vorrichtungen sind schon in Hunderten von Morden verwendet worden. Früher im Wilden Westen ging ein Rancher zur Blockhütte seines Feindes, während der Bewohner nicht zu Hause war, befestigte über der Tür eine Flinte an der Decke und nahm ein Seil, dessen eines Ende er an den Abzug, das andere an den Türgriff band. Wenn der Bewohner zurückkehrte – vielleicht Tage später –, bekam er eine Kugel in den Kopf, wenn er die Tür öffnete; und der Mörder hielt sich zum selben Zeitpunkt in einem anderen Teil des Landes auf.«

»So ist es!« Die Augen des Sergeants funkelten. »Vor zwei Jahren hat es einen solchen Mord in Atlanta gegeben – Boscomb hieß der Mann, der erschossen wurde. Und in Richmond, Virginia –«

»Es gibt viele solche Fälle, Sergeant. Groß nennt zwei berühmte Beispiele aus Österreich und sagt auch etwas Generelles über diese Methode.« Wiederum schlug er das HANDBUCH auf.

»Auf Seite 943 heißt es bei Groß: ›Die neuesten amerikanischen Schutzvorrichtungen haben direkt mit der Kasse selbst

nichts zu tun und können eigentlich an jedem Behältnisse ange-
bracht werden. Sie bestehen aus chemischen Schutzmitteln oder
Selbstschüssen und wollen die Anwesenheit eines Menschen, der
den Schrank unbefugt geöffnet hat, aus sanitären oder sonst phy-
sischen Gründen unmöglich machen. Auch die juristische Seite
der Frage ist zu erwägen, da man den Einbrecher doch nicht ohne
weiteres töten oder an der Gesundheit schädigen darf. Nichtsde-
stoweniger wurde im Jahre 1902 ein Einbrecher in Berlin durch
einen solchen Selbstschuß in die Stirne getötet, der an die Panzer-
türe einer Kasse befestigt war. Derartige Selbstschüsse wurden
auch zu Morden verwendet; der Mechaniker G. Z. stellte einen
Revolver in einer Kredenz auf, verband den Drücker mit der
Türe durch eine Schnur und erschoß auf diese Art seine Frau,
während er tatsächlich von seinem Wohnorte abwesend war.
R. C., ein Budapester Kaufmann, befestigte in einem seinem Bruder gehörenden Zigarrenkasten eine Pistole, die beim Öffnen des
Deckels seinen Bruder durch einen Unterleibsschuß tödlich ver-
letzte. Der Rückschlag warf die Kiste von ihrem Standort, so daß
der Mördermechanismus zu Tage trat, ehe R.C. denselben beiseite schaffen konnte.‹[38] Für diese beiden letztgenannten Fälle lie-
fert Groß eine detaillierte Beschreibung der Mechanismen, die
zum Einsatz kamen. Und es wird Sie – im Hinblick auf das, was
ich Ihnen gleich erzählen werde – interessieren, Sergeant, daß der
Revolver im Geschirrschrank mit einem Stiefelknecht fixiert
war.«

Er schloß den Band, behielt ihn jedoch auf dem Schoß.

»Dies ist unzweifelhaft die Quelle, aus der Ada ihre Anregung
für den Mord an Rex bezog. Sie und Rex hatten wahrscheinlich
diese geheime Verbindung zwischen ihren beiden Zimmern schon
vor Jahren entdeckt. Ich könnte mir vorstellen, daß sie als Kinder
– sie waren ja beinahe gleich alt – den Schacht benutzten, um
Geheimbotschaften auszutauschen. Das würde den Namen erklären, unter dem sie beide ihn kannten – ›unser Privatbriefkasten‹.
Und wenn man erst einmal weiß, daß Ada und Rex von seiner
Existenz wußten, versteht man sofort, wie der Mord ins Werk gesetzt wurde. Heute abend habe ich in Adas Kleiderschrank einen
altmodischen Stiefelknecht gefunden, der vermutlich aus Tobias'
Bibliothek stammt. Die Breite betrug gut fünfzehn Zentimeter,
und er war etwa fünfzig Zentimeter lang – er paßte wunderbar in
den Verbindungsschacht. Ada richtete sich nach der Skizze bei

307

Groß und klemmte den Griff des Revolvers zwischen die spitz zulaufenden Enden des Stiefelknechtes, in denen er festsaß wie in einem Schraubstock; dann band sie eine Kordel an den Abzug und befestigte das andere Ende an der Innenseite von Rex' Klappe, so daß der Revolver mit seinem leichtgängigen Abzug in den Schacht hinein feuern mußte, sobald jemand die Klappe öffnete, und unweigerlich jeden töten würde, der von dort hineinblickte. Als Rex, in die Stirn getroffen, zu Boden stürzte, schloß das Federscharnier die Klappe wieder; und eine Sekunde später gab es nicht den geringsten sichtbaren Beweis mehr, der auf den Ursprung des Schusses hätte schließen lassen. Und hier liegt auch die Erklärung für den ruhigen, ahnungslosen Gesichtsausdruck von Rex. Als Ada mit uns aus dem Büro des Bezirksstaatsanwaltes zurückkehrte, ging sie sofort auf ihr Zimmer, entfernte Revolver und Stiefelknecht, versteckte sie in ihrem Kleiderschrank und kam dann wieder hinunter ins Wohnzimmer, um von den Fußspuren auf ihrem Teppich zu berichten – Fußspuren, die sie selbst angelegt hatte, bevor sie das Haus verließ. Dies war übrigens auch der Zeitpunkt, unmittelbar bevor sie hinunterging, wo sie das Morphium und Strychnin aus von Blons Tasche stahl.«

»Aber um Gottes Willen, Vance!« sagte Markham. »Stellen Sie sich doch einmal vor, ihre Apparatur hätte nicht funktioniert. Dann wäre sie geliefert gewesen.«

»Das glaube ich kaum. Wenn durch einen unwahrscheinlichen Zufall die Apparatur versagt oder Rex überlebt hätte, hätte sie leicht jemand anderen beschuldigen können. Sie hätte nur zu sagen brauchen, sie habe die Zeichnung in der Durchreiche versteckt gehabt und jemand anderes habe danach die Falle aufgebaut. Wir hätten nicht beweisen können, daß sie es war, die den Revolver dorthin gesteckt hatte.«

»Was war eigentlich mit der Zeichnung, Sir?«

Zur Antwort griff Vance noch einmal zum zweiten Band des Handbuches, schlug es auf und hielt es uns hin. Auf der rechten Seite befand sich eine Reihe merkwürdiger Strichzeichnungen, die ich hier wiedergebe.

»Da haben wir die drei Steine und den Papagei und das Herz und sogar Ihren Pfeil, Sergeant; es sind alles Bildzeichen von Verbrechern; und Ada machte einfach in ihrer Beschreibung Gebrauch davon. Ihr Bericht, sie habe das Blatt auf dem Flur gefunden, war die reine Erfindung, aber sie wußte, daß unsere Neugier

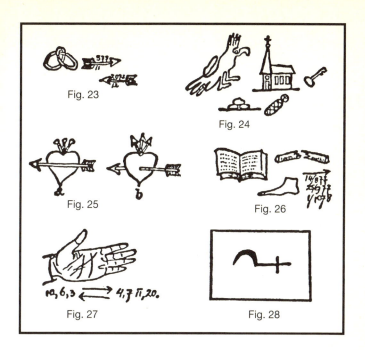

Fig. 23 Fig. 24 Fig. 25 Fig. 26 Fig. 27 Fig. 28

geweckt sein würde. Um ehrlich zu sein, ich vermutete sofort, daß es sich bei dem Zettel um eine Fälschung handelte, denn offenbar waren Zeichen aus verschiedenen kriminellen Bereichen zusammengefügt, und in ihrer wahllosen Zusammenstellung waren die Symbole bedeutungslos. Ich hatte eher den Eindruck, daß es ein falscher Hinweis war, den jemand absichtlich für uns in den Flur gelegt hatte – wie die Fußabdrücke; aber ich wäre niemals auf die Idee gekommen, daß Ada die Geschichte erfunden haben könnte. Aber wenn ich mir den Vorfall jetzt noch einmal vor Augen führe, dann kommt es mir reichlich merkwürdig vor, daß sie nicht daran gedacht haben sollte, ein Stück Papier, dessen Bedeutung so sehr auf der Hand lag, mit ins Büro zu bringen. Daß sie das nicht tat, war weder logisch noch vernünftig; und es hätte meinen Verdacht erregen sollen. Aber – meine Güte – was bedeutete schon eine unlogische Handlung mehr oder weniger in diesem unverständlichen Durcheinander? Wie der Zufall es wollte, war ihr Täuschungsmanöver erfolgreich, und so bekam sie die Möglichkeit, Rex telefonisch mitzuteilen, daß er in die Durchreiche sehen solle. Aber im Grunde machte es keinen Unterschied. Wenn ihr Plan an jenem Vormittag nicht funktioniert hätte, wäre es ihr zu irgendeinem späteren Zeitpunkt geglückt. Ada war eine sehr hartnäckige Person.«

»Sie meinen also«, fragte Markham, »daß Rex tatsächlich den Schuß in Adas Zimmer gehört hatte in jener ersten Nacht und sich ihr anvertraut hatte?«

»Zweifellos. Dieser Teil ihrer Geschichte war die reine Wahrheit. Ich neige zu der Ansicht, daß Rex den Schuß hörte und den vagen Verdacht hatte, Mrs. Greene sei die Täterin gewesen. Da er emotional seiner Mutter recht nahe stand, sagte er nichts. Später äußerte er seinen Verdacht gegenüber Ada; und dieses Geständnis brachte sie auf die Methode, mit der sie ihn ermordete – oder besser gesagt, vervollkommnete die Technik, zu der sie sich bereits entschlossen hatte; denn Rex wäre in jedem Falle durch den geheimen Wandschrank hindurch erschossen worden; doch nun erkannte Ada die Möglichkeit, sich für diese Tat ein perfektes Alibi zu verschaffen, obwohl nicht einmal die Idee, tatsächlich im Augenblick, in dem der Schuß fiel, bei der Polizei zu sein, ihre eigene war. Bei Groß gibt es in seinem Kapitel über Alibis eine ganze Reihe von Andeutungen in diese Richtung.«

Heath zog nachdenklich die Luft zwischen den Zähnen ein. »Ich bin froh, daß mir noch nicht oft Mädchen von ihrer Sorte begegnet sind«, meinte er.

»Sie war ganz die Tochter ihres Vaters«, sagte Vance. »Aber Sie sollten nicht zuviel Ehrfurcht vor ihr empfinden, Sergeant. Sie hatte Anleitungen, schwarz auf weiß und mit Illustrationen, für jeden ihrer Schritte. Sie brauchte nicht viel mehr zu tun, als sich an ihre Vorbilder zu halten und kühlen Kopf zu bewahren. Und was den Mord an Rex angeht, vergessen Sie nicht, daß sie zwar zur Tatzeit in Markhams Büro war, aber doch alles persönlich für diesen Coup eingefädelt hatte. Erinnern Sie sich: Sie weigerte sich, Sie oder Markham zum Haus kommen zu lassen, und bestand darauf, Sie im Büro aufzusuchen. Sobald sie dort war, erzählte sie ihre Geschichte und schlug vor, Rex sofort kommen zu lassen. Sie ging sogar so weit, uns zu bitten, daß wir ihn zu Hause anrufen sollten. Als wir ihrem Drängen nachgegeben hatten, erzählte sie uns rasch von der geheimnisvollen Zeichnung und bot sich an,

Rex genau zu beschreiben, wo sie sich befinde, damit er sie mitbringen könne. Und wir saßen ruhig dabei und hörten zu, wie sie Rex in den Tod schickte! Ihr Benehmen im Börsensaal hätte mich stutzig machen sollen; aber ich muß zugeben, an jenem Vormittag war ich mit Blindheit geschlagen. Ihre Nerven waren zum Zerreißen gespannt; und als sie schluchzend an Mr. Markhams Schreibtisch zusammenbrach, nachdem er ihr die Nachricht von Rex' Tod überbracht hatte, da waren ihre Tränen echt – nur daß sie nicht um Rex weinte; sie waren die Reaktion auf jene Stunde ungeheurer Anspannung, die sie hinter sich hatte.«

»Allmählich verstehe ich auch, warum niemand in der oberen Etage den Schuß hörte«, sagte Markham. »Der Revolver ging sozusagen in der Wand los, und das schluckte das Geräusch fast ganz. Aber warum konnte Sproot ihn dann so deutlich im Erdgeschoß hören?«

»Sie werden sich erinnern, daß es im Salon unmittelbar unter dem Zimmer Adas einen Kamin gab – Chester sagte einmal, er werde selten benutzt, weil er nicht gut ziehe –, und Sproot befand sich in der Anrichtekammer direkt daneben. Das Geräusch des Schusses drang durch den Schornstein nach unten und war folglich im Erdgeschoß deutlich zu hören.«

»Vorhin haben Sie gesagt, Mr. Vance«, schaltete sich Heath wieder ein, »daß Rex vielleicht die alte Dame in Verdacht hatte. Warum hat er dann von Blon beschuldigt, an dem Tag, an dem er seinen Anfall hatte?«

»Ich glaube, in erster Linie war diese Anschuldigung ein unbewußter Versuch, die Vorstellung von Mrs. Greenes Schuld aus seinen eigenen Gedanken zu verbannen. Es kann auch sein, daß Rex, wie von Blon uns erklärte, es mit der Angst zu tun bekam, nachdem Sie ihn wegen des Revolvers zur Rede gestellt hatten, und den Verdacht von sich selbst ablenken wollte.«

»Nun fahren Sie fort mit Adas Geschichte, Vance.« Diesmal war es Markham, der ungeduldig wurde.

»Der Rest ergibt sich ja fast von selbst, nicht wahr? Ohne Zweifel war Ada diejenige, die an jenem Nachmittag, an dem wir dort waren, an der Bibliothekstür lauschte. Es war ihr klar, daß wir die Bücher und Galoschen gefunden hatten; und sie mußte sich in aller Eile etwas einfallen lassen. Und deshalb band sie uns, als wir herauskamen, den Bären auf, sie habe ihre Mutter gesehen und sie habe gehen können, was natürlich schiere Erfindung war. Sie war nämlich auf jene Bücher über Paralyse gestoßen, und das hatte ihr die Möglichkeit eröffnet, den Verdacht auf Mrs. Greene zu lenken – auf diejenige, die sie von allen am meisten haßte. Wahrscheinlich hat von Blon recht, wenn er sagt, daß diese Bücher nicht von dem handeln, was wir hysterische Paralyse und Schlafwandelei nennen würden, aber zweifellos finden sich darin Hinweise auf eine solche Paralyse. Ich denke mir, daß Ada von Anfang an vorhatte, die alte Dame als letzte umzubringen und es dabei als Selbstmord der Täterin erscheinen zu lassen. Doch als die Untersuchung durch Oppenheimer angesetzt wurde, durchkreuzte das ihre Pläne. Sie erfuhr von der Untersuchung, als sie hörte, wie von Blon Mrs. Greene bei seiner Morgenvisite davon in Kenntnis setzte; und nachdem sie uns von jenem mythischen Mitternachtsspaziergang erzählt hatte, konnte sie die Sache nicht mehr länger hinausschieben. Die alte Dame mußte sterben – und zwar bevor Oppenheimer eintraf. Und eine halbe Stunde darauf nahm Ada das Morphium. Sie wagte es nicht, Mrs. Greene das Strychnin sofort zu verabreichen, weil das Verdacht erregt hätte . . .«

»Das ist die Stelle, an der die Bücher über Gifte ins Spiel kommen, nicht wahr, Mr. Vance?« unterbrach ihn Heath. »Als Ada sich erst mal entschlossen hatte, ein paar von der Familie zu vergiften, hat sie sich alles, was sie zu der Sache wissen mußte, aus der Bibliothek geholt.«

»Genau. Sie selbst nahm nur soviel Morphium, daß sie das Bewußtsein verlor – wahrscheinlich an die zwei Gran. Und um sicherzustellen, daß man sich sofort um sie kümmerte, ließ sie sich den einfachen Trick einfallen, es so einzurichten, als ob Sibellas Hund die Glocke betätigt habe. Nebenbei lenkte dieser Trick noch Verdacht auf Sibella. Nachdem sie das Morphium genommen hatte, wartete Ada einfach, bis sie sich schläfrig fühlte, zog am Glockenstrang, sorgte dafür, daß die Quaste sich in den Zähnen des Hundes verfing, und ließ sich fallen. Ihre Krankheit war zum großen Teil nur vorgetäuscht; aber Drumm hätte das nicht bemerken können, selbst wenn er ein so großartiger Arzt wäre, wie er uns glauben machen möchte; denn während der ersten halben Stunde sind die Symptome bei oral eingenommenem Morphium praktisch stets dieselben, unabhängig davon, wie hoch die Dosis war. Und als sie erst einmal wieder auf den Beinen war, mußte sie nur auf eine Gelegenheit warten, Mrs. Greene das Strychnin zu geben . . .«

»Das klingt alles zu kaltblütig, als daß man es für wahr halten könnte«, murmelte Markham.

»Und doch hat es für Adas Taten eine Vielfalt von Vorbildern gegeben. Erinnern Sie sich an die Massenmorde der drei Krankenschwestern, Madame Jegado, Frau Zwanzigger und Vrouw van der Linden? Und es gab Mrs. Belle Gunness, den weiblichen Blaubart, Amelia Elizabeth Dyer mit ihrem Säuglingsheim in Reading und Mrs. Pearcey. Kaltblütig? Schon! Aber in Adas Fall spielte auch die Leidenschaft eine Rolle. Ich denke mir, daß man schon eine sehr heiße Flamme braucht – ein weißglühendes Feuer sogar –, um ein Menschenherz durch ein solches Gethsemane zu bringen. Doch wie auch immer, Ada wartete auf ihre Gelegenheit, Mrs. Greene zu vergiften, und fand sie an jenem Abend. Die Pflegerin begab sich zwischen elf Uhr und halb zwölf in den zweiten Stock, um sich zum Schlafengehen zurechtzumachen; und in dieser halben Stunde suchte Ada ihre Mutter in ihrem Zimmer auf. Ob sie selbst vorschlug, Mrs. Greene solle das Zitrokarbonat nehmen, oder ob diese darum bat, werden wir niemals erfahren. Vermutlich das erstere, denn Ada hatte es ihr stets zur Nacht verabreicht. Als die Pflegerin wieder herunterkam, war Ada bereits zurück im Bett, sie schien zu schlafen, und Mrs. Greene dämmerte ihrem ersten – und wir wollen hoffen, einzigen – Erstickungsanfall entgegen.«

»Doremus' Obduktionsbericht muß ein schrecklicher Schock für sie gewesen sein«, kommentierte Markham.

»Allerdings. Das warf ihre sämtlichen Pläne über den Haufen. Stellen Sie sich vor, wie ihr zumute war, als wir sie wissen ließen, daß Mrs. Greene unfähig gewesen war zu laufen! Doch auch aus dieser Klemme manövrierte sie sich geschickt heraus. Obwohl der orientalische Schal sie fast zu Fall gebracht hätte. Aber selbst dieses Detail wußte sie noch für sich selbst zu nutzen, indem sie damit den Verdacht auf Sibella lenkte.«

»Wie erklären Sie sich Mrs. Mannheims Benehmen während der Befragung?« fragte Markham. »Sie wissen ja, sie sagte, sie sei es vielleicht gewesen, die Ada auf dem Flur gesehen habe.«

Vance' Züge verdüsterten sich. »Ich glaube«, sagte er traurig, »das war der Augenblick, in dem Frau Mannheim Verdacht gegen ihre kleine Ada schöpfte. Sie kannte die schreckliche Vergangenheit des Vaters dieses Mädchens und hatte vielleicht stets befürchtet, daß eines Tages die verbrecherischen Anlagen des Kindes zutage treten könnten.«

Eine Zeitlang herrschte Schweigen. Jeder von uns hing seinen eigenen Gedanken nach. Dann fuhr Vance fort: »Nachdem Mrs. Greene tot war, stand nur noch Sibella zwischen Ada und der Erfüllung ihrer Wünsche; und Sibella selbst war es gewesen, die ihr die Idee zu einer angeblich sicheren Methode für den letzten Mord gegeben hatte. Wochen zuvor hatte Sibella sich bei einem Ausflug, den Van und ich mit den beiden Mädchen und von Blon unternahmen, in ihrer sarkastischen Art dazu hinreißen lassen, eine dumme Bemerkung zu machen, wie man jemanden im Automobil über die Klippe stürzen könne; und zweifelsohne entsprach es genau Adas Vorstellungen von einer höheren Gerechtigkeit, daß Sibella gemäß einem Vorschlag, den sie selbst gemacht hatte, diese Welt verlassen sollte. Es würde mich ganz und gar nicht überraschen, wenn Ada nach dem Mord an ihrer Schwester behauptet hätte, Sibella sei es gewesen, die sie habe umbringen wollen, daß sie jedoch deren Absichten durchschaut habe und zeitig genug aus dem Wagen gesprungen sei, um ihr Leben zu retten; Sibella habe die Geschwindigkeit des Wagens falsch eingeschätzt und sei mit über die Klippe gestürzt. Daß von Blon und Van und ich mit angehört hatten, wie Sibella sich über genau diese Art von Mord ihre Gedanken gemacht hatte, hätte Adas Bericht noch bestätigt. Und was für ein feines Ende das gewesen wäre – Sibella, die Mörderin, tot; der Fall abgeschlossen; und Ada, die Erbin der Greeneschen Millionen, hätte tun und lassen können, was sie wollte! Und – das können Sie mir glauben, Markham! – um Haaresbreite hätte es geklappt.«

Vance seufzte und griff nach der Karaffe. Nachdem er unsere Gläser neu gefüllt hatte, lehnte er sich zurück und saß rauchend da, in Gedanken versunken.

»Ich wüßte gerne, wie lange sie sich mit diesen schrecklichen Plänen getragen hat. Das werden wir niemals erfahren. Jahre vielleicht. Nichts an Adas Vorbereitungen zeugte von Eile. Alles war sorgfältig ausgearbeitet, und sie ließ sich von den Umständen leiten – von den Gelegenheiten, besser gesagt. Als sie erst einmal den Revolver an sich gebracht hatte, brauchte sie nur auf den rechten Zeitpunkt zu warten, zu dem sie die Fußspuren anlegen und sicher sein konnte, daß die Waffe im Schnee der Balkontreppe versinken würde. Ja, das wichtigste, was sie für ihre Pläne brauchte, war der Schnee . . . Unglaublich!«

Nur wenig ist diesem Bericht noch hinzuzufügen. Die Wahrheit wurde nie publik gemacht, und der Fall ging zu den Akten. Im folgenden Jahr wurde Tobias' Testament von einem Gericht für ungültig erklärt – das heißt, die Klausel, die die fünfundzwanzigjährige Wohnpflicht festgeschrieben hatte, wurde in Anbetracht all dessen, was im Hause vorgefallen war, gestrichen; und Sibella erbte das gesamte Greenesche Vermögen. Inwieweit Markham für diese Entscheidung verantwortlich war, indem er Einfluß auf den zuständigen Richter nahm, weiß ich nicht; und natürlich habe ich ihn niemals gefragt. Das alte Haus Greene wurde jedenfalls, wie man sich erinnern wird, kurz darauf abgerissen, und das Grundstück wurde an eine Baugesellschaft verkauft.

Mrs. Mannheim, der Adas Tod das Herz gebrochen hatte, ließ sich ihre Erbschaft ausbezahlen – die Sibella großzügig verdoppelte – und kehrte nach Deutschland zurück, um dort, so gut es ging, Trost bei den Nichten und Neffen zu finden, an die sie, wie Chester uns einmal erzählt hatte, so viele Briefe geschrieben hatte. Sproot kehrte zurück nach England. Bevor er aufbrach, sagte er zu Vance, es sei schon lange sein Traum gewesen, sich in ein Cottage in Surrey zurückzuziehen, wo er faulenzen und es sich wohl sein lassen könne. Ich sehe ihn vor mir, wie er auf einer efeuumrankten Veranda sitzt, mit Blick auf die Downs, und seinen geliebten Martial studiert.

Doktor und Mrs. von Blon brachen, unmittelbar nachdem der Gerichtsentscheid über das Testament gefallen war, zu einer verspäteten Hochzeitsreise an die Riviera auf. Inzwischen haben sie sich in Wien niedergelassen, wo der Doktor Privatdozent an der Universität geworden ist – der Alma Mater seines Vaters. Wie ich höre, hat er es auf dem Feld der Neurologie zu bemerkenswertem Ansehen gebracht.

Anmerkungen

[1] Es erübrigt sich wohl, darauf hinzuweisen, daß ich für mein Vorhaben eine offizielle Genehmigung eingeholt habe.

[2] »Der Mordfall Benson«.

[3] »Der Mordfall Canary«.

[4] Das sollte sich später als zutreffend erweisen. Fast ein Jahr darauf wurde Maleppo in Detroit verhaftet, nach New York ausgeliefert und dieses Mordes überführt. Seinen beiden Komplizen hatte man bereits erfolgreich wegen Raubes den Prozeß gemacht. Sie verbüßen derzeit schwere Haftstrafen in Sing-Sing.

[5] Amos Feathergill war damals stellvertretender Bezirksstaatsanwalt. Später kandidierte er auf der Liste der Tammany Society für das Repräsentantenhaus und wurde gewählt.

[6] Es handelte sich um Sergeant Ernest Heath von der Mordkommission, der sowohl im Fall Benson als auch im Fall Canary die Ermittlungen geleitet hatte; und obwohl er im ersten dieser beiden Fälle offen feindselig gegenüber Vance gewesen war, hatte sich zwischen den beiden später ein kameradschaftliches Verhältnis ganz eigener Art entwickelt. Vance bewunderte die Beharrlichkeit und Geradlinigkeit des Sergeanten; und Heath hatte – mit gewissen Einschränkungen allerdings – einen tiefen Respekt vor Vance' Fähigkeiten entwickelt.

[7] Nachdem er diesen Satz in den Druckfahnen gelesen hatte, bat Vance mich, auf den prachtvollen Band TERRACOTTA IN DER ITALIENISCHEN RENAISSANCE hinzuweisen, der kürzlich bei der Nationalen Gesellschaft für Terracotta in New York erschienen ist.

[8] Doktor Emanuel Doremus, der leitende Amtsarzt.

[9] Sibella spielte hier auf Tobias Greenes Testament an, das nicht nur bestimmte, daß das Greenesche Haus fünfundzwanzig Jahre lang unverändert erhalten bleiben sollte, sondern auch, daß die Erben während dieser Zeit auf dem Besitz zu leben hatten; andernfalls gingen sie ihres Erbes verlustig.

[10] E. Plon, Nourrit et Cie., Paris, 1893.

[11] Inspektor William M. Moran, der letzten Sommer gestorben ist, war acht Jahre lang Chef der Ermittlungsbehörde. Er war ein Mann mit seltenen und außergewöhnlichen Fähigkeiten, und mit seinem Tod verlor die New Yorker Polizei einen ihrer tüchtigsten und aufrichtigsten Beamten. Zuvor war er im Norden der Stadt ein angesehener Bankier gewesen, hatte jedoch nach dem Börsenkrach von 1907 sein Haus schließen müssen.

[12] Captain Anthony P. Jerym war einer der klügsten und gewissenhaftesten Kriminologen der New Yorker Polizei. Obwohl er seine Laufbahn als Experte für das Bertillonsche Maßsystem begonnen hatte, spezialisierte er sich später auf Fußabdrücke – ein Gegenstand, der sich dank seiner Mithilfe zu einer komplizierten und exakten Wissenschaft entwickelte. Er hatte mehrere Jahre in Wien verbracht, wo er die Methoden seiner österreichischen Kollegen studierte, und ein Verfahren wissenschaftlicher Fotografie von Fußabdrücken entwickelt, die ihm die Anerkennung von Männern wie Londe, Burais und Reiß einbrachte.

[13] Ich erinnere mich, wie in den neunziger Jahren, als ich noch ein Schuljunge war, mein Vater bisweilen Anspielungen auf gewisse pikante Geschichten über Tobias Greenes Unternehmungen machte.

[14] Captain Hagedorn war der Experte, der Vance im Mordfall Benson mit den technischen Informationen versorgte, mit deren Hilfe er die Körpergröße des Mörders bestimmte.

[15] Inspektor Brenner war derjenige, der im Mordfall Canary das ziselierte Schmuckkästchen untersuchte und einen Bericht darüber abgab.

[16] Zu den berühmten Fällen, die man als auf die eine oder andere Weise mit den Greene-Morden vergleichbar anführte, zählten die Massenmorde von Landru, Jean-Baptiste Troppmann, Fritz Haarmann und Mrs. Belle Gunness; die Wirtshausmorde der Benders; die van-der-Linden-Giftmorde in Holland; die Blechtonnen mit den erwürgten Opfern des Bela Kiss; Doktor William Palmers Morde in Rugeley; und Benjamin Nathan, der seine Opfer zu Tode prügelte.

[17] Der berühmte Milchpanscher-Skandal war damals in aller Munde, und die einzelnen Fälle standen gerade zur Verhandlung an. Außerdem lief damals in New York eine Kampagne

gegen das Glücksspiel, und sämtliche strafrechtlichen Verfolgungen lagen dabei in den Händen der Bezirksstaatsanwaltschaft.

[18] Die Modern Gallery stand damals unter der Leitung von Marius de Zayas, dessen Sammlung afrikanischer Fetischstatuetten vielleicht die beste Amerikas war.

[19] Colonel Benjamin Hanlon, eine der führenden Autoritäten für Auslieferungsverfahren in der New Yorker Polizei, leitete damals die der Bezirksstaatsanwaltschaft angegliederte Ermittlungskommission mit Sitz im Gerichtsgebäude.

[20] Die folgenden Titel sind typisch für die Art von Büchern in Tobias Greenes Bibliothek: Heinroths DE MORBORUM ANIMI ET PATHEMATUM ANIMI DIFFERENTIA, Hohs DE MANIAE PATHOLOGIA, P. S. Knights OBSERVATIONS ON THE CAUSES, SYMPTOMS, AND TREATMENT OF DERANGEMENT OF THE MIND, Krafft-Ebings GRUNDZÜGE DER KRIMINAL-PSYCHOLOGIE, Baileys DIARY OF A RESURRECTIONIST, Langes OM ARVELIGHEDENS INFLYDELSE I SINDSSYGEDOMMENE, Leurets FRAGMENTS PSYCHOLOGIQUES SUR LA FOLIE, D'Aguannos RECENSIONI DI ANTROPOLOGIA GIURIDICA, Amos' CRIME AND CIVILIZATION, Andronicos STUDI CLINICI SUL DELITTO, Lombrosos UOMO DELINQUENTE, de Aramburus LA NUEVA CIENCIA PENAL, Bleakleys SOME DISTINGUISHED VICTIMS OF THE SCAFFOLD, Arenals PSYCHOLOGIE COMPARÉE DU CRIMINEL, Aubrys DE L'HOMICIDE COMMIS PAR LA FEMME, Beccarias CRIMES AND PUNISHMENTS, Benedikts ANATOMICAL STUDIES UPON THE BRAINS OF CRIMINALS, Bittingers CRIMES OF PASSION AND OF REFLECTION, Bossellis NUOVI STUDI SUL TATUAGGIO NEI CRIMINALI, Favallis LA DELINQUENZA IN RAPPORTO ALLA CIVILTÀ, de Feyfers VERHANDELING OVER DEN KINDERMOORD, Fulds DER REALISMUS UND DAS STRAFRECHT, Hamiltons SCIENTIFIC DETECTION OF CRIME, von Holtzendorffs DAS IRISCHE GEFÄNGNISSYSTEM INSBESONDERE DIE ZWISCHENANSTALTEN VOR DER ENTLASSUNG DER STRÄFLINGE, Jardines CRIMINAL TRIALS, Lacassagnes L'HOMME CRIMINEL COMPARÉ À L'HOMME PRIMITIF, Llanos y Torriglias FERRI Y SU ESCUELA, Owen Lukes HISTORY OF CRIME IN ENGLAND, Mac Farlanes LIVES AND EXPLOITS OF BANDITTI, M'Levys CURIOSITIES OF CRIME IN EDINBURGH, der COMPLETE NEWGATE CALENDAR, Pomeroys GERMAN AND FRENCH CRIMINAL PROCEDURE, Rizzones DELINQUENZA E PUNIBILITÀ, Rosenblatts SKIZZEN AUS DER

Verbrecherwelt, Sourys Le crime et les criminels, Weys Criminal Anthropology, Amadeis Crani d'assassini, Benedikts Der Raubthiertypus am menschlichen Gehirne, Fasinis Studi su delinquenti femmine, Mills' Arrested and Aberrant Development and Gyres in the Brain of Paranoiacs and Criminals, de Paolis Quattro crani di delinquenti, Zuckerkandls Morphologie des Gesichtsschädels, Bergonzolis Sui pazzi criminali in Italia, Brierre de Boismonts Rapports de la folie suicide avec la folie homicide, Buchnets The Relation of Madness to Crime, Caluccis Il jure penale e la freniatria, Daveys Insanity and Crime, Morels Le procès Chorinski, Parrots Sur la monomanie homicide, Savages Moral Insanity, Teeds On Mind, Insanity and Criminality, Worckmanns On Crime and Insanity, Vauchers Système préventif des délits et des crimes, Thackers Psychology of Vice and Crime, Tardes La Criminalité Comparée, Tamassias Gli ultimi studi sulla criminalità, Sikes' Studies of Assassination, Seniors Remarkable Crimes and Trials in Germany, Savarinis Vexata Quaestio, Sampsons Rationale of Crime, Noellners Kriminal-psychologische Denkwürdigkeiten, Sigheles La foule criminelle und Korsakoffs Kurs psichiatrii.

[21] Doktor Blyth war Zeuge der Anklage im Prozeß gegen Crippen.

[22] Doktor Felix Oppenheimer war damals auf dem Gebiet der Paralyse die führende Autorität in Amerika.
Inzwischen ist er nach Deutschland zurückgekehrt, wo er den Lehrstuhl für Neurologie an der Universität Freiburg bekleidet.

[23] Hennessey war der Beamte, der im Narcoss-Apartmenthaus stationiert war, um das Haus Greene zu beobachten.

[24] Wie sich der Leser vielleicht noch erinnert, wurde in dem berühmten Mordfall Molineux das Gift, Quecksilberzyanid, zusammen mit einem ähnlichen Medikament verabreicht, nämlich Bromo-Seltzer.

[25] Erst später erfuhr ich, daß Chefinspektor O'Brien, der Polizeichef, ein Onkel jener Miss O'Brien war, die man als Pflegerin im Hause Greene eingesetzt hatte.

[26] Ich erinnerte mich, daß Guilfoyle und Mallory die beiden Männer waren, die im Mordfall Canary zur Beschattung Tony Skeels abkommandiert waren.

[27] Vance bezieht sich hier auf das Kapitel »The Aesthetic Hypothesis« in Clive Bells ART. Doch auch wenn die Bemerkung ein wenig herablassend klingt, bewunderte Vance die kunstkritischen Schriften Bells und hatte zu mir mit einiger Begeisterung über dessen SINCE CÉZANNE gesprochen.

[28] Dies war in all den Jahren meiner Freundschaft mit Vance das erste und einzige Mal, daß ich ihn einen biblischen Fluch habe ausstoßen hören.

[29] Später erfuhr ich, daß Doktor von Blon, der ein begeisterter Amateurfotograf war, häufig mit Halb-Gramm-Tabletten Zyankali arbeitete; und drei davon hatten sich in seiner Dunkelkammer befunden, als Ada ihn besuchte. Als er einige Tage später eine Platte neu entwickeln wollte, fand er nur noch zwei davon, hatte sich jedoch weiter keine Gedanken darum gemacht, bis Vance sich danach erkundigt hatte.

[30] Später bat ich Vance, die Punkte für mich in jener Reihenfolge anzuordnen, die ihn zur Lösung geführt hatte. Dies war die Reihenfolge, die ihm die Wahrheit verriet: 3, 4, 44, 92, 9, 6, 2, 47, 1, 5, 32, 31, 98, 8, 81, 84, 82, 7, 10, 11, 61, 15, 16, 93, 33, 94, 76, 75, 48, 17, 38, 55, 54, 18, 39, 56, 41, 42, 28, 43, 58, 59, 83, 74, 40, 12, 34, 13, 14, 37, 22, 23, 35, 36, 19, 73, 26, 20, 21, 45, 25, 46, 27, 29, 30, 57, 77, 24, 78, 79, 51, 50, 52, 53, 49, 95, 80, 85, 86, 87, 88, 60, 62, 64, 63, 66, 65, 96, 89, 67, 71, 69, 68, 70, 97, 90, 91, 72.

[31] Später erfuhren wir von Frau Mannheim, daß ihr Mann Tobias einmal vor einer Anklage bewahrt hatte, indem er die ganze Schuld für eine von Tobias' finstersten illegalen Transaktionen allein auf sich nahm. Tobias hatte ihm versprechen müssen, daß er im Falle von Mannheims Tod oder seiner Gefangennahme Ada adoptieren und für sie sorgen würde; Mrs. Mannheim hatte das Kind im Alter von fünf Jahren in einer Privatschule untergebracht, um es Mannheims Einfluß zu entziehen.

[32] Ein Bericht über die Fälle von Madeleine Smith und Constance Kent findet sich in Edmund Lester Pearsons MURDER AT SMUTTY NOSE; und H. B. Irvings A BOOK OF REMARKABLE CRIMINALS enthält einen Bericht über den Fall Marie Boyer. Grete Beyer war die letzte Frau, die in Deutschland öffentlich hingerichtet wurde.

[33] H. Groß, HANDBUCH FÜR UNTERSUCHUNGSRICHTER ALS SYSTEM DER KRIMINALISTIK, I, S. 32–34.

[34] Ibid., II, S. 843.
[35] Ibid., II, S. 834–836.
[36] Ibid., II, S. 667.
[37] »Über Gummiüberschuhe und Galoschen s. Loock; Chem. u. Phot. bei Krim. Forschungen: Düsseldorf, II, S. 56.« – Ibid., II, S. 668.
[38] Ibid., II, S. 943.

Nachwort

Zwischen der 52. und der 53. Straße liegt, einen ganzen Block einnehmend, am East River in New York die Residenz der Familie Greene. In der ersten Hälfte des 19. Jahrhunderts wurde sie im Stil der Spätgotik errichtet; Erker erstrecken sich über den Fluß. Drei Generationen der zum Ancien régime New Yorks gehörenden Dynastie haben hier gelebt und geherrscht; der letzte der Tycoons, nach amerikanischem dynastischem Brauch Tobias Greene III. genannt, hat den ungeheuren Reichtum der Familie durch seine skrupellosen Geschäfte noch weiter vergrößert und wollte den Familiensitz über seinen Tod hinaus erhalten und bewahrt sehen: Durch eine riesige Mauer sperrte er ihn gegen die durch das rasche Wachstum New Yorks bedingten städtebaulichen Veränderungen in der einst eher ländlichen Gegend ab, und in seinem Testament bestimmt er, daß die vierte Generation der Greenes, seine Kinder, bei Strafe der völligen Enterbung 25 Jahre lang dort zusammen wohnen bleiben müßten. Auch nach einer eventuellen Heirat sollen sie mit ihren Ehepartnern hier ihren Wohnsitz nehmen; wenn Kinder geboren werden, sind entsprechende Nebenbauten auf dem großen Gelände testamentarisch vorgesehen.

Was von Tobias Greene III. als Monument für sich und seine Vorfahren, als Maßnahme zum Erhalt des Glanzes der großen Greenes gedacht war, hat in Wirklichkeit den fast völligen Untergang der Familie zur Folge, führt direkt zum »Greene holocaust«, wie es im amerikanischen Original heißt.

Keins der Kinder ist stark und lebenstüchtig genug, um den Familienbanden und der Familienbande zu entfliehen. Dabei verbindet nur noch gründlicher, tiefer, kalter Haß die auf ein Vierteljahrhundert zusammen Eingesperrten. Das beginnt bei der Witwe Tobias Greenes, die seit vielen Jahren wegen einer Lähmung bettlägrig ist. Sie hat das Selbstgefühl einer Kaiserwitwe und die weinerliche Querulanz der langjährig Leidenden; in ihrer Egozentrik stört sie am gewaltsamen Tod ihrer Kinder nur die Tatsache, daß Polizei und Unruhe ins Haus kommen, im übrigen haben alle ihre Kinder den Tod mehr als verdient, da sie ihre Mutter so sträflich vernachlässigen.

An der vierten Generation der Greenes zeigt sich nachgerade ein Buddenbrookscher »Verfall einer Familie«: Was sie an Vitalität, wie sie die früheren Generationen auszeichnete, verloren haben, haben sie an Intellektualität gewonnen, wenn auch auf eine perfide und verdrehte Weise. Julia, die älteste, die dem Haushalt vorstand und mit deren Ermordung und dem Anschlag auf die Stiefschwester Ada die Mordserie beginnt, war nach Ansicht der Dienstboten noch die normalste – sie haßte jeden und war schlicht gemein. Chester, der älteste Bruder und nominelle Chef des Hauses, ist der Typ des degenerierten Lebemanns, sein Bruder Rex, ein hochbegabter Mathematiker, ist körperlich mißgestaltet, die Schwester Sibella zynisch und eiskalt; und selbst die mit den andern nicht verwandte, von Tobias Greene adoptierte Ada, der die Hauptlast der Pflege von Mrs. Greene obliegt, neigt zu unkontrollierten Temperamentsausbrüchen und wüsten Schimpfkanonaden. Höchst unklar, vor allem den weiblichen Mitgliedern des Hauses gegenüber, ist zudem die Stellung Dr. von Blons, der die Vertrauensstellung eines Hausarztes schon von seinem Vater geerbt hat und der auf Grund der Pflegebedürftigkeit von Mrs. Greene im Hause ständig ein- und ausgeht.

»Greene Mansion«, der Name, unter dem das herrschaftliche Anwesen in New York stadtbekannt ist, erinnert im englischsprachigen Raum unweigerlich an William Henry Hudsons äußerst populären Roman *Green Mansions* (1904), der Liebesgeschichte zwischen dem Revolutionär Abel und dem Naturkind Rima in den »grünen Häusern«, dem Dschungel von Guayana. In der Tat wird das gotische Haus voll Haß, Eifersucht, Anschuldigungen, Rivalitäten, offenen und stillen Feindschaften jedes gegen jeden mit dem ersten Doppelanschlag auf Julia und Ada als Dschungel erkennbar, in dem, allen andern unkenntlich, eine Bestie lauert. Denn die sofort nach der ersten Untat einsetzenden polizeilichen Ermittlungen auf höchster Ebene werden nicht nur dadurch erschwert, daß man diese hochangesehene Familie nicht einfach verhaften und verhören kann, sondern auch dadurch, daß sich alle lebenslang voneinander abgeschottet haben, jeder sein eigener Freimaurerorden ist, wie es einmal heißt, und so keiner wirklich etwas von denen weiß, mit denen er täglich umgeht.

Daß der oberste Staatsanwalt von New York sich von Anfang an persönlich um den Fall kümmert, ist dem Einfluß Philo Vance' zuzuschreiben, des ersten klassischen Privatdetektivs von der feinen britischen Art in der amerikanischen Literatur. Chester Greene, der die Bedeutung des Falls – und damit die eigene Gefährdung – offensichtlich von vornherein richtig einschätzt, spricht zwar persönlich seinen Golfclubkameraden Markham an, doch der hätte die nächtlichen Untaten ohne Vance' Einschreiten sicherlich wie die ermittelnden Polizeibeamten am liebsten auf einen fehlgeschlagenen Einbruch zurückgeführt. Vance aber, der zufällig bei dem Gespräch anwesend ist, ahnt instinktiv die weitreichende Bedeutung der Vorfälle, und so ist das eingespielte Team vom ersten Mord an zur Stelle, ohne jedoch die im Dschungel des »Greene Mansion« lauernde Bestie entlarven zu können, bevor fast die gesamte Familie ausgelöscht ist.

Willard Huntington Wright (1888–1939) hat dieses Team in Anlehnung an zwei Vorbilder entwickelt. Vom unbestrittenen Meister Sir Arthur Conan Doyle übernahm er die Watson-Perspektive: Chronist aller Vance-Fälle ist dessen Studienfreund, Rechts- und Vermögensberater S. S. van Dine, der sie auch unter seinem eigenen Namen als Falldokumentationen veröffentlicht – so wie sich ja auch eingefleischte Holmes-Fans bis heute wünschen, die Fälle des Meisters trügen auf dem Titelblatt den Namen des wahren Verfassers Dr. Watson und nicht den des literarischen Agenten Doyle. Gleich im ersten Fall, *The Benson Murder Case* von 1926, wird die noch im letzten, dem 1939 postum veröffentlichten *The Winter Murder Case,* durchgehaltene Fiktion entwickelt, van Dine gebe Insider-Informationen über die Causes celèbres weiter, die von Staatsanwalt Markham und seinem Freunde Vance gelöst worden seien und die bisher trotz der weltweiten Beachtung durch die Presse nur unzulänglich dokumentiert worden seien. Äußerliche Folge dieses Erzählarrangements sind die zahlreichen Fußnoten, die die Fälle mit der New Yorker Wirklichkeit ihrer jeweiligen Handlungszeit und mit zahlreichen realen Verbrechen aus der Geschichte der Kriminalistik verbinden.

Das zweite Vorbild muß Dorothy L. Sayers' Lord Peter Wimsey gewesen sein, dessen erstes Abenteuer durch *Whose Body* seit 1923 bekannt war. Zu deutlich ist die Parallele zwischen dem hochgebildeten exzentrischen britischen Adligen auf der einen und dem hochgebildeten snobistischen amerikanischen Aristokraten auf der andern Seite. Hat der eine einen veritablen Herzog zum Bruder, ist der andere in der amerikanischen Aristokratie so hoch angesiedelt, daß er in den Dokumentationen seines Adlatus nur unter Pseudonym auftreten kann. Vor allem aber wurde das von Dorothy L. Sayers entwickelte feste und freundschaftliche Verhältnis des Privatdetektivs zur Polizei für Wright zum fruchtbaren Vorbild. Wie Lord Peter freundschaftlich und später auch verwandtschaftlich mit Chefinspector Charles Parker verbunden ist, macht Wright seinen Helden zum besten Freund des Bezirksstaatsanwalts John F. X. Markham. Auf diese Weise wird den reinen Amateuren der Zugang zu spektakulären Verbrechen erheblich erleichtert; sie werden von Routineermittlungen entlastet, die eine bestausgestattete Polizei für sie übernimmt, und zur reinen Denkarbeit an den so ans Licht gebrachten Fakten freigestellt. Frederic Dannay und Manfred B. Lee haben ihren Helden Ellery Queen als Sohn eines New Yorker Polizeidetectives dankbar in diese Tradition gestellt (*Der mysteriöse Zylinder*, »DuMont's Kriminal-Bibliothek« Band 1008).

Als erstes Werk Wright-van Dines wurde seinerzeit der auf den *Mordfall Greene* folgende *Mordfall Bischof* für die »DuMont's Kriminal-Bibliothek« ausgewählt, um van Dine als Urheber der Morde nach dem Folgegesetz von Kinderreimen bekannt zu machen, wie sie durch Agatha Christie und Ellery Queen so populär wurden. Der nun vorgelegte, zeitlich unmittelbar vorangehende Fall Greene weist durchaus Parallelen auf: Auch hinter der Mordserie im Hause Greene steht ein kalt planender überragender und perverser Intellekt, und auch dieser Mörder legt seinen Untaten ein berühmtes Vorbild zugrunde, das hier nicht verraten werden darf. Wird im klassischen Detektivroman die zunächst unauflösliche Verwirrung in den allermeisten Fällen dadurch gestiftet, daß alle Beteiligten etwas zu verbergen haben, alle lügen, wobei ihre Gründe dafür mit dem eigentlichen Mord nichts zu tun haben, so ist es im Fall Greene anders: Bis auf den Täter sagen alle die Wahrheit und verbergen nichts, falsche Spuren gibt es keine, es sei denn, der Täter habe sie als Teil seines Plans gelegt. So erweisen sich alle »Spuren« nicht als Indizien im polizeilichen Sinne, sondern als Fäden eines einzigen kunstvollen Gewebes, die einzeln nicht zu analysieren sind. Vance entwickelt deshalb sehr bald die Theorie, daß der Fall nicht in

325

der üblichen Weise induktiv gelöst werden kann, indem man von der Einzelspur auf das Ganze schließt, sondern nur durch die Erkenntnis der Totale, die jeder Einzelheit ihre Bedeutung gibt. Wo nichts etwas zu bedeuten scheint, muß eben alles etwas bedeuten. Vance kommen hierbei seine als Kunstkenner und -sammler erworbenen Kenntnisse zu Hilfe: In einer Fotografie gibt es blinde, zufällige Elemente, in einem guten Gemälde nicht; in ihm ist alles, vom Gegenstand bis zum Pinselstrich, Informationsträger. Und mit solch einem Kunstwerk des Mordens hat er es hier zu tun. Deshalb nimmt er zum erstenmal – und nach meiner Kenntnis auch zum einzigen Mal – in der gesamten Gattungsgeschichte die so oft strapazierte Metapher von den Puzzlesteinen, die erst bei richtigem Arrangement ein Bild ergeben, wörtlich: Am Ende der Ermittlungen stellt er eine 98 Punkte umfassende numerierte Liste aller bisherigen Einzelbeobachtungen zu den Mordfällen zusammen. Soviel weiß man, mehr nicht; und es muß genügen, die Fälle aufzuklären. Damit nimmt er im Grunde Ellery Queens Innovation von 1929, die förmliche »Herausforderung an den Leser«, um zwei Jahre vorweg. Ja, mehr noch: Wenn es bei Queen heißt, jetzt wisse der Leser genau so viel wie der Detektiv und könne wie er den Fall lösen, legt Vance sogar das gesamte Wissen in chronologischer Folge noch einmal vor, verbunden mit der Aufforderung an sich und den Leser, es in eine kausale und logische Folge zu bringen, die den Rückschluß auf den Täter ermöglicht.

Wie Sherlock Holmes gelingt ihm dies im nächtlichen Brüten unter exzessivem Tabakverbrauch. Am nächsten Morgen hat er die Lösung – und er fand sie in der Tat im Neuarrangement der bekannten numerierten Fakten; sein andächtig verblüffter Chronist teilt sogar in einer Fußnote dieses numerische Neuarrangement zwecks Überprüfung durch den Leser mit. So gelesen geben sie ein zusammenhängendes Bild, das wie jedes gute Kunstwerk auf die unverwechselbare Handschrift seines Urhebers verweist. Doch damit ist der Fall noch nicht zu Ende – bei seinem letzten Anschlag können Vance und sein Team dem Mörder wie im *Mordfall Bischof* zuvorkommen und endlich den Fall klären, bevor das letzte Familienmitglied sein Opfer wird. Und die Lösung lag die ganze Zeit verborgen in Grimms Märchen – wie und in welchem, darf natürlich nicht verraten werden.

Volker Neuhaus

DuMont's Kriminal-Bibliothek

»Knarrende Geheimtüren, verwirrende Mordserien, schaurige Familienlegenden und, nicht zu vergessen, beherzte Helden (und bemerkenswert viele Heldinnen) sind die Zutaten, die die Lektüre der ersten vier Bände aus DuMont's neuer ›Kriminal-Bibliothek‹ zu einem Lese- und Schmökervergnügen machen – auch, wenn man sich knisterndes Kaminfeuer, die Karaffe uralten Portweins und den echten Londoner Nebel dazudenken muß.

Der besondere Reiz dieser Krimi-Serie liegt in der Präsentation von hierzulande meist noch unbekannten anglo-amerikanischen Autoren, die mit repräsentativen Werken (in ausgezeichneter Übersetzung) vorgelegt werden.

Die ansprechend ausgestatteten Paperbacks sind mit kurzen Nachbemerkungen von Herausgeber Volker Neuhaus versehen, die auch auf neugierige Krimi-Fans Rücksicht nehmen, die gerne mal kiebitzen: Der Mörder wird nicht verraten. Kombiniere – zum Verschenken fast zu schade.« *Neue Presse/Hannover*

Band 1001	Charlotte MacLeod	**»Schlaf in himmlischer Ruh'«**
Band 1002	John Dickson Carr	**Tod im Hexenwinkel**
Band 1003	Phoebe Atwood Taylor	**Kraft seines Wortes**
Band 1004	Mary Roberts Rinehart	**Die Wendeltreppe**
Band 1005	Hampton Stone	**Tod am Ententeich**
Band 1006	S. S. van Dine	**Der Mordfall Bischof**
Band 1007	Charlotte MacLeod	**». . . freu dich des Lebens«**
Band 1008	Ellery Queen	**Der mysteriöse Zylinder**

Band 1009	Henry Fitzgerald Heard	**Die Honigfalle**
Band 1010	Phoebe Atwood Taylor	**Ein Jegliches hat seine Zeit**
Band 1011	Mary Roberts Rinehart	**Der große Fehler**
Band 1012	Charlotte MacLeod	**Die Familiengruft**
Band 1013	Josephine Tey	**Der singende Sand**
Band 1014	John Dickson Carr	**Der Tote im Tower**
Band 1015	Gypsy Rose Lee	**Der Varieté-Mörder**
Band 1016	Anne Perry	**Der Würger von der Cater Street**
Band 1017	Ellery Queen	**Sherlock Holmes und Jack the Ripper**
Band 1018	John Dickson Carr	**Die schottische Selbstmord-Serie**
Band 1019	Charlotte MacLeod	**»Über Stock und Runenstein«**
Band 1020	Mary Roberts Rinehart	**Das Album**
Band 1021	Phoebe Atwood Taylor	**Wie ein Stich durchs Herz**
Band 1022	Charlotte MacLeod	**Der Rauchsalon**
Band 1023	Henry Fitzgerald Heard	**Anlage: Freiumschlag**
Band 1024	C. W. Grafton	**Das Wasser löscht das Feuer nicht**
Band 1025	Anne Perry	**Callander Square**
Band 1026	Josephine Tey	**Die verfolgte Unschuld**
Band 1027	John Dickson Carr	**Die Schädelburg**
Band 1028	Leslie Thomas	**Dangerous Davies, der letzte Detektiv**
Band 1029	S. S. van Dine	**Der Mordfall Greene**

Band 1021
Phoebe Atwood Taylor
Wie ein Stich durchs Herz

Wenn sich die Mitarbeiterin eines illegalen Buchmachers, ein Gelegenheitsdieb, der Polizist werden möchte, und ein Lehrer für englische Literatur, der nicht nur gerne Shakespeare zitiert, sondern auch dem berühmten Dichter täuschend ähnlich sieht, mitten in der Nacht in einer schlechtbeleumdeten Gegend kennenlernen, darf man sich eigentlich über nichts mehr wundern. So nimmt es Mr. Leonidas Witherall mit Gelassenheit hin, daß man nach einem Treffen in seiner früheren Schule gleich zweimal versucht, ihn zu überfahren. Erstaunter ist er schon, daß einer der Attentäter sein ehemaliger Schüler Bennington Brett ist. Aber erst, als er diesen tot mit einem Tranchiermesser in der Brust entdeckt, fängt er an, sich ernsthaft Gedanken zu machen.

Band 1022
Charlotte MacLeod
Der Rauchsalon

Für eine Lady aus der Bostoner Oberschicht ist es auf jeden Fall unpassend, ihr Privathaus in eine Familienpension umzuwandeln, um ihren Lebensunterhalt zu verdienen. So ist der Familienclan der Kellings entsetzt, als die junge Sarah, die gerade auf tragische Weise Witwe geworden ist, ankündigt, sie werde Zimmer vermieten. Doch selbst die konservativen, stets die Form wahrenden Kellings ahnen nicht, daß Sarahs neue Beschäftigung riskanter ist, als man annehmen sollte – mit den Mietern, sämtlich respektable Mitglieder der Bostoner Oberschicht, hält auch der Tod Einzug in das vornehme Haus auf Bacon Hill . . .

Kein Wunder, daß die junge Frau froh ist, daß ihr der Detektiv Max Bittersohn beisteht, der mehr als ein berufliches Interesse daran hat, daß wieder Ruhe und Ordnung in das Leben von Sarah Kelling einkehren.

Band 1023
Henry Fitzgerald Heard
Anlage: Freiumschlag

Sidney Silchester führt ein ruhiges, beschauliches Leben. Seine Leidenschaft ist zugleich sein Beruf: Er entschlüsselt verschlüsselte Nachrichten. Eine überaus interessante Aufgabe wird ihm von dem mysteriösen Mr. Intil übertragen. Da Silchester den Text nicht alleine dekodieren kann, bittet er seine Kollegin Miss Brown um Hilfe, die sich auf einer Séance in Trance versetzt und dabei erstaunliche Dinge erfährt. Wie soll er auch ahnen, daß er sie beide in tödliche Gefahr bringt... So beginnt ein höchst abenteuerlicher Kriminalfall, der nur zu lösen ist mit Hilfe eines Mannes, der mit Spürsinn und erstaunlichen Fachkenntnissen in den ausgefallensten Bereichen selbst dem genialsten Übeltäter ein ebenbürtiger Gegner ist. Auch wenn Sidney Silchester, der die Rolle des getreuen, begriffsstutzigen Dr. Watson spielt, es nicht bemerkt: Sherlock Holmes hat sich keineswegs zur Ruhe gesetzt!

Band 1024
C. W. Grafton
Das Wasser löscht das Feuer nicht

Bei dem Fall, mit dem der Anwalt Gil Henry betraut worden ist, scheint es sich um eine Lappalie zu handeln. Schließlich gilt es lediglich herauszufinden, warum der Fabrikant Jasper Harper aus Harpersville der jungen Ruth McClure für ihre Aktien weit mehr als den normalen Kurswert bietet. Schon auf der Fahrt nach Harpersville muß Gil Henry erfahren, daß hinter der Sache mehr steckt, als er vermutet hatte. Nur mit knapper Not entkommt er einem Mordanschlag. In Harpersville selbst macht ihm der Besitzer der ›Harper Products Company‹ unmißverständlich klar, daß er keine Nachforschungen wünscht. Gil Henry riskiert mehr als einmal Kopf und Kragen und muß selbst illegale Mittel einsetzen, bis der Fall gelöst ist.

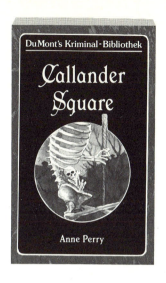

Band 1025
Anne Perry
Callander Square

Die Welt ist in Ordnung am Callander Square. Die Herren der feinen Gesellschaft gehen ihren Geschäften nach oder vergnügen sich in ihren Clubs, während ihre Gattinnen beim Tee die neuesten Gerüchte verbreiten. Ruhe und Harmonie werden jäh zerstört, als zwei Gärtner einen Busch umpflanzen wollen und dabei zwei Skelette entdecken. Inspector Thomas Pitt stößt bei seinen Recherchen auf eine Mauer des Schweigens. Daher entschließen sich Pitts Frau Charlotte und deren Schwester Emily, unauffällig ihre eigenen Ermittlungen anzustellen. Hinter den Kulissen einer nur scheinbar geordneten Welt stoßen sie auf Intrigen, Untreue, Erpressung. Als die beiden merken, daß sie mit dem Feuer spielen, ist es fast zu spät ...

Band 1026
Josephine Tey
Die verfolgte Unschuld

Der Rechtsanwalt Robert Blair langweilt sich. Nichts scheint seinen geregelten Tagesablauf zu unterbrechen, bis ihn Marion Sharpe, die mit ihrer alten Mutter allein in einem einsam gelegenen Haus lebt, eines Tages um Hilfe bittet. Zu seiner Verwunderung erfährt er, daß die Frauen eines ganz unglaublichen Verbrechens angeklagt werden: Sie sollen ein fünfzehnjähriges Schulmädchen entführt und mit Schlägen und Drohungen gezwungen haben, für sie als Hausgehilfin zu arbeiten. Robert Blairs Versuche, die Unschuld der beiden Frauen zu beweisen und die Glaubwürdigkeit der Anklägerin zu erschüttern, machen ihn mit einer Welt bekannt, in der es alles andere als wohlgeordnet zugeht ...

Band 1027
John Dickson Carr
Die Schädelburg

Zu Lebzeiten war Myron Alison ein berühmter Schauspieler, und selbst sein Todeskampf wird noch zu einem letzten Auftritt. Lichterloh wie eine Fackel brennend, stürzt er von den Zinnen der halbverfallenen, malerisch am Rhein gelegenen Burg Schädel. Auf Wunsch des steinreichen Industriellen Jérôme D'Aunay übernimmt der Chef der Pariser Polizei, Henri Bencolin, die Ermittlungen. In einer Villa trifft er auf eine interessante Gesellschaft, deren Teilnehmer den Toten alle nicht besonders schätzten . . .
Bencolin steht vor einem seiner schwersten Fälle, scheint doch selbst das Übernatürliche seine Finger im Spiel zu haben. Findet der Geist des vor 17 Jahren gestorbenen Magiers Maleger keine Ruhe und vollbringt noch aus dem Grab heraus sein größtes Zauberkunststück?

Band 1028
Leslie Thomas
Dangerous Davies, der letzte Detektiv

Der Londoner Detective Davies ist ein Einzelgänger, liebt den Alkohol und seinen monströsen Hund Kitty, ist nicht übermäßig intelligent und neigt dazu, seinen Mitmenschen mehr zu glauben, als gut für ihn ist. Seine Kollegen sind daher nicht die einzigen, die den gutmütigen Beamten ›Dangerous Davies‹ oder den ›letzten Detektiv‹ nennen.
Davies' Traum, einmal richtige Detektivarbeit leisten zu dürfen, scheint sich nicht zu verwirklichen, denn wer wird einem Polizisten, der noch nicht einmal die Polizeitombola verwalten kann, schon einen wichtigen Fall anvertrauen? Aber Dangerous Davies ist geduldig und hartnäckig. So kommt es, daß er sich auf eigene Faust eines Falles annimmt, weil ihm der Tod einer jungen Frau, die 25 Jahre vor seiner Zeit ermordet wurde, keine Ruhe läßt ...